圖說

聽雨樓隨筆

[風物篇]

圖說聽雨樓隨筆

【風物篇】

高伯雨

編選　董明

OXFORD
UNIVERSITY PRESS

OXFORD
UNIVERSITY PRESS

Oxford University Press is a department of the University of Oxford.
It furthers the University's objective of excellence in research, scholarship,
and education by publishing worldwide. Oxford is a registered trade mark of
Oxford University Press in the UK and in certain other countries

Published in Hong Kong by
Oxford University Press (China) Limited
39th Floor, One Kowloon, 1 Wang Yuen Street, Kowloon Bay, Hong Kong

First edition published in 2018

ISBN: 978-0-19-098263-8 (三卷套裝)
ISBN: 978-0-19-593839-5

圖說
聽雨樓隨筆
[風物篇]

高伯雨著

2 4 6 8 10 11 9 7 5 3

目錄

高伯雨剪影

高伯雨攝於一九八一年

上圖：高伯雨伉儷、王辛笛伉儷和林山木伉儷；
下圖：高伯雨伉儷、駱友梅女史、王辛笛伉儷、饒宗頤教授，1981年

葉靈鳳、陳君葆、高伯雨合影

高伯雨與盧瑋鑾(小思)女史，1986年

一編苦道去來今
——為高伯雨先生眾書重刊而寫

盧瑋鑾

題目借用饒宗頤先生〈題伯雨兄聽雨樓雜筆〉一首中一句，這寫於五十年代中的詩作，首首都見文人知交的肺腑之言，同時也道盡高先生居港五十二載，從事歷史掌故寫作、歷史翻譯、編輯、出版等文化工作的艱辛苦況。

早年讀高先生隨筆，佩服他資料翔實，文筆卻輕盈可讀，不因講史而沉悶。到了八十年代初，我因研究香港文學發展史，中間遇上日治香港三年零八個月的骨節，資料缺乏，忌諱又多，苦難入手。終於萬分冒昧向高先生求教。冒昧是因沒有人介紹，我寫信到報館求見，沒想到老人家一口答允，這樣就成全了我以他為師的機緣。

十多年來，我因教學工作忙，故我們並不常見，但一見面即長談大半天。他指示我該如何切入淪陷時期的資料蒐尋，我最感動的是他並不如一些人般顧忌，許多人對與己有關的事件，多避而不談，他說清楚那時候他和其他文化人的處境——為生計逼不得已在日據報刊售文、偶也參加了日人組織的文藝社團。這些問題，對我來說，全然陌生，高先生卻主動向我提及，並指引了重要線索，讓我掌握材料，對當時文化界動態，作公允觀察。

跟隨高先生多年，說來十分慚愧，我只顧及自己想研究的範疇，年限止於五十年代初，因為我並不以他為研究對象，就竟完全沒有問及他五、六十年代以來的文化工作情況。在寶山旁卻輕易放棄尋寶，這種錯失已無可挽回。説起錯失良機，我不止錯失了對高先生自己事跡的訪談，眾多老前輩，如陳君葆、侶倫、徐訏、司馬長風、三蘇諸先生，我都沒做好應做的研究工作。八十年代初，我開始研究香港文學，是孤身上路，沒有任何支援，不像今天可申請得大筆資助，請幾個研究助理，組成團隊，自己坐定指揮便成事。我利用公餘時間、私人力量去逐步追查，進程完全不理想。我還有極「不佳」的心理狀態，就是：不敢問人私事、不敢索稿索書索字、不敢錄音，因那時候，甚麼人物訪問、口述歷史，還沒有興起，老一輩人見到錄音機就顯得不自在。我頂多也只請求拍一兩張照片而已，回家憑記憶把面談要點寫下來，一切缺乏專業程序。説了這麼多個人處境，其實只希望承認：我沒有研究高先生的著作、行事。

儘管我未把高先生當研究對象，但我認為我是了解高先生晚年心境的。他每談到辦《大華》、辦大華出版社、在不同報刊中寫稿，便耿耿於懷地説，幾十年不遺餘力從事文史記錄工作，是很想為後代留下寶貴文史記憶，可卻往往吃力不討好。為他人出了許多書，晚年自己想出一本愜意的選集，也屢遭波折，特別連原稿也給出版人掉失的那一次，每一説起，便露淒然面容。這也難怪，他在各報刊上寫專欄、寫「聽雨樓隨筆」那麼多年，既受讀者歡迎與尊重，可是自一九六四年後，就沒出版過文集了，他不止一次説很想出一本自選集。直到一九八九年末，他再提起想出版聽雨樓隨筆，問我有沒有辦法。我稍向一兩家出版社表示，又得不到回應。他顯得有點急，直截告訴我，想自費出版，問有甚麼門路。我對此事感到很難過，一位在香港從事文史掌故寫作的大家，出版過好書的出版社負責人，到晚年要出版自己的文集，竟那麼艱難！我便着意安排，請林道群設法代辦了。事成不久，我接到高先生兒子電話，說知道父親要自費出書，問要多少費用，因子女都想支付，並要我代守秘密，先別讓父親知道，好等書出來時令父親開心一下。一九九一年書出版後，果然，這事令高先生很高興，還擺了幾桌酒席慶祝。

一九九二年高先生逝世後，我一直以他還有無數文章沒有結集為念。特別在《信報》寫了那麼多年的專欄，如流雲消散，不留踪影，實在可惜。進入九十年代，一向不受香港人不重視的文史掌故，在內地臺灣兩地的文史知識界漸漸熱起來，他們珍視《大成》、《大人》、《大華》文史刊物，也尊重高先生眾多舊作，可是那都成罕見珍本了。因此，也有出版社樂意重印他的書了。

我向牛津大學出版社林道群提及兩岸文化人那麼重視的高先生，但在香港恐怕知者不多。他筆下也寫過香港社會文史掌故的，特別講他家族在南北行發展的故事、幾十年與無數留港文化人的交往，這都是難得而應保留的香港歷史。由於他慣寫日記、又留剪報，故資料可靠。再加上其他翻譯本或人物傳記，足見他在文史研究的苦功，不容就此湮滅。林道群是為高先生安排出一九九一年版《聽雨樓隨筆》的人，也是高先生的讀者，很爽快就答應了為高先生出版共十卷的文集。其中有依原書重排的，最重要還是從未結集，依剪報新排的文章。這些未結集的文字，都是高先生親自剪下來貼在小本子中，留給他女兒的。

這十卷文集面世，是對高伯雨先生一生工作的致敬。在香港今天的出版生態與經濟狀況，更是難能可貴的，我實在感動。可我還是要指出一些有待後來者補充的地方，例如：

第一，由於高先生從事寫稿時間極長，所寫文章內容有時未免取材重複，雷同了的文稿，在此次出版卷中，可能未有篩選出來。

第二，在初版本或報刊上的文字，或有錯漏、誤排、或因當時校對粗疏種種原因，高先生未加修訂，此次出版恐仍有遺漏。

第三，文章有些地方提及的人和事，對今天讀者來說，可能很陌生，為方便深層了解，最理想是在適當地方要加註釋，可惜此次未能做到。

第四，本系列三卷至七卷均為未結集的文章，可是散佚在各報刊，並以不同名筆發表的文章所欠尚多。

我如此說並無挑剔出版社的意思，而是想說明一件事：在沒有人好好整理高伯雨先生所作的一切事功之前，一口氣能出版十卷本文集，已經十分難得，編輯工作也夠繁重。我只希望出版後，能引起香港學者或有志趣於文史掌故的青年一輩注意，投入更多精力蒐集研究，以竟全功。

高先生大半生在香港，默默從事編寫譯的文化事業，生前也無名利希冀。際此他逝世二十周年，牛津大學出版社能出版他的文集，正好補償香港對他冷遇的錯失，告慰他在天之靈。

二〇一一年十二月八日

題伯雨兄聽雨樓雜筆

饒宗頤

末世同為膏火煎，無錐可立但青氈。
絲窩綴露曾何益，須悔當年學青玄。
入簡星螢故不光，窺人殘蠹閱滄桑。
蟠胸五十年來事，贉與河橋説辨亡。
雨中春樹憶南村，筆法君家有本源。
絕似哀湍奔筆底，瀟瀟飛雨隔江繁。
人間淒斷雍門琴，誰識清言畫裏心。
白眼看人渾欲老，一編苦道去來今。
遺事聊追越縵書，一時綦轍費爬梳。
漫同窺日牖中趣，沾溉風流也起予。

原刊《大華》第四十二期（一九六八年二月）

徐亮之序

伯雨為文如其為學，為學如其為人。其為人，溫而毅，直而婉；不信不言，不果不行；用其文其學，博而不雜，精而不執；深而不刻，淺而不薄；大而不無當，泛而不無歸。——友人中吾未見有如伯雨者也。

不特此也；伯雨留學英倫有年，治英國文學亦有年；而未嘗有尋常昂首天外之博士氣，亦未嘗有言必廁洋語之買辦氣；尤未嘗謂外國月亮大，如若干時髦少年意氣蘄蘄之所云為；則不知伯雨何由臻乎是且有樂乎是也。

伯雨賣文自活如吾；抱殘守缺，日與故紙鄰而不知老之將至亦如吾；至其治晚清掌故之勤，與夫言事之必徵必信，行文之肫樸可喜，吾實甚敬畏之；即此書也。

雖然，今日者、乃一「理幕」橫絕一世之時代也。奉一教條，抱一體系，即若將終身用之食之而不窮，奚以之孳孳矻矻日與故紙鄰如吾儕之所為為？吾又以是不知伯雨何由臻乎是且有樂乎是也！

然則伯雨此書雖一代文獻之所繫，其風行殆將有待。顧雖有待，何傷？是為序。

本文原為高伯雨一九五六年版《聽雨樓雜筆》序

連士升序

著述這事情，千頭萬緒，很難用三言兩語來概括。但是，一般說來，我們可以分為三大類：（一）文藝的創作及學術的論著；（二）輯錄各種工具書；（三）隨筆或筆記、筆談。

文藝的創作及學術的論著，應該是機杼一家，不拾人牙慧。各種工具書的輯錄，主要的在於發凡起例，先把編輯的原則定好後，便可着手廣約當代名家來分頭撰述，或者聘書記把有關的書籍拚命鈔錄。只要長短適中，排列得法，校對精審，參考便利，不超越既定的範圍，它便算成功。

至於隨筆或筆記、筆談，它是介乎二者之間，一來它不作正面的陣地戰，因為陣地戰，一生至多僅能研究兩三個大問題，不能多收並蓄。二來它注重旁敲側擊，拾遺補闕。只因旁敲側擊，它時常能夠作出翻案的文章，言人之所未言，言人之所不敢言，結果，往往有獨到的見解。只因拾遺補闕，它時常能夠找到古書的漏洞，這對於考證工作，不無小補。

大抵寫隨筆或筆記、筆談的人，多具備廣泛的興趣，上知天文，下識地理，旁及巫醫星相。由於興趣的廣泛。這才能夠博極群書。無論甚麼問題，他都能夠知道它的梗概，雖然他不肯把畢生精力僅集中於兩三個大問題上邊。

在中國歷史上，宋朝的學人對於筆記已經下過很大的功夫。洪邁的《容齋隨筆》，是研究中國歷史的人案頭必備的參考書。沈括的《夢溪筆談》也相當有名。到了清代，顧炎武的《日知錄》，是最成功的一部筆記。然而家喻戶曉的，應推「四庫全書」的總纂紀曉嵐（昀）在公餘之暇所著的《閱微草堂筆記》。

澄海高伯雨先生，於學無所不窺；從政治、經濟、社會、教育以及各部門的文學，甚至金石書畫，他都有濃厚的興趣。二十年來，他隱居香江，閉戶讀書寫作，鍥而不捨，他的作品已經洋洋大觀。現在他特地選出二十七篇，輯為初集，其中頗多很有創見的地方。至於他的文字的深入淺出，雅俗共賞，想一般愛讀他的作品的人早有定評，用不着我來介紹了。

一九六一年一月三十日誌於新加坡雲海樓

本文原為高伯雨一九六一年版《聽雨樓隨筆》序

瞿兑之序

隨筆的體裁是近代才有的嗎？

不是，古人的專著就很多是隨筆。有的已經組織起來，有的依然是零星片段的。有的在整篇之中還寓有散的形式。作者將平日所見所聞以及隨時所得的感想，筆記下來，無意作成文章，而文章的真意味就在此。

很遠的不必說他了，像曹丕的《典論》，蕭繹的《金樓子》，就流傳到今天的片段看來，都只是信筆寫去，將自己的經歷告訴讀者，讀者自然覺得親切有味。顏之推所著的《顏氏家訓》，看看書名好像是古板而枯燥的，可是一大部分是笑話和故事的集合體，其中反映當時社會某些階層的生活習慣和思想情況，成為研究南北朝後期歷史的良好有用資料。

唐代古文家如韓愈、柳宗元的文集裏，最好的文章並不是《原道》、《平淮西碑》之類，還要推《張中丞傳後序》、《段太尉逸事狀》等等，因為這些文章只是記片段的事實，不是作論，也不是作碑。《黔之驢》更好，《畫記》也好。因為這些都只是隨筆，都只是平常的見聞和偶然的記載。題目不在乎大，只要用樸素而靈巧的筆法寫出來，即使專從文學的角度來看，也是最妙的。

唐宋人漸漸有專用隨筆的體裁著成書的，宋代這種名著更多起來，如歐陽修的《歸田錄》，沈括的《夢溪筆談》，陸游的《老學庵筆記》，洪邁的《容齋隨筆》，都為後人提供了大量的知識。於是隨筆成為一種大眾喜愛的著作體裁。隨筆所涉及的資料大都是人物故事、風俗制度之類，這些在正式的史書上往往不易看見，而在讀史的時候又必須用作補充，於是從隨筆中發掘資料，再將資料聯貫組織起來，然後又用隨筆的形式獻給讀者，這就成為掌故學。

掌故學的用處是甚麼呢？

世間一切事物都是隨著時間而變動不停的，而已經變動了的事物，往往如雲煙之逝，要想追摹起來以供參考，就很不容易。歷史本身是不會留下紀錄的，如果不依靠具體的事物映寫下來，則所了解的歷史不能真實而正確。掌故學的作用就是把關於變動了的事物種種知識積累儲存起來，以供應各種需要——特別是歷史研究的需要。

在中國的史書中，往往只看見興亡大事的記載，或者官式的表面記錄，而當時人們實際上是怎樣活動的，只有從其他的來源中才能體會到。這就使得從事掌故學的人要負起相當重的責任了。

我是為了替高伯雨先生的《聽雨樓叢談》作序，卻從隨筆到掌故學扯了一大篇，是不是廢話呢？

不是。為了讓讀者對於高先生的著作感到更深切的興趣，是有介紹之必要的。

我所熟悉的掌故專家以隨筆擅長的，一南一北，有兩位。高先生以外，其他一位就是久居北京的徐一士先生。當然，此外一定還有，不過他們兩位著述較多，接觸較廣，而且從事的時期較長。徐先生現在年高，不再能親自動筆，所以高先生的著作就更是大家所先睹為快的了。

他們兩位從事掌故之學所以得到很大的成就，有兩點我們應當注意。第一、他們不是為掌故而掌故，卻是從其他方面兼收並蓄了許多的知識，然後來談掌故的。比如說，他們所談的近幾十年的掌故，實際上是幾百年前的掌故都已羅列胸中，所以談起來原原本本，不是道聽塗說。第二、他們對於資料的運用都十分謹慎。因為資料的來源非常複雜，幾乎可以說沒有任何一種不存在問題。前人的記載常有不經意的錯誤，鈔書刻書當然都可能有錯。著書有時僅憑記憶，或者受到情感的影響，也可能有意無意地錯。甚至自己親筆題署的字也錯，鄭重刻在碑誌上的也錯。尤其是有些人說親身見聞的事也不一定可靠，因為一方面傳述的人儘管說的是親見親聞的事，可是他只看見聽見當時發生的某一場面，而於事情的全部聯繫未必了然。另一方面，這些人自己有了成見，真看問題總不免有點主觀，再加上有些人為了貪圖動人聳聽，不惜以偽亂真。這種情況就使得掌故好談而又不容易談了。他們兩位卻都是對於鑒別真偽一點不肯放鬆的，一字之差也必須追根究抵，不容許含糊過去。自己所說的話也總是保持一定的分寸。如果有疑問而實在無法得到正確的解答，也必有一番交代。其謹嚴負責的態度，是符合學術要求的。

我們對於這兩位的評價，不能有所軒輊，但是高先生畢竟年紀輕些，他已經吸收了徐先生的優點，再加上蓬勃充裕的精力，自然更能適應這個時代，所以對他的期望，特別殷切，他的每一部新著都必定是讀者所熱烈歡迎。首先，我們喜歡他那種輕快的筆調，妙緒環生而並不是胡扯，談言微中而並不涉輕薄。真是讀之唯恐其易盡，恨不得一部接一部迅速問世，才能滿足我們的貪慾。這種文章風格是從子書及唐宋人作品中汲取而加以變化的。

但是，在讀者把卷之餘，無不遊目騁懷，心曠神怡，作者卻不知付出了多少辛勤的勞動才能有此成果，我們除了應當知道感謝以外，還應當知道這門學問究竟對我們起些甚麼重要作用，才能了解作者的真正貢獻。

貢獻是相當大的。高先生自己說過，他不多談今時今日的事，因為今時今日的事不是「掌故」。這話未必盡然。今時今日正需要與過去對比，對比恰恰不是留戀，我們不是為了消遣而愛讀他的書，也不是僅僅為了擴充知識而愛讀他的書，為了作一個新時代的人，更應該讀他的書。

高先生殷勤地叫我為這部新著作序，大概認為我是一匹「識途老馬」，有著共同的好尚。但是我已經衰老，學問上再沒有進步了，本來所得就有限，現在更無以對知友了。卻不料他自己還說：「喜談掌故，其實一無是處，年齡漸老，翻閱前作，愧汗欲死。」哪有此事？我翻閱他的《聽雨樓隨筆初集》，已經覺得字字精采，至今還不厭重讀。後更勝前，自不待言。請讀者不要聽他過分謙虛的話，讓我來真實地報道一番吧！

本文原為高伯雨一九六四年版《聽雨樓叢談》序

我對書店的感情

前五年，商務印書館成立八十週年紀念，我曾在《文匯報》寫過一篇短文，略談一九二四、二五年我尚在讀商務編印教科書時候和它的一段感情，以後一直維持下去到一九六七年前後。

現在商務印書館又慶祝它八十五歲生辰了，並且和中華書局聯合慶祝，中華祝的是創業七十年，以年歲計之，商務大我八歲，中華則小我七歲，一兄一弟，我則夾在中間。以感情言之，三十年前我和商務有濃厚的感情，和中華則甚為稀薄。這完全是自私自利作怪，坦白說一句就是為了錢。

五十年前我在家鄉讀書時，和潮安商務印書館的經理徐盂霖頗熟，交際員齊幻如更熟。他們優待我，買書打七折，到年尾結賬時，更打個九五扣。因此我對商務大有好感，即使一九三一年以後在上海做事，凡買商務版大部頭的書，或價錢貴的書，都寫信到潮安分館購買（一九三六年冬，商務汕頭分館成立，潮安不設分館，降了級），經理張鴻鈞也給我特別優待，甚至一九三七年我移居香港，張君時遇好書，也寄來相贈。那時候我是避難來香港的，已無餘錢作買書的豪舉了。試想一家出版機構肯優待一個微不足道的愛書人，作為愛書人的除非「有心肝」，沒有不感激的，感激之餘，對之必有感情，所以每逢我從別一地方到

(圖1) 一九一四年商務印書館於香港中環建館、(圖2) 早期商務印書館店堂、(圖3) 一九三三年商務在香港北角營建新廠房(照片來源：商務印書館網站)

香港三聯書店

上海，回家卸下行裝後，第一回出門第一件要做的事就是跑往河南路拜候老友記商務印書館，和幾個相熟的夥計打打招呼，選購一些新版書。各層樓巡視一下才離去，下一步才是中華書局，但只是走馬看花，略看一下就走了。

何以厚此薄彼？說來又是感情用事，因為無論在汕頭或上海，中華從未優待過我，所以我的書櫥中，很少中華版的書，很自然的，我對中華的感情就薄了。

一九五〇年後，我在香港對這兩家出版大機構的感情，似乎有些不分彼此，沒有以前那樣「偏心」了。一九六四年以前，我在商務買書，賣文史一類書的那位張姓職員和我很談得來，給我七折優待，中華的劉「大師」也給我同樣優待，所以對兩家「都拉平」了。

不過有些可惜，就是近二十年商務不出版文史一類的書，中華則大量出版，我不得不移情別向，冷落了商務。近十年我已很少步入中華買書了，商務在香港，一年中還有十次八次跑進去，中華遠在九龍，難得專程往訪，然而中華的書還是要買的，那是另有書店給我特別優待，在我寓所附近便可以買到，所以案上很多中華新出的書，對它的感情也漸漸培養起來，亦可以補過了。

崇陵和崇陵正殿

光緒帝的崇陵

人死後埋身之所，通常都叫做墳墓，獨封建帝王才夠得上有資格叫做「陵」。孫中山先生一向是反封建反帝制的，他死了後，一九二九年安葬在紫金山，而他的徒黨居然把他生平所最恨的封建儀禮加在他身上，稱墳墓曰「陵」，稱安葬曰「奉安」，無一不與他老人家的心願大相違背。在二十多年前中山先生未安葬時，我心裏總是想，中國以後大概沒有「陵」這個名稱出現罷，那麼，光緒帝的崇陵，便是結束中國二千年來帝王墳墓稱陵之局了，這是何等快事！怎知幾年後，南京有一陵出現，於是我便知道金陵那班執政的黨徒的思想是甚麼了。幸得孫中山先生不是皇帝，而結中國皇陵之局者，仍然是大清德宗景皇帝載湉，因談崇陵，或為讀者所樂聞歟。

為甚麼皇帝的墳墓要叫做「陵」呢？這是沒有甚麼特殊意義的。陵是一個大阜，《詩經》所謂「如岡如陵」，不過是一座小山罷了。我國的專制政體既被「推翻」（其實並未推翻），「陵」之一字，當然是阿貓阿狗都可以用來稱他的墳墓的。但當日的南京國民黨當局就不許別人用，只留給他們的總理（民營商業機構的總理，改稱總經理）專用，即譚延闓之塚，也只稱墓，不敢僭稱，以示「天無二日，民無二王」之意云。

崇陵在河北省易縣鐵路終點的梁格莊，在西陵（西陵包括有雍正的泰陵，嘉慶的昌陵，道光的慕陵，及光緒的崇陵，計四帝，三后三妃皆葬於此。）諸陵之中，為最近鐵路站的一個（相離只五華里）。歷代帝王，一登大寶之後，照例拿出大批國帑，經營自己的墳墓的。清代帝王自稱將來葬身之地為「萬年吉地」。光緒帝即位後，西太后對於他的「萬年吉地」漫不經心，只是一心一意經營自己的葬身之所，光緒帝死後，在宣統元年（一九〇九年）才開始經營絕龍峪的崇陵。當建造之時，認為絕龍峪之名不祥，便把「絕」字改為「金」字（本擬改為九龍峪，後以光緒帝是清朝的第九個皇帝，恐怕龍脈至九龍而止，遂改為金）。但光緒帝未葬，而「龍」脈已絕，不三年，清社亦斬矣。因為亡國後，崇陵的建築，一概皆從簡陋，比起以前各帝的陵寢相差甚遠。

陵前最右之處，有一座頗似牌坊之物，共五間，名叫櫺星門。過此門後，有一閣獨立，是神道碑閣。閣後有石橋，過橋後，有東西朝房各一，中為隆恩門，亦五間。門內有東配殿西配殿分立左右。稍進則為中間的那一座隆恩殿，背後有琉璃門，渡石橋而至方城，其北即「寶頂」，下為地宮，即德宗與隆裕后葬身之所，（案：所謂寶頂，即皇陵之圓頂也）

崇陵經始於宣統元年，至民國四年始竣事，前後亘七年之久，蓋以無款及監修大員於亡國後還要收陋規也。梁鼎芬被派為「種樹大臣」，崇陵之成，他也盡了一點力量的。近人金梁（字息侯，曾任溥儀的「內務府大臣」，今仍居上海）的《四朝佚聞》記其事云：「崇陵工程，原派載澤、載勛及鹿傳霖等監修，撥款二百萬。遜國時，並以修陵為約，乃久無人過問。梁鼎芬謁陵，至德宗梓宮暫安殿，例不得入；大哭。守護大臣壽蔭，特許入叩。麻衣草舍，宿苦枕凷，眾皆哀之。鼎芬問陵工，承修工廠以無款久停對。問原款，則曰：『監修者例送八十萬、六十萬，唯鹿大臣未收，實到工僅二十萬，早罄矣！』鼎芬大驚，擬赴南洋募捐續修。世凱聞之，乃屬趙秉鈞籌撥，先後約三數十萬，始得完工。時孝定景皇后亦薨，遂同日奉安，而種樹款無著，由舊臣報效，派鼎芬為『種樹大臣』，乃集事焉。鼎芬築廬陵外，獨守數年。每歲冬祭，除派宗室外，常到者僅鼎芬、林紓及毓廉三人。勞乃宣、張曾敭、沈曾植、寶熙等亦嘗至行禮。後鼎芬死，自葬於其廬，而秉鈞以陵工出力故，世凱亦為葬於陵前興隆寺，今稱趙家孤墳云。」

梁鼎芬得為「種樹大臣」，是他一生最高興的一件事，他在詩文中最喜歡提到「種樹」這件光榮的事的。例如他輓滿清的吉林巡撫陳昭常（新會人，民國初年任吉林都督。）聯云：「關中見賞鹿尚書，憶昔萬里驅車，行在烽煙詩一束；地下若逢龍表弟，為說孤臣種樹，崇陵風雨淚千行。」（案：鹿尚書，鹿傳霖也，龍表弟係鼎芬之戚龍鳳鑣，嘗為鼎芬刻詩集者。）他的得葬崇陵附近，可謂死無憾矣。至於趙家孤墳，說來也很有趣，原來趙秉鈞從小便父母雙亡，自己不知姓甚麼，只得取「百家姓」中第一字為姓。死後亦無子，人稱之為「空前絕後」。他被袁世凱毒死後，「賜葬」西陵，與梁鼎芬的生壙為鄰，傍山疊石，祭堂、園圃、牌樓、翁仲等物，皆遠勝崇陵，蓋一為世凱寵臣，一為通氣皇帝，迴不侔出。其饗殿楹聯為袁寒雲所集杜詩，文云：「將軍勇概誰與敵；丞相祠堂何處尋。」款署「皇二子袁克文。」

鼎芬死於一九一九年，葬時遺老名士集者甚眾，余紹宋為繪「梁格莊會葬圖」（紹宋字越園，浙江龍游人，鼎芬表弟，五年前方逝世，近代名畫家也）。有關崇陵經營而又獲「陪葬」的兩個滿清遺臣，已經談完了，我還說一下遺老集貲種樹及其他有趣的事，以結束此文。陳夔龍，他在的《夢蕉亭雜記》卷二記云：「（上略）不幸龍馭上賓，沖皇嗣統，攝政甫經三載，國體更變，余亦因病棄職。舊制，新主即位，例須奉卜萬年吉地，不知何以當時未經懿旨施行。直至大行之後，倉卒於西陵建造山陵，梓宮暫奉祀於梁格莊享殿。余己酉（按係宣統元年一九〇九年）十月，由鄂調直，入京陛見，翼日敬謹齋戒，馳往西陵，虔叩梓宮。追維聖德神功，澤流中外，微臣渥蒙殊遇，答報無從，輒不禁感激流涕也。大工未集，忽值國變，一切匠作，因而停止。幸南海梁『文忠』公鼎芬，痛哭陳書，嚴責當事撥給鉅帑，得以乘時興工，並函致海內外諸遺臣，量力報效，集成鉅款，為山陵種樹之需。余報效四千元，內子許夫人報效二千元備用。『文忠』於事竣後，曾影崇陵種樹圖見寄。承修此項欽工之前，直隸布政使淩方伯福彭，復以崇陵寢殿拓印成圖寄閱。荒江孑遺，老眼摩挲，不知涕之從何出也。至孝欽顯皇后菩陀峪定東陵，前為萬年吉地，年久重修，余亦曾任此役，目睹規模崇麗，不比崇陵倉卒興辦，諸形簡陋，時會所值，無可如何，惟有委之氣數而已。」所述可為參考。今圖中四圍的小樹，皆當日坐擁厚貲的遺老報效植成，四十年中高聳參天了。

孝欽后死後二十年，她的「萬年吉地」，即為國民黨軍隊發掘，劫去寶物無算，遺體且為侮辱，崇陵因諸形簡陋，沒有軍隊光顧，此亦薄葬之福。

崇效寺鱗爪

北京人向來就有賞花的習慣，每年陰曆四月初，崇效寺牡丹盛開，紅男綠女多聯袂往遊，觀賞吟詠，以為樂事。據永樂大典引《析津志》，崇效寺原先是唐朝幽州刺史劉濟的故宅，由劉氏捐贈為寺院以祈福。後來朱彝尊著《日下舊聞》，卻只說元朝至正年間，賜額崇效，而不及劉氏捨宅前事。其實，崇效寺原名棗花寺，因東廂有棗樹一株，故名。三百年來，都下賞觀牡丹者咸趨崇效寺。寺中最名貴品種有姚黃、魏紫各一株，枝幹高逾八尺，傳是明朝時代所移植的。近聞寺中牡丹五十多本已移植於城中的中山公園，以供市民欣賞了。

寺中西廂下還有鐵梗海棠，為清初詩人朱彝尊、王士禎所手植。乾嘉間，翁方綱曾刻石證明其事。但這些海棠在道光年間已萎謝了。現有的，是後來所補種的。

除牡丹、海棠外，崇效寺還藏有《青松紅杏圖》手卷。這手卷所寫的是明末遺民的一段故事，與民族大節有關，所以特別為世人珍惜。

寫這手卷的人，原是洪承疇的部將。洪承疇松山敗後，不肯為民族爭光，向清兵投降了。而這位將領卻不肯侍敵，走到盤山落髮為僧，法名智朴。《青松紅杏圖卷》，就是這位智朴禪師的自畫像，寫自己立於青松紅杏之間，暗寓松山杏山的一段傷心史。此圖寫於康熙廿九年庚午（一六九〇年），其時他在盤山某寺當住持，名拙庵。時代久遠，這圖何時才落於崇效寺，如今

老照片裏的崇效寺東配殿

已不可考。

《青松紅杏圖卷》藏在崇效寺中，已逾二百年，當時題跋者頗多。光緒八年，李越縵住在保安寺街，崇效寺住持僧祥生曾持卷請他題詩，越縵即倡議把此圖重裱，到光緒十四年三月，才交琉璃廠松竹齋（即今日的榮寶齋前身。）重新裝裱，將卷尾的裂幅裁去三尺餘，再加紙七尺，以便容納時人的題跋。

庚子義和團之變，此卷忽然失蹤，後來為楊蔭北（壽樞）所得，送還崇效寺。寺僧妙慈以名種牡丹十本酬謝他，蔭北因倩名畫師姜穎生（筠）寫《歸卷移花圖》以張之。三十年前，只要給寺僧一元他就拿出來給遊客欣賞，後來生怕把畫弄壞了，就請人摹了一卷，以應付好事的人了。一九三一年亡友曹經沅有詩詠其事云：「歸卷移花事尚新，畫圖藏篋漸生塵；劇憐百輩扶輪手，留與山僧當饋貧。」又聞寺中有禹之鼎所畫的青松紅杏圖，不知尚存否。

一九一四年，王湘綺（闓運）入京就任國史館，曾遊崇效寺，並題《青松紅杏圖卷》，其日記有云：「至崇效寺看青松紅杏長卷，國初諸人及近年故人均有題記。翁覃谿八十四歲題字，余八十三，欣然繼之，字更小於覃谿，亦雅於覃谿。」

湘綺自詡所題字小於覃谿，而雅於覃谿，足見此老大言不慚，老而益甚。覃谿以書法名滿天下，尤以細字馳譽當世，每年元旦，例以瓜子仁書「萬壽無疆」四字，以測眼力。八十後，仍能在芝麻上書「天下太平」四字。王湘綺則向不以書名，寫小字工夫當不及覃谿遠甚，高年不改狂態，可見他的風趣。

智朴禪師不甘事敵，今手澤仍存，為天下重，以視洪承疇雖生前烜赫，而大節有虧，終為天下唾罵，其榮辱誠未可相提並論。承疇沒後，其子孫零落，尤覺可憐。雍正間，蔡顯所著的《笠夫什錄》，記洪承疇後人事，有云：

保定省城荻道口，有總制洪承疇大宅，黄瓶朱户，庭石傴僂人物。予寓左廡，時值嚴寒，見一幼女，蓬頭單衣，向房主人乞錢。主人以頻至不禮，余詢知為承疇曾孫女，呼廚人予之椀飲。前一日，訪金御史毓峒洄羅井，蓋金氏一家殉難所也，一泓寒洌，心膽凜然，合二者論之，自古有死，泰山鴻毛之喻不虛矣。

承疇死於康熙初年，越六七十年，其後人竟零落至此，可見清廷對貳臣，亦非甚厚。承疇的私邸在北京地安門外南鑼鼓巷。光緒年間，滿人李繼昌著《左庵瑣語》，亦歎息其第宅荒蕪，門祚式微，後人只一老儒，以課徒餬口云。

關於智朴禪師的事蹟，傳世甚少。前客天津，曾見其於康熙中葉與宋牧仲書三通茲摘錄如後：

第一函云：「山深陽緩，遲平原春色倍旬日。朴每坐山厓，看紅杏百千樹，疏密橫斜，纍纍欲綻，竟不知人間事為何如耳……。」第二函：「還山心重，遊興索然，恐修途炎蒸，舟行濡滯也。擬於詰朝就滄浪亭與先生話別。後會難期，言之惋歎。……昨承竹垞作八分書卷子，併集唐句見貽，敢請先生跋一言，攜之北上，留鎮山門。」第三函云：「承賜御書手卷，拜首展閱，希有難逢，奉之北上，永鎮山門，何幸如之。……霖雨阻泥，不能行動，十六日準擬發舟。……」

案智朴禪師到江南時，宋牧仲正任江蘇巡撫，恰好朱竹垞也從嘉興到蘇州，他們就在滄浪亭雅集賦詩，畫師高簡為繪《滄浪高唱圖》。智朴禪師到北京後，曾請王漁洋為之題詩。又智朴禪師著有《盤山志》甚有名，現在讀他這三封信，可見他的文采一斑。

廿四年(1935)春北京崇效寺牡丹

崇效寺賞花

北京人愛看花，已成一種風氣，在清代，北京城裏面不是民居便是官署，有花可資欣賞的地方不多，因此每逢春秋佳日，人們都到城外的崇效寺、法源寺，遠則到西山的大覺寺賞花。崇效的牡丹，法源的丁香，大覺的杏花，都是很有名，一到花時，遊人麕集，風雅之士，更是一邊賞花，一邊飲酒賦詩，往往留下佳句。

民國三年，朱啟鈐做內務總長，竭力主張把社稷壇從溥儀的「小朝廷」中取過來，闢為中央公園，廣栽花木，從此北京人賞花，近在咫尺的中央公園便可以償其心願，不必遠到城外近郊了。有了中央公園，崇效寺等的花事已闌珊。名噪一時的崇效牡丹，我在一九三五年春末往遊，不僅沒有甚麼異種可賞，就是牡丹也不及中山公園開得那麼絢燦，賞花勝地已為中山公園所奪了。（民國十七年北伐軍打入北京，改名北平，中央公園也改名中山公園。）

儘管崇效寺的牡丹不如中山公園，但「高級」的風雅之士，仍趨向崇效，一來，他們認為中山公園遊人太多，有敗雅興；二來，崇效寺有七八百年歷史，可發思古之幽情，此外又有一卷「青松紅杏圖」，更足繫人遐思。當我慕名往觀「青松紅杏圖」之時，有人對我說不足觀，真者為和尚秘藏起來，另請人摹一贋本，以應遊人之求。

近日讀《大公報》的副刊舒諲先生的《詩人．和尚．將軍》一文（見四月七、八兩日），就是談「青松紅杏圖」的故事。這個故事的主人公智朴和尚，名氣不如「青松紅杏圖」那麼響亮，北京人只知有「青松紅杏圖」，至於智朴和尚就少人知了。舒諲先生此文只談其人，關於圖略提一提。其實這個和尚的身世，似乎還有點來歷不明的。世人珍重此圖，又珍重智朴，無非因他是不肯降清的一位將軍。

三百年來，相傳智朴是洪承疇的部將，洪承疇兵敗被擒，不死以謝國，還靦顏降清，統大兵攻打祖國，做滿清的「開國忠臣」。他的部將在國亡之後，出家為僧，在盤山某寺當住持，到康熙二十九年庚午（一六九〇年），他寫了一幅畫，畫本人站在青松紅杏之間，隱寓松山杏山戰役，主帥洪承疇祖大壽降清，國事不可收拾的一段傷心史。

智朴禪師的身世如何，到現在還未能揭出。舒諲先生文中有一段說：

> 智朴的集子中，對自己的身世諱莫如深。智朴自崇禎甲申（一六四四年）國變，迄康熙辛亥（一六七一年）結茅盤山，時距明亡已經二十八年，其間他曾遍遊淮甸，究竟所事甚麼活動，未見記載。……

因此，便有人懷疑他也是一個反清復明的革命分子，他廣交當代名流達官，無非作掩護之計。

北京在明清時代，可說是帝都最盛之時，照理京師是人文薈萃之所，可供人遊玩行樂的地方也必然很多的了，但說來可笑，除了逛廟宇、入戲園、上酒樓之外，似乎沒有甚麼新鮮的娛樂。

北京城地面很大，交通工具靠驢車、馬車、轎子，沒有車子的人只好走路，從東邊的城門走到西邊的城門，要花你半天工夫。如果你住西城，要到東城訪友，不坐車子，也不坐轎子，單憑兩腿，一往一返，就要花你一天的時間。因此，一般人也不大講究娛樂，在家裏種種花，養養鳥，便可過日。

風雅的士大夫，公餘之暇，騎馬出城到郊外，遊覽風景，或往南城遊崇效寺、法源寺，順便賞花，但到了「帝城花事」的時候，就專程往這兩寺宇賞花飲酒了。

崇效、法源兩寺，都不是北京的大寺，尤其是崇效，地方小得可憐，只能說是一座佛院而已。但兩寺的名氣遠遠超過它們的規模。為甚麼？本來寺院的名氣，以佛事多，布施多為準則，可是它們卻沒有這個條件，法源還好，崇效就不免相形見拙了。但為甚麼又會名氣大呢？原來北京賞花的季節在春夏之交，最好是穀雨到立夏這二十天左右，也即是陰曆三月下旬到四月下旬之初，這時春花如牡丹、海棠、丁香都盛開，住在城中的人賞花最方便的去處，無如崇效、法源了。

崇效寺以賞花著名之外，更著名的是它有一卷「青松紅杏圖」，不過目的以看圖遊寺的人，不如看花的多罷了。崇效寺有南城白紙坊，以前沒有白紙坊街之名，近年新添街名，寺即坐落白紙坊街了。旅行團的人到北京，節目表中絕不會有遊崇效、法源的，它們是冷門貨，和尚很難得到華僑外僑的布施。據說棗花寺是崇效寺古時的名稱，後來才改的。它不是大寺，香火不盛，和尚只好一年四季送花給達官貴人，博些香油錢。李慈銘的《越縵堂日記》，常記往崇效看花，也常記崇效寺僧送花來，賞以金錢。

民國三年（一九一四年）以後，北京城內才有公園，初名中央，到國民黨勢力打入北京，改名北平，中央公園也改名中山公園。從此遊人賞花，不必遠路到崇效法源，更無須跑往西郊的極樂寺看海棠，中央公園應有盡有，買張門票可以讓你玩賞終日。後來北海也闢為公園，居民又多一遊觀賞花的好去處，崇效、法源的花事，日益蕭條了。

法源寺地方大，有客房出租，如果不是做大官每天一早上朝的，住在法源寺，倒是很風雅。詩人黃仲則曾僦居法源寺很長一個時期，他的好友洪亮吉的《卷葹閣集》中就有幾首詩寫他往法源寺訪他，同他一起賞花的。咸豐初年，王湘綺入京會試下第，也住法源寺，寫過很多有關法源寺的詩。據湘綺說，當時的文士常借法源寺聚會，議論朝政。

夕照寺的壁畫

滿清時代，北京有一幅很著名的壁畫，可惜此畫近二十年已經破壞不完了。往日北京古寺，多有名畫收藏，長椿寺有明孝定李太后的九蓮菩薩畫像，崇效寺有青松紅杏圖卷，但都是卷軸，並非壁畫，夕照寺的壁畫卻是出於一個無名畫家之手，越覺得可貴。

我遊夕照寺的時候是一九三六年，其地離城頗遠，地處荒郊，遊人多不至，寺亦極冷落，寺僧的生活都沒法維持，無怪壁畫壞了也不能修葺。住持僧的名字我不大記得了，似乎是法雲上人的徒孫，光緒年間，法雲上人是該寺住持，與翁同龢、潘祖蔭等人時有往還的。但我所見的那個住持僧，語言無味，俗不可耐，答非所問，也就不再和他多說話，看了一會破壁上的墨筆畫松就走了。

夕照寺在同光年間還是很旺盛的，李慈銘的《越縵堂日記》同治十二年九月十二日記夕照寺壁畫最詳細，現在摘鈔一些如左：

上午詣夕照寺，由三里河而東，復數里，行曠野中一二里方到寺，已將及左安門矣（今呼沙鍋門）。庭芷，逸山，獻之皆先至，寺僧僅一二人，皆杭僧也。寺剏於明時，為西山浙僧分院，規制頗隘，而廊宇雅潔，窗檻明靚，有江南風。後殿右壁有北人陳壽山畫松，左壁有王

夕照寺舊影

安崑平圃所書沈約高松賦，後有跋，言京師左安門外弘善寺靜觀堂有陳香泉禹之鼎兩君畫壁，觀者雲至，夕照寺恆吉師欣慕之。乾隆乙未（即一七七五年，乾隆四十年）夏六月，因乞陳壽山畫松，而平圃書此賦。今日寺僧言陳君畫時年已將八十，當暑盤薄，頃刻而成。其畫雄深蒼古，腕力絕人，王君謂其筆墨陰森，一堂風雨，洵不虛也。王書作行草，亦婉勁有米襄陽董文敏之風。沈賦見其本集，有云「葉拒禽蹤，枝涌猨路」，又云「飛蓬下捲，明月孤懸」，為一篇之警策矣。東院有挹翠軒，為燕坐處，庭中有竹樹小池，對軒有平臺，上設欄檻，牆外環以楊柳，野景蕭寥，女牆掩映，南望荒亭一二，錯峙榆槐，即馮益都萬柳堂也……

越縵遊夕照寺時，至今恰是八十一年，而距我遊覽之時，也七十多年，但我所見的夕照寺，既沒有挹翠軒，也沒有平臺，地方已經縮小了許多。寺僧告訴越縵陳壽山畫壁時，年將八十，似乎不大可靠，我手頭的參考書很少，未能查出陳壽山是北方那一縣人，但乾隆年間禮親王昭槤是認得他的。禮親王的《嘯亭續錄》卷三，記陳壽山云：

陳處士松，字壽山，性豪宕，善繪事，少遊楚，不遇。入京客余邸中，先恭王甚喜其人，日與壽山談，置其畫不論可也。先生繪事，少師板橋諸派，故頗為人所訾議，然善畫松，嘗於夕照寺壁間畫大松數株，枝幹長數十尺，夏日觀之，謖謖有聲，如身立深山中，人爭愛之，以先生終身筆墨，惟此為最云。偃蹇以終，年未五十，其妻孥流落客邸，先恭王厚為卹養，至今猶存，年已八十餘，蕭蕭白髮，亦可憫也。

禮親王所記的似乎比較可信，陳壽山死時未五十，寺僧對越縵說他年近八十，大概相隔八九十年，寺中文獻無存，寺僧也不大清楚了。《嘯亭雜錄》到光緒初年才有刻本，以前都是傳鈔本，所以越縵讀書雖博，他遊夕照寺時，尚未得見此書，因此日記中並無引禮親王的話來證寺僧之失。到光緒中葉，越縵才買到《嘯亭雜錄》，日記中再無提到陳壽山畫松之事。

越縵日記述弘善寺有陳香泉禹之鼎畫壁，我沒見過。之鼎是清初名畫家，香泉是大書法家，書名滿海內，似乎不會畫，恐怕是一壁是禹之鼎寫畫，一壁是陳香泉寫字，所以夕照寺也請陳壽山畫松，王安崑寫字。

近二十年夕照寺情形不知如何，這一二年中，北京市當局大力修葺古蹟，並極力保存文物，我沒有聽到有關夕照寺壁畫的消息，恐怕近十餘年已經毀滅了，詳情如何，俟再查問。

距今六十年前，上一甲午，中日正醞釀作戰時，翁同龢於四月廿七日遊夕照寺，日記有云：「入沙窩門，至夕照寺，與法雲上人談。法雲老矣，常病，即在禪堂飯。余本茹素，而僧以肉餉，相對舉箸，可笑也……。」

因為今年是甲午，所以順便抄抄翁同龢的日記，以為談助。

夕照寺壁畫與陳松

一九五四年，我曾在星洲的《南洋商報》寫過一篇《北京夕照寺的壁畫》，當時我未知道寫這壁畫的陳松是何處人。李慈銘的《越縵堂日記》只說他是「北人」，但後來我查出他是安徽省天長縣人，是江南人也。李慈銘此說是根據夕照寺和尚所說的，和尚又說陳松畫時年已八十，則與禮親王昭槤的《嘯亭雜錄》所記不符。禮親王認得陳松，又和他有來往，他說陳死時未滿五十歲。

夕照寺的壁畫，到現在尚存，不過已殘破不堪了，但北京的藝術界研究壁畫的問題，還不斷地去夕照寺作參考。

關於陳松的事蹟，我所見的畫史所記極簡，《中國畫家辭典》只說他是安徽天長人，善畫松。近日讀俞蛟（字青源，浙江山陰人，生在乾隆末年。曾到廣州、潮州當過小差事）所作的《夢菴雜著》卷七。有《陳壽山傳》，可為參考，得到這一段資料，與《嘯亭雜錄》、《越縵堂日記》所記的合看，便約略可窺見這個畫家的身世了。俞記云：

京師萬柳堂之西北隅，有古刹曰夕照寺，或謂即燕京八景「金臺夕照」之遺址也。大興王安民書《高松賦》於殿之左壁，右壁松樹五株，為陳壽山筆。壽山名崧（案：禮親王及李慈銘

陳松作夕照寺壁畫《五松圖》

皆說名松，《中國畫名人大辭典》作崧），天長人，遊楚不遇，入都賣畫作生涯，筆多匠氣，觀之令人胸次作惡，故其畫恒為市廛商販及胥椽家所寶，騷壇藝苑之士，莫有持縑素乞其揮灑者。獨夕照五松，離奇夭矯，蒼翠濃鬱，恍聞謖謖濤聲起簷際，而置身千巖萬壑間。余每入寺，必瞻玩移晷不忍去。寺僧為余言，壽山作畫時，值長夏，解衣裸體，酌巨觥連飲，磨墨貯瓦甌，睥睨久之，然後纍几而上，皴擦勾斫，颯颯有聲。晌午，天大雨，傾注若黃河乍瀉，千珠萬珠，跳擲階下。庭水積尺許，雨霽而畫畢，夕陽猶在高舂也。殆古人所謂胸有成稿，意在筆先者乎？蓋畫無論山水人物花木，不難於小，而難於大，譬諸寫字，以纖毫憑几，於尺幅中作小楷，極整齊結構，及縱筆作擘窠書，往往散漫而失繩墨者有矣。殿壁縱橫各二丈有奇，松本圍徑尺而有參天之勢，枝幹屈曲，針葉疏密，均得乎法，畫松之能事畢矣，王安昆書，素亦自負，與畫對峙，似為減色，足徵筆墨有一日之短長，而壽山塗抹半生，得壁畫而傳，可謂厚幸矣。

俞氏此記極可貴，《中國畫史人名大辭典》關於陳松小傳，即引自俞氏此文，編者注明「引《讀畫閒評》」，查《讀畫閒評》是《夢菴雜著》卷七的全部分。禮親王說他「少遊楚，不遇」，與俞說同（禮親王與俞蛟是同時人，《嘯亭雜錄》刻於光緒六年，俞未及見的）。

夕照寺和尚對李慈銘說陳壽山畫時，是乾隆四十年丁未（一七七五年），我認為此說似乎尚有問題，這一幅壁畫恐怕成在乾隆四十五年（一七八〇年）以後的。怎見得是呢？我現在找到了一個旁證來說明。乾隆四十五年六月，有個朝鮮人朴趾源，跟隨他的族兄朴明源來中國。朴明源是朝鮮派來恭祝清高宗七旬大壽的正使，他們先到熱河祝壽，再入北京遊覽。朴趾源是彼邦名儒。學問深湛，到中國後，即一荒村野寺的文物他都留意到，把所見的記入他的《熱河日記》中（此書乃朝鮮傳鈔本五年前影印行世的）。該書卷二十五有「夕照寺」一條，今錄之如左：

訪俞世琦於夕照寺。寺不甚宏傑，而精灑幽敻，真乃一塵不動，禪林中淨界，此為初見也。無一僧，去住皆閩粵中落第秀才，無資不能歸，多留此中，相與著書刻板以資生。時居者共三十一人，為人賃書，朝出晚還，寂無一人，而所居皆潔淨，位置整齊，使人徘徊相詠不能去。《析津日記》云：燕京八景有「金臺夕照」，此寺之所由名也。俞君本閩人，為陝西兵備道陳庭學娣婿，今年二月喪妻，無子男，有四歲乳女置婦家，身獨與小僮栖息此寺中。

乾隆中葉的夕照寺是這樣的。朴趾源最重視中華文物，而夕照寺又以壁畫出名，他既然親到夕照寺，沒有見不到壁畫的，如果他見到，必記入日記中無疑。然而他的書中並沒有提到夕照寺有壁畫，這可證明夕照寺的壁畫，必是乾隆四十五年以後才有的了。

一九五八年六月廿二日

龔定庵的北京故居

北京宣武門外上斜街的番禺會館，是仁和龔定庵先生故宅，定庵于道光八年（一八二八年，戊子）即居於此，前後凡四年之久（見定庵題段玉裁許氏説文云：戊子至是在都皆居上斜街）。到十一年十月，才以白銀二千二百兩，賣給番禺人潘仕成。仕成南歸廣州，因見番禺縣沒有會館在北京，便捨宅為縣館。定庵賣屋，寫有一契，現仍存在，文云：

立賣契人龔定庵，今有自置房屋一所，坐落宣武門外上斜街二廟路南，後門通皮庫營，東至四川會館，中二層俱闊十間，過西南院至油鹽店，並謝姓西院。石山亭子俱全，空房子約四十餘間，另室地一大段，花樹魚缸俱在院內。憑中説合，情願賣與潘德畬二兄處，言明價銀足紋貳仟貳百兩京平，其銀當面收足，並無少欠，立此永遠賣契為據，並舊紅契五張，一併交執，此照，大小共八張。

此房前後院，原係零星湊買，經趙象庵、潘芸閣、魏伯鴻諸先生陸續起蓋，方有房子如許之多，因與上手紅白契不符，故亦批明。中見人許寶衢，黃愛盧，馮晉魚。

道光十一年十月朔日，賣契人龔定庵親筆押。

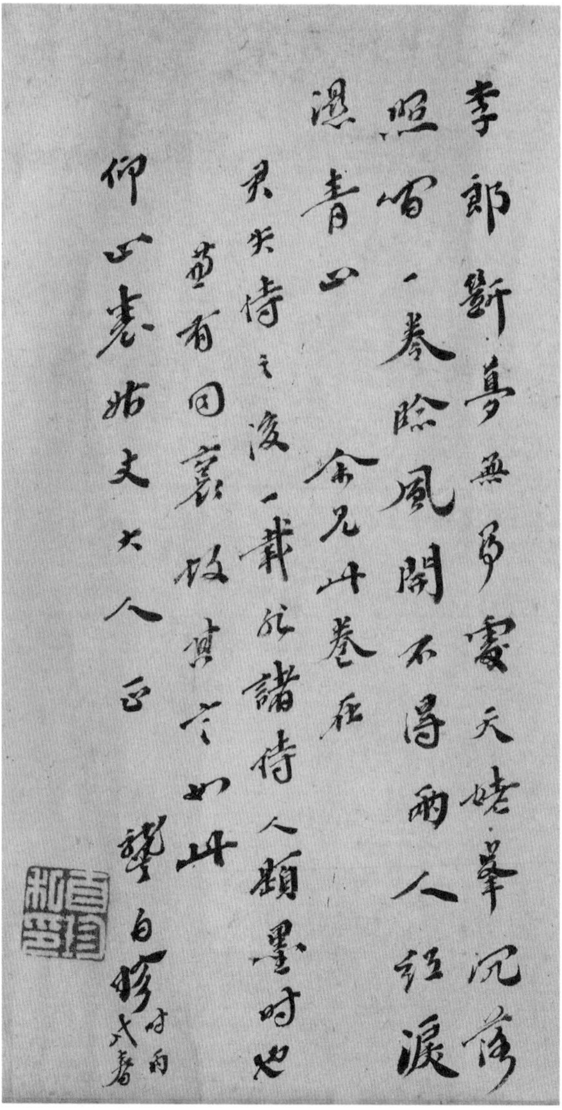

龔自珍題詩

龔定庵是道咸年間我國一位最有思想，有頭腦的大文豪，他的思想對康有為影響很大。他在北京的房子賣給道咸間海內數一數二的大富豪潘仕成，潘又把它捐出來做會館，這不能說不是鄉邦的佳話。我在北京時，只知道番禺會館是潘仕成的捨宅，並不知它是龔定庵的故居，潘仕成的贈屋信札中，並沒有提到這一段故事（詳下）。三年前，陳蘭甫先生的孫子陳公穆（慶佑，今已八十餘，隱居北京）對友人張次溪（東莞張伯楨之子）說到會館中原有龔氏手書的屋契，次溪後來找到了拿給葉恭綽先生一看，葉先生認為這是抄本，原蹟早已為好事者換去了，因為契文中的「段」字誤作「叚」，定庵熟一於六書，又是段玉裁的外孫，不該有此誤的。但我以為此契也許就是原物，舊日的文人是不屑做這等俗事的，房子賣成，找個人寫契，自己親押個名字就算了。南海關賡麟先生題此契云：

吾粵舊番禺館址，在上斜街，為龔定庵禮部故宅，鬻於潘德畬兵部，已而捐為邑產，其購置原約，與捨宅公函具在。龔既名人，潘亦義舉，片羽流傳，皆成掌故，不可無記，輒題二詩。

外家英物出金壇，主客宣南老一官。
有宅杭州偕隱去，舊巢爭肯戀長安。
寄園浙省接芳鄰，捨宅高情勝指囷。
至竟海山何處是，幾曾舊館著仙人。

（伯雨案：仕成之海山仙館門聯云：「海上神山；仙人舊館。」此聯傳係番禺人孟蒲生鴻光所撰，孟舉人，蘭甫先生門徒也。）

《京師坊巷志》：龔定庵居宣武門外土地廟斜街，據招錢曹金籀寓宅時，曹詩注為證，列之下斜街。按契載在二廟路南，後門即皮庫營，其為今上斜街無疑。蓋上斜街即宣武門斜街，自東而西，至二廟止，轉為自北而南，今日下斜街亦由土地廟斜街或槐樹斜街。定庵所居非土地斜街，且南北行之街，亦無路南，《坊巷志》似誤。癸巳嘉平，南海關賡麟識。

番禺會館現有石刻立館中，是同治二年樹立的，碑文為潘仕成所作，用他的兒子潘桂的名義立石，文中說到京師會館林立，獨番禺邑館尚付闕如。道光十一年（一八三一年）他在北京做京官，租上斜街趙象盦的舊屋居住。「有園亭木石之趣，象盦以藝鞠名都下，余亦藝鞠其間，每當花時，讌賞甚盛。洎戊戌（道光十八年）南歸後，奉襄海疆事宜，未遑北轍，自捐此宅為公車聚會之所。年來鞠讌遂南移於海山仙館，撫今追昔，倏已閱二十餘年……」云云。

潘仕成贈屋的一封信，是寫給廣東一班鄉前輩的，函中有云：

茲有上斜街舊住宅一所，合計房子約一百間有余，其中花木奇石，俱有可觀，房子亦極其堅壯，情願送出為我邑改作會館，不收價值。其西便門雖係官房，但不過三分之一，其二俱屬民房，將來會館足用，將此隔開另租為口口（案此二字不明）及每年津貼會館費用，似未為不可。緣此房本有三門，一在現大門之西，一在皮庫營，今俱堵塞其二，故可分租也……至送帖及契紙，先已併託筆珊兄攜去，其租亦屬無幾，已詳送帖內，到時尚冀照存為荷……儷裳年大兄、矩亭年伯、穆堂仁兄、樹百仁兄、石卿仁兄、玉臣年大兄、香坪寅二兄閣下，潘仕成頓首。

再，此宅現盧少峰農部租住，已札浼其亟遷，仍希睹公再為催促，免誤公車到來也，切囑切囑，又啟。

這封信是潘仕成寫給梁儷裳，梁矩亭等鄉先輩的，函中所說的「送帖」，我沒有見過，不知內容怎樣說。筆珊是甚麼人，租住此宅的盧少峰又是甚麼人，現在無法考證出來，但儷裳等三人我還知道。儷裳是梁國琮之字，國琮番禺人，道光十八年戊戌科翰林，與曾國藩同榜，名次比曾國藩高許多，他的廣州私邸在榨粉街。矩亭為梁同新之號，同新字應辰，番禺人，道光十六年丙申科翰林，與何紹基同榜，官至順天府府尹。穆堂是史澄之字。史澄號澄園，番禺人，原名淳，因避同治帝諱，改名澄，道光二十年翰林，官至左中允。樹百以下三人是誰，俟考。潘仕成字德畬，很多人都以為他是一個鄙俗的豪商，其實他也是文人，副貢出身，道光十三年二月，他在北京捐銀一萬二千兩賑濟京畿旱災，清廷賞他舉人，准一體會試。他所刻的書及叢帖，皆有名於時。

月盛齋牌匾清代書法家吳壽曾題寫

月盛齋老北京醬羊肉譽滿京華

月盛齋醬羊肉

北京月盛齋的醬羊肉，是天下馳名的美味。根據老北京說，這個齋，至少在乾隆年間就有了，不過不是叫月盛齋，人家叫它為「戶部街醬羊肉」。原來它的老細是回族姓馬的，一向住戶部街，他製的醬羊肉出了名後，人們就叫它為「戶部街醬羊肉」。北京人的習慣，喜歡拿街名來做店舖或住家的代名詞，例如「護國寺王家」、「安兒胡同宛家」。宛家就是著名的烤肉宛。

我住北京時，月盛齋還是在老地方，它的隔壁似乎是郵政總局局址，是一座很堂皇高聳的洋樓，而月盛齋則是一所「矮矮細細」的平房，望之不似聞名全國的商店。

月盛齋在清代時，開設在戶部街，這條街有四個大衙門，吏部、戶部、禮部、宗人府同在一條大街上，庚子事變後，已有變遷，民國成立，把戶部街開闢為大馬路，叫作東長安街了。一九五〇年後，聽說月盛齋遷到前門外營業，是否傳聞如此，我不大清楚。

月盛齋的醬羊肉，好在「湯水」，這鍋湯水，已有一二百年歷史，所以醬出來的羊肉，特別香嫩。它為甚麼這樣好味，主要還是所用的調味香料。是甚麼香料呢？那是家傳秘方，外人不得而知，只有馬少爺知道，馬小姐是沒資格知道的，因為她要出嫁啊。

北京小吃

北京小食

北京的小食是天下聞名的，四十年前客居燕都時，幾乎沒有一日不上小館子，著名的如東來順、同和居、萬福居等知者已多。最著名的廣和居，很可惜，我在一九三三年寓北京之時，剛好它開張一百年便關門大吉了。

現在把舊日我常到的那些館子著名食品略說一下，現在想起來還口有餘香，垂涎三尺呢。醒春居的粉蒸肉、糟溜魚片，致美樓的四炸鯉魚，是我最喜愛之物（致美樓的紅燒魚翅做得極可口，不過價錢稍貴，只在宴客時才用，平時很少叫的），桃李園的鍋燒鴨，小有天的炸珍肝、高麗蝦仁，宴賓春的辣子雞，頤薌齋的紅燒魚唇、燴海參。頤薌齋是紹興人開設的，它的紹興花雕，埋藏五六十年以上的，和杏花春的紹酒同有名於時。一九三二年羅文幹做外交部長，英駐華大使藍浦生和他是酒友，兩人均「大戶」，每飲常在花雕十斤左右。後來藍浦生調任埃及，他還打電報給羅文幹，託買頤薌齋陳年花雕十罎，寄往開羅。

萬福居的高雞丁，和宮保雞同為京菜名品，高雞丁是白雲觀道士高峒元發明的，他每逢入城必往萬福居小酌，他發明這一種炒雞丁之法以授萬福居，故名高雞丁。中山公園之長美軒，有「馬先生湯」，是馬敍倫首創的，以此法授長美軒，名噪一時，其他飯館紛紛效尤，不過總不及老店做的好。

醇王府頤壽堂後

醇王府的丁香花

一

北京宣武門內西南隅，有太平湖與太平街，街上有清朝的舊醇王府。醇親王行七，名奕譞，是光緒帝的本生父，因此人們叫這所王府做七爺府。

這所王府之動人遐思，令人可愛，不在它是醇王府，而在它是百年前我國一個女詞人顧太清曾住居過。更有趣的是人家傳説顧太清和龔定菴在此戀愛，後來定菴被太清的丈夫貝勒奕繪毒死。

龔定菴的己亥雜詩三百十五首，有一首云：「空山徙倚倦游身，夢見城西閬苑春；一騎傳牋朱邸晚，臨風遞與縞衣人。」自注：「憶宣武門內太平湖之丁香花一首。」後來的好事文人便從這首詩閉門造車，製出定菴與太清戀愛的故事，曾孟樸在《孽海花》説部更繪聲繪影，説得若有其事一般。

顧太清是滿洲人，嫁貝勒奕繪為側室。奕繪與奕譞是兄弟行，乾隆帝是他的曾祖父。他的祖父永琪是皇五子，封榮親王。永琪子綿億降襲郡王，是為榮郡王，郡王之子奕繪，襲封貝勒。奕繪自號太素道人，又號幻園居士，著有《明善堂集》，內分詩為「流水編」，詞為「南谷樵唱」。太清單名一個春字，字子春，號太清，世人稱她為太清春，她也常舉自己的族望為西林。自署名曰：「太清西林春」。這裏的「西林」，不知與雍正乾隆間的鄂爾泰的西林同一地否。一説太清是顧八代之後，八代是滿洲鑲黃旗人，姓伊爾根覺羅氏，官至禮部尚書，追謚文端。

太清的詩集叫《天游閣集》，詞名「東海漁歌」。繪貝勒詞名「南谷樵唱」。東海漁歌與南谷樵唱，就是太清配太素之意（孟心史先生這樣説的），而南谷又是奕繪自營的生壙之名。太清的詞，為清代一流的作品，王鵬運常説，滿洲詞人，男有成容若，女有太清春，只此二人而已。民國二年（一九一三年）癸丑，況蕙風序《東海漁歌》有云：

> 曩閱某詞話，謂鐵嶺詞人顧太清，與納蘭容若齊名，竊疑稱美之或過，今以兩家詞互校，欲求妍秀韶令，自是容若擅長，若以格調論，似乎容若不逮太清。太清詞，其佳處在氣格，不在字句，當於全體大段求之，不能以一二闋為論定，一聲一字為工拙。此等詞無人能知，無人能愛。夫以絕代佳人，而能填無人能愛之詞，是亦奇矣……

推崇之高，可謂至矣。我現在草此短文，不是批評介紹太清的詞，而是説明她與龔定菴並無戀愛之事（這一點不必我考證，遠在四十年前，孟心史先生已證明無稽了。又記得蘇雪林女士於一九三〇年的《婦女雜誌》刊有《清代女詞人顧太清》一文，同年十月又在武漢大學的《文哲季刊》寫有《清代男女兩大詞人戀史的研究》。不知蘇女士怎樣説法，二十年前曾讀過，今已忘個一乾二淨了），並説一下那個醇王府。

繪貝勒死於道光十八年（一八三八年）戊戌，到今年戊戌為一百二十年，死時正四十歲，與太清同庚。龔定菴出都，著己亥雜詩三百十五首，事在道光十九年己亥，太素死已一年了。定菴在道光廿一年死於丹陽縣署，人家傳說是中毒，冒鶴亭羅癭公一班人相信他是被繪貝勒遣人去加害的。這一點當然不能成為事實，他死了一年，怎能在一年後，還派人去毒死他的「情敵」呢？況蕙風序《東海漁歌》有一段說：

末世言妖競作，深文周內，宇內幾無完人，太清之才之美，不得免於微雲之滓，變亂黑白，流為丹青，雖在方聞騷雅之士，或亦樂其新艷，不加察而揚其波，亦有援據事實，鉤考歲月作為論說之申辯者。余則謂言為心聲，讀太清詞又決定太清之為人，無庸斷斷置辯也。

這是暗中不滿意於冒鶴亭、羅癭公、曾孟樸諸名士的說法，我是極端同意於況蕙風這樣說的。

關於榮王府——即後來的醇王府，現在可一說。永琪於乾隆三十年封榮親王，三十一年死，謚曰純。乾隆三十年是公元一七六五年，今假定這所王府是建於乾隆中葉，則榮王後人有此府差不多一百年，後來才轉為醇王府，為奕譞所有。幾時為醇王府，現在手頭沒有材料可以參考，按奕繪之孫溥楣，在咸豐七年襲封鎮國公，同治五年因事革退，榮王府也許在此時沒收入官，由西太后賜給奕譞居住的。光緒帝後來在此處誕生，到光緒十四年，醇親王上疏問西太后應否將此屋依照潛邸之例恭繳。是年九月一日降諭云：

醇王府頤壽堂後

> 皇太后懿旨，醇親王奕譞奏：現居賜邸為皇帝發祥之所，敬稽成憲，應否恭繳，請旨遵行等語。醇親王府第，為皇帝潛邸，應恪遵雍正二年成憲，及乾隆五十九年諭旨，升為宮殿，準其恭繳。貝子毓橚府第，賞給醇親王居住，並賞銀十萬兩由王自行修理，俟修竣後，再行移居。西直門內半壁街空閒府第一所，著賞給毓橚居住，並賞銀一萬兩修理。所賞銀兩，均由户部發給。

於是醇親王就由太平街遷居什剎海的新醇王府，舊醇王府變成宮殿，封閉起來了。到民國初年，一切「天家」的排場都廓清了，「潛邸」也拿來出租，於是進步黨便租下這所「潛邸」來做本部。孟心史先生嘗到進步黨本部看那班議員政客開會，回來後有感於美人名士之可貴，他說：「顧太平湖一宅，獨以昔日至可寶貴之遺址，居今日至不可嚮邇之人，尤為奇厄。」於是他有詩二首詠其事，第一首云：「太平湖水明如鏡，可有丁香尚著花；一自淮南輕拔宅，空令雞犬住仙家。」把這班黨人議員政客罵為鷄犬，很是有趣。

舊醇王府（醇親王遷居什剎海新第後，人家就叫太平湖的舊第做舊醇王府，或七爺府，太平湖第，而叫什剎海者亦曰西府）的丁香花最著名，邸後廢園，還有百多株。民國四五年間，黨人王賡（後改名揖唐）辦中華大學於北京虎坊橋側，後來因為頗有發展，便搬到太平湖的七爺府。一九一八年春，王賡已將園址略加修葺，丁香盛開時，他邀請北京名流數百人為賞丁香之會，詩人樊樊山、陳徵宇、郭蟄雲、易哭菴等皆有詩。樊樊山七古一首，尤關丁香花故事，今錄之以結吾文。題為：「戊午春暮，湖邸丁香盛開，王會長約為茶會，為賦長歌記之。」詩云：

太平湖上醇五邸，甲觀畫堂誕龍子。穆宗登遐歲甲戌，帝御紫宸王北徙（德宗承統後，醇邸移居什剎海）。儲祥宮觀鎖秋煙，金扉一閉四十年。（案：醇親王奏繳府第，事在光緒十四年，至民國元年不過廿三年，就算湖邸在民國七年出租，也不過三十年罷了。樊樊山從光緒元年起計，故有四十年之語，大概他不知道是光緒十四年才恭繳的。）年年潛邸花開日，禁地無人啼杜鵑。啼鵑喚醒江山夢，天統逡巡嬗人統。飛廉桂館千門開，五柞長楊萬民共。為惜賢王第宅閒，兩齋子弟安絃誦。往日鸞飛輿獻隆，祇今任引承天鳳。竹花不實鳳凰飢，化為勞燕東西飛（學堂以無款停），剩有丁香百餘樹，風飄香雪沾人衣。學堂主人淹中客，房杜程仇俱註籍，即今暫輟鵝湖講，嶽嶽龍門羅俊及。公餘小作看花會，招客西園擁鶴蓋，夷陵七十老侯羸，何意信陵親執轡。來遊朱閣惜芳華，黯淡紋窗換舊紗，兩世親王天子貴，十三沖聖讓皇家。銀屏珠箔開芳苑，鉊砌銅鋪啟前殿，千步廊迴迤邐通，九華石峭參差見。葳蕤紫白萬花垂，藹藿詹唐諸品賤，壓倒城南白紙坊，佛香那及天家釃。烏巾白袷入畫圖（是日群聚攝影），清簞疏簾置筆硯。主人風雅催賦詩，嚼花一噴雲錦爛。白頭重過舊朱門，愁對名花數夢痕，門下賜櫻臣甫淚，後園補橘豫章魂。興亡莫向花枝訴，兩王攝政關天數，君不見、壁間尚掛金桃弓，墳上已摧銀杏樹。（案：末句指西太后因「風水」關係，生怕醇王再生天子，故把他陵園的一株銀杏樹斫去，光緒帝救援無及。這件事，清末各家筆記都有記述，說得比較詳細而確實者，還是王小航的《方家園雜詠記事》。因文長不具引。）

一九五八年十月十六日

二

民國十九年後，北平有一所私立的民國學院，也是野雞大學之一。它原稱是北京民國大學，本是民國五年（一九一六年）蔡公時等人發起的，到民國十年立案，擴充校舍，才租得太平湖前醇親王府，搬往上課（原來校址在儲庫營的四川會館）。民國學院雖非著名的大專學校，但它的校舍卻是鼎鼎大名的光緒皇帝在此誕生。三十年代初期我往訪友，在校園還見刻有「德宗洗三井」的古井一口（光緒死後廟號德宗，他出生後三朝，在此井汲水洗兒）。園中的丁香花是北京著名的，其它如海棠軒、丁香閣，還是舊時名稱和樣貌。

醇親王府之為大學校舍，不始於民國十年的民國大學，早在民國二三年間（一九一三、一四年）進步黨黨人就租來做黨部辦事處，黨人王揖唐利用它來辦了一所中華大學，到民國七年因經費無着停辦。（揖唐原名賡，合肥人，為安福系主腦段祺瑞手下的大將，光緒廿九年癸卯進士，民國成立才改名揖唐，工詩。抗日戰爭時在北平與日寇合作，後處死刑。）

王揖唐是個風雅政客，而他主辦的大學又設在有歷史價值的古建築，富有文學氣氛的府弟，王揖唐在其中作作詩，自是人生一樂。此府原是乾隆第五子榮親王永琪的住宅。永琪死後，其子綿億降襲郡王，改稱榮郡王府。綿億死，子奕繪降襲貝勒，遂為貝勒府。（親王如非世襲罔替，則死後其子襲封郡王，再襲則降為貝勒，降至第十二等奉恩將軍為止。）

奕繪工詩詞，他的側室太清春是著名詞人。滿洲詞人一男一女，男為納蘭性德，女乃太清春，她的詞集名《東海漁歌》，當時一代的才人，見了都為之斂衽。舊時相傳龔定庵和太清春相戀，定庵詩有「一騎傳箋朱邸晚，臨風遞與縞衣人」，即為後人指為「證據俱在」。（此說早在六十年前孟心史《丁香花公案》一文，考訂為不確了。）此朱邸即後來的醇親王府也。

醇親王府是道光帝第七子奕譞十九歲時，與慈禧（當時尚是懿貴妃，後為太后）的胞妹結婚，咸豐帝指定以榮王府改為醇郡王府。（奕譞初封郡王，後升為親王，再加世襲罔替）料不到醇王生下的一個兒子，後來給慈禧抱入宮做起光緒皇帝，又過了三十四年他的孫子又做了宣統皇帝。太平湖東岸的醇親王府，可說是「風水」旺到極點了。醇親王府以丁香著名，王揖唐於戊午年（一九一八年）邀請名士名流到校園賞花，老詩人樊樊山長詩一首，記王府故事，堪稱壓卷之作。

醇王府正門

樊樊山的醇邸丁香花詩，錄如左——

太平湖醇王舊邸，為德宗發祥之地，國變後改為大學堂，今又停寢逾年矣。戊午春暮，邸中丁香盛開，王揖唐會長約為茶會，為賦長句記之。太平湖上醇王邸，甲觀畫堂誕龍子，穆宗登遐歲甲戌，帝御紫宸王北徙（自注德宗承統後醇邸移居十刹海）。儲祥宮觀鎖秋煙，金扉一閉四十年，年年潛邸花開日，禁地無人啼杜鵑。啼鵑喚醒江山夢，天統逡巡禮人統，飛廉桂館千門開，五柞長楊萬民共，為惜賢王宅第閑，兩齋子弟安絃誦。往日驚飛興獻龍，祇今任引承天鳳。竹花不實鳳皇饑，化為勞燕東西飛（自注學堂以無款停），剩有丁香百餘樹，風飄香雪沾人衣。學堂人人淹中客，房杜程仇俱注籍，即今暫輟鵝湖講，嶽嶽龍門羅俊及。公餘小作看花會，招客西園擁鶴蓋，夷門七十老侯嬴，何意信陵親執轡。來遊朱閣惜芳華，黯淡紋窗換絳紗，兩世親王天子父，十三沖聖讓皇家。銀屏珠箔開芳苑，鉬砌銅鋪啟前殿，千步廊迴迤邐通，九華石峭參差見。葳蕤紫白萬花垂，藷藿詹居諸品賤，壓倒城南白紙坊，佛香那及天家靄。烏巾白袷入畫圖（自注是日同攝影），清箪疏簾置筆硯。主人風雅催賦詩，嚼花一噴雲錦爛。白頭重過舊朱門，愁對名花數夢痕，門下賜櫻臣甫淚，後園補橘豫章魂。興亡莫向花枝訴，兩王攝政關天數，君不見壁閑尚掛金桃弓，墳上已摧銀杏樹。

詩的第一段說同治帝在甲戌年（同治十三年一八七四年）逝世，德宗以弟繼位，入承大統。醇王因為見弟做了皇帝，便把皇帝誕生之地的府第，繳還政府，移居什剎海另一所府第，使「潛龍邸」得以升格為宮殿。光緒十四年（一八八八年），醇王問西太后應否恭繳府邸時，西太后降諭云——

醇親王奕譞奏：現居賜第，為皇帝發祥之所，敬稽成憲，應否恭繳，請旨遵行等語。醇親王府第，為皇帝潛邸，應恪遵雍正二年成憲，及乾隆五十九年諭旨，升為宮殿，准其恭繳。貝子毓櫄府第，賞給醇親王居住，並賞銀十萬兩，由王自行修理，俟修竣後，再行移居。西直門內半壁街空閑府第一所，着賞給毓櫄居住，並賞銀一萬兩修理。所賞銀兩，均由户部發給。

這麼一來，在太平湖的醇王府就搬到什剎海了，因新府在皇城之北，一般人叫新醇王府為北府。光緒三十二年（一九〇六年）正月，溥儀在此出生，此府又成「潛龍邸」，攝政王載灃又得遷出，不過當時的攝政王府未築成，而大清江山已倒，因此載灃仍住此府。一九二四年溥儀出宮後，倉皇逃往北府住了一個時期，才溜進東交民巷日本公使館求「保護」，後來又溜往天津日本租界，在日本人庇護下「稱孤道寡」。

醇王墓園銀杏樹

樊山詩「金扉一閉四十年，年年潛邸花開日，禁地無人啼杜鵑」，便惹起無窮感慨。樊山在清朝做了三十年官，晚年因南京失入革命軍手中，得革職處分，但他對清朝自有一份濃厚情感的，有了這個好題目，自應在詩中發洩一下，「金扉」這三句便是。不過，自醇王移居北府到民國七年只有三十年，沒有四十年那許多，大概樊山是從光緒三四年計起，故為此言，似乎不知恭繳賜第一事，在光緒十四年也。詩末「兩王攝政關大數」至「墳上已摧銀杏樹」等句，也有關清代掌故，頗可一說。

多爾袞擊破李自成，擁順治入關，建立清朝的王權，統治中國。多爾袞封攝政王，大清王朝自此而興，享有二百六十八年天下。到光緒三十四年十月，西太后病重，光緒又無子，她不想立道光的長子嫡孫溥倫為帝，更不想立小恭王（溥心畬之兄溥偉）為帝，肥水不流別人田，立她胞妹的兒子溥儀為帝而封其父載灃為攝政王。豈料這攝政王是個庸才，不到三年就把大清江山丟了。這可以說清朝以攝政王興，亦以攝政王亡。詩人委諸「天數」，亦是無可奈何之語，其實有關人事，與「天數」何關也。

銀杏樹對丁香花，確是天然的對，關於西太后伐醇王奕譞園寢的銀杏樹一事，是很有趣的，亦可見她憎恨光緒的程度已到沸點了。斬伐銀杏公案，各家筆記多有述及，但說得詳確的，無如

醇王墓園

王小航《方家園雜詠訪紀事》。小航是戊戌政變的犧牲者，晚年以提倡國音字母，為語言學專家（一九三三年死於北平）。《雜詠》一共有詩二十首，每首皆有注文記事。伐銀杏詩云——

甘棠餘蔭猶知愛，柳下遺丘尚禁樵。濮國大王天子父，南山莫保一株槁。

甘棠遺愛的典故，人多知之，柳下惠墳前不得樵採，違者殺無赦，見《戰國策》顏斶說齊王，並不是怎樣生僻，只有「濮國大王」這個濮國，比較少人知。原來宋仁宗死後無子，以濮安懿王允讓之子入嗣為太子，是為英宗，後來因為怎樣崇奉天子父一事，廷臣皆有爭執，宋明兩代皆有「濮議」，其源由如此。

略說詩典一下，才可以錄王氏的記事。文云——

甲午前，隆裕因珍瑾二妃之寵，遂不盡禮於景皇，故朝寧壽宮時，帝后輒望影互避，以太后祖隆裕故也。

及黜二妃後，景皇失愛於太后，更甚於前。內務府大臣有英年者，兼步軍總兵，素講堪輿，嘗為太后擇定普陀峪萬年吉地，急謀升官，乘間獻媚於太后曰：「醇賢王園寢，有古白果樹一株，高十餘丈，蔭畝，形如翠蓋罩墓上，按地理，非帝陵不能當。況白果白字加於王字之上，明是皇字，於大宗不利，應請旨速伐此樹。」太后曰：「我即此命爾等伐之，不必告他。」他即上也。內務府諸官雖領懿旨，未敢輕動，同往奏聞於上。上不允，並嚴敕曰：

醇親奕譞偕長子載湉及五子載灃

「爾等誰敢伐此樹者，請先砍我頭！」諸臣又求太后，太后堅執益烈，相持月餘。一日，上退朝，聞內侍言太后於黎明帶內務府人往賢王園寢矣。上亟命駕出城，奔至紅山口，於輿中號咷大哭，因往時到此，即遙見亭亭如蓋之白果樹，今已無之也。連哭二十里，至園，太后已去，樹身倒臥，數百人方斫其根，周環十餘丈，挖成大池，以千餘袋石灰沃水灌其根，慮其再生芽蘖也。諸臣奏云：「太后先執斧先斫三下，始命諸臣伐之，故不敢違也。」上無語，步行繞墓三匝，頓足拭淚而歸。伐樹諸人，皆先期僱訂山下村人，運送石灰千包，以及伐樹應用之支架杉杆等物，非先日籌備，不能集事，宮府內外夥通一氣，使上不得豫聞，此光緒二十二年事也。二十六年，英年因庇拳匪，誅於西安。……

按：醇親王奕譞死於光緒十六年，西太后迷信風水，深恐醇王之後再出天子，先把他的銀杏樹伐去，以絕後患，亦藉此向光緒帝表示，她對於他倆父子皆有不滿之意。王小航文後說，他在光緒二十八年（一九〇二年）春間，漫遊京郊，經過醇王墓倒山下，和村夫野老閑談，偶然談到白果樹被斬伐事，其中有一個姓王的青年，以趕驢為業，他曾親見伐樹經過，他說那株銀杏樹極大，七人合抱都不能圍過來。有些村人說，挖樹根時，竄出大小蛇數百條，村人又說，這些蛇後來變為義和團向西太后報仇的。王小航假趙先生之言曰：「當日之狠戾伐樹，用心實同巫蠱，長舌之毒，乃最大之蛇也。」

所謂蛇轉世為義和團，那是無稽之言，但作此言的村夫野老，對於西太后之狠戾惡毒，已有不滿之意，又不能奈之何，只好假借毒蛇報仇之說了。樊樊山的長詩，用這個故事來作結束，很有意思。

一九二五年三月十二日上午九時三十分，孫中山在北京東城鐵獅子胡同五號行轅逝世。

北京孫中山行館

今年是孫中山先生逝世六十週年。北京東城鐵獅子胡同西首一座府邸，原是前外交總長顧維鈞的住宅，孫中山就是在這所大廈裏謝世的。孫中山死後，這個地方就改為孫中山行館。

鐵獅子胡同，現已改名為地安門東大街，行館則列為門牌第二十三號。鐵獅子胡同之名廢棄，但老一輩的北京人還是叫鐵獅子胡同的。這個胡同在北京是響噹噹的街巷。清初大詩人吳梅村有《鐵獅子歌》，詠鐵獅子胡同裏一座朱邸門前的鐵獅子。傳説這所朱邸是明代崇禎年間田貴妃的外家，陳圓圓初次得遇吳三桂就在這裏。吳梅村的《圓圓曲》久已膾炙人口，但《鐵獅子歌》卻少人提及。

行館西屋的門上，有一塊精緻的門牌寫着「孫中山先生逝世紀念室」，推門進去，經過一道小走廊，進入到一間小室，這便是孫中山先生病逝的房間。南面開窗兩扇，西牆正中，嵌有長二尺，寬一尺的漢白玉石碑一塊，上刻描金隸書，碑文是「中華民國十四年三月十二日上午九時二十五分孫中山先生在此壽終。」其上有孫中山遺像。孫中山行館曾一度關閉，到一九八一年就有傳説十月間將再行開放，供人瞻仰，但是否已成事實，我還不知道。

北京顧維鈞住宅，既是田貴妃母家，陳圓圓曾在此歌舞，康熙年間為靖逆侯張勇府邸，清光緒末，有署名「邸丞氏」者，作《增舊園記》有云——

道光末年，先考竹溪公由鴨兒胡同析居後，購以萬金，因其基而修葺之，故更名增舊園云。園有八景。……客歲庚子之變，聯軍入京……（斯園）幸獲瓦全。……光緒二十七年歲次辛丑，三月下浣，增舊園主人醴丞氏自記。（轉引自陳宗蕃《故都叢考》）

這個醴丞氏不知是甚麼人。據悉此宅民初一度為交通銀行經理任鳳苞所有，後來賣給顧維鈞的。

黃瓜王瓜

北方的王瓜產於陰曆四月初，十二月、正月是沒有王瓜上市的，如有，則價值驚人，平常人家是吃不起的。北京城中和附城的豐台，有人在家中設温室，用火來烘王瓜，使王瓜提前三四個月早熟。富貴之家，爭相購買，把價錢一路哄高，到了除夕家祭時，如果有王瓜向先人上供，是值得驕人的事。因此小小一條王瓜要賣到五十兩，也和香港年晚桃花吊鐘賣到一二千元的道理相同也。嘉慶年間無名氏的《京師竹枝詞》有一首說：

黃瓜初見比人參，小小如簪值數金。微物不能增壽命，萬錢一食是何心！

這是指冬天的王瓜而言，若在夏天上市的，價錢就差得遠了。北京人叫黃瓜為胡瓜，南方人則叫王瓜，其實都是一樣的東西。北京黃王兩字的音不同，南方的音一樣，舊日廣東人在交際場中，問人貴姓，如若姓黃或王，有時答的人怕對方不清楚，多補充一句「江夏黃」或「三劃王」的（若言「大肚黃」，雅人便以為此人粗俗矣。其實大肚黃總比江夏黃容易懂）。

道光年間，有個浙江人黃安濤來潮州做知府，這個大肚黃翰林出身，為人幽默風雅。一日，友人寫信給他，信封上大書「王大人霽青」，黃安濤作詩一首報之，純從黃王兩字做功夫。詩云：

江夏瑯琊未結盟，廿頭三劃最分明。伊家自接周吳鄭；敝姓原連顧孟平。須向九秋尋菊有；莫從四月問瓜生。右軍若把涪翁換，孤負籠鵝道士情。

江夏、瑯琊是兩姓的郡望。周吳鄭、顧孟平見《百家姓》書中。第五句暗藏黃字，第六句王字。七八兩句有王羲之、黃山谷在內，俱見匠心。（安濤號霽青，嘉慶十四年傳臚，官止潮州知府，有《詩娛室詩集》行世。）

大房山石經

離北京約一百五十里的西南郊區，有大房山（屬房山縣），離此不遠又有個石經山，以藏佛教石經著名於世。

石經山原名白帶山，也叫小西天，因藏石經，所以又叫石經山。山中有著名的雲居寺，佔全山風景最勝之處，自隋唐以來，雲居寺就是河北佛教的勝地，據文獻的記載，寺創於隋朝僧人靜琬，歷史上唐宋元明清各代都有重修過，到一九三七年日寇侵略中國，雲居寺有很多建築被日寇炮火摧毀，地面上的文物損失淨盡，幸喜埋藏在山洞和地下的石經還不受影響。

中國的儒家，在漢朝刻有石經，以供讀書人鈔錄，以為定本，漢石經所存之石，到今日已如鳳毛麟角了，獨有釋教的石經，因為收藏得法，到現在還有數千塊之多，真是我國可寶貴的文物！

據說靜琬法師，就是接受了北周武帝毀佛滅法（事在五七四年）的教訓，想把一些寫在絹紙或木簡上的各種佛經，雕刻在石上，封藏山洞裏，不使受到毀滅。他選擇了石經山這個地方，從隋朝大業年間（煬帝年號，共十二年，由六〇五年起至六一六年止）開始刻經，一直到唐太宗貞觀十三年（六三九年）他死之時，二十年間所刻的經已裝滿七室。以後他的五代門人都相繼刻經，一共裝滿了九個房間。自唐明皇以後，就有很多善男信女出錢幫助刻經，為父母或本身祈

雲居寺石經

雲居寺藏經洞

福。遼代的聖宗、興宗、道宗也都賜錢刻經，於是在遼天慶七年（一一一七年），就有遼代所刻的石經四千多片埋在雲居寺西南角。以後金、元、明、清四代都曾刻過石經。

這些石經，除了一部分埋藏地下外，其他完全藏在雲居寺東峰石經山的九個洞內。藏經洞在石經山山腰，上下鑿兩層石窟，上層七窟，下層二窟。下層的第一、二兩窟內共有石刻經一千九百七十八片，其中有少數是大業年間刻的，其餘都是遼刻。洞口用直櫺窗門錮封。九個窟中，以上層的第五窟規模最大，內容也最豐富。這個窟名叫雷音洞，平面近方形，洞內有四個不等邊的八角石柱，柱上刻有一千八百零六個佛像。洞四壁鑲着石經：左壁兩層共有三十六片，全部刻《法華經》；一右壁三層也是三十六片，主要是「無量義經：《金剛般若經》、《勝鬘經》（元代補）、《彌勒上生經》（元代高麗僧達牧補書）等。這些石經，除了一部是元代補刻以外，其他都是靜琬法師最早所刻的。從一九五六年起，中國佛教協會對這些石經已開始拓印了。

第三窟是唐代刻的。第四窟很小，只能藏石經百餘塊。第六、七、八、九窟，均在第五窟東邊，窟內滿藏隋至遼代的刊經。特別是第九窟，收藏的大部分是經頭，而且多數都有線雕畫像，是研究雕刻藝術的重要資料。

朱竹垞的《日下舊聞》所載，關於這些經碑，據遼代趙遵仁碑略載，「遼太平七年，涿州牧韓紹芳驗名對數，總共二千八百五十六塊。」但經這次捶拓經文時所計算，則共計有四千多塊。比過去的文獻所記載的多出了近一倍。

埋在塔下的石經，是遼代通理大師，遊上方山，因見石經未完成，於大安九年（一〇九三年）在雲居寺傳戒，和門人刻經四千八百塊，因當時九個洞已藏滿，以後他的門人就把這些石經埋在地下，上面築了一個壓勝塔，把全部經的目錄刻在塔上。壓勝塔早已毀壞了，但塔下的石經無恙，一九五七年進行清理發掘，發見有石經八千多塊，比原來的記載又多了一倍。

現在已經沒有人企圖滅法了，石經也不必永久埋藏在地下不見天日，拿出來以供文化界研究，正有此必要。以前怕散失，沒有人敢主張發掘這些石經，現在印刷術日新月異，將石經拓印下來印刷成書，以廣流傳，真是功德無量。明人沈德符的《萬曆野獲編》卷二十四有《房山縣石經》一則，他是不主張開發所藏的石經的，今錄其文以為讀者參考。文云：

> 大房山在京師房山縣境內，俗名小西天是也。隨大業間，僧靜琬募金錢鑿石為板，刻藏經傳後。至唐貞觀僅完大涅槃一部。其後法嗣繼其功，直至完顏時始成，貯洞者七，穴者二，封以石門，鎮以浮屠。我太祖命僧道衍往視，衍即少師姚廣孝也。留詠而歸。歷代扃閉如故。去年浙僧名自南者，忽來謀於余，欲發其藏簡，其未刻者緒成全藏。余急止之曰不可。方今梵夾書冊盛行天下，何藉此久閉之石？靜琬當時慮末法象教毀壞，故閟此為迷津寶筏，今華下凋弊，不似往年，宮掖貴貂，亦未聞有大檀施，若一啟則不可復鑰，必至散軼而後已。自南唯唯，亦未以為然。余再三力阻之，不知能從與否。

石經山明朝所刻的石經，不知有沒有是自南所刻的，我現在未有材料可以說明，俟考。在明末之時，天下凋弊，暫時不開發石經，或不失為智舉，但這批石經，有很多是現今失傳的經典，就應該早日發掘，以廣流傳了。

一九二四年，雲居寺石經遇一小劫，幸不盡遭毒手，當日曹錕賄選的幫兇京兆尹劉夢庚，要巴結總統曹錕，下令房山縣知事沈嚴，督同軍隊將雲居寺石經堂嵌壁的石經鑿卸二十餘片，損毀二片，揀選了十八片最完好的運入京師送給曹錕。葉恭綽先生得知，忙聯合文化界補救，由議員劉彥向國務院提出質問，劉夢庚臨時諉為本擬交古物陳列所，以供眾人觀覽。曹錕對文物絕無興趣，便叫人將原石送回石經山。劉夢庚在上一年大力幫曹錕賄選，曹失敗後，一九二五年吳佩孚與孫傳芳合作對奉系作戰，組織討賊聯軍總司令部，設處長若干人，劉任機要處處長。

關帝廟史話

去年遊洛陽，關林也是一個遊覽的地方，列入行程表裏的，幸而受阻於雨，又受阻於趁墟的人群，就過門兩次都不入。傳說關林是曹操把關羽的首級葬在這裏，後來關羽不知行了甚麼運，竟然大紅大紫起來，成為帝，成為王，又成為真君，歷千二百年香火不衰。在國內雖然已無春秋二祭，但在香港，每年文武廟的把戲上演，有體面的中西人士，長袍小帽，向他老人家獻香獻酒；至於差館、麻雀館、大檔、超級市場、時裝店、製片場、電視片場，都有關帝的神位，其盛況為以前未見。

關羽是山西解州東南二十餘里的常平村人。陳壽所撰的《三國志》有《關羽傳》。他在陳壽的筆下，只不過是蜀國的忠烈武將而已，後人把他裝扮成一個超凡入聖有神格化的英雄，使他行死運行了近一千年，實為關羽生前所料不到的！

洛陽的關林，凡到洛陽作官的人都要去參拜，就是不可一世的滿州潑婦那個慈禧太后，一九〇一年從西安返北京，路出洛陽，也得紆尊降貴入關林致敬，可見關羽的聲勢在封建時代如何煊赫。

舊時中國境內關廟之多，粗略地統計一下，恐怕統計專家也不能「統」出一個數字，因為數來數去都數不清，有如數盧溝橋大小四百八二五個石獅子那樣，沒有人數得清，有人數出

河南關林廟

四百十一個，也有人數出三百九十九個，於是有心人會喟然歎曰：「中國事難搞！」

在全國林林總總的關廟中，最「巴閉」的無如山西解州的關帝廟了。解州是關羽的原籍，因此解州的關帝廟便成為武廟之祖。廟創建於隋開皇九年（公元五八九年），宋、明兩代曾擴建重修，清康熙四十一年（一七〇二年）毀於大火，經過數十年修建，比以前更為壯麗，但以後又屢遭火災，每次失火都立即重修，特別是大門、樂樓等，全是清末重修過的。

清統治者入主中國後，在順治九年（一六五五年），賜給關羽的官式封號是「忠義神武關聖大帝」。雍正三年（一七二五年），統治者更進一步把關羽的地位抬高，把北京地安門外的白馬關帝廟升格為中央官廟，又在全國各省、府、廳、州、縣建立地方官廟。最後還指定洛陽的關羽塚廟和出生地解州關廟為地方上兩大官廟，列入祀典，春秋二祭由地方官主持。

解州的關廟得國家指定為大廟後，香火日益隆盛。民國三年（一九一四年）在位的總統袁世凱，是個十足封建又迷信的官僚，他明令頒布武廟之制，不論中央或地方的武廟，都要供奉關羽和岳飛。因此由帝制而改為「民主共和」又由「民主共和」而變為「人民民主專政」，關廟在窮鄉僻壤還是香火鼎盛，帝君食之不盡。

從文獻上來查考人們祭祀關羽的資料，據我所見，恐怕不會早過唐代中葉，以後，唐德宗建中二年（公元七八一年），關羽為神的地位，不過是處於「庶室」，尚未「扶正」，在以姜太公呂望為主神的武成王廟裏頭，關羽只是「偏房」，人們拜祭武成王，順便給他燒炷香，放些豬頭肉在座前罷了。廟宇卻以湖北省當陽縣玉泉寺的關帝廟為最古，早在中唐時代已存在了。像今日那樣為某些人所崇拜，只是元明以後的事。宋代所創建的關廟不算多，很少有流傳下來。解州那一所關帝廟，大概可説是全國最古之一，這由關羽的出生地在解州一點，便可以推測得出來。

上文曾説解州的關廟是隋代草創的，但解州的州治是在唐以後才搬到這裏來的。乾隆年間所修的《解州志》收有鄭咸所撰的《重修武安王廟記》説，關羽是解州人，城西有廟，日久失修，宋真宗大中祥符（這個年號起自公元一〇〇八年至一〇一六年）年間曾重建。八十年後為元祐七年，又為知州張杲重修。又據《鹽池傳》説，大中祥符七年，鹽池池水乾涸，難以採鹽，後來全憑關帝「顯聖」，與蚩尤大戰一場，把妖怪擊走，池水重出。這個神話，顯然與解州關帝廟的起源有很大關係的。如無此神話，怎能使人誠心誠意去拜關羽呢。

關羽之成為人們崇拜的對象，首先是他做些有利民生的事，如上説鹽池顯聖的一類，不久，他又升了一級，被尊為「民族英雄」，聲勢更比岳武穆遠遠過之。

這是始於北宋末到南宋初切實感到北方胡虜威脅的時代。這時候，北方的金國逐漸強大，他們虎視眈眈，遇有時機便揮軍南下，奪取宋室江山，就在宋徽宗崇寧元年（一一〇二年）追封關羽為忠惠公，五年後為大觀二年，加封為武安王（解州關帝廟內，御書樓北側，有崇寧殿一座，是祀奉關羽的主殿。徽宗在崇寧三年，封關羽為「崇寧真君」，比公又高了一些，故有崇寧殿之名）。

南宋偏安的局面，使到個個統治者都苟安一時，寄希望於神力，把「蚩尤」擊敗。宋高宗建炎二年（一一二八年），把關羽封為「壯繆義勇王」，他的兒子孝宗在淳熙十四年（一一八七年）加封英濟王，至此關羽就獲得一個「壯繆義勇英濟武安王」的尊嚴無比的封典。

大抵國難日深，統治者日益寄望有奇迹出現，顯聖一番。

解州在南宋偏安江左時，已淪為金國的統治地方了，但即使在異族管轄之下，金人尊重漢族人民的傳統，對人們信仰關帝絕不干涉，也和洋人不干涉華人拜黃大仙、車公、天后娘娘一樣。就在這個時候，解州的關廟就幾乎成為傳播關羽「思想」的大本營。

關羽的地位在南宋偏安時不斷提高，不成器的宋室帝王，把他封王封帝，進而又成為「民族英雄」，後來更發展到具有降神利財靈驗的道教神格。這一基礎，恐怕也是在金國時代奠定下來的，連帶解州的關廟占到關帝信仰中心地位，也是在當時取得的。這種傾向，到了元朝就更加變成全國性，以解州關廟為大宗的道觀式關廟，終於普及到各地方了（金人在中國所建的關羽廟頗也不少，即以山西的定襄縣來說，在金國泰和八年、公元一二〇八年，就創建了一所關王廟，因為關羽在宋代只是封王，至於封為帝卻是明清之事）。

這種傾向是不難理解的，因為在金元兩代，大部分漢族都被異族統治着，而漢族又沒有力量把異族趕出國外，人們就幻想有神道的法力出現，保護漢族，打擊敵人。這幻想，可說是上下一心，寄望於虛無漂渺之間，而不求自力更生之道，統治者有忠勇愛國的將帥如宗澤岳飛不能用，苟安一時，「薰風吹得遊人醉，錯把杭州作汴州」，漢人之不長進，由來久矣。

貪圖逸樂，迷信神權，是漢族一大病，我們試打開歷代文人的詩文集和筆記一類的書，時時見有歌頌關羽顯聖，協助守城現身城頭，把敵人嚇走的神迹。（吾鄉的關帝宮，每年關帝誕必演戲一月。一九二一年，我還有此眼福，不過已不是演足三十日，而打個七八折了。據父老傳說，「長毛造反」以前，關帝誕只不過演戲十天八天，洪秀全起義後，地方土匪有乘機而起者，參加「革命行列」，實則欲求發財，他們圍攻澄海縣城，人民守城力拒，忽然關帝在城頭出現，騎赤兔馬，揮青龍偃月刀，直指眾賊，賊眾乃退，城得以安。以後遂在關帝誕演戲一月，以答神功。其實這些神怪的事都是士大夫和神棍編來騙人的，士大夫以迷信灌輸人民，神棍目的則在斂財）。凡有此等「靈異」的事情發生，受惠的城鄉就紛紛建立關廟，以報神功，文人雅士就播之於詩歌了。

到了明朝，全國上上下下對關帝的信仰便達到了最高潮，明初，在南北兩京都敕建了關帝廟，在萬曆二十二年（一五九四年），還特頒賜給解州關廟一塊寫着「英烈」兩字的扁額，同時又封關羽為「帝」，於是由王而改稱為「協天護國忠義大帝」。原來這時候，積弱的朱明正受到北虜南倭的威脅，而神威的關羽卻屢次顯聖，北京正陽門月城的關帝廟，在萬曆四十二年（一六一四年）也被晉封為「三界伏魔大帝神威遠鎮天尊關聖帝君」。

二三千年以來，中國人都是給神權、君權、軍權、紳權所統治，最後則為神黨二權所統治，所以社會落後，國家落後，今日的人民也跟着落後，能把這兩個木偶燒掉，就有希望了。

談岳飛的三種造像

岳飛的事蹟，幾乎三尺童子都知道，我不必在這裏多費筆墨介紹。不過岳飛和廣東人的一段關係，和他的後人的一般情形，恐怕知道的人不會很多。前幾天偶然在朋友處見到岳飛造像三種，藉此可以談談他的造像和他的後人。我的朋友某君，以收藏書畫、骨董名滿大江南北，生平精於鑒賞，這種岳飛像，是他收藏了三十多年之物，我向他借來攝影翻印在此。一是銅像，一是生像畫軸，一是石拓像。

先說岳飛和廣東的關係。據宋史說，紹興三年（一一三三年），虔州盜匪橫行，大掠循、梅、廣、惠、英、韶、南雄、南安、建昌、汀、邵武諸郡。朝廷派岳飛往平之。岳飛不主張把虔州（虔南縣，屬江西）的居民屠殺，所以虔州人感其盛德，在州內建祠塑像來紀念他。梅、廣、南雄等地都屬廣東的。再早一個時期，宋高宗建炎三年（一一二九年），岳飛曾在廣東的英州（即今之英德縣）知軍事，他在廣東有惠政，也許英州有他的祠廟（不過現在還沒有發見）。據咸豐年間馮奉初梁廷枏所修的《順德縣志》，根據潘琪所作的「岳廟碑記」及乾隆陳志、嘉靖志所說，順德以前是有岳廟的。（潘琪字澹明，番禺人，明萬曆二十九年進士，官至御史。）廟在紫泥司、赤花村、龍頭山的招募岡。為甚麼順德建有岳飛的廟呢？故老相傳岳飛命部將王貴出討嶺表，曾在此駐重兵，並招募鄉兵於此。王貴能約束兵士，不妄殺人，居民德之，為建廟，而招募岡之得名亦以此。

這個銅像是民國初年在粵北出土的，高英尺八寸又八分之六寸，廣四寸又八分之五寸。此像的面貌裝飾，和杭州岳祠吳廷康監刻的像及故宮南薰殿所藏的相同，不過這個像的鬚比較長一點，大概是鬚難鑄，只得把他的頭稍為俯低一下，以顯出他的鬚長一些。

關於岳飛的銅像，據吳廷康的刻像跋記說，宋孝宗隆興元年（一一六三年）命樞密司判樂則生鑄岳飛的朝服執圭像，又有宋降將康麒所鑄的生像。明朝萬曆年間，武穆裔孫岳元聲（字元初，號石帆，浙江嘉興人。岳飛之孫岳珂居嘉興之金陀坊，以此為浙人。）在諸暨山中更獲一像，與康麒所鑄者相似。

樂則生所鑄的像及諸暨山發現的像，朱梓廬集辛未郡西岳祠落成詩注有云：「忠武於孝宗陰有定策功，否則充檜伎倆，蓋張邦昌劉豫之續也。王孫鄂侯珂，曾權嘉興府軍事，兼內效農使，子孫因家焉。岳氏家譜，王十八世孫元聲兄弟，有遺像記，述孝宗於受禪初，鑄王像以賜王子霖奉祀。其像銅身金裝，朝衣冠，手執圭，圭鐫『奉旨』二字，胸鐫『盡忠報國』四字，背中鐫『紹興三十二年壬午秋七月樞密司判樂則生造』十九字。背左右鐫『唾手燕雲，誓欲復仇而報國；矢心天地，尚令稽首以稱藩』二十二字，即王『和戎表』中語也。（伯雨案：此二十二字非「和戎表」語，乃疏中語也。）像側鐫『子霖敬祀，緜緜永傳』八字。並賜銅券，券詞有『朕不遺終始之大義，負卿盡死之完節』二語。又賜銅冊文，有『子四孫二，照序封官加祿，永遠血食，廟貌常新，毋朽朕意』等語。宋元易代間，遭亂畏禍，奉王像冊券，並鄂侯所鑄鼎爵諸器，藏諸暨山中。金陀者，本鄂侯書名，後人因以名其居，故至元志有金陀坊之目，其實自琳避姓，晦跡於和，迨明萬曆癸未（一五八三年），元聲始舉進士，榜姓猶署樂，至其弟和聲成進士，乃於乙巳年（萬曆三十三年一六〇五年）疏請復姓。旋於丙午（一六〇六年）訪得像器故物，遂建祠迎祀。明末祠毀，像器皆被盜，近有得一爵送西湖祠者，今祠乃和聲六世孫恢復者。」

讀此可以知道樂鑄的像的來歷，但樂鑄的銅像久已不存，這個在粵北出土的銅像並沒有好像樂鑄的一樣刻有字，大概是後人以樂鑄的為模特兒而鑄的，也許就是康麒所鑄的亦未可知。因為此像的製作甚古，又與南薰殿所藏及樂則生所鑄的相合，說是宋朝所製，也許不致其實吧。

吳廷康監刻像石，在杭州岳祠，嵌於壁間，今已殘毀，這是初拓本，所以很可寶貴。上有吳廷康所寫的篆書。廷康是清嘉道間人，到同治初年似乎才死的。他是安徽桐城人，字贊甫，一字康甫，號元生，又號晉齋，晚號茹芝，工篆隸治印，又會寫梅蘭，著有《慕陶軒古甎圖錄》四冊，咸豐元年刻本，前燕京大學圖書館藏有手拓本，我曾見過的。

另一岳飛像是清朝乾隆年間周椝所畫的，這是岳武穆的鎗騎生像。此軸是紙本墨筆，高英尺三十七寸，橫十二寸。畫上蓋有武穆姓名印及「精忠報國」印、姓名牙印，宋高宗頒賜銅印，都是朱色原鈐。此四印久已名著藝林，可惜已經燬失了。（關於周椝的生平行誼，詳見袁子才的《隨園集》中，不再詳引。）像下有周椝題字云：「池州齊山有鄂王詩刻，近為人鑿易而去，殊可於邑，謹錄於左，他日續補《桯史》《金陀粹編》諸書後可乎。『經年塵土滿征衣，得得尋芳上翠微；好水好山看未足，月明催趁馬蹄歸。』幔亭後學周椝拜書。」

岳王廟舊影

岳飛廟故事

岳飛廟以杭州那一座最為吸引人，凡到西湖遊覽的人，沒有不到岳廟岳墳的。河南湯陰縣是岳飛的故鄉，那裏也有岳飛廟，知道的人較少。近日報載，四人幫垮台後，在湯陰縣城正中的岳王廟將進行全部修理，並成立岳廟文物保管所，管理接待工作。

舊日華中、華西的人前往北京，多數取道河南，路經湯陰縣，他們一定要去岳王廟瞻仰，對這個抗金英雄表示敬意，尤其是那些上京求名的讀書人，如果不謁岳廟，就覺得內心有愧，見到同行的朋友都不好意思的。自明代建廟以來就這樣的了。清乾隆十七年（公元一七五二年）狀元秦大士（字澗泉，江蘇江寧人，傳為秦檜後人），他上京會試時，取道河南，在湯陰縣換僱驢馬，驢夫問他有沒有謁岳廟，他說沒有。問為甚麼沒有，秦大士說我是姓秦的。驢夫說：「原來你姓秦的，好，我姓岳的馬不租給你用！」說後，把馬殺了。

一百年後，是為光緒初年，楊深秀（戊戌政變被殺六君子之一）路經湯陰，知道這事，題詩云：「又見金陀撰粹編，臣忠子孝更孫賢。頗聞近有湯陰岳，殺馬不馱秦澗泉。」岳飛死後，他的孫岳珂移居浙江嘉興縣的金陀坊，著書名「金陀粹編」。殺馬的驢夫是岳飛的子孫。

上圖：民國時秦檜夫婦跪像，
下圖：民國時張俊、万俟卨跪像

東視的岳飛像

報載河南湯陰縣的岳飛廟，將重新安設五奸的跪像，這是一件大快人心的事。以往常見有人寫西湖岳墳「靈異」趣事，據説，清代有個秦檜的子孫，名秦澗泉到杭州做官，見岳墳前有他祖宗的鐵像跪地，被人便溺，心有不忍，吩咐手下的人，把秦檜像扔入湖中，怎知第二天湖水盡臭，不能飲用。秦澗泉知道觸怒岳飛，只好叫人把鐵像撈上來，仍放原處。這只是傳説而已，絕不可信，秦澗泉確有其人，他一生從未在杭州做過官。

舊日北京的廟宇極多，各種各式，古古怪怪的都有。據我所知，除土地廟外，最多是關廟了，但岳飛廟則寥寥可數，不知是何緣故。有人説清朝的帝王是滿州人，滿洲系出於金，岳飛是民族英雄，要直搗黃龍與諸君痛飲的，黃龍就在今日的東北，所以清朝的統治者只大捧關羽，而輕描淡寫的捧岳飛。

日軍盤踞北平時，對於岳飛也相當仇視，凡人家藏有岳飛所寫的「還我山河」字或岳飛像的，都指為便衣隊、游擊隊，慘死者不知凡幾。記得在金魚池（北京一個地方名）的精忠廟，有岳飛全身甲冑形像，和別處的像不同，像面不向正南，而作東向注視狀。我覺得這樣塑法，不只有意義，也切於事實，當時的敵人正在東方呢。

民國時的武松墓

真假武松墓

一九五六年六月，我重到闊別了二十三年的杭州，住了五天，當時的西湖已列為名勝區，還要把它淨化，那些無名小子的墳墓、生壙，一掃而空，但蘇小小、蘇曼殊、秋瑾、武松等人之墓則紋風不動。去年五月我又重到二十三年未到的杭州，這批名人墳墓，一掃而空，那是拜「文革」之賜。秋瑾乃革命烈士，共產黨放她一馬，把她的棺木遷到紹興，尚差強人意，武松墓則是後人所假造，鏟平是合理的。

我第一次遊杭州，是一九二七年四月，那時候孤山還沒有「宋義士武松墓」。一九三三年四月到杭州，忽見蘇小小墓附近出現景陽岡打虎武松一墳，不勝駭異，後來訪問當地人，才知是前幾年杭州一個黑幫頭子張嘯林搞出來的。

自從西湖有了武松墓後，有很多人便以為墓中人便是武松了，於是就有人寫文章談武松墓和武松與杭州的關係。到了五十年代，香港還有人在報上介紹武松墓，武松是義士，故為政府照顧，棺材不必搬家。一九六四年十一月十日，任真漢畫家在某報所作的《行蹤詩畫記》，詩文畫珠聯璧合，說到杭州的武松墳，透露一個「秘密」，原來此墳乃金石家簡琴齋和藥商搞出來的。任真漢文中說——

我曾親聆簡琴齋説過，武松墓是他和一個成藥商人合作創造出來的，墓碑的字是他寫的，墓的經營，則由某藥商掏腰包來做，當時是為了廣告噱頭，他們在墓前設些遊人休息的石椅，椅的靠背便是發冷丸的廣告。……現在琴石已歸道山多年，某藥商亦更早去世。這件事雖然不止我一人聽他説過，卻是還未見有人寫出來，如果我不寫，只怕武松墓的作偽，就永沒有人揭穿了。

誰造武松墓

一九六四年，畫家任真漢不知又是幾多回遊玩杭州了（他第一回踏足杭州，是一九五六年五月，我和鄭家鎮、黃蒙田等偕行），回香港後，他在《文匯報．彩風》副刊寫了一個短期的專欄，名《行蹤詩畫記》，記他這次江南之遊，每篇有詩一首、畫一幅，頗有新意。十一月十日那一篇是《過武松墓訪六和塔》。任真漢認為武松墳是假的，絕不可信。

任真漢在文中透露一個「秘密」。他說，故友簡琴齋生前曾對他說，武松墓是他和一個成藥商合作，製造出來的。墓碑的字還是出自琴齋之手，至於造墳之費，則由藥商掏腰包。

上海人士大都知道西湖武松墓是民國十六七年後，上海一個大流氓張嘯林所建的，當時一班文人寫杭州遊記一類的文章，大都這樣說，杭州人陳定山（今在台灣，年近九十）的《春申舊聞》也說是張的「傑作」。一九二七年四月我遊杭州，未見有武松墳，但一九三三年四月往杭州小住八日，就見到秋瑾墓附近有武松墳一座，當時覺得頗奇怪，為甚麼杭州人好做此「無中生有」的無聊舉動（今日亂造大觀園，亦此類也）。一九二七年未見有，一九三三年忽然有，我以為張嘯林在一九二七後，一九三三年前造成的。現在讀高吹萬詩，則早在一九一五年前已經有武松墓了，他還說武松有墓在杭州，志書未嘗見過。那麼，張嘯林偽造此墓是一九一五年之前，我一九二七年未得見，大概是墓已沒入荒草之間，無人留意，而一九三三年又再出現，則已有人整

宋義士武松之墓

理風景區，把武松墓修治一番，所以我才見到。

簡琴齋和我談天，未聞他談到武松墓的事。任真漢此文刊出後，我剪一份寄上海陸丹林，問他有何意見。丹林很快就有覆。

陸丹林一封信

任真漢和我相識四十多年，又曾共事二年，我知他不能說得很深，但卻知他不會隨便說假話。他在上述那篇大作中（即一九六四年十一月十日載《文匯報．新風》副刊）有這幾句話：

簡琴齋對於作偽很有些興趣。據他說，殷墟出土的甲骨，受到羅振玉的重視，大肆搜求的時候，他也曾搜集很多沒有字的甲骨，刻上一些連自己也不識的字迹上去，結果也把羅振玉騙了。他把這些事說得很開心，可能不是假話。……

任真漢行文中似乎有點不相信之意，因為我們在琴齋處閑談，是無所不談的，有時竟會言不及義，只取暢快一時，無傷大雅，假造武松墳，騙倒羅振玉之例是也。丹林覆我的信，對此事略作澄清。他說：

杭州武松墓確為流氓頭子張嘯林搞的把戲，與琴齋絕無關係。我和簡相交將四十年，又是同事，他知道我對這些史事比他清楚，在我面前，素未談過。偽作甲骨，也沒此事。簡的寫甲骨文，是在民國二十年（即一九三一年。——引注）之後，初時還是找丁輔之刻本做範本，當時對於甲骨原物，甚至可以說只見過兩三小片而已。

歷史家要求真，藝術家好作假，一件古銅器，一件古畫，如果出於藝術家偽造，鑒賞家予以鑒定，證明是贗品，這就是歷史家的求真。所以藝術家和歷史家有時會成為冤家的，因為歷史家會拆穿西洋鏡。簡琴齋是藝術家，如果他作偽也不過是貪得意玩玩，把人家騙倒了就很開心罷了。

中國的書畫，假的佔絕大多數，很難鑒定哪一件絕對真絕對假的。有時候，權威的專家也會跌眼鏡。藝術家有時高興，假一件古畫來玩，未必為錢。

廣州六榕寺

廣州的六榕寺，是羊城一個著名的古剎。六七年前，它的主持僧人鐵禪和尚，因為爭主持的問題曾鬧過很大風潮。後來鐵禪以漢奸罪被處徒刑，這件案才告一結束，不久後鐵禪就死了。

六榕寺本名淨慧寺，但廣州人只叫它六榕寺，如果有人問淨慧寺在那裏，十人中恐怕沒有一人會答你的。為甚麼六榕寺這樣著名呢？原來蘇東坡當日在廣州時，見寺中有榕樹六株，就題了六榕兩字的匾額，從此人們就叫它做六榕寺，寺的原名反少為人所知了。

寺有花塔，建築得很閎麗，在廣州西城為一最高的古塔。清初大詩人王漁洋的《廣州遊覽小志》記云：

淨慧寺，舊名寶莊嚴寺，蘇長公南遷過此，書六榕二大字，因名六榕寺，今寺額即蘇書也。寺有舍利塔，梁大同中沙門曇裕建，舊有唐王勃碑。宋紹聖間，寶雞主簿林修重建，宗室康州刺史叔盎撰文。塔九層，高二十丈，廣六丈有奇。中藏佛牙舍利。當修重建時，掘得巨鼎藏劍三，鏡一，同舍利瘞之。元至正間，又增寶珠銅柱之屬，憑高眺遠，則白雲粵秀諸峰，皆在襟帶也。寺有永嘉禪師證道歌石刻。

六榕寺

六榕寺的名稱，最先叫做莊嚴寺，南漢劉氏時，名長壽寺，宋朝改名淨慧寺，到蘇東坡題六榕二字後，又名六榕寺，一直到現在人們還叫它做六榕寺。寺的沿革及簡史，見於乾隆年間的南海志，錄之如下：

淨慧寺，即舊莊嚴寺。內有舍利塔，乃沙門曇裕法師所建。梁大同三年（五三七年），法師奉武帝命求舍利，東來至此，盡得其寶，重載而歸。師願居此剎，有詔許焉，則此塔嘗瘞舍利在梁朝也。至唐高宗時，有廣韶等州都督李者，見塔重現神光，觀者數萬，施財巨億，王勃記其事。南漢時為長壽寺，宋端拱（係宋太宗年號，只有二年，時當九八八至九八九年）改今額。舊傳達摩曾到僧堂一宿，至今絕無蚊蚋。塔後毀，元祐中（一〇八六——一〇九三年），郡人林修始重建千佛塔，趙叔盎記。塔高二十七丈，八稜九層。掘地時，得古井九，環列基外，與丈尺合。復得古鼎鐵劍三，鏡一，銛瑩如新。瘞佛牙舍利其下。紹聖（哲宗年號，一〇九四——一〇九七年）間，蘇軾至，顏曰六榕。內有瀟灑軒。洪武六年（一三七三年），燬其殿廡，創永豐倉，惟存塔及觀音殿。住持僧愈堅，重建佛殿，改寺門向東。二十四年，併入西禪寺，永樂九年，復還本寺，匾曰六榕，廣人呼為花塔寺。

寺與塔的歷史大抵如此。但花塔有一段神話，頗為有趣的。據說塔上安有釋迦文佛一尊，時放妙光。明朝萬曆四十二年（一六一四年），天啟元年（一六二一年）都兩次放光，一次五色，一次純白色。放光時都在天色未明之際。塔前有一個魯班像，以一手遮目，作高視塔狀。他所注視的塔之一角，往往被雷震毀，凡數十次修理皆然。這是廣州父老所傳的神話，清初屈大均的《廣東新語》也有類似的說法。它說：「塔上有銅柱，柱上一金寶珠，以銅週迴為圜，一級一圜，皆有銅鍊以護之。塔下有魯班像，一手遮目，仰視塔，所視處，常為雷震去，凡數十葺之皆然。」

花塔上面的寶珠和銅柱，都是廣州人所寶的法物。咸豐六年（一八五六年）七月十三日下午，寶珠被風吹折，遂藏入寺庫。到同治十三年（一八七四年），將軍長善、總督瑞麟、巡撫張兆棟，重修寶珠，題名於上，時候補知府文樹臣（江西萍鄉人，文廷式之父，胡漢民的姑丈）也參與修理，所以也有他的名字。

蘇東坡題六榕二字，本來是因為寺中有六株榕樹，但很久以來，寺中不見一榕，名曰六榕，而竟無之，未免名不副實，廣州隨處都有老榕樹，何以僧人不補種六株呢？鐵禪和尚為了要補此缺憾，遂於寺內建一亭，名曰補榕亭，意謂寺既無榕，以亭補之也。亭成，撰聯云：「補昔所無，榕不限於六；室諸所有，亭亦虛其中。」據久居淨慧街的父老說，寺內確實有榕樹六株，他們總覺得曾親眼見過，不過此六榕不在寺內罷了。為甚麼不在寺內呢？我以為舊日寺址是相當大的，後來為民居侵佔，逐漸縮小而至今日這彈丸之地。八百年前蘇東坡所見的六榕，後來必定是圍入民居。後來居民又伐之，遂致失蹤。一九一〇年間，有某置業公司買得淨慧街一大廈，擬改建洋樓，因事涉訟，拆後未能興工，工程就暫時停頓。兩年後，官司解決了，正要動工，忽見曠地中長有一榕樹，高三四尺，斬去後，才知道泥土之下，還有一大樹頭，在地面的小榕，正是大樹頭所生的。這大樹頭也許就是六榕之一了。澳門的觀音堂，有老榕六株，年皆三百以上，廣州六榕寺無榕，而澳門觀音堂有之，這也是有趣的事。

長壽寺與大汕和尚

五十年前廣州市西城有一條街道，名叫長壽街，到民國八九年開闢馬路，改名長壽路，以至於今。長壽路之得名，原因是它的前身是長壽寺。長壽寺是南中國名剎，在廣州與海幢、光孝、華林、六榕四寺齊名。到光緒三十一年（一九〇五年），兩廣總督岑春煊把長壽寺拆毀，售為民居，並建築長壽戲院，共得款六十萬元，撥為兩廣師範學堂經費。這是長壽路的來歷。寺創於明神宗萬曆年間，據乾隆《南海縣志》說：

長壽寺在城西南五里，舊順母橋故址。明萬曆丙午（按係萬曆三十四年，一六〇六年）八月，巡按沈正隆初至得疾，士民爭走神祠祝釐，僧為誦觀音救苦經數日。御史夢見一白衣婦人，翼蔽而前。詢云，來自城西，疾遂瘳。因即舊地恢拓，鼎建慈度閣以奉大士，餘為妙證堂，臨漪亭，左右禪房悉備。地可八畝。同知魏伯麟，知縣劉廷元，益以白雲廢寺田四十三畝一分，俾世守香燈，遂成名剎。有沈御史記。

這是長壽寺的簡史，《羊城古鈔》說它曾一度改名長安寺，何時復名長壽寺，不大可考，但在順治末年，它已經名長壽寺了。它的黃金時期是在康熙年間，那時候大汕和尚做住持，清初文

廣州長壽寺

人如屈翁山、陳恭尹、梁佩蘭、王士禎、潘耒等人，常在寺中唱和。王漁洋在他的筆記裏都有說到長壽寺。《香祖筆記》云：

廣州城南長壽寺，有大池，水通珠江，潮汐日至。池南有高閣甚麗，可以望海。其下曰離六堂，主僧某乞余題一聯云：紅樓映海三更日；石溜通江兩度潮。

其《廣州遊覽小志》云：

長壽寺在西郭外，創於萬曆間，禪人大汕石濂更新之。汕能詩畫，營造有巧思。寺西偏有池，通珠江，水增減應潮汐。池北為半帆，循欄曲折而東，為繪空軒，軒前佛桑寶相諸花，叢萃可愛。由半帆並池而南，緣岸皆荔枝龍眼。池之南為懷古樓，洞明高豁，其下為離六堂，水木清華，房廊幽窈，如吳越閒寺。有拈花釋迦像，飾以黃金珠玉琹瑪瑙瑟瑟之屬，莊嚴妙好。又有銅像，云是唐鑄也。

勝概可見一斑。王漁洋來廣州，是康熙二十四年（一六八五年）以少詹事奉命祭告南海，在廣州住了好幾個月。這時候，離大汕和尚重新長壽寺不久，可說是它的全盛時期。大汕名石濂，俗姓徐，是蘇州人（一說浙江嘉善，或云池州，皆不可信），明朝末年，為蘇州畫師沈朗倩外嬖，所以也能畫。龔芝麓與顧橫波流寓蘇州，見大汕後，甚賞其才，大汕便棄沈而從龔。不久後，大汕流徙至廣州，自稱浪覺師，住居長壽寺，不誦經，不薙髮，日伺候於權貴之門，以此名大著，頗與二十年前六榕寺的鐵禪和尚相似，不過大汕還有點真才，鐵禪只是一下流和尚，寖至與日本人合作，繫獄而死，萬萬比不上大汕的。關於大汕的趣事，我現在想引近人黃秋岳所寫的《花隨人聖盦摭憶》於此，然後略加以說明。他說：

果南各省與歐洲通商自粵始，其奏許通洋舶立十三行，便中外貿易者，則在康熙中兩廣總督吳留村興祚，而吳未督粵前，石濂已與洋舶通貿易，故粵之通商石濂為之魁。……石濂……好大言，專結納，又嘗走安南交趾，以祈雨立驗，眩其國人，大書榜揭於市曰「出賣風雲雷雨」，於是募資修長壽寺院，粵人、安南人輦金助之。院成，窮極土木，結構壯麗，梁上書「大越國建造」字以歆安南人。所為益不檢，明僮妖娼相徵逐。其所以媚事諸貴人者一以多金，一以造作秘戲圖，寖乃與外舶通，遣其徒眾運售貨物於海外，名聞京師，雖王公貴族亦無不稱石濂。……石濂既富，乃思以文字緣飾之，於是謀與諸名士遊，竊其所作攘為己有，不得者餌以金。無何「離六堂集」刻成，為揄揚者謂為唐之貫休齊己，宋之參寥密殊，復見於今。又自念為僧必富通梵夾禪悅，乃請人著一書，言「五燈會元」之誤，一時名士樂為代筆，蓋酬金較豐於粥文。當時屈翁山、梁藥亭皆與石濂交，故「離六堂集」多竄入翁山詩。後翁山與石濂相失，致書詰其偷詩，又作「花怪篇」醜詆之。……初，潘耒（字稼堂）通籍後，久耳石濂名，晚歲遊粵，姑往拜之，瞰其虛實。石濂不知潘之名，相見殊落落，不以時答謁，稼堂怫然，以書斥之，石濂倔強不相下。……稼堂既去粵，歸途遇吳留村之廣東按察使任，乃……面數石濂之過惡，吳納之，甫蒞官即親詣長壽院逮治。院中鐘表象牙以暨鴉片之屬，堆積如山，優伎列屋內，以禪房為窟穴，一時皆籍入官。留村將置石濂於重典，而營救者眾，卒減輕其罪，遞解還吳，下獄終其身。

（伯雨案：清初王應奎「柳南續筆」卷二，僧大汕條記云：「康熙間，廣東旱，當時祈雨不應，有浮屠大汕者，榜其門曰：老僧有風雲雷雨出賣。當事亟禮致之，禱果得雨，大汕以是名聞百粵。安南國王阮某，厚幣招往，餽珍寶無算，至以黃金填字額云。」所謂「出賣風雲雷雨」，大概有此一事，但未必就有驗，恐怕是大汕的宣傳以自增其身價而已。）

石濂之為人大略如此。秋岳說他在安南出賣風雲雷雨，清人筆記已有說及。秋岳說十三行是吳留村奏定設立，及捕石濂者亦係留村，這是與事實不符的。吳留村於康熙二十一年（一六八二年）協同大漢奸施琅進攻台灣有功，廿二年正月，擢兩廣總督。他到廣東任後，不止沒有逮捕石濂，反而和大汕來往，陳恭尹的《獨漉堂詩集》就有吳留村在離六堂邀諸名士飲酒詩，陣恭尹有詩四首，詩題是「大司馬留村吳公招同茹瓊山子蒼張惠來時公劉將軍季翼新安王我占山陰婁子恩同里屈翁山奉陪京卿紫閣張公集石公離六堂即席次張公韻送之入都」其時石濂尚未出醜，恭尹還稱他為「石公」。石濂往安南說法，事在康熙三十四年（一六九五年）乙亥，其時，吳留村已以副都統鎮大同右衛了（他在康熙二十八年為給事中錢晉錫所劾去職）。石濂往安南，陳恭尹有詩送行，題為「乙亥元日石公泛海之交趾說法」七律一章，可見在康熙三十四年大汕還是無恙的。那麼捕大汕者何人乎？則廣東臬使許嗣興也。許嗣興原名嗣印，漢軍鑲藍旗人，康熙年間由筆帖式累擢廣東按察使、河南布政使，官至福建巡撫。箋吳梅村詩的吳翌鳳，在其所作的《鐙窗叢錄》卷三，有記大汕事云：

康熙中，詩僧石濂，名大汕，浙江嘉善人，主廣東海珠寺，交通公卿，安南國王師禮之。其寺塑金剛與彌勒環坐，題對聯云：「莫怪和尚們者般大樣；請看護法者豈是小人。」以貨幣結往來賓客，分三等。翰林某以所贈平等，作詩文詈之，石濂亦以詩文交詈。翰林忿入都，適臬司某赴任廣東，屬其猝擒治，緩則有救之者。臬司如其言，刑僇倍至，遞歸旋殞。

所言某翰林，即潘稼堂也，某臬司，即許嗣興。《清朝野史大觀》引某筆記也說「河南布政使遷福建巡撫許中丞嗣興為按察使，獨惡之，輒逮治，詰其前後奸狀，押發江南原籍，死於道路，粵人快之。」根據各家記載，捕石濂的人不是吳興祚，秋岳不知何以如此誤會，且興祚始終未做過廣東按察使，《清史稿》言之甚詳。興祚字伯成，號留村，浙江山陰人，後入漢軍正紅旗，他在廣東時，極優禮文士。《清朝野史大觀》有一段記大汕的事，可以證明捕大汕者非留村。據云：「留村吳公總制兩粵時，揚州吳薗次以同譜舊好來遊羊城，寓長壽寺。寺僧大汕者，法筵甚侈，而道力未真，知薗次為總制重客，晨夕請見。常攢眉言兩臺延召之頻，三司應酬之密，六時並無暇逸。吳曰：『汝於此間受諸苦惱，何不出了家！』大汕赧然慚悚。此雖文人雅謔，實可作禪門棒喝。」（秋岳死後五年，瞿兌之（宣穎）作《人物風俗制度叢談》，轉載秋岳此文，亦沿其誤。）

華林寺數羅漢

廣州西關下九路附近有一所名聞國內的華林寺，它的來源大概知道的人也不少，我現在可以不談，只談一下它的五百羅漢和「數羅漢」的玩意兒。

華林寺在廣州未開闢馬路以前，地方很大，和尚少說也有好幾百人，每天開飯給過往僧人吃的也有十來桌。它的佛堂可以容一二千人。我記得一九二八年華林寺的住持和尚炳光在盂蘭勝會時大放三寶，那一晚的觀眾就有二三千人，熱鬧非常。過後三年，下九甫開馬路，華林寺的地方縮成小小一塊，接着有些官僚又強指某些寺產是官產，乘機刮入私囊，因此華林寺就越來越窮，到後來五百羅漢壞了，也不能修復。到一九五五年，廣州人民政府才把五百羅漢修葺一新。

五百羅漢堂是華林寺一個著名的地方。羅漢堂內部構築成田字形，所以又叫做田字廳，分列着五百尊羅漢。它們都是金身泥塑的，高約一尺五六寸（我在六七歲時，常往華林寺遊玩，到今將近三十年，羅漢的高度是否一尺五六寸，已記不清楚，但不會高到三四尺的。）道光年間，住持僧祇園遍遊國內名剎，到杭州見靈隱寺的五百羅漢（南宋時僧人道容所塑，咸豐年間燬於火，重塑後，二十年前又全部燬去），大為羨慕，便請人把它們的形像臨摹下來，帶回廣州，又花了好幾年工夫才塑造完成。華林寺這五百尊羅漢，雖然不及靈隱寺的那麼精緻，但它們是仿自靈隱寺的，靈隱的既然燒得一乾二淨，那麼，現在還能保存南宋人塑羅漢的風格的，只有華林寺這

華林寺的羅漢

五百尊了。

羅漢廳的地方很大，五百羅漢分踞案上，寺僧每晚上香真是麻煩透了。如果由一個僧人上香燭，這邊的羅漢上了香後，等到過那邊插香時，這邊的香燭已經燒完，不能同時有香煙燭影了。住持為了補救此敝，以後凡燒香，就派出二三十個和尚，分工合作。

因為羅漢廳這麼大，白天裏也是陰氣沉沉的，膽小的人，就不敢在裏面久事逗留。我在廣州十八甫路讀書時，下午放學，要到華林寺玩，也得糾集了三四個年紀大的同學才敢進入田字廳的。

華林寺還有「數羅漢」的玩意，晚清時代，有很多迷信的人，時時到寺裏「數羅漢」，以占終身休咎。數羅漢的方法是：一踏入羅漢堂，看你對着的是那一位羅漢。既認定這一尊後，就拿自己的年歲數到某一尊羅漢面前，看羅漢的佛號是甚麼，就可以知道自己的終身。聽說有時也很靈驗。我曾遊玩華林寺時，這種玩意兒已經不興了，這是老一輩的人對我說的，後來我讀梁章鉅的《浪跡續談》，中有記西湖靈隱寺五百羅漢一段，有云：

> 凡婦人之遊寺者，必入此堂，因相傳有數羅漢之說，就所到處指定一尊，按本身年數至某尊，視其標題之佛號，以為終身之斷。然佛號義多奧難，每不可以理會，故有驗有不驗。余初出山時，亦曾到寺默數一遍，遇如意雜尊者像，其義即不可解。然今回憶，中外敭歷數十年，一路坦途，不能不謂之「如意」，而所歷宦境，亦不可謂之不「雜」，斷章取義，似亦可通。今年重遊，又默數一過，遇增福壽尊者像，則恰合大海收帆境象矣。

這是很有趣的事，華林寺的羅漢，來自杭州，杭州既有此俗，則祇園和尚也把數羅漢之風帶來華林寺，這是很自然的事。

海山仙館

廣州園林

滿清嘉慶年以後，廣州有很多商人因為發了大財，紛紛在城內城外，建造園林為休憩之所，最有名的是潘仕成的海山仙館了，此園不止為廣州名園之冠，就是在蘇州的拙政園、留園也比不上它的。可惜潘氏失敗，此園馬上就荒廢了。廣州人對於園林似乎是不大愛惜的，如果不是，為甚麼八十年前有這麼多名園，現在一個都不存，甚至連遺址也無從訪問。

近日偶讀什書，見到有關廣州園林的記載，便摘錄於此，附以所聞者，成此短文，使人知道我們的廣州人並不是只懂得和洋行做生意，一點都不風雅的。

廣州四大家族是潘、盧、伍、葉，關於潘仕成的海山仙館，知道的人很多，可以不說，現在先談伍崇曜的萬松園。

萬松園在河南，園額是謝蘭生所寫的。伍崇曜的祖先本是福建泉州人，康熙間入粵，遂占籍南海，十三行中的怡和行，就是他所經營的。萬松園地址雖然沒有海山仙館那麼廣大，但布置得極為幽雅，收藏法書名畫很多，嘉道年間的名士，常在園中為文酒之會。

俞洵慶的《荷廊筆記》記海山仙館，曾提到鄧園，此園在道光年間尚存，現在不知其遺址何在。張南山的《松心集》有與潘仕成、伍崇曜等同遊鄧園詩：「開筵且緩愛尋幽，繞徑穿林更上樓。深苑有花香欲老；空園無主客來遊（自註：園主遷居鄉中）。石堆假勢山能立；池剩虛名水不流。種得叢蘭三百本，預期相賞待清秋。」

廣州另一個潘氏也有名園，這是十三行之一的同孚行主人潘有度的。園名南墅，又名潘園，在河南漱珠橋之南，有亭台水木之勝。園中水松甚多，有兩松交幹而生，因名其堂曰義松。詩人張南山曾在園中隨其父讀書九年之久。潘有度之姪季彤，也在河南家園秋江池館上建聽颿樓，俯視白鵝潭，風景絕勝。季彤富收藏；現在市面出賣的書畫，常見他的收藏印鑑。

寄園在小北門內天官里，園中有廣池，遍植荷花，主人築亭於上，時邀張南山、陳蘭甫等人觴詠其中。主人以魚苗為羹，曰秀魚羹，味極美。園於光緒初年已鞠為茂草。

外國人所作的那部 *Views in China*，載有麗泉行（十三行之一）主人潘長耀的花園照片。從圖中見到此園中間是一大池，四面有崇樓傑閣，樹木葱鬱，池中有一大艇，兩人搖之，可見此池是相當大的。園名甚麼，可惜該書作者沒有說明。潘長耀是福建同安人，寄籍南海縣，於道光三年（一八二三年）逝世，因生意虧折，欠餉二萬餘兩，又欠各國商人貨款十七萬二千二百零七元。除查抄家產二萬二千餘兩外，尚欠餉一百七十餘兩。他的花園也是充公的，遺址在廣州甚麼地方，待考。

Wierws in China 卷一，九十五頁，又載有廣州某商人的花園照片，沒有注明是誰的。這所花園也有池臺樓閣之勝。

近人梁嘉彬的《廣東十三行考》一書，譯引 Hunter 的記載，說到潘氏的花園，這個潘氏是上文所說同孚行的主人。文云：「潘氏之外國友人，常有到河南島潘洞遊宴機會。（潘氏）承繼其先世遺產超過二千萬元，約合伍怡和之財產額三分之一。一八六○年法國雜志曾載廣州通訊一則，道及潘氏每年消費三百萬法郎，其財產總額共超過一萬萬法郎。彼有妻妾五十，婢僕八十，園丁役夫三十，然在華北之財產尤更豐裕。彼之家園內，窮極奢侈，以雲石（大理石）為地，以金銀珠玉檀香為壁。在婦女閨房之外，即有廣大能容百名丑角之劇場，故婦人時時不難得有娛樂。又有九層高之寶塔，以大理石及檀香砌成。其餘珍禽寶木，美不勝收。」

可惜這些名園現在都沒有一所存在，否則國內私人的園林，不讓蘇州獨步天下了。

上圖：廣州光孝寺
下圖：廣州光孝寺六祖瘞發塔

廣州庵院多

舊日廣州對中原來説，是僻處南疆的，但自唐以後，成為對外貿易的重鎮，而在此時期前二百年，又成為佛教的發祥地，城內城外的寺院，多到不可勝計，在城裏的有花塔街的淨慧寺（俗稱六榕寺）、惠福街的大佛寺、光孝街的光孝寺，在西關則有華林寺、西禪寺、西濠街的護國仁王祥寺，在河南則有海幢寺，城外的白雲山有能仁寺、景泰寺。時至今日，上述各寺只不過三五間存在而已。廣州因為處在南方，沒有受到中原戰火的摧殘，所以自梁亡後，由陳、隋至唐宋，佛教仍然繼續盛行。唐代雖然曾有兩次「滅法」，但廣州所受的影響不大。所以廣州的佛教信徒，有增無減，在一個城市地區，居然寺宇林立，僧尼隨處可見，至於女尼的庵堂，比寺院還要多出百倍。至於一些尼姑合夥幾個同道立個甚麼庵，自接佛事的，就隨街隨巷都有。這一類的庵堂，乾乾淨淨的固然不少，但藏垢納污的就更多，自清末至民國卅八年（公元一九四九年）這五十多年中，廣州的庵院多過米舖，有些迷信或不出嫁而又沒能力謀生的女人，就開個庵堂，向無知婦女求布施，那些手段厲害的居然向富有的家庭主婦施騙術，甚而以庵堂為賣淫之所。民國初年，廣州人「開師姑廳」（在庵堂設宴，叫師姑陪酒，或陪宿，叫作開師姑廳，套自妓館術語），取尼姑為侍妾的時有所聞。至於還俗嫁名士蔡哲夫作妾的談月色，作歸家娘後，還刻「檀度庵女尼」一印以自炫，竟不知羞恥為何事了。

羅榮桓，朱德，聶榮臻在從化溫泉

從化温泉

孫中山先生開府廣州時代，未聽過有「從化温泉」這一名詞，不過從化縣卻是有的。到了民國廿二年冬天我到廣州小住數日，和朋友傾談，才第一次聽到從化温泉，才知道是要人和豪商巨賈休沐之地，我們如要往遊，當然也可以，你得擠長途汽車之苦，想洗洗温泉也未易問津。

現在不同了，香港人遊從化，洗温泉，正是「易過借火」，花兩三百塊錢可住一宵。

民國二十年（一九三一年），李務滋做從化縣長，他賞識青龍頭村一個水塘，水源不竭，就是冬天水也不冷，可以游泳。他動了腦筋，即在此處開闢温泉區，將原有的水塘擴大，成為一個大方塘，周圍甃以文石，安設回欄，旁築浴室，引水入內，以供遊人沐浴。

自從闢有温泉區之後，從化之名不脛而走，軍政界人物和大富之家，紛紛在從化造別墅，起洋樓。以成藥發財的梁培基也在温泉附近築一所別業，落成之日，請廣州德國籍名醫柯度往遊。柯度見獵心喜，也造一別業在附近，不知是哪一個風雅之士，為他取名「柯樹山房」，大門兩邊還有一聯云——

俯玉泉之噴沸；
眄庭柯以怡顏。

是一對集句聯，上聯不知是誰，下聯是陶淵明的《歸去來辭》。倒也不俗。

柯度於一九一九年到廣州開業，大概醫好一個猛人，名聲大噪，收費之貴，甚為可驚，當年的胡漢民、譚延闓、汪精衛、張人傑，無不把他當華佗看待，他的南堤醫務所中，掛滿偉人們的書法，有如書展覽會場。

抗戰勝利後，柯度以納粹黨小頭目被拘入集中營，遣返德國，送食物給他的人絡繹路上。原來他對貧苦病人一文不取，因此從化鄉民對他大有好感。

廣州民智影畫戲院

每逢出門，在行人道上能吸引我駐足的，就是相隔十家八家就有一家電器舖。以前住北京上海能使我如此者是書店，但在香港，就沒有這眼福了。軒尼詩道的電器、音響器材店之多，在港島堪稱第一，我每逢駐足，最使我欣賞的是那些十二吋電視機映出來的「公仔」，一見到，就想起六十多年前在廣州讀書時那樣沉迷於「影畫戲」的樂趣。

民國六年丁巳（一九一七年）我在廣州糖房（不知是上九甫抑下九甫。一九二六年重到廣州，此二甫已拆馬路，改名下九路了）的一條陋巷裏一家私塾讀書。老師名蕭謹莊，年紀未過三十，卻能教我讀論語、孟子、詩經。字音教得很正，「桓公糾合諸侯」的「糾」字，讀作「九」，絕不會像今日的某些藝員讀作「斗」、「繳」，永不肯改正的。

下九甫有一家電影院，叫「民智影畫戲院」。放學回家後，如能順利地向母親背過今天老師教讀的新書，每隔三五天温過書後，就可以去民智看二場的電影。二場的電影似乎是八點鐘開場，但我往往在頭場未散時就買二場的票，立即上樓上看二場，無非貪心，想「着數些」。初時攔在樓梯口的收票人見我的是二場票，就不准我登樓，要我等到散場。我說「就要散了，讓我多看一下好嗎？」說後不管他肯不肯，就直「標」而上，那個大佬見我是小孩子，也不認真，任我横行了。如是者幾次之後，已成事實，那人再不阻擋我，甚至也不看我的戲票，讓我上樓。那時

廣州老影院

候的樓座只賣兩毫子，每星期看一兩次，所費無多。從此我成為民智的老主顧，有時放學經過，也不必買票，上去看「霸王戲」。樓梯經過一個閣仔的門首，閣仔是放映間，我必定站下來看那個人怎樣操縱機器，然後在地面上拾取一些斷碎的菲林，連忙對着燈光，看看菲林上的公仔，有沒有我在電影中看過的。如果有，真是如獲至寶，上樓找個座位，暫時坐一兩分鐘過癮，然後趕快下來，跟隨「湊放學」的女傭回家。

民智戲院之戀

民智戲院放映的小電影，光線明亮，畫面清晰玲瓏，比看大銀幕的好看得多，當時見了真是眼前一亮，竟像別有天地，心想如果長期有這樣的小電影看，我就不看大電影了。當日廣州的電力供應很差，所以電影院放映出來的畫面不夠清晰，但小電影的銀幕小，又和放映機相距近，電力夠強，所以畫面光亮。（六十年前，廣州已有：「電燈不明，電話不靈，馬路不平，自來水不清」之謠，不意一九四九年「換了人間」，還是如此景象，官僚政治，和六十年前的並無分別，連建設一個都市都束手無策，真是言之羞矣！）

六十年代後每見馬路上電器店的十四吋電視機，我必定要駐足下來看「公仔」，猶有童心一番。有幾次真想買一架十四吋的電視機放在家中把玩，但以價錢貴得驚人，只得過路時在街邊「欣賞」了。（家中已有二十六吋的電視機，而仍有貪心，所謂「小資產階級」的劣根性也。）

我和民智戲院「老友記」大約有一年左右，在這以前，一年中難得去看一兩次，有了解畫佬之後才結緣的。記得最先去民智看畫戲時，有親戚請吃酒席，大讚影畫戲好看，請我們母子五人同去民智，看的是中國片，片名叫甚麼記不起了，內容述清朝一個大盜在路上殺了赴任官，頂冒了死者的名字到任，又娶了當地富人之女為妻，後來事敗，那個做岳丈的富翁知道了，坐在椅上生氣，兩個姨太太雙手給他來往「梳胸」順氣。這是我第一次所看的電影。後來民智有了解畫佬，看的比較多些，但到了一九一七年才成為「熟客仔」。

那時候省港的電影時興偵探片，往往「長篇連載」，三個月左右才全套映完，麗蓮·吉許主演的《寶蓮遇險記》我看過了，以後又有《隻手大盜》等等。一九一七年十二月放映的一套《無線電黨》情節曲折離奇，引人入勝，已經看了十多集了，將大結局時，忽然我被送回澄海讀書，一九一八年二月首途，沒眼福看大結局，此心耿耿，總是忘不了民智，只好把一年來積存民智的「戲橋」（即說明書）一大帙，帶回鄉間，想念時就拿出來看看過癮。

蘇州的拙政園

我國江南的名園，以蘇州最多，而蘇州現存的而且完整的，只有拙政園和獅子林、留園及俞樾的曲園。（曲園地方甚小，規模遠不及拙政園和獅子林，不過地以人傳，也列於名園之林矣。）

拙政園在蘇州齊門內百家街與石皮衖之間，附近是跨塘橋。拙政園之始創，是在明朝嘉靖十二年（一五三三年）五月，文徵明所作《王氏拙政園記》，是一篇較有系統而具體的記載。文徵明的記，開首就說：「槐雨先生王君敬止所居，在郡城東北界婁齊門之間。」接着就歷敘園中勝概，以及亭臺樓閣的名字，這些名稱現在已經沒有了，我們只從文字上知道，所以說文氏此記是拙政園最古的文獻，當無不可。記中最後一段，總紀園中的建築物云：「凡為堂一、樓一，為亭六、軒，檻、池、臺、塢、澗之屬二十有三，總三十有一，名曰拙政園。王君之言曰：昔潘岳氏仕宦不達，故築室種樹，灌園鬻蔬，曰：此亦拙者之為政也。……」

文徵明的《拙政園記》石刻，久已失去，這是我從文徵明拙政園詩畫冊裏抄出來的。此冊是文徵明寫給園主王槐雨的冊頁，一面畫的是園中景緻，一面是文氏的詩，每景一詩，用各體字分頁寫成。

此園的前身是元朝的大宏寺基地，其寺的興廢已無可考。王槐雨大概是很風雅的人物，我們

文徵明《拙政園圖》從左到右，從上至下。

看他在山西做官時，以遊山謫官為廣東驛丞可知。後來升了高州通判，從廣東任內辭職回故鄉，築此園以娛晚景。最後此園為王槐雨之子某，一夜賭輸錢失去，吳梅村《拙政園山茶花詩》所謂：「兒郎縱博賭名園，一擲流傳猶在耳，」就是記這件事。清初徐乾學所作的《蘇松常道新署記》（即該園之後身，詳後），說王氏子與里中豪士徐君決賭，一擲失之，徐君傳子及孫，而生產亦耗云云石。此徐君是誰，乾學沒有說，十年前梁鴻志所作的《拙政園記》也沒有說明。現在我從徐樹丕的《識小錄》裏，知道得此園的徐君是樹丕的曾叔祖少泉。樹丕是明季秀才，國亡後不仕，隱居故鄉，以著述自娛，死於康熙二十二年。《識小錄》卷四詳記其事云：

> 拙政園在婁門迎春坊，喬木參天，有山林杳冥之致，實一郡園亭之甲也。園創於宋時某公主，我明正嘉間，御史王某者，復闢之，其鄰為大橫寺，御史移去佛像，趕逐僧徒而有之，遂成極勝。相傳御史移佛像時，皆剝取其金，故號剝金王御史，末年患身癢，令人搔爬不快，至沃以沸湯，如此踰年，潰爛見骨而死，其子即貧，孫某至以弔喪為業，余少時猶識之。當御史歿後，園亦為我家所有，曾叔祖少泉，以千金與其子賭約六色皆緋者勝。賭久，呼妓進酒，絲竹並作，俟其倦，陰以六面皆緋者一擲，四座大譁。不肖子惘然叵測，園遂歸徐氏。故吳中有花園令之戲，實昉此，後人於清朝之十年，賤售與海寧陳閣老，僅得二千金云。

這個陳閣老是降清的陳之遴，與吳梅村為親家，吳氏出仕，是由他力薦的。之遴再為相國，在順治十一年，十五年，以罪舉家徙流盛京，家產籍沒，園亦入官，為駐防將軍府。梅村詠山茶花詩序有云：「相國自買此園，在政地十年不歸，再經譴謫遼海，此花從來未寓目。」可知之遴買此園後，沒有在園裏住過一天。到康熙初年為吳三桂之婿王永寧所買，吳敗後，園又入官，為蘇松常道衙署，即徐乾學所記的。其後屢易園主，最後為八旗奉直會館，入民國後，遂為地方公產。這是拙政園的一段簡史。

我初次遊拙政園在一九三二年二月，再遊在一九三六年七月。這兩次所見的拙政園，都很是荒蕪，地方政府一任它荒廢，一點都不加以保護整理。一九四六年七月，我在上海閒居，三遊此園，時在日寇投降後第二年，入門所見的荒廢殘破程度，較一九三二，三六兩年所見的尤甚。我以為大戰之後，此種情形當然難免。同行的范君是蘇州人，一向在上海賣文為活的，近年隱居故鄉，據他對我說，淪陷期間，偽江蘇省的民財建教四廳都設在此處，高冠吾做江蘇省長時，在財政極度困難中，還竭力撥款十萬元修理此園。怎知國民黨勝利歸來，只顧接收和破壞，所以此園從此前荒廢得更厲害了。

園中最令人留戀的是文徵明手植的一株紫藤花，此花植於戲台與戲廳外的小天井中。清兩江總督端方，於光緒三十年題「文衡山先生手植藤」一石尚存。紫藤架下，有端方所寫的石刻橫額「蒙茸一架自成林」七字。一九五三年七月，范君從蘇州來信，略說到這株紫藤，他說：「老兄最喜歡的文衡山手植紫藤，今年春間花開極盛，故老言三十年所罕見，真盛事也！園中近年修葺一新，所有碑刻，重新加以整理，露天者蓋之，以存永久……」這是一件可喜的事。

照我所知。園中的碑刻共有二十六種，最著名的是：（一）文徵明像及文先生傳；（二）文徵明書千字文；（三）沈石田像及傳；（四）趙子昂吳興賦；（五）復園記；（六）吳梅村詠山茶花；（七）鄭板橋畫竹；（八）米南宮黃山谷行書等。

拙政園是以池水作中心的，全園的面積，池水佔十分之六七。園既以水為中心，所以它的建築物都以與池水相調和相煥發為原則，因之臨水的建築物最多。全部建築物都是平敞的，沒有高四五層的樓閣，這又是足與恬靜的池水相調和的。

俞樾的曲園

俞樾是近代的大學者，曲園又是蘇州一勝地，曲園成於光緒元年（一八七五年），到今年恰是八十年，園主人死於光緒三十二年（一九〇六年），到今年也四十八年了。他享有此園凡三十一年之久，近三十五年，他的後人住在北京，蘇州的老家很少回去。一九三三年九月，曲園的曾孫俞平伯有《癸酉南歸日記》（刊一九三六年《逸經》第九期），十四日云：「下午同入城，先至老宅，予作引導。……」十六日云：「下午偕姊至老宅，吾輩遊息此屋，尚在十八年前，十八年中未曾同到矣。」

曲園於咸豐間自河南學政卸任後，即移居蘇州。同治八年，他寫給他的同年王補帆（名凱泰，號幼軒，江蘇寶應人，道光三十年進士，散館授編修，官至福建巡撫，謚文勤）函云：「……去年以青蚨千貫，典得馬醫科巷潘文恭舊宅，今年四月中遷入居之，屋不甚多，而廳事便坐，頗亦具體，內屋五間，尤為軒敞，鷦鷯巢林，暫焉棲息，天地吾逆旅也，又何擇蘇杭乎？……」這就是曲園在蘇州最先所住的地方。到同治十二年，曲園之兄卒於福寧任所，他去把母親姚太夫人接回蘇州奉養，明年，他的母親嫌屋子太小，便買了潘氏西宅築曲園。曲園建築日期是同治十三年冬，明年四月落成，俞樾有曲園記云：

俞樾與曾孫俞平伯於蘇州馬醫科巷寓中留影

曲園者，一曲而已，強被園名，聊以自娛者也。余故里無家，久寓吳下。……適巷之西頭，有潘氏廢地求售，乃以錢易之，築室三十餘楹，用衛公子荊法，以一「苟」字為之。取周易「樂天知命」之義，顏其廳事曰樂知堂，屬彭雪琴侍郎書而榜諸楣。堂之西為便坐，以待賓客，顏以曾文正所書春在堂三字。……

記中詳述曲園裏面那些房屋的名稱，而析出堂後之園。園有假山、池水、小閣。記云：「艮宧之西，修廊屬焉；循之行，曲折而西，有屋南向，……是曰達齋，曲園而有達齋，其諸曲而達者歟？由達齋循廊西行，折而南，得一亭，小池環之，周十有一丈，名其池曰曲水亭。……大都自南至北修十三丈，而廣止三丈。又自西至東，廣六丈有奇，而修亦止三丈。其形曲，故名曲園。所謂達齋者，與認春軒南北相值；所謂曲水亭者，與回峰閣東西相值。……嗟夫！世之所謂園者，高高下下，廣袤數十畝，以吾園方之，勺水耳，卷石耳。余本窶人，半生賃廡，茲園雖小，成之維艱。……其助我草堂之貲者，李筱荃督部，恩竹樵方伯、英茂文、顧子山、陸存齋觀察；蒯子范太守；孫歡伯、吳煥卿兩大令。其買石助我小山者、萬小庭、吳又樂、潘芝岑三大令；贈花木者，馮竹儒觀察，備書之勿諼也。」可見園之勝概一斑，曲園老人是花了很大精神去經營它的。

海內聞名的曲園先生，其園名曲蓋以此。

二十年來，我遊曲園兩次，第一次是一九三二年二月，第二次是一九四六年六月。第二次之遊，適在日寇投降之後，曲園已經荒蕪零落，殊無可觀，我只不過是去憑弔一下四十年前一代學者的故居罷了。園的大門南向，有一家成衣店租賃了來營業。門前李鴻章所寫的「德清俞太史著書之廬」的區額仍存。（曲園致李少荃相國書云：「承惠書，並賜額德清俞太史著書之廬九字，魄力沈厚，結體謹嚴，如對垂紳正笏氣象。從此銀鉤鐵畫，照耀蓬廬，不獨圭璧之光，抑亦子孫之寶也。……」但他的子孫並沒有好好的保存它，一任它剝蝕）入門為轎廳，他的長孫陛雲「探花及第」之額，高懸堂上。再入則為樂知堂，額為彭玉麟所書，又「重宴鹿鳴」一額，是曲園老人中舉人六十周年的紀念匾。其時，住在曲園裏的人是洪狀元（鈞）的姪婦，聽說是她租來住的。園的達齋有人住，不能進去。

全園景物，極為蕭條，除匾額外，所有楹聯，幾乎無一存者，即肅親王善耆所書的「太史有書能著錄；子雲於世不邀名」一聯，及曲園老人自書的聯都看不見了，不知是否失去，抑為人破作柴薪。

我最愛曲水池這一帶風景，它的零落荒蕪，已不同四十年前主人在生之時，使後人身臨其境，也不無感喟。曲園老人，花了三十一年的心血來經營它，到病危時，自知不起，乃念念不忘他手創的小園，其賦《別曲園詩》云：「小小園林亦自佳，盤池拳石手安排；春風不曉東君去，依舊年年到達齋！」主人已去，而春風仍然年年吹到達齋，主人在地下有知，也當感慨萬端了。我離開曲園時，心裏還暗中念着這首詩，背後涼風吹來，好像主人在後面跟着我，送我出大門去的。

英國人筆下的舟山群島

中國的舟山群島，在浙江省東，面臨大海，群島大小島嶼三百多座，以舟山島面積最大。一百九十年前，英國派了一個特使團，由馬戛爾尼勳爵為特使到中國作友好訪問，這是英國和中國官方的正式接觸，但中國的傳統，一向把外國當蠻夷看待，凡來中國訪問，就把它當作向天朝進貢。這次英國派遣的特使，目的在雙方訂交，交換使節，而最大目的還是希望中國能把舟山、寧波、天津三處地方，劃出一些「租界」給英國人做生意。

乾隆皇帝堅決拒絕英國的請求，並且嚴命特使團祝壽後立即取道原來途徑歸國，不准久留。又過了一年，特使團一行百多人才回到倫敦，英國大為失望，於是謀奪中國土地之心愈切。過了四十多年，英國藉口中國燒了它的鴉片煙，遠巴巴地從歐洲派了它的侵略艦隊來攻打中國，於一八四〇年攻陷舟山，可說是「如願以償」。但後來英國人看中了香港，放棄了舟山，一百四十三年後，一九九七年的大限，使香港人陷入「迷惑」之境。也許有些人會想到，早知這樣，不如當年把舟山讓給「友邦」，好過香港人今日受煎熬了。

當馬戛爾尼特使團到廣州後，取道浙江海面北上，他們航經舟山群島時，就登上舟山島玩了好幾天。我們別以為英人風雅得很，玩賞普陀山風景，其實他們在做間諜活動，地方官府還矇查查，見到洋人畫舟山群島的形貌，測量海水的深度，更詳細地紀錄了地方的氣候。官方的人袖手

舟山

旁觀，還覺得蠻有趣的。

這些國防材料都給外人知得一清二楚，於是四十年後侵略軍一到就「旗開得勝」了。原來特使團由一百多個成員組成，其中有很多「專家」，搖身一變時便可成為特務了。

特使團中，有一名副使斯當東也寫了一部《出使中國日記》（正使寫的日記，十六年前我曾譯出，按期在《大華》雜誌刊載，後來印單行本，名《英使謁見乾隆紀實》），有一章描繪舟山群島很詳細，摘錄如次：

舟山群島的山勢斜度都是非常有規律的，山頂都是圓的，看上去好像原始山上所有的稜角被自然逐漸磨損而成為現有的一致的圓球形狀。島與島之間彼此距離雖然很近，但都隔着很深的海峽。島面是灰色的或紅色的花崗岩，只是硬度稍差。……群島之中有些引人入勝的地方，尤其是其中的普陀，被形容為人間天堂。這個地方是一個風景區，以後一些宗教信徒又去加以修飾，大約有三千信徒在那裏過着獨身的生活。

所謂宗教信徒，指僧侶也。普陀山是中國佛教勝地之一，過去的「國粹家」甚幸當年洋人棄而不取，轉取「東方之珠」云。

斯當東的日記，繼續描繪舟山群島，有云：

舟山的普陀，有四百座廟宇，每座都附有住房和花園。和尚就住在這些房子裏。寺廟的布施非常多。這個地方是全國聞名的勝地。……在這裏，船上可以買到價格相當便宜的牛羊和家禽，從周圍的小船，也買得到各種鮮美的魚。……寧波是浙江省的一個商埠，舟山群島屬於浙江省範圍以內。「克拉倫斯」號拋錨後，有幾個文武官員來到船上訊問情況。和這些官員同來的有個繙譯，是中國商人，過去允許外國船到此貿易的時候，同東印度公司有過交易關係。他還記得幾句英語。根據這個人的講話，禁止英國人到這裏來做生意，並不是由於他們本來的過錯。這個禁令可能是由於廣東高級官吏的影響。他們想把對外貿易集中在廣州來壟斷發財。……

中國不准外國人隨便出入國境，歡喜在甚麼地方做生意就在甚麼地方做生意，這完全是正確的措施。一個獨立自主的國家，有權可以作出對本國有利的決定。後來帝國主義者用大砲把中國這項主權轟碎了，於是中國的門戶洞開。「列強」要在中國自由貿易，他們還要中國「門戶開放」，「列強」間的機會均等。這後，又逼中國租地方給他們做租借地，例如德國租到了山東省的膠州灣，英法兩國不甘後人，馬上嚷出「機會均等」的口號，紛紛要求多些租借地，英要九龍，法要廣州灣，這才符合「機會均等」的「精神」。

英國特使團的船隻，這次到了中國沿海的城鎮一趟後，他們獲得很多航行的資料，對他們後來派軍艦來攻打中國大有幫助。我們且看鴉片戰爭中，敵人的海軍很容易就把定海、舟山攻下了。斯當東的日記，記他們遊罷普陀，又到定海行。記云：

為了解決領航問題，「克拉倫斯」號一行人等不得不在此地耽閣下來。他們利用這個時間去附近的定海縣城觀光，從這裏一個村莊出發到定海只有一哩路程，是一塊平原。上面河道溝渠縱橫，可能是用來劃分私人地產界線的。整塊土地耕種得像個園子，非常美麗。行人道很好，但很狹窄，大概是盡量利用一切土地使它生產而不使它白浪費。城牆高三十呎，高過城內所有房子。整個城好像一所大監獄。城牆上每四百碼距離，即有一方形石頭碉樓。胸牆上有鎗口，雉堞上有箭眼，除了城門口有幾個破舊的熟鐵砲而外，全城沒有其它火力武器。城門以內有一崗哨房，裏面住着一些軍隊，四壁掛着弓箭、長矛和火繩槍，這就是他們使用的武器。

英國特使團來中國，表面上是賀乾隆帝八十大慶，但實際目的是求兩國通商，並請指定地方給它作為「租借地」，以便做生意。另一目的是窺探中國的虛實，負有間諜任務。

明文徵明桃源問津圖(局部)

桃花源

一千多年前，陶淵明寫了一篇不朽的散文《桃花源記》，本是改朝換代時他有所感觸，發為文章，所謂避秦古洞，不過是寓言而已。後人就諸多幻想，指某處是桃花源，某處又是桃花源。《紅樓夢》不過是一部小說，作者曹雪芹也許是寫他的家庭故事，也許又把別人家的故事也寫入書中，我們把它當作小說來欣賞就可以，不必去亂指某處就是大觀園，某處又是大觀園，近年國內的人，又在某處蓋一所大觀園，某地又蓋一所大觀園，使人覺得有「大觀園何其多」之感。

弄虛作假，不求實際，是咱們中國人的通病，這種病由來已久，有了《桃花源記》，不知何時便有人在湖南桃源縣弄個桃源洞，硬說是陶公所記的那個避秦古洞，自此之後，文人墨客就大作文章，鼓吹一通。

有了一部小說《水滸傳》，便有人在杭州弄個武松墓，更可笑的是潘金蓮的故鄉又出現有潘金蓮墳，又有築在翠屏山下的潘巧雲墳。詩人過此，也為這兩個千古名女人發潛德之幽光，作詩讚揚一番（她們之淫乃人類本性，故亦德也）。

湖南的桃花源，久已為人承認是正宗的桃花源了，因為唐代的詩人劉禹錫曾遊此地，寫有「桃源佳致」四字石碑，後人更在桃花源建造了很多亭台樓閣，裝扮成一個古香古色的古迹，其中又有一個集賢堂，供奉陶淵明、王維、蘇東坡的神位。

劉禹錫寫的「桃源佳致」碑失去已久，到清道光十二年（一八三二年），一個滿洲大官麟慶往遊，偶然在草叢中發現此碑，交還管理的道士，重新樹立，但六十年後，光緒十九年（一八九三年），桃源縣知縣余良棟竟然把「桃源佳致」四字磨去，大老爺親身寫過「桃源佳致」四字。大概是余良棟認為自己的字比劉的好得多，不肯給它在字下張牙舞爪吧。

桃花源

約在一千五百年前，陶淵明寫了一篇《桃花源記》來發舒他的感情，寄其超然高舉之志，純是寓言文字，不必真有其事的，一到了後世，好事之徒便替他演為事實，於是千年來，國中的桃源便出現了好些處，而正宗的桃源，則設在今日湖南桃源縣。近日讀書，見有述及桃源者頗多，而感於此間有些文士，動不動就有「桃源思想」，發於詩文，因此我就搬一些有關此事的材料，藉備參考。

先說那些冒牌的「桃源」吧。這些桃源，並不是以桃花源為名，但他們的「精神」與桃源是無二致的。是甚麼「精神」呢？略言之，就是有些人不願見異族統治中國，他們率家人避入深山，如全祖望的《鮚埼亭集》所載「邵得魯事略」，說他在明朝亡後，削髮為僧，一日入山迷道，不久後，行到一處有雞鳴狗吠的地方，見有古衣冠的人出來迎客，原來彼此都是遺民，「因招顧而歎曰：此真桃源矣！」

又與全祖望同時的劉繼莊，他的《廣陽雜記》說，廣東韶州乳源縣，有個地方叫梅花，與外隔絕，居民百數十家，有張鄧二老人為之主，眾人都聽他們指揮。二老是明末秀才，不肯降清朝，據險自守，官軍不敢進去追討租賦，只在外邊大聲說明總共多少，上面就如數追下來，不欠分毫。二老死後，失去嶺導人，眾人才歸附清朝，即於此地設花縣。這個「桃源」雖然為期甚暫，但他們的精神極可佩。

黃梨洲所記的「兩異人傳」（見「南雷餘集」），說的也是滿洲統治者下令薙髮，有徐姓的人，抗不受命，約同宗族數十人，入雁蕩山，自闢桃源。入山後數十年，親友不知他們的消息。

此外友人瞿兌之先生所記的河北老人村，也頗類桃源，其地在滿城、涿縣之間，居民大都是舊日避異族而遷入的中原遺民。（瞿君有《會勘三坡紀略》一文，載《河北月刊》）同治年間《王湘綺日記》記湘潭有「桃源」，陳其元《庸閒齋筆記》卷八，「今世之桃花源」一條，也是記同治年間所見的「桃源」。凡此所述，都可說是有些人不願在異族統治下討生治，而追尋他們幻想中的仙境，因此創造了一個桃源，這都是受了陶淵明的影響的。

至於「正宗」的桃花源，則附會得很有趣，它位於桃源縣城西南十五公里之處，一出縣城，便可望見「桃源八景」之一的那個「菉蘿晴畫」（菉蘿山名），而八景中的「桃川仙隱」，就是古桃花源了。

前些時讀報，見有桃花源已修葺為遊覽勝地的消息，還說所傳詩人劉禹錫所寫的「桃源佳致」四字，也重新樹起來了。這是一個頗有趣的事情。桃源古蹟，在民國成立後三十年間，因為湘省軍閥互相廝殺。已將這個古蹟破壞無餘，十年前見某報所記的，拿以較五十年前華學瀾所見的，又大不相同了。某報所載的文字，說到桃花源有水源亭，亭後有桃花潭，為桃花溪發源處，古人云「桃花潭水深千尺」云云，可見附會得應有盡有，甚至把李白汪倫的事都從安徽搬到湖南，很是好笑呢。

關於唐詩人劉禹錫所寫「桃源佳致」石刻的發見與失去，華學瀾的《辛丑日記》及麟慶的

《鴻雪因緣圖記》都有提到。《辛丑日記》還詳記桃源情形，最可供參考，現在分別摘錄於此。（《辛丑日記》是光緒廿七年辛丑，一九零一年，華氏為貴州鄉試副考官時寫的。麟慶一記，是道光年間的。）《辛丑日記》云：

> 七月初一日……巳初一刻至桃源洞行館茶尖。行館在山麓，門額曰古桃花源，堂額曰延致館，階較門高十餘級，舊為山寺奉關帝處，前桃源令余良棟即其地改為之。初到，有道士數輩迎於階前。少歇，令差紀呼一道士來導遊。道士姓熊，名宗武，導余等由小門入。初經一六角亭，其一面門之上方墨書曰：「此中人語」，不知作何解。亭內外碑甚多，皆剝蝕不可辨識。（案：此處名叫「碑林」，十年前只剩唐宋碑十餘方而已。）……過橋數百步，至水源亭止焉。亭亦六角，構木為之。清泉汩汩。自亭後山頭下注。……泉流之旁有橫石二，一刻「秦人古洞」，一刻「古桃花潭」。詢洞所在，道士向亭後左偏指曰，即在此池水之下，從前人所能到，惟洞中地甚狹隘，前令余良棟欲窮所至，穿而深之，至丈許，而獲此亭中之石几石柱等；已而水泉湧水，取之不竭，遂成此池，而洞門為水所漫，不能再問津矣。詢山後何有，則曰亂山雜樹，無可觀……由神祠出，對面室三楹，後壁繪山之全圖，入室則四壁皆嵌石刻，吳清卿前輩篆書陶記（案：吳大澂於光緒二十年曾為湖南巡撫），行書自撰之記兩石存焉……至集賢堂，堂中奉陶靖節，王摩詰（維），蘇長公（東坡）三木主。……所至之處，對聯甚多，所有匾額，皆前令余良棟所題，其字非篆非隸，極為別致。道士云，令為四川人，癸巳年（案：光緒十九年也）經營此山，缺者建之，殘者新之，各題額焉。……筱蘇聞之李子香（案：呂筱蘇

乙未歲題趙伯駒桃源圖
有雲山春靄鈔鑼剔之句
越四十年乙亥題仇英桃源
圖復用鈔鑼剔字因失記
數典以詢內廷翰臣自于敏
中以下竟無知此事者檢之
十餘年迄莫能得每往來
胸次頃幾暇偶閱舊刻元
人所編陶靖節集桃花源
記湯漢注中始知本於桃
源經恍如重入仙源頓釋舊
疑亦一快事且知學問之道
無窮盡也仇英此卷即畫本
伯駒筆意超秀頗能神似
洵為合作因即書卷端以識
實遇 戊申小春御筆

明仇英桃源圖卷(局部)

為正考官珮芬之字，李子香則該縣的巡檢）云，桃源洞舊有劉夢得所題「桃源佳致」四字石碑，字已漫泐，余令磨去，易已名重書而刻之，可謂大煞風景。……

所記的是五十年前的桃花源，可見自唐末就有人把陶淵明的寓言演為實事了。劉禹錫所寫的「桃源佳致」四字石刻，早在六十六年前給那個附庸風雅的桃源縣令余良棟磨去，他老先生自己寫過重刻了。可惜日記中沒有說明余良棟是模仿劉字重書而刻，仍用劉名，抑直用己名書寫而記其事。無論怎樣寫法，余良棟將古刻磨去，實在是一個不懂事的風塵俗吏呢。

余良棟重修桃花源，是光緒十九年癸巳（一八九三年），而距癸巳六十年，則是發見劉禹錫石刻之時，恰恰是頭尾足六十年，亦見巧合。麟慶於道光十二年壬辰（一八三二年）三月遊桃花源，記云：

過萊蘿山，午泊纜船洲，即古桃花源漁郎捨舟處也……爰登山謁靖節先生祠，有道士來迎，問以劉禹錫碑，均茫然不能對。……乃尋徑下，見路旁有碑隱叢草中，爰命撥而觀之，正禹錫所書「桃源佳致」四字。喜而指示，道士亦欣然曰：「今而後可告遊人矣。」余大笑……

劉禹錫的石刻，不知何時沒叢草中，發見後六十年又為妄人磨去，則麟慶之發見它，似乎又是多事了。

清王翬桃源魚艇圖

何處是桃源

近日向朋友借得一本《文史雜誌》第二期（一九八五年十月出版，是四川文史研究館主編的），有史式先生所作的《桃源究竟在何方》一文，他考證應在四川，列出一些證據，很是有趣。他說；

> 〈桃花源記〉本身已經提供了線索，曰「晉太元中，武陵人，捕魚為業。」按「太元」為東晉考文帝司馬曜年號，時當公元三七六至三九六年。其時武陵郡治所設於臨沅，即今湖南省常德市。臨沅之西不足百里有縣城名沅南，自宋代改稱桃源縣，沿用至今。如果我們今天能在桃源縣境之內找到一個類似陶淵明所描述的洞子，則說「桃源」在今桃源縣境，倒是順理成章，可以使人信服的。

作者認為很可惜，至今難作這樣的結論。為甚麼呢？他舉出兩個原因。第一，即上文所說桃源縣沒一個類似陶淵明所說的洞子。第二，桃源縣一帶，自古就是荊楚入四川、雲南的通途大道，戰國時期，楚國大將莊蹻就是通過這條大道入雲南，後來歸路被秦兵所阻，只好在雲南稱王。

桃源中人所說的「先世避秦時亂，率妻子邑人來此絕境，不復出焉」之說難以成立。通途大道不可謂之「絕境」，隱居在此種地方是很容易被人發現的。因此，桃源究竟在何方，至今仍然是個未解之謎。

該文作者說，不久之前，他有機會來到四川湖南邊境的小城名叫酉陽的。當地的父老對他說，酉陽近郊的一個大酉洞，便是《桃花源記》中所說的那個洞子，並引《酉陽州志・輿地志》中的一段話為證。

《酉陽州志》說大酉洞和《桃花源記》所說的一模一樣，但當時已有博通今古的人斥其附會無稽，因為陶公寫此記只是寫來玩玩，作寓言看待罷了，後人偏是多事。

桃源在四川

我手上沒有《酉陽州志》，幸喜史式先生（《桃源究竟在何方》的作者）從酉陽父老給他看的《州志》引文，我才能轉錄於此：

案：大酉山去江岸數百步，洞口高十餘丈，小溪自洞出，秋冬不竭，居民堰之以溉田。沿堰行，兩岸牆立，半里許，豁然開朗，別一天地。中有田數十畝。其南稍陂陀，另有小徑可通。洞中核其形，與淵明所謂桃花源者，毫厘不爽。後世因桃源隸湖南，求其地不得，遂以所謂逃船洞者當之。而洞在大江濱，自戰國時楚師入滇以來，久為通衢，何至見而復失？通儒用是斥其附會，或並以桃源所記為寓言。案：《通志》酉陽于漢屬武陵郡之遷陵地，漁郎所問之津，安知不在于此？惟晉永嘉後，地沒蠻獠，自宋及明，又世為土司地。名儒碩士，遊迹罕到，故文獻無徵，不能正名之為桃源耳。

《酉陽州志》也持有相當的理由，但不知《州志》是何時所修、何時重修的，如果是清末所修，則距陶淵明的時代已近一千二百年了，所謂與桃花源記所說的形貌絲毫不爽就有問題。

酉陽州是元朝所置，三國時代，蜀漢是酉陽縣，清朝仍為州。一向屬四川省，與湖南省接壤，當湘蜀兩省的交通要道。湖南有二酉山，那是指大酉山、小酉山而言。據《元和郡縣志》說，大酉山有個大酉洞，小酉山在西溪口，山下有一石穴，其中有書千卷，舊日傳說，秦人避「文革」之亂，帶了書籍來洞中避難；同時又教人讀書。這也可說是秦人古洞了。

曾見古人用二酉山房為齋名集名。四五十年前，北京有家專賣古書的書店名「老二酉堂」，以別於二酉堂。老二酉堂創業於清光緒初年，今已歇業，但出版的書以質量皆精名著一時。

明仇英桃源仙境圖，現藏天津博物館

朝雲廟‧江心寺

自從有了《神女賦》後，四川的朝雲廟所在皆有。因為神女自言朝為雲，暮為雨，後人就把她安個名叫朝雲。蘇東坡是四川人，在杭州討的侍妾也名朝雲，後來死在惠州，葬於西湖，但沒有朝雲廟。

明代大文豪徐渭（字文長，號青藤，浙江山陰人），題四川長寧縣朝雲廟聯云——

朝雲朝，朝朝朝，朝朝朝退；
長水長，長長長，長長長流。

上聯有八個「朝」字。第一、三、四、六、八「朝」字皆去聲，讀作「招」音，朝早也。其餘各「朝」字皆讀原音，作「潮」，朝拜的朝，臣子上朝的朝。

下聯的「長」字也是八個，一、三、四、六、八「長」字，讀本來的原音（即長短之長）。其它長字讀去聲，作「漲」音。長水是河名，在陝西。下聯的讀法——

長水漲，長長漲，長漲長流。（這五個長字讀原音）

這一聯似乎要使見到的人絞盡腦汁才把它讀通。很是耗人心血。温州江心寺一聯，也和上聯一樣要傷人腦筋。聯云——

雲雲朝朝，朝朝朝，朝朝朝散；

潮潮長長，長長長，長長長消。

上聯八個「朝」字，下聯八個「長」字。朝字讀原音和招音，長字讀原音和漲音，便見此聯之妙趣。原來江心寺築在孤島上。島上樹木叢生，一片青綠，江水從上流過此，甌江江面尤覺廣闊，水氣受到鬱蒸，上結為雲霧，終日掩覆樹木之上，歷久不散。上比即描繪此景。下比則描寫江上潮聲之雄壯，因被江流阻激，不斷發出怒吼之聲。相傳此聯作者為南宋狀元王十朋撰書的，他是浙江樂清縣人，字龜齡，號梅溪，為宋代學者、名臣。

岳陽樓

湖南的岳陽樓在海內享盛名千年，完全是靠范仲淹那篇記才竄紅起來的，其情形正如滕王閣靠王子安那篇序文一樣。小時候讀古文《岳陽樓記》到「……至若春和景明，波瀾不驚，上下天光，一碧萬頃，沙鷗翔集，錦鱗游泳，岸芷汀蘭，郁郁青青，而或長煙一空，皓月千里，浮光耀金，靜影沈璧，漁歌互答。此樂何極。……」讀到此也為之心曠神怡，掩卷沉思，怎的將來有日遊遊岳陽樓才償我的心願。年紀稍大，讀黃山谷詩有「未到江南先一笑，岳陽樓上對君山」，又使到我神魂飛越，想立即到岳陽樓上，對正君山，弔一下古時那個賢妃子。過了八年，一九二七年春假，我居然得償此願，坐在岳陽樓上，憑欄細啜君山茶，欣賞洞庭湖的風景，「一碧萬頃」的波光裏。可以隱隱約約的望見君山。（君山以產茶著名，年產不過數十斤，王湘綺是湖南人，他致函岳州辦釐金的張文心云：「君山新茶，真者可為致一二兩，假者亦致一二斤，以慰渴思」。在八十年前本地人都這樣難得真品，可見其名貴一斑。）

岳陽樓在岳陽縣城西的城樓上，一跨進題有「南極瀟湘」或「北通巫峽」的山門，就看見坪上那些青翠的樹木，一座高樓矗立在眼前。樓身是木結構，平面寬深各三間「三層三檐」。中層四面環以明廊，供人遠眺。

樓的歷史是相當長遠的，據傳三國時代吳將魯肅曾在城樓上築閱兵樓，這就是岳陽樓的前

元代夏永《岳陽樓圖》

身。宋人范致明的《岳陽風土記》說：「開元四年，中書令張説除守此州，每與才士登樓賦詩，自爾名著。」但張説的詩題只有「南樓」之稱，那是因為此樓在郡署之南，所以就隨便叫它做南樓，可知其時還未有岳陽樓之稱，後此二三十年，杜甫、李白、韓愈、白居易等大詩人的篇什中才見岳陽樓之名，從此以後才固定的用岳陽樓這一名了。

宋仁宗慶曆五年（一零四五年）滕子京（名宗諒，河南人）謫守巴陵，重修岳陽樓，以後歷元明清各代都有修建，最後一次大修，是清光緒六年（一八八零年），到一九五七年又再大修，修築情形大抵是依照舊有的予以整理，沒有變更結構原式。樓前的兩邊有三醉亭和仙梅亭。三醉亭舊名望仙亭，現在才改名三醉，相傳神仙呂洞賓過岳陽樓必要買醉，所以有望仙亭之築。樓中還有呂洞賓的石刻畫像，碑高五六尺，上題「孚佑帝君像」數字，不知出誰人之手，年久也忘記了。坪上放着一個大鐵鼎，高八九尺，是光緒廿九年（一九零二年）一班善男信女獻給「孚佑帝君」的，禱拜的人燒紙錢元寶，就當這個鼎做爐子。鼎旁分置二鐵桶，名叫鐵梢，上有銘文鑄「宋淳祐五年（一二四五年）十二月吉日，孟府十位鑄到鐵梢。一樣二隻。各重一千斤。」據説這兩鐵梢本置君山的崇勝寺的，幾時移在樓前已不可考。樓的中層和底層，各有木刻字屏六幅，刻的是清朝張照所寫的范仲淹《岳陽樓記》。寫時的年月是乾隆八年（一七四三年）。張照字得天，江蘇婁江人，康熙四十八年翰林，官至刑部尚書，以書名滿天下，但他的字柔媚多姿，風格不高，因為當日的皇帝都喜歡這一類的字，他浪得虛名而已。

滕子京重修岳陽樓寫信請范仲淹作記，信中有說：「岳陽樓不知俶落於何代何人，自有唐以來，文士編集中，無不載其聲詩賦詠，與洞庭君山相率表裏。」范仲淹寫記時，便將四周景物，早晚晴雨各種不同的感觸都作了極細緻動人的描寫，而對樓的歷史卻一點都不提及。范記中那兩句「先天下之憂而憂，後天下之樂而樂」，不止成為千古名言，也是我國舊日士人的偉大政治目標。相傳范仲淹做秀才時，就以天下為己任了，得到他替滕子京寫此記，就借此發揮他的政治目標與政治哲學。直到今日，一般人都喜歡引用范文正這兩句名言。俞曲園先生說到范仲淹這兩句名言，有他的一個說法，現在錄出來，給讀古文的人參考。《茶香室叢鈔》卷八云：

范文正《岳陽樓記》先憂後樂之語，千古稱之。然余謂此自文正素志，何忽發於此？意則誠美矣，以作樓記而言，則似不甚切也。及讀宋范公稱《過庭錄》云：「滕子京負大才，為眾忌嫉，自慶帥謫巴陵，憤鬱頗見辭色。文正與之同年友善，正患無隙以規之。子京忽求作岳陽樓記，故中云：不以物喜，不以己悲，先天下之憂而憂，後天下之樂而樂，其意蓋有在矣。」乃知文正有為言之，非橫逞議論也。

曲園先生引宋人范公稱所說的，很有趣，可為今日校中讀古文的學生參考。我們從此也可知范仲淹不是在做秀才之時說這兩句話的。原來滕子京有滿腹牢騷，范仲淹以此規勸他。（俞先生又引南宋人周煇的「清波雜誌」說滕子京修岳陽樓成，有人稱贊他，他答道：「有甚可喜，落成後，只待憑欄痛哭幾場罷了。」以證滕子京有滿腹心事。）

范文正這兩句名言，不只後人喜歡引用，就是在北宋之時，官方居然也引用它，蘇東坡做翰林學士時，還引此二語來批答章奏。據宋人周密的《齊東野語》說，范仲淹之次子純仁（字堯夫，父死方出仕，累宮中書侍郎，觀文殿學士，謚忠宣。）辭官，東坡代批答云：「吾聞之乃烈考曰：君子先天下之憂而憂，後天下之樂而樂，雖聖人復起，不易斯言。」到范純仁在徽宗登位後，徵他為觀文殿學士，他因為眼病，不想出仕，死後上遺摺，也說：「蓋嘗先天下之憂，期不負聖人之學，此先臣所以教子，而微臣所以事君也。」兩句名言，在宋朝的政府中就用了幾十年。

舊日岳陽樓的匾額，是清初汪𤅽所寫的，大徑六七尺，據說當時沒有這樣大的毛筆，汪就用破布蘸墨寫成，蒼勁飛舞，格外得神。（汪𤅽字山來，號夢龍，安徽休寧人，多膂力，人呼之為「夢龍將軍」。精各家書法，尤善大書。）樓下屏門的《岳陽樓記》，乃乾隆間商思敬所書，我往遊時，不見商書，大概他所寫的已經被燬，現在的人，只知張照一書，而商思敬的反為沒有人提及了。滕子京修岳陽樓後，本樓為一絕，范仲淹作記，蘇舜欽書文，邵餗篆額，合之稱四絕。邵餗之名，也和商思敬一樣，不為人所知。

但邵餗也是北宋一個精於篆書的大家，他是江蘇丹陽人，素有節行，范仲淹極欽敬他。王琪守潤州，薦於朝廷，賜號沖虛處士。范仲淹作《嚴子陵祠堂記》後，寫信給沖虛處士，請他書丹上石。信中有這幾句：

（拙文）非託之奇人，則不足傳之後世，先生篆高出四海，誠能枉神筆於片石，則子陵之風，後千百年未泯，其高尚之為教也，亦大矣哉！

可見沖虛處士的人品書法如何，其為范文正推重，必有緣故的，可惜他的字極少見，在後世也沒有大名。

一九六〇年四月三日

常熟兩名園

今年的干支在庚子，上一庚子。是六十年前的光緒廿六年（一九〇〇年），到今已一周甲，當日八國的「文明軍」曾攻入北京，相信名妓賽金花在此時期很活躍於「國際壇坫」。於是曾孟樸才有《孽海花》說部。而後來張鴻也有《續孽海花》之作。這兩部小說寫得都不錯，尤其是前者寫得更好。（張鴻的《續孽海花》三十回，於一九四〇年由瞿兌之先生介紹刊於北京出版之《中和月刊》，於二卷一期始，期登一回。未刊完張氏即逝世，後來全書出單本，似乎是由上海古今出版社印行，後來有盜印本。三月廿四日某報的《說部叢談》作者寧遠先生言《續孽海花》共六十回，似誤。）

曾樸與張鴻同是常熟人，早歲定交，親如骨肉，曾是舉人，張是進士，二人皆起家科第，久任京曹，而二人在常熟也各有名園。現在我要談的不是他們的小說，而是他們在江南的花園。曾氏的花園名虛霩園，張氏的叫燕谷園，又名燕園。（「霩」字難排，以下稱此園為石花林，從楊雲史也。詳下。）

常熟詩人楊雲史（圻）是曾氏花園主人曾撰之（字君表，即曾樸之父，虛白之祖。君表起家乙榜，官刑部郎中，他與翁同龢有親戚關係，在翁日記中常見其名）的外甥，雲史早年借居是園。在詩文中凡提及此園都叫它做石花林。《江山萬里樓詩鈔》卷四，有《石花林雜詠並序》作

上圖：虛廓員，下圖：燕園

於民國二年癸丑（一九一三年），詩與本文無關，今錄其序，因為這是園的史料也。文云：

辛亥冬，余奉母居曾氏之虛霩園，名曰石花林，是園為君表母舅別業，半城半野，半山半水，方圓二十畝，臺榭十餘處，水木清華，為吳郡名園之一。今稍修葺，有梅花田、楊柳天、松下房櫳、風潭、鹿巖、笑灘、鶴澗、風篁館、錦繡谷、幽蘭榭、菜柴（引案：此二字恐有誤，似為「茶䕷」也）諸景。春秋佳日，婦子奉母，步陟成趣，以博慈歡，怡怡然不復知有治亂衰壯之感矣。憶舅氏營此園，余方七歲，遊此不出，舅覓余久不得，則掃雪酣臥梅花下矣。乃戲謂「兒清異，異日當以園賜爾。」余今得居是園，豈偶然哉！得園中詩一束，仿輞川雜詠存之。

從這篇序文看來，我們知道曾氏園創建於光緒七年（一八八一），不見於序文中者，尚有壽而康室、桃花塢、草堂、天心樓、渡口諸勝，而錦繡谷又為楊雲史夫婦的臥室也。今觀《江山萬里樓詩鈔》卷七、卷八兩幅照片，一題「石花林消夏之影」，詩人坐在荷池上的走廊納涼。一題「石花林偕隱行樂圖」，詩人和夫人同在池邊，徐霞客夫人坐石上垂釣，稍遠是石橋花棚，樹木蔭翳，風景絕佳，可見此園的勝概一斑。此園今日已為常熟縣立師範學校宿舍。

楊雲史寫此序時，年三十七歲，已從新加坡副領事之任辭職歸國，立下決心要做「遺老」了。一九三五年前後，日本的軍閥更進一步欺凌中國，當時楊雲史曾寫過一本小書叫做《開窗說亮話》，力促國中新舊軍閥各黨派息爭，一致鎗口對外。到七七事變後，日寇強佔北平，搜查楊雲史住宅，幸得他已將此書全部燒燬，不致吃眼前虧，但常熟的日寇卻在花石林搜出《開窗說亮話》一部分，一時獸性大發，惱起來把花石林一些建築搗毀洩憤，這就是曾氏園殘破的一個原因。

花石林在九萬墟之西，是明朝錢秀峰（岱）小輞川花園的一部分遺址。道光三年（一八二三年）錢梅溪嘗往常熟一遊，在他的《履園叢話》中提及燕園，但沒有提到小輞川，可知其園久已荒廢（五十八年後，曾君表方築花石林）。花石林的地方雖然只有二十畝，因有池塘，所以有曲折之致，而陸與水的面積相近，空間也較遼闊，比較上多些變化。入門水榭三間，其前池水透迤，過九曲橋後就到了荷花廳，在廳中可以望見遠處的虞山，設計頗巧。廳的後面，有小院一方，植茶花數本，東邊又有一院，皆曲折有度，為此園今日最完整之處。東面的殘留假山廢墟，其中的亭臺廊屋，現在都沒有了。西邊是曾氏的住宅，係洋樓三間，二十年前長滿了藤蘿，一片青翠，今日也不見了，但紅豆一株，猶為園中珍木，則不能不惹起人的相思了。

張鴻寫《續孽海花》是用燕谷老人筆名發表的，鴻字隱南，號燕谷，他取號燕谷，就是因為佔有燕谷園。《履園叢話》，卷二十有「燕谷」一條云：

燕谷在常熟北門內令公殿右，前臺灣知府蔣元樞所築，後五十年，其族子泰安令因培購得之，請晉陵戈裕良疊石一堆，名曰燕谷園。甚小，而曲折得宜，結構有法，余每入城，亦時寓焉。

常熟的小園林很多，燕谷園為今日保存得最好的一個。（常熟名園尚完整者有：壺隱園、趙園、澄碧山莊，顧氏小園、東皋草堂、之園、龐氏小園。其中大部分是明朝的園林，到清朝再經營的）現在此園已變成市公安局的辦公處了。

張隱南在光緒末年買得此園，他花了很多心血才使此園成為吳郡一名勝。園的平面狹長，可分為東西北三部，遊人若從冷僻的辛峰街上一個小石庫門入園，便見門屋五間北向，其西長廊直向北。再進又有東西向的廊橫貫左右，將這一區畫分為二，循廊到東部是一小池，旁有假山，山南有小齋四間，極饒幽趣。池水沿山繞到書齋之旁，曲折循山勢如環抱狀，上架三曲石橋，橋復有廊。山間立峰，其形多類猿猴。山下水口曲折，勢若天成，實為佳構。山巔白皮松一本，高達數丈，虬枝映水，玉樹臨風，想見承平歲月，園主必定曾在此處撫松而盤桓也。池北西向有一高樓，可望虞山。樓旁為花廳三間，是前後二區間極好的過渡。花廳旁有一閣，今已不存，閣下假山二區，上貫石梁，山下有洞，曲折可通，洞內有水流入。此園的假山，相傳即出諸戈裕良之手，戈氏以疊假山著名，蘇州的環秀山莊的假山，就是他的傑作。

山後為內廳三間，庭前古樹成蔭，是張隱南在世時居住之室。其旁西向，本來有旱船一，現在只存遺址在樹石下供後人憑弔了。廳西有一道長廊直通園門。布置此園的人，將這個狹長的地形畫分為三區，入門為一區，利用直橫二廊以及其後的石山，使人入園具有深邃不可測之感。東折小園一方，山石峋嶙，又別有天地。更可取的是從小橋導入山後的書齋，尤具曲折之勝。後部內屋又以假山中隔，外區為主人讀書待客之所，與內屋主人居住之處截然相隔。

園主張隱南別署鑾公，因在園中所居顏曰鑾巢。抗日戰爭時，燕谷老人曾避地桂林，後來因日寇轟炸得太厲害，復於一九三八年取道香港回到上海，家人勸他回故鄉，他說日寇一日不退，他一日不回去。到一九四一年冬天病死上海，年七十五歲。隱南工畫，能寫梅花。他離開燕谷園時，詩文稿全部放存園中，沒有攜出，後來他的好友徐某派人回常熟取東西，順便到園中替他取出詩詞稿，所以他才能在死前一年編成《蠻巢詩詞稿》付印，後附「懷瓊詞」，蓋紀念其亡妻之作也。這部書我未見過，也許其中有不少關於燕谷園的歷史資料的。

《孽海花》的正、續集在撰寫時，曾張二公也許都曾在花石林與燕谷園埋頭埋腦絞心血過的，那麼，常熟這兩個小園就值得我們珍視，尤其在庚子年值得在此一提了。

一九六〇年四月廿九日

談曼谷六塊大石碑

泰國京城的吞武里府、空訕縣、越通努柏坤巷，有一所高氏宗祠，兩廓各有大石碑六塊，記載一位暹羅華僑在香港、暹羅兩地勤勞辛苦創業的經過，這不僅是華僑的史實，也是華僑金石史——尤其是暹羅——中寶貴的材料（饒宗頤主編的《潮州志》似不知此事，無記錄）。作碑文的是先父舜琴先生（名學能），寫的是夏同龢（字用卿，貴州麻哈州人，光緒戊戌狀元）。碑立於光緒三十年（一九〇四年），至今已六十四年了。這六塊豐碑在此六十年中閱盡一個家族之盛衰（我得附注一句，如非遭遇近二十年的政治打擊，尚非甚衰敗也），石如能言，不知如何訴說。為了保存這一段華僑掌故，因作此文，先從作者小時候唸書說起。

一九一八年三月我從廣州回故鄉澄海縣歸嫡母林氏夫人撫養，初到的兩個月，因為一句潮州話都不懂，沒有入書齋上學。當時我們二房的書齋叫與竹為鄰，十多年來聘有一位秀才陳珊閣先生做西席。因為與竹為鄰地方太小，不能容納太多學生，而且那位陳先生的學問甚為平庸，只適宜於教十二歲以下的女生，不便叫他教年紀在十二歲以上的男學生，所以我家就多請一位老師黃安邦（字琴選，南澳人，貢生）先生，在公家的書齋半容花莊，教一班男生讀書。嫡母指定我去跟黃先生，只得從命。我那時只有十一歲，比我大一歲的同學，有姪兒桐恩，小一歲的姪兒樹恩，同歲小我二月的堂弟介素，此外則有七弟、八弟、九弟、十弟，介元堂弟（介素之弟，他們是七房的），陳潤心外甥是附讀的，此外又有黃老師的長子之俊，共十一人。（之俊後來往暹羅謀生。）

半容花莊的建築式樣，和潮州的書齋建造的作風不同，它是仿效廣州建築風格的，大門半容花莊四字，是區大原翰林所寫，至於半容花莊之名，據說是《隨園詩話》裏「買得扁舟小於葉，半容人坐半容花」之句截取出來的。是否如此，我未查過《隨園詩話》或《隨園詩集》。書齋的第四進是正廳，南向，左右兩壁各懸三個大酸枝玻璃框，嵌的是六幅黑底白字的墨拓本，字約一寸大小，人家說是夏同龢狀元寫的。夏狀元的大名我倒不陌生，因為廣州家中懸有他寫的對聯三四幅，扁額二個，一書「與竹為鄰」，一書「抱樸含真」，但現在見他寫的這六幅字是甚麼，我不大懂，只見裏面有我父親的名字，又有高氏、暹羅、新加坡、澄海、元發行等等字樣，知道必與我家有關，就對它發生了興趣，一有空就去一個字一個字的讀，有懂其意，也有完全不懂，其中有些字簡直從未見過。因為雖說是正楷書，但常作別體，又有古體，十一二歲的小孩子，讀書不多，當然不懂這些字了。

有一次，老師講《古文評注》中歐陽修所作的《瀧岡阡表》，我才知道大廳上夏同龢的「高資政公阡表」是甚麼。原來此文是先父所作，請夏狀元寫的，寫後刻石，運往暹羅，立在高氏家祠的兩廊。文裏所說的是我們澄海玉窖鄉高氏的來源，由曾祖父日熙公遷入縣城居住起，至祖父楚香公往暹羅謀生發家的歷史。寓有教訓後世子孫要學先人「勤明仁儉」的美德，不要貧而自餒，富而驕人。正文之後，有我父所作的跋語，說明請夏狀元書寫經過，及為甚麼不立於祖父墓前，而要立在暹羅的祠堂。

我因為對廳上那六塊墨拓本有興趣，便請黃老師拿這篇文章，講解給我們聽，使知我家歷史。黃老師拿起那部裱好的拓本，慢慢研究，每天為我們講八九行，講了不到三五天，我們覺得沒趣味，而且又背誦艱難，就不了了之了。其實我們當時每天要背誦的書六七種，計有：《論語》《左傳》《古文評注》《作文示範》《唐詩三百首》《故事瓊林》《中國歷史課本》（此係商務印書館的教科書），其中《論語》和《左傳》就很難唸熟，現在再加上一篇這樣的文章，每天早晨都要唸，唸後向老師回解，確是一件難事，同學們都埋怨我多事，所以就採取不了了之的手段而了之，而老師也樂得去一難題。這位老師雖貢生，但文字不通，學問極陋，對字的讀音，往往以意為之，害人不淺。我受他三年影響，不知讀錯了多少字音，到十五六歲以後，稍知學問，才慢慢改正。我家雖然富有，但是新發家的華僑，對教育子弟方法是不大懂得的，況且先父先長兄皆早逝，大我六七歲的大姪伯昂亦不懂事，嫡母是個未嘗念過書的人，只知秀才貢生的學問一定好，請他們來教十五歲以下的孩子，也就蠻好了，於是才接納公家的那位賬房先生黃子清（澄海樟林鄉人，本是先父的書童，後升管家，不知何以致富）的介紹，請了這位黃老師。（到一九二二年，黃老師被解聘，子清聘他回鄉為西席。是年八月二日大風災，子清全家被難，獨黃老師無恙。）

到下一年春初，我臨歐書《皇甫碑》臨過五百遍了，便改臨夏同龢寫的這個拓本。這時候，學問稍進，對文中所說的了解較多，便發生了一些疑問。例如文裏說，祖父往暹羅，是投靠同宗高元盛先生處，做個夥計的，但嫡母對我們閒變祖父故事，則謂祖父楚香公初到暹羅時，在碼頭做工人，托一包米上岸後，又爭著去托第二包，不敢一息偷懶。有一年因病，臥倒在同鄉一家商店門外，病到黃昏迷迷，自分必死。偶然聽見過路人說：「可憐啊，這個漢子，他過不得今晚了！」但第二天不但沒有死，病反而好了許多。後來才投向高元盛，初時做廚工，過後當了夥計，身份高了一些。如是者七八年，積有貲財，與人合股開設火礱（即機器輾米工場，輾後寄香港出賣），但被人欺騙，生意倒閉，還欠了一身債。於是重新來過，在商場中苦鬥了十年，然後發財。這些事，父親文中不提，也許是不想人家知道。

先父在文中提到他十二歲跟祖父從暹羅回國，在祖母扶持之下長大。本來父親的生母是在暹羅生長的金氏夫人，祖父在暹羅和她正式結婚的，但曾祖日熙公因為祖父過番多年，輕易不能回國，老人家抱孫心切，就先娶了一個媳婦，等候祖父回來，怎知左等不來，右等不來，過了三四年，日熙公等得不耐煩，就向人家要了一個男孩子來做孫子，取名振綱，而不知祖父在外洋早已有家室，且養下先父了。祖母蔡夫人入門後，守候十六年，祖父才回來，到家後，見養有一外姓孩子做自己的長子，心裏頗不高興，但這是嚴命，而且已成事實，也不便反對了。這次祖父歸國，住了一年多就回去暹羅，決意帶先父回國唸書，希望中個秀才，以免被人欺負。原來澄海縣城以陳蔡為大姓，高姓人丁極少，現在有番客發了洋財回來，地方紳士土豪，甚至衙門衙役，都來藉端敲詐。有一次番船到了，其中有一支船桅是暹羅寄來祖父的。當地有個惡霸就勾結縣署的胥吏，偽造拘票，以「通番」為名，於黃昏時分直入我家大門，抓我祖父。其時祖父正吃過晚飯，他們見了不由分說，將鐵鍊套在祖父頸上，拉往縣署而去。眼見此情景的，只有大伯振綱，他那時只十一、二歲，嚇到啼啼哭哭，走入廚房向祖母說了。祖母也嚇到面無人色，不知祖父犯了甚麼罪而被捕，只好揣了一些現銀，連夜往求見縣署另一個較有體面的陳姓胥吏（他叫甚麼名字，已忘記，但土名亞雞我還記得，其第三子名蔭庭，仍吃衙門飯，我認識的），一進門就向他跪下求救。其時祖母懷著三叔父有幾個月了，非萬不得已怎肯在夜間去求人救難呢，其危急與不顧一切的情形可以想見。陳某問明緣由，心中有數，這回肥肉上門了，立即答應設法，安慰祖母幾句叫她回去靜候消息，保證今晚祖父可以回家。果然，祖母回家不久，祖父也安然回來了，一共花了八百兩銀子才洗脫「通番」的罪名。其實那班胥吏衙役因為偽造拘票，所以不敢將祖父落案，登入案卷，只將祖父私禁在門房，等候家人去贖取罷了。

祖父受過這次虧後，覺得番客雖是多金，但富而不貴是要被人欺負的，所以才帶父親回國，只希望他能青一襟，於願已足。後來父親果不負所期，由秀才而考到舉人。兩次會試不中，就無意功名，一心致力於商業了。祖父謝世時，父親年方廿六，照封建時代的禮法，繼承權應該交給長子，但祖父因為大伯不是親骨肉，臨終時，遺囑將海外生意全權交給父親處理，大伯在家鄉主持家務。祖父又對祖母說，他為甚麼不把全權給大伯，原因是外洋法律，要親生子才可以有繼承權，其實這是祖父騙她的話。

父親廿七歲就到香港主持元發行業務，三十二歲才中舉人，功名淹滯，自然是因為全副精神放在生意上。所以他主持各港生意廿五年，增加我家財富不少，到他逝世時，公家和我們二房的財產估計約千餘萬元。但他死後二十年，他的三個胞弟，他的長、三、四、五兒子，他的長孫伯昂，從未替公家賺過一個錢，只有他的長子繩之花的錢比較有意義外（例如在潮汕興實業，以金錢資助辛亥革命等），這班紈袴分別在暹羅、新加坡、香港、廣州等地，盡情揮霍，到一九三〇年，公家在海外的商業全部結束，暹羅的地產拍賣還債，高氏宗祠也連帶出賣，那六塊大石碑亦不為不肖子孫所喜，讓它們跟著土地歸伍竹林所有了。我恐怕年月久遠，人們不知當年華僑在海外創業之難，歸國又受地方官廳土豪的欺壓，且又有關泰國華僑一姓的興衰，故於九年前託友人陳玉璋替我向伍竹林先生請求，准許墨拓一份寄來給我，以存華僑一段史實，陳君出錢出力辦到了。現在事隔多年，恐怕這六塊大石，又再易主，或已為人搗毀，則此拓本恐為華僑金石中的孤本了。

現在將拓本原文錄出，附記于此。

於戲！皇考資政公棄養蓋十有八年，皇妣蔡太夫人十年，皇生妣金太宜人亦九年矣，壬辰卜吉下坑鄉土名龍出岡，越於玆忽忽八年，初意丐當代大人先生有道能文者之詞，誕彰先烈，用慰泉壤，昭示來玆，而卒卒未可得。不肖孤學能，東西遊走，日月不淹，大懼先人勤明仁儉之德，弗志弗傳，來晜雲礽，罔攸矜式，繄！學能罪奚逭焉。粵敢竊歐陽文忠表瀧岡阡遺則，粗述梗概，伐石揭墓道南隅，雖未能揚詡萬一，然俾世世子孫奉祀時得所觀省，永永祇承先德勿墜，遠垂家範，皇考妣在天之靈，諒猶日鑒在玆耳。我高氏系出渤海至忠武軍節度使諱瓊公，以位業顯名趙宋間，聯姻帝室，奠居汴梁，節使上代遠不及攷，節度使下世，宦有聞。靖康寇逼，太和公以新興郡五子從龍南渡，賜第臨安，祥興末，皇馭播遷航海，我來粵太祖華山公以世臣裔，從崖山國變，遂竄海濱，耕漁立室家，爰成聚落，則我潮州澄海華窖高氏所由來也。自五傳務實公，再徙至太高祖子淳公，以勤儉起家，樂善好施，太守朱公表其閭曰「義並解推」。越皇高祖成璉公，皇曾祖克經公，隱德弗曜，皆居玉窖鄉，其卜居縣城內，則始繇皇祖考日熙公。公享年七十有六，學能生晚，竟不及見。祖妣陳太夫人誕生皇考、叔考、暨姑三，適同邑曾、蔡、陳氏，亦不得見，惟及侍養繼祖妣陳太夫人，見其勤儉持家耳。然妣蔡夫人逮事尊嫜，志公及陳太夫人事悉，恆為學能言，公氣骨崢嶸，負奇氣，雖少日力農，而道義自處，不慕權勢，壯歲一涉重洋，直言觸同舟忌，輒去之力農如故，沐雨櫛風，劬劬昕夕，與人介不能苟同，尤疾惡，族子竊鬻宗祠祭田，鳴諸官，遇輒呵斥不少貸，子姓咸嚴憚之。而陳太夫人克與公相莊，勞勩必偕，節衣嗇食，尤務紡織，祈（按：應作祁，書時誤寫）寒盛暑，機聲軋軋每至夜分云。其以勤明仁儉，詒謀皇考蓋如此。皇考幼惇敏，豁達有識度，少長，佐皇祖服勞田畝，承顏見志，雖休勿休，叔考曜和公，勇果尚義俠，得親歡。皇考降志怡怡，處父子兄弟間，見稱宗族鄉黨，然而隴畔輟耕，南望滄溟，會心遠矣。既冠辭親遊，徒步千餘里，沿嘉惠趨省會，附商航遠達暹羅，遂枝棲宗人元盛公家。公偉視皇考，俾司市舶事，且為納金太宜人於室。暹俗婦女襄貿遷，太宜人夙習儉約，能勞苦，工籌畫，既歸皇考，同心一志，右挈左提，附翼俱起，井臼不疲，茅茨不葺，鉛華不御，刻以治生為務。皇考亦安步當車，晚食當肉，嬉遊徵逐，口所弗談，金玉錦繡，心所弗屑，如是者近二十年，乃得累寸積銖，生計日益饒。太宜人為學能言，皇考令節佳辰，思親篤切，顧簿書質劑，襍沓傱華，操奇計贏，刻無暇晷，終不得歸省。及皇祖疾聞，則星夜奔赴，比至，纊已屬，哀慕悲號，哭葬盡禮，而環視少慰，則室廬整潔，阡陌墾治，家人上下，謐以安，蓋太夫人自皇考之出也，奉事舅姑，經理內外，井然秩然，寄頓贍養，貲不妄費一錢，方且晨夜績勿輟，以遠媲美季敬姜，近繩武陳先姑也。大抵皇考得專意營運，家園無返顧憂者，恃蔡夫人；得廣居善積，華夷翕洽，貨日滋殖者，恃金太宜人，用能創立基業。繼自今子子孫孫茍無險情贅行，粗獲安飽，其毋忘兩皇妣矣。皇考遇事有先識，其在新加坡也，利市三倍，知共事者不可與長處樂，風方順，帆遽收，是以不遭波累。其於香江元發也，見元盛公子所好非事，所任非人，知必將敗，苦諍不見從，轉舉元發畀我，重振緒業，是以利賴至今。創萬安公司也，堅卻勸阻，是以洋人不得擅權利。皇考待人篤恩禮，叔考甫強而殞，叔母許，撫姪男女各一，均孤弱，皇考教育兼施，俾皆成立，於叔母敬禮有加。元盛公子之敗也，感念舊好，冀其復興，先後資以金數千，並為之往復諄勸，啟導竅機，家果復興。皇考交遊矢誠信，開烈楊君，勛臣吳君數輩，率悃愊無華，肝膽相照，久要不忘，否落落難合，尤佩孔子忠信篤敬蠻貊可行語，以故交徧中外，不失己，不失人。皇考為善不近名，穗城創八邑會館，香江創東華醫院，均竭力規措贊成，而恂恂眾中，未曾自異。豐順丁中丞捐賑山西，舉皇考董其事，知不可辭，而後出為盡力，多所全活，未嘗自功。他如一生不入公門，無所爭；訓學能輩使重道誼，汲汲不倦，有義方也。世徒見皇考晉崇階，致高貲，慶多男，謂旻蒼偏鍾厚福，庸知因拳拳然，孜孜然，積福惜福，以致福也。其勤明仁儉蓋如此。皇考諱廷楷，字宗實，號楚香，生道光庚辰（謹按：道光無庚辰，庚辰乃嘉慶廿五年，是年七月嘉慶帝死，道光帝即位，明年辛巳改元道光。先君或一時筆誤。）十二月廿四日，終光緒壬午正月十日。誥授資政大夫，賞換花翎奏敘即用知府，加五級，會覃恩得贈皇高祖以下二品封典，公亦疊膺振綱、學能封贈如例，遺囑捐棉衣千件，奉旨建坊，得「樂善好施」四字。蔡太夫人同邑華窖鄉人，考諱喬命，律己治家嚴整，娣姒敬而和，學能十二齡，自暹來依膝下，一言一動，必使有法，學能今日得略知義理者，慈教基之也。生道光己丑六月十六日，終光緒庚寅正月十五日，誥封夫人。金太宜人生長暹邦，籍隸饒平縣後谿鄉，考諱利善，外寬內明，重信義，動遵中國禮教，飭躬維謹，見人未嘗妄笑語，市易事諳練深，業用能日以滋大。皇考厭世，仍獨肩商務，克令華洋大賈，深信如皇考生存時。皇考之歿也，以己財疊為資冥福。蔡太夫人之歿也，挈學能匍匐萬餘里回粵，憑棺哭臨盡哀。訓兒女嚴，待戚里厚，炎涼無異視，樂汲引後輩，尤優族人，愛學能摯，顧俾齒遠離，示以義無戀戀色，獨不肖孤學能，以宧（按：應作宦，筆誤也）學事師，故居中華之日多，遂致定省晨昏之日少，而今已矣，抱憾終天，曷其有極！興言及此，流涕何從。太宜人生道光癸巳七月十八日，終光緒辛卯正月廿一日，誥贈宜人。學能以辛卯二月扶櫬歸葬，附皇考塋右，左方為蔡太夫人，禮也。皇考子男九人，長振綱，候選道，三常宏、五常昭，蔡太夫人出；次即學能，以光緒戊子領鄉薦，揀選知縣，加五級，八旗官學教習，皇生妣所由邀覃恩五品封也；四常勤，金太宜人出；六學潛，邑庠生，八學濂，庶母鄧太宜人出；七學修，邑庠生；九學賢，庶妣林太宜人出。女二人，金太宜人出，先後適饒平同知銜、賞戴花翎吳煥琳，及皇考妣之存。孫男八人，正誼、振綱出；正詳、正評、正論、學能出；正謨、正訓、常勤出；正詩、正誥、常昭出。今益三人，正議、正譜、學能出；正讜、學潛出。孫女共八人。於戲！自我皇祖以勤明仁儉示身，範我皇考妣稟承之，艱難數十載，僅乃克成厥家，孟子曰：天將降大任於斯人，必先苦其心志，勞其筋骨。諺曰：貧賤生勤儉，勤儉生富貴。流俗之言，聖賢之訓，若合符節，豈欺也哉！世世子孫，覽斯文者，見羹見牆，謦咳非遠，追維先德，念勤明仁儉之旨，深省猛發，勿以貧餒，勿以富驕，時念創業固難，守成亦非易，庶其觀感而興矣夫！庶其觀感而興矣夫！光緒己亥五月，戊子科舉人、揀選知縣、加五級、八旗官學教習，男學能啜泣謹述。賜進士及第，翰林院修撰，世愚姪夏同龢頓首拜書。（按：每石高四英尺六寸，闊二英尺一寸。每石字十五行，行三十四字。）

阡表成於己亥中夏，竊計當藉法書垂不朽。越秋初，適夏殿撰用卿粵遊，香海見過，歡如故知。殿撰工八法，名重一時，因丐書石，為先人光。殿撰笑語能曰：大箸二千餘言，作楷非終朝而畢，旅寓倥偬多故，慮無能展君孝思，盍俟端返京華，木天清嚴，端居多暇，幸風和日麗，明窻淨几，庶報命乎。能則敬諾，錄稿俾藏行篋中。乃殿撰還都，俄遘庚子之變，已而奉命回黔練兵，噫，時局至此，能敢及其私乎？事大定，亟函詢，幸見報稿本無恙，殿撰思南北數千里，魚雁或浮沉也；又念若殷洪喬其人者，不易誣諉也，遂直待今歲三月，遊歷東洋過粵，始以繕本見詒。嗚呼，聯軍一役，內府寶藏所不敢知，如聞巨室世家收弃珍瑰奇寶，鼎彝重器，前人書畫名蹟，燬隊不可勝記，大部文書案卷，壓架充棟，咸付一炬，而此戔戔片紙，幸不同為劫灰，玆非其幸歟？毋亦皇考妣靈爽式憑，實有以護持之歟？拜殿撰嘉貺，如獲拱璧，剋日召良工，選佳珉，雙鈎深刻，用慰先人之靈，庶紓小子之念耳。先是，皇考嘗擬以萬數千金為太高祖立廟玉窖，集族人謀屢矣，事輒中梗，彌留時猶以為大感。能稟承先志，亟議舉行，幸去年春，詢謀僉同，遂庀材鳩工，千指偕作。時適有工為形家言者，謂能曰：隆出坑地勢夷坦，豐碑駢列，殆非所宜，盍移置此。能伏思皇考妣升祔此間，植碑廊廡中，後人承祀，亦便觀省，固無異墓道也。命圬者豫餘位置地。然殿撰墨寶未來，徐有待也，既而念當有以妥侑皇考妣者。初冬玉窖廟成，遂如暹與弟妹輩商為皇考妣饗堂，僉曰皇考暨妣金太夫人數十年安居是邦，漢高所謂魂魄猶思者也，雖曰於彼乎，於此乎，神無往不在，而以遊處日久，祠於暹也宜。議遂定。是歲之春，方筮日經始，而殿撰所詒恰至，不後不先，一若冥冥中默為相示啟，以宜置於此地也者。皇考妣意將謂故鄉人知我未若此邦耶？抑謂此堂室專享，子子孫孫讀之彌如親謦咳耶？諸弟妹均謂然。而移置之議亦定。噫，己亥迄今，纔五稔耳，中間國是變遷，人事匆匆，良可浩嘆，爰舉鐫刻延緩之原因，移置顛末，詳告奕世，俾知創垂不易如此云。光緒三十年，歲次甲辰，十月穀旦，學能謹識并書。

高要梁雲渠刻石

五十年代的灣仔軒尼詩道(Facebook 舊時香港照片)

五十年前的灣仔

一九一八年我離開香港回故鄉讀書，到一九二七年五月下旬再來，相隔九年多了。這時候，香港在大罷工結束已四年，經濟衰退，市面還很蕭條。我住在文咸西街，從文咸西街到永樂街、水坑口以至石塘嘴這一帶，比較還多些人「出出入入」，至於灣仔就比較少了。我現時所住的洛克道，似乎還未築成，因為軒里斯道（軒尼詩道）剛剛填海完成不久，豈料五十年後，我的空中樓閣——望海樓會築在這個地方上。

我在一九二七年再來香港，是回廣州探望母親。當時我在上海求學，五月初忽然發生風潮，學校退還一部分學費，我立刻乘船南下。恰好那時利園遊樂場已開幕，銅鑼灣頓時人山人海起來，我也和幾個朋友吃過晚飯就坐電車往利園一行。電車經過灣仔時，不過七點多鐘，路上行人已經很少了，除了電車外，很難看見一輛汽車經過。和現在的灣仔一比，真是兩個世界。逛完利園，回程仍坐電車（除了此車，只有人力車），朋友住在莊士敦道附近，我們就下車到朋友處坐坐。坐到十點左右，主人叫人去買紅豆沙請客，我看他拿出一個斗零叫婢女去買，心裏奇怪，怎麼斗零可以買紅豆沙，難道只給一人受用。一會後，買回來了，這鍋紅豆沙足供五個人解渴，每人有一碗多。我嘖嘖稱奇，朋友的母親說，灣仔新填地的東西特別便宜，米也比中環平一些，我們一家吃的是中等米，一塊錢可以買到三十六七斤呢。現在的人大概不肯信的。

元發行遠景(較矮之樓)

從元發行盛衰看南北行

八十年前，香港的旺市不在今日的中區或東區，而在中環與上環之間的水坑口和南北行街。水坑口雖以煙花來支持它的繁榮，但如果沒有南北行街做它的「後台老板」，它的繁榮也會轉眼就消歇的。再誇張一下來說，那時候的香港，幾乎也要靠南北行街來使它的商務繁榮。也許有人會說，南北行街只不過是文咸西街一小段路罷了，路兩邊的商戶不過幾十家，就有這麼大的經濟潛力？

一點也不錯，在四十年以前，南北行街的南北行業務，的確是可以做支持香港經濟的柱石群中的一枝有力者。自第二次世界大戰後，時移世易，南北行業務日見衰落，舊時經營南北行生意的老字號，為了適應潮流，不得不稍改作風，而不是做「正宗」南北行生意的商號，也有進軍到南北行街來經營非南北行業務的了。

當南北行街全盛時期，所有的商號，幾乎百分之九十都是潮州人經營，街上聽到的是潮州話和木屐聲，鼻端聞的是廣府人聞不慣的潮州食物的「香味」（尤其是那些魚腥）。這一時期的老字號已十不存一，現在只有乾泰隆一家巋然獨存，它是哪一年創設的，一時未能查考；但就我所知，乾泰隆至少已有一百年以上的歷史，這家老字號，不只是南北行街的魯殿靈光，在香港也是數一數二的歷史久遠的商號了。

高學能舜琴(刊《大成》第118期)

南北行街自以南北行業為最重要，在香港開埠的早期，它掌握了香港對內陸貿易的霸權，其後六十年間，該行業仍佔重要地位。它有這可貴的光榮歷史，可說是潮州人不斷努力所造成。早在香港被佔以前，潮州人經營南北行業，在明代已甚活躍，當時有很多潮州人到東南亞一帶做生意，稍有基礎後，便在當地成家立室，或把家鄉中的成員移一部分到外洋，經過百多年後，東南亞的潮籍僑民越來越多，尤其在暹羅有很大的數目。那時候，潮州對南對北的貿易，以澄海縣的樟林鄉，饒平縣的拓林鄉為出口中心。輸出的商品，以紅糖為大宗，每年三四月間，趁南風之便宜於航行，把貨物裝上紅頭船運往天津。到目的地後，把各種貨物沽清，收取現款後，購買棉花、色布、大豆以及其它土產，乘初秋東北風漸起，開船南回，一部分在本地出賣，一部轉運到雷州、瓊州（海南島）販賣，以博厚利。紅頭船運貨往東南亞，也和運往天津相同，把「番邦」的土產運回中華，獲利比北航更大，有很多人做這行業發了大財。所謂南北行就是指運貨往北往南之意。（南北行以前亦稱「南郊」、「北郊」。）

道光末年，香港為英國所得，闢作自由港，部分南北行商人鑒於國內有太平天國反抗滿清之戰，地方不靖，民不聊生，便來香港這個新地方闖天下。香港的港口，遠比汕頭優良（汕頭闢作商埠，始於咸豐八年，後於香港十六年），樟林、柘林、東里更不能望其項背，於是不少紅頭船船主就在香港創設商號，乾泰隆就是饒平縣隆都鄉陳煥榮船主所創設。陳煥榮土名亞佛，人稱「船主佛」。

南北行又叫做「九八行」，所謂「九八」是指代客戶賣出貨物，一百元只取佣金二元，一元只賺二仙，為數極微。它經營國內外各埠來貨，和代客賣貨的品類很多，但以糖、油、米、豆、雜糧為大宗。

二次大戰以前，南北行商家可以自由辦洋米入口，其來源以暹羅、安南、緬甸為主，需求大的時候，每年辦入口的米，多至一億三四千萬包，大部分都運入內地以供民食。因為那時候中國有很多個省份都要靠洋米接濟，舊時諺語所謂「湖廣熟、天下足」之說，早已過去了。所謂湖廣，在元代是指兩湖兩廣，到明代，湖廣專指湖南、湖北而言，廣東廣西不在內。到了清代乾隆中葉以後，廣東人口大增，耕地亦少，「湖廣熟」的「廣」字，不能包括在內了。到道光四年（公元一八二四年），兩廣總督阮元還獎勵洋米入口，以增加民食，他向清廷奏准優待的辦法，雖曰優待「夷人」，但無異鼓勵商人辦洋米，這和南北行業務大有關係的。因為兩廣時時發生米荒，阮元主張洋米免税，他的章奏本意如左：

查乾隆、嘉慶年間，有些夷船運洋米來粵發賣，定例夷船進口，應丈量船身大小，報徵船鈔。粵海關向無米税，從前洋米來粵，並免丈輸船鈔，以廣招徠，只於糶竣後放空船回國，不准裝載出口以示區別。近年以來，洋米罕到，詢之洋商，據稱：外夷地曠人稀，產米本多，亟思販賣，但運米遠來，雖免納船鈔，而空船回國，遠涉重洋，並無壓艙回貨，抵禦風浪，所以罕願載運。旋即奉旨，准原船裝貨出口。不久即有小西洋米船到，此後凡遇水旱，米價增昂，米船即大量而來，廣東人民，賴以不餓，就是廣西米也不致因此踊貴。（見《雷塘庵弟子記》。阮元揚州人，致仕後，其門弟子作此書，記其言行。）

阮元此舉，也鼓勵了廣東商人「過番」，做米業生意，於是暹羅的米機（潮人稱為「火礱」）業很是蓬勃，以此致富者大有人在。道光十五六年間（公元一八三五至三六年），我的祖父楚香先生已十六七歲，正在家鄉耕田，也「過番」往暹羅，辦暹米入口，同時又做起紅頭船船主，兼營南北貨物，人稱「滿華船主」（先祖乳名滿華，叔祖名耀華），後來在曼谷開設火礱，人稱「滿華礱主」或「滿華座山」了。

南北行街早期最老的字號，以元發行為首屈一指。它本是道光末葉香港開埠不久，澄海人高元盛先生所創的，到咸豐三四年間，因營業不振，盤給先祖楚香先生經營，大加整頓。從道光末年至同治十三年（一八四五年至一八七四年）此三十年中，可說是南北行街的早期，這時候，著名的商號是元發行（高滿華）、乾泰隆（陳煥榮）、台興行（柯振捷）。元發、乾泰隆是高陳二姓獨資生意，台興行本是柯振捷和潮安人王某合股的，四十年後，台興行改組，為王某承受，改名承興行。這一時期的商號還有義順泰行、怡豐行、順發行、怡泰行等三十餘家。

同治八年己巳（一八六九年），香港總督麥當奴示意給一班華人紳士，叫他們創建一所華人醫院。於是由南北行業、洋行業、銀行業、金山莊行業，各舉若干人籌議此事。南北行業推舉元發行，因此先祖楚香先生遂為後來的東華醫院倡建總理之一。東華醫院的倡建總理，一任三年，後來則為一任一年，百年來都是這樣。

東華醫院的倡建總理十二人，雖然不盡是在南北行街做主意的人，但有一部分是和南北行業務有關的（只有英華書院的黃勝在外。黃君為香港開埠早期的文化人，與天南遯叟王韜交誼甚篤，同創辦《循環日報》），現在把第一任的總理名字和所屬行業，表列如左：

同治八年己巳（一八六九年）倡建總理
主席梁雲漢（鶴巢）喲洋行
首總理李瓆（玉衡）和興金山莊
首總理陳桂士（瑞蘭）瑞記洋行
總理陳朝忠（定之）回福棧
總理楊寶昭（瓊石）謙吉匹頭行
總理高滿華（楚香）元發南北行
總理鄧伯庸（鑑之）廣利源南北行
總理陳美揚（錦波）天和祥
總理羅振綱（伯常）上海銀行
總理黃勝（平甫）英華書院
總理河錫（斐然）建南米行
總理吳振揚（翼雲）福隆公白行
（同治九年、十年均同）

南北行業務，以代客買賣貨物和自辦貨物。代客買賣，主要是扣佣，行規是「九八計算」，但有時也看情況如何而增減，不是硬性規定非九八不可的。靠佣金當然所得甚微，不過如果營業額龐大，則也頗為可觀。當元發行最盛時，代客買賣貨價高至一千數百萬元，即有佣金三十萬元左右。別一家南北行字號的營業方法怎樣，我不大清楚，單以我家的元發行來說，它除了賺佣外，自己有暹羅米入口，祖父在曼谷所創的火礱名元發盛，後來我的父親舜琴先生（名學能）又創設元章盛、元得利兩家。此外也辦安南、緬甸、新加坡的土產入口，轉運內地。又代理太古洋行南洋貨運，代收水腳，代為招徠客貨，同時又為爪哇糖王黃仲涵的華南總代理（糖王在三寶壟設建源公司、分行遍設東南亞及英國，聞今尚營業），推銷洋糖。更有一種業務是出乎南北行「行規」之外的，就是兼營「銀行、匯兑」。五六十年前的人，不大信任銀行，儘管一百年前已有渣打、匯豐，但中國人仍然信任自己人開設的信用昭著的商店，把現款存入生息。一來存款、提款都便利，利息又高，就是存款人忽然死去，子孫憑一張單據或一本存摺，便可以去提款，連存戶的名字都不必更改（因為十之九皆用某某堂、某某記的印鑑，或不用印章，只認人），方便之至。元發行每年吸收親友、職工等存款為數頗可觀。曾經有個存戶，歷年存下一筆很大的款子，據說有十萬兩左右，這個人忽然死了，他的兒子還不知他有這筆存款，過了幾年，才在一個破舊不堪的護書（護書是七八十年前裝文件、名片的布袋公事包）中，偶然發現一本元發行的存摺，才知道有這一筆巨款。這戶人家並不是潮州人，是做金山莊生意的，早已發了財，死者的兒子接手經營先人遺下的生意，也不急提取這筆巨款。幾年後，這個人的生意一敗塗地，欠債二十多萬，他才向元發行提取他的存款，雖然連本帶利只有十多萬兩，還清債項也差不多了，因為生意倒閉，七成償還街賬，已算是頂呱呱的了。

祖父楚香先生死於光緒八年壬午（一八八二年）正月十日，遺命以次子（即先父，因大伯

上圖：一九一〇年代．上環文咸東街望禧利街
下圖：一九一〇年代．上環文咸東街

振綱是螟蛉的）掌握生意大權，振綱大伯在家鄉輔祖母主持家政。父親辦完喪事後，先到香港視事，不久即被舉為東華醫院總理，六月初九就職（十年後，即光緒十八年，又再被舉為主席）。就職後，往暹羅省親，曼谷的生意，一向由祖母金氏夫人（她是饒平人氏，出生於暹羅）主持的，父親無須久留，連忙回香港溫習功課，有時上廣州求名師指點，服闋後，應光緒十一年己酉科鄉試，沒有考取；三年後再考，中光緒十四年戊子科第三十七名舉人。下一年入京會試，不中，便要南歸，他的座師勸他不如在京住下來用功，明年是恩科（會考三年一次，十五年的會試是正科，照例應到十八年才舉行會試的，何以十六年又開恩科呢？原來光緒十五年是皇帝親政，又舉行大婚，而十五年是正科，故把恩科移至下一年，使天下士子多個做官機會），可以再試，而今已是九月，多過六個月就會試了，不必回南，將來又再北上。父親因為無意仕途，已立定主意經營商業，看完榜後，立即南下，和陳子俊表弟同遊上海、蘇州、杭州。

父親回到香港，立刻把生意範圍擴大，在上海、牛莊、天津、安南、新加坡多設聯號，一年之中，他親往各地視察，拉攏生意。當時的生意人，見到有功名的人有如天神，敬之唯恐不及，父親既為香港一家有地位商店的東主，而且又有功名，還捐了一個二品銜的道台，亦官亦商，南洋商人見了，怎不爭先恐後結納？（舉人、進士，不是官，只是功名；道台是四品官，戴藍頂子。花多幾千銀子，捐個二品銜，便可戴紅頂了。不過，捐來的官，多是虛銜，無實職，如果要抓印把子，還得候補，有時補一世也補不到手的。）因此元發行的生意異常興旺，凡是託元發行買賣貨品的，無不順利，而且獲利三倍，於是來委託賣貨辦貨的人，越來越多。也許是迷信人所說的「行運」吧。有些客人託元發行賣貨，元發行太忙，實在人手不敷，未能顧及，或有甚麼問題，不便接納，把客人婉卻了，客人不得已另託別家，往往賺不到好價，下一次還是來託元發行，說了不知多少好話。接納了，客人又賺錢了。因此一班客人認為元發行「旺」，非委託它不可。於是元發行其門如市，一連廿五六年都是賺大錢，大小職員的薪水本來甚微，但佣金和下欄大有可觀，年尾雙糧之外，還有賞金、花紅。有不少職員後來自立門戶，發了財的，最顯著的例子便是陳春泉表伯了。

元發行的信譽好，在南洋一帶已極昭著，糖王黃仲涵便把他的華南總代理託元發行辦理，數年以來，雙方都很滿意。照南北行的慣例，客人的貨賣出後，如果沒有吩咐把貨款匯去，照例入賬，待客人隨時支取。光緒末葉。某一年（大約是三十四年或三十三年吧）的十二月，建源公司忽然來一封電報，囑將一年多的貨款六七十萬元在兩天內交給匯豐銀行入賬。這時候，父親正在澄海家鄉，度歲後守回港，春泉表伯接電報後，大吃一驚，近百萬元現款，不是小數目，糖王有時候兩三年不支取貨款，這次忽然在年尾銀根緊時來收賬，顯然是意在搗鬼，說句刻薄的話，有心要擠倒元發行。假使不能如數解交匯豐，元發行的信譽大受影響，就算不倒閉，生意也必一落千丈，客人的貨款也不敢存在元發行了。表伯除了在本地設法外，馬上打電報往汕頭給我的父親，叫他用專船運二三十萬現款來香港救急。

也可說是「行運」，電報到汕頭時，父親剛剛在澄海出汕頭，當時汕頭還未有電話（汕頭之有電話，始於辛亥年，我的長兄繩之創辦自來水公司，機房設在離汕頭十餘里的地方，故此要裝設電話。繩之兄既是總理，所以他在汕頭的住宅和在澄海的織布局都有電話機），汕頭澄海交通，全靠走路和渡船、轎子，非四小時不達。派人送信入證海，待父親出汕頭，已耗去十幾個鐘頭了。現在即節省了時間，非「行運」而何？父親連忙在有關各聯號籌款，並且在直接指揮的嘉發銀莊支取一筆很大的現金，「悉索敝賦」，共約廿五萬銀圓，交「孔夫子」號貨輪，開往香港應急。（「孔夫子」是元發行代理的船隻，當時還有「孔明」、「周瑜」、「馬超」、「趙雲」等七八艘，皆以三國人物命名。）

春泉表伯接到電報，知道有救兵可到，安心了許多，他也活動了，馬上帶了一個英文秘書（香港人叫作「孖氈」，舊日稍有規模的南北行商店都僱用一個「孖氈」寫洋文信和開單，有些較小的字號，花不起錢，兩三家合僱一個。大「孖氈」往往亦發財，例如元發行的一個巢瑞霖就是，巢氏在元發行已三代了），趕往匯豐銀行找它的大班，說明汕頭已派專船運來現款了，但汕頭香港間的航程，通常是二十四小時，冬季吹西北風，有時航行稍受阻滯，請他寬限一天，即三日內如數交上，一定不誤。那個洋人連連點頭答應，匯豐銀行和元發行來往有二十年歷史，也知道元發行是靠得住的，故此放心。

「孔夫子」不足二十四小時便到了香港，一箱箱白銀運到匯豐銀行結賬，元發行大小職員歡天喜地地過了年，父親也來到香港了。父親和春泉表伯研究這件事，認為黃仲涵此舉，確有存心搗元發行之台，實在可惡之極。後來經調查才知道，這次糖王雖無惡意，但也多少有些存心不良。原來他久聞元發行信用昭著，但從未領教過，所以先使出這一招，看它如何招架。事後黃仲涵看見元發行果然名不虛傳，從此對元發行更有信心，彼此之間做的生意更大了！

兩三年後，先父謝世，新加坡香港之間便有人傳出一個頗有趣的「花邊新聞」，因與南北行「掌故」有關，應順說一下。人們說黃仲涵這次開元發的「玩笑」是有意報復的。在這事發生前數月，先父往新加坡視察，恰值黃仲涵亦在，一日，黃到元發棧找先父閒談，想把他最小的一位千金慧蘭，許配我的四哥介廣（四哥與五哥介綿，同一暹婦所出，其時四哥在新加坡讀英文，五哥年尚幼，在曼谷），黃仲涵說四哥聰明俊秀，他日必有大成就，請先父考慮，然後託人求婚。

先父想不到黃老板有這個「美意」的。因為先父為人很保守，對於新派作風很不順眼，他覺得高黃聯婚，表面上看來是門當戶對，但先父認為黃家的買辦氣太重、十足洋化，而且黃仲涵本人又沒有功名在身，銅臭太重，所以不想高攀，便對黃老板飾詞婉卻。理由是，潮州人娶媳婦，過門後，就不許遠行，在家中上奉翁姑，主持家務，烹調縫紉，缺一不可，還要為小姑小叔縫衣製襪，從朝到晚都是做這些瑣事。令千金嬌生慣養，怎能捱得這種種操勞之苦，以後恐怕會有不愉快的事發生，那時親家變成冤家，反為不美。

黃仲涵覺得頗有道理，便不再提了。外間人傳說，黃老板因先父拒婚，所以「整蠱」元發以示報復。其實這是人們誤會，黃仲涵怎會因此小事而出以惡毒手段，他想試試元發的信用倒是真的。幸而當日先父沒有高攀，否則「四嫂」未過門已先和一個英國人（據說是他們的高級職員）要好，後來鬧離婚，其後嫁給顧維鈞，近年已鬧分居。假如四哥討了這位小姐做太太，則四哥就代威靈吞。顧受氣，「顧大使」倒有福了。（黃小姐做閨女時，刁蠻潑辣之風，已為新加坡人所知。三十年前，她隨顧維鈞在巴黎大使任所時，兩人大鬧意見。熊式一先生曾對我說，黃一怒欲寫自傳，目的在嚇顧大使，書中說，她未出嫁時，已頗有「男朋友」，她的父親每晚在她上床後，一定到她的房間檢查，連床底下，衣櫃都要搜一遍云云。即此可覘其作風矣。）

中國舊日商店，招待同鄉、親友飲食住宿，比會館還要周到。南北行街那些有規模的商號，更有孟嘗君之風，時常有十個八個食客在其中，有些還一住經年不走，甚至有一些賴在那裏，當作是自己的家，幸而當日尚無容許女眷入住（東主的人除外），不然，他們便會寫信去家鄉，取渾家來香港，受人家供養了。元發行在其盛時，所養的食客和閒人，可說是不知其數。那時候膳食很便宜，一個人每月的膳費大約二三元便夠，何況白米是有現成的，不必花錢去買，養多幾個人，老板滿不在乎。記得有一年，潮州有六七個秀才往省城考舉人，考完後，看過了榜就趕回家去，以省旅費。他們往省城取道香港，回去也是走舊路，來回兩次，都去元發行「掛單」。

這批秀才中，也許已有人中了舉人的，春泉表伯待他們當然與普通食客不同。他們到香港，遇到有船往汕頭就立刻坐船歸去。怎知一連三日都懸了一號風球，這幾個客人聽說「打風」，便嚇得不敢搭船，等候風球下了才起行程。春泉表伯見他們這樣膽子小，便笑道：「一號風球算不了甚麼事，香港打風是常事，一號風球是不會作惡的。」表伯這番話，不過說他心中所要說的罷了，並沒有何深意，香港的情形確是如此，一號風球懸掛，船隻還可以開出的。但那批秀才便不是這樣想法了，他們誤以為「事頭」這番話是有「逐客」意味的，為表示讀書人有骨氣起見，馬上買船票回去。春泉表伯知道他們誤會，也不便解釋，只好由他們「順風順水」，回家會細君了。其實元發行怎會因為客人多住幾天、多吃幾斤白米而下逐客令呢？像這樣誤會的事情，不知凡幾。

同治末年，有個潮州人是春泉表伯的同鄉遠親，叫甚麼名字，久已無人知道，姑稱之為某甲，大抵是痞棍之流。某甲橫行鄉里，欺壓良民；廣東提督方耀（字照軒，普寧人）清鄉，要把土匪流痞一網打盡，為民除害，某甲亦名在黑名單中，連忙逃往香港躲難，最好便是到元發行投奔陳春泉了。他初到時不敢直接往見，先找一個同鄉向「事頭」解擇一番，然後備了一兩件土儀，雙手奉上。表伯先把他臭罵了一頓，說他年青力壯，不務正業，現在方軍門清鄉，以後休想回家過日子了。罵過後自然沒事，某甲便在元發行做食客。如是者一住就兩年多。

光緒二年丙子（一八七六年），方耀為了完成廣州的潮州八邑會館，特地來香港和一班潮州富商討論進行事宜，照例住在元發行的「事頭房」裏。某甲聽說「方大人」到了香港，嚇得魂不附體，忙求表伯救命。表伯是個心腸軟的人，便答允他設法。吩咐某甲當他和我的祖父陪方耀坐談時，某甲出來獻茶給「方大人」，跪在地上，雙手捧著茶盤，只說：「大人請茶」，到時便會給他說好話，然後再由我的祖父講幾句情。

到時某甲表演如儀，方耀見他不是廝役打扮以為是元發行低級職員之流，便叫某甲起身，不必行禮。表伯就叱某甲之名說：「大人叫你起身，還下快些道謝！」接著又說：「這人是我的一個親戚，聽說軍門要辦他，所以跑來香港……」方耀聽表伯說到這裏，知是為某甲求情，便問：「是不是犯了殺人放火、強姦劫掠之罪？」某甲嚇到不敢出聲，只跪著不動，祖父便說：「不是，這個人只是恃勢欺人，罪尚不至死。家鄉的人傳說，軍門的手下要辦他，他嚇起來才跑到香港的。」

方耀辦清鄉雖然很努力，但他只知大幫土匪的頭目叫甚麼名字，在鄉里魚肉良民，與匪勾結的土豪劣紳是甚麼人，至於像某甲這樣微不足道的無名之輩，他心目中並沒存有甚麼印象，便說：「好吧，你既然在鄉里沒有做過認真傷天害理的事，就不必害怕，趕快回鄉和家人團聚，此後改邪歸正，做個好人便是。」

某甲叩謝過方耀，歡天喜地的，又再去沖了熱茶來奉上，然後退出。他本想有船開往汕頭，就收拾行李即日歸去，但元發行裏頭另有一個食客，向來就討厭他的，便想嚇他，叫他別太高興，方大人辦清鄉還未辦完，現在正風頭火勢的地步，他雖然口頭上說沒有甚麼事，但那些大老官，貴人事忙，難道鎮日把某甲的名字記在心上頭？日子一過，方大人忘記了，而某甲卻貿貿然歸去，他的手下人怎知就裏，一把將某甲抓起來，見名單中有名，說不定就把他押出刑場，梟首示眾了。

這番話把某甲說得心驚膽戰，細想不無道理，橫豎在香港有住有吃，何必輕信大老官之言，回去送死。便立定主意不走。春泉表伯以為他早就走了，過了一兩個月又見到他，才知道他沒有回鄉去的原因。於是某甲在元發行一住便住了十多年，終日無所事事，一直到年紀老了，才由他的兒子來港，接他回家去，像這樣的食客，在元發行中有的是，某甲不過是其中較顯著的一例。

上邊提到省城的潮州八邑會館，這所會館也和香港的南北行有密切關係，因為香港的商人捐出大筆金錢為基金和建築費，潮州人在各都市都有會館，單單自己的省城獨付闕如，於是由丁日昌、方耀、卓興、柯振捷、蔡由貴和先祖楚香先生諸人發起籌建，議定由廣州香港的潮商，凡沽出貨物一千元抽一元，並由香港南北行街幾家大行號先墊出巨款，以利進行。計自同治十年興工，到光緒元年（一八七五年）竣工，歷時五載，建築費共十六萬餘元。當時香港各行號參加千元抽一之舉者，共廿五家，計為元發行、合興行、乾泰隆行等。一百年後，這二十多家行號，獨乾泰隆一家巋然獨存，百多年來，它在南北行街閱遍滄桑了。

每逢陰曆年，乾泰隆行大門，就懸掛一副木刻對聯，句云：「乾坤浩蕩財源遠；泰岱崢嶸氣象隆。」不知出自何人手筆。為了要嵌入乾泰隆三字，有時也不暇計較文義如何了。元發行的對聯我還記得，它是「元亨通貨利；發育煥精華。」此聯是咸豐、同治間廣州大名士陳璞所撰寫的。（陳璞字子瑜，號古樵，番禺人，工詩文，精繪事，久任學海堂山長。同治五年，郭嵩燾卸巡撫任，廣州文士餞之於荔枝灣，陳璞為繪「荔灣餞別圖」，丁日昌有題詩。圖後為湘人胡元伯所得。又「東華醫院」四字，也是陳璞所寫，筆金二百兩，但他將此款捐出為善舉。）

百年前作為南北行行業大阿哥的元發行，雖然有過七十年的光輝歷史，但一自先父謝世後，後來的人，只會摘瓜而不種瓜，不到十五年便支離破碎，又勉強捱多三四年，終於在一九三三年十二月七日，糊里糊塗的倒閉了。我說「糊里糊塗」，的確是的。現在不妨一說元發行的滄桑以結束此文。

自從我的父親謝世後（宣統元年八月十四日，在日本神户），祖父剩下來的公家生意的掌握權，便傳給我的大兄繩之。祖父共有九子二女，她們都是暹羅金氏祖母所生，出嫁時已分了一大筆財產，祖父死後十年分家，只分家鄉的田產，生意與現金、股份都不分，九房共有。到先父逝世，管理權雖屬大兄，但生存著的還有六、七、八三位叔父。七叔父從小就會揮霍，因為先父管得緊，他還不敢明目張膽亂支公款。先父在香港，他就溜去暹羅，先父到暹羅，他又馬上溜往新加坡。先父一謝世，三位叔父無人管束，各據一方，盡量花錢。初時因繩之兄在世，他們還稍存顧忌（他們的年齡與繩之兄相差不過三四歲），四年後，繩之兄又逝世，他們就大解放了。從民國二年到民國十五年（一九一三至一九二六）不過十三年，公家生意給三位叔父搞壞了，暹羅、新加坡都欠下了巨大的債務，元發行受影響也很大，為整頓起見，非清還債項、重新充股不行。

九房子孫中，只有大、二、四、五較有錢，但四、五兩房一文不肯出，只有大、二兩房出錢維持。又過了幾年，大房私人所做的生意徹底失敗了，只剩下我們二房獨力支撐，逐漸把新加坡的樹膠園、元發棧；暹羅的元發盛、玉利火礱結束，以全力經營元章盛火礱。元發行則與陳殿臣表兄合股，春泉伯在一九二二年謝世，即由殿臣兄任經理，仍是東家、伙計關係，遇重要事情，還要和我的姪子伯昂商量。伯昂是繩之大兄長子，亦為殿臣兄女婿。

殿臣表兄於一九二八年加股元發行後，翁婿感情，日趨惡化，雖然伯昂長期在汕頭，並不以「惡姑」姿態坐在元發行裏，因何故而致彼此有矛盾存在，我不大清楚。到一九三二年，伯昂逼他的丈人退出，殿臣兄也無所謂，退出了。下一年正月，伯昂派他的二弟承烈做元發行經理，而伯昂則在汕頭遙制著他。承烈是一九三三年二月到香港的，不到十個月元發行便在少不更事的「阿舍」手上弄倒了。

《申報年鑑》民國二十三年（一九三四年）版，記述民國二十二年（一九三三年）「汕頭金融之危象」一欄，有這樣的文字：

> 潮汕金融，廿一年冬已見破綻，惟各銀莊尚可極力支撐。至廿二年春，南洋方面匯銀漸減，農村則受稅捐壓迫而破產，兩重影響，商業益形衰落。（金融）第一次崩潰。……市商會乃再勉為其難，負責清理債務。不料陽曆年底將近，銀莊又發生第三次崩潰，首當其衝者，為澄海銀莊中堅分子：光發、智發、鴻發盛等三家，均澄海富商高姓所開，共倒欠街前一百餘

萬元。……（按其實不止三家，還有一家叫億發的銀莊，永發的米行。）

我家所經營的這四家商號倒閉的原因很複雜，一來受商場不景氣影響，而最大原因則為上海的聯號宏發行惡意陷害，把光發行一張八萬元的匯票退回，光發立即倒閉，其它三家繼之。影響所及，嘉發銀莊也隨之而倒。嘉發莊是澄海樟林人張淑楷所設，一向奉我家為「正面東主」而自處於「伙計」地位，遠在一九〇〇年便營業了。這一年，先父回汕頭，有人介紹張淑楷進見，先父知他有心做銀業，便答應拿出二萬兩銀子參加股份，又拉親友及元發行入股，以一萬兩紅股送給張淑楷，因此這銀莊便取名嘉發，與元發同輩行，使人知為高家的「發」字號。經營數年，業務興盛，歷年積存的純利有七八十萬元。但張淑楷兄弟，假公濟私，把嘉發的現金盡移去做私幫，伯昂提出拆股，淑楷兄弟大懼，先發制人，豈料害人亦害了自己，淑楷所設的銀莊、米行也倒閉了。

承烈接到他的長兄伯昂的密電，說汕頭的銀莊倒閉，他已走避，叫他相機行事。承烈不知所措，向賬房拿了幾千元現款，逃往廣州。第二天，有關的商號已知汕頭的風潮，不知元發如何，有些人便到元發探行情，知道經理不在，就擁上承烈的「事頭房」，見電報和密碼簿都放在台上，汕頭三發的確倒閉，元發是聯號，同一東家，現在事頭既已避開，一定是沒法維持了。他們便把這消息喧傳開去，債主雲集，元發行便「企倒」了。（「企倒」是潮州商場一種術語，謂某一商號本會倒閉而卻不致倒閉，仍有挽救希望之意，謂其雖倒而不仆地，巍然站著也。）

殿臣表兄聽説元發如此這般結束，撫膺痛哭，他雖然沒有説出口，但內心一定在説，如果他仍在元發任事，必不至如此張惶失措，客戶來支取貨款，他還可以兜得轉，應付得來，何況暹羅方面，元章盛已付白米八千包，就快到達，沽出後便有現金周轉。債主知元發本身有貨到，就會安心而不急急追討了。

一九三三年南北行街少了一家字號最老的商行，南北行同業都為之欷歔不已。十二月十三日，我從汕頭到了香港，將往廣州，然後去北平。晚上到元發行一看「三十年前舊地，父兄攜我東西」（荊公句）的「事頭房」，便匆匆回去旅館。四十四年後，南北行街的面目已大變，二三十層的商業大廈紛紛建成，今年（七七年）二月，元發行舊址已開始拆卸改建，六七月間，它對面的元發棧舊址，也準備改建為大廈了。百年來的滄桑如此，但社會是進步的，去舊才能生新，新的南北行業，當會帶來新的繁榮，這是可期的！

一九七七年九月十三日寫成

上圖：皇后大道中近中央街市段
下圖：皇后大道中 (見鄭玫編著《香港舊影》)

六十年來的香港物價

我在三十歲前，每一兩年必返故鄉一次，有時住三四月，最長也不過半年，因為少長膏腴，從未受金錢之厄，而且在家塾讀書時，喜歡《世說新語》，言談舉止，多少帶些名士之風，於是鄉黨戚里就背後說我不知稼穡艱難，市面多少錢一斤魚都不知道。其意不外說，我是一個紈袴子，飯來張口，茶到伸手罷了（吾鄉盛行喝功夫茶，稍為過得去的人家都有書齋，所以人們說人家「歎世界」便有「坐書齋，哈燒茶」之語。「燒茶」是熱茶，功夫茶是熱到燙口的，「哈」是形容品嘗）。

這些批評，不久就給我聽到了。我倒也承認有一半是對的，我生在富厚的家庭，如果在太平盛世，坐在書齋納福，安分守己都可以過一世的（香港人的口頭禪所謂「打跛腳都可以食十世」）。但我二十四歲已在上海「打工」了，每日都是對着物價數字，對於金融和物價的漲落，不敢說素有研究，但對它卻也很有興趣，而且密切注意。

我自己有個「偏見」，以為一個人能對物價注意，這個人對於國計民生也一定關心的。鄉里人批評我不知稼穡艱難云云，未必盡屬事實。

為甚麼我會留意到物價呢？那就不得不遠溯到六十餘年前的一九二五年。這年的六月，杜國庠先生回到故鄉做澄海中學校長，開課後不到一個月，我已經和他混得很熟，名為師弟，實則朋友。

杜先生是日本京都帝國大學畢業的，醉心馬克思經濟學說，為河上肇入室弟子。我因為他的學問好，憑着一個偶然機會和他深談了兩個多鐘頭，從此就「借頭借路」要接近他，和他談天。

有一次我們談到北京大學，不知怎的，他說前幾年北京大學收買了王麻子（北京著名的剪刀店，已有二百多年歷史，北京市上有「有剪皆麻子，無坊不便宜」之謠）二百年來的賬簿，他曾約略翻閱過，記當年北京物價頗詳，是很好的經濟資料。

從此我就開始留意物價，自己設立一個日賬冊，記載個人每日的用度。因為吃飯住屋都不用我花錢，記的是零零碎碎雜用，例如買一本《東方雜誌》多少錢，一段甘蔗多少錢之類，也不是排日記載，有時懶起來，十天八天也不記一次（和我記日記恰恰相反）。這本賬冊，經過亂世，已不知下落了。

我認真紀錄私人用度的賬冊，是一九三三年一月一日開始，賬簿堆起來，高達兩英尺；此中紀錄了上海、北京、廣州、汕頭、南京、澳門、海防某一時期的物價，可說是洋洋大觀。所記的這幾個地方中，香港為最長久，從一九三七年九月到現在無缺。

啟發我記賬簿的人是杜國庠先生，時為一九二五（民國十四年，是年三月孫中山先生逝世），這時候，在我所處的環境來說，還可以勉附於「太平盛世」之列。

因為澄海是個小縣，人口不多，耕地亦少，但頗富庶，不少居民在汕頭、香港謀生，過番的更多，雖不是人人都豐衣足食，但也很少有餓死人的事，所以一般人的生活還能過得去（雖也有赤貧的人，他們急起來可以求乞或向親友呼籲救濟。以我們一家而論，共分九房，每日上午派米給貧民，九房輪派，歷五十餘年不斷）。又以地處海濱，在內戰時代（一九一三至一九三六年），不是兵家所爭之地，往往能避過戰火，只在軍隊過境時，供應民伕，富戶派錢把「瘟神」送走而已。既沒有戰爭，人民也能樂業，物價又十分低廉，這還不是太平盛世，難道要遠追到乾隆嘉慶才可說是嗎？（陳寶琛是溥儀的師傅，又是近代大詩人，他的詩有「不須遠溯乾嘉盛，說到同光便黯然」。）所以在我的記憶中，一九三七年抗日戰爭以前，我所處的還是「太平」時代，以後就很難說了。

我現在想要略述一下一九二五年的物價，可惜沒有紀錄，很難着手，近日見故友瞿兌之先生《人物風俗制度叢談》（書用銖庵筆名發表，一九四八年上海出版。瞿君湖南長沙人，一九七三年受迫害，在上海瘐死獄中，年八十歲），有一段記近代物價，是錄自四川省筠連縣曾次乾所記的，以宣統三年辛亥（一九一一年）的物價，與民國十四年乙丑（一九二五年）比較一下，還可以略知中國在一九二五年的一般物價情形。

現把全文移錄如次——

> 昔者辛亥也，今者乙丑九月也，皆以制錢計。銅幣一枚合制錢十文，物價之以升計者，米昔六十，今六百。苞穀三十，今四百。以斤計者，麥麵昔二三十，今四百。園麻昔七八十，今九百。煤昔一文零一二，今八塊。火酒（苞穀所釀）昔四十，今七百。桐油昔五十，今六百。菜油昔七八十，今五百。麥醋昔上等三文，普通一二文。椒昔七八十，今六七百（七星椒一千文）。紅糖昔三四十，今五百。糖霜昔八九十，今一千。牛肉昔四十八，今四百四十。豬肉曰和身滾，昔七十四，曰浮肉，今七百四十。曰帶頭，今六百四十。雞

昔四十八，今六百。以二斤作一斤計者，豬蹄、豬頭依豬肉價。鋤及其他鐵器九百，今一千二百。以兩計者，豬油昔一百二十，今一千。芝麻油昔十五六，今一百四五十。毛尖茶，昔五六十，今一百五六十。鴉片昔一千四五百，今一千七八百。旱煙出什者，昔二百，今二千四百；出本縣者，昔七八十，今八九百。水煙（重八錢）昔十六，今一百。以件計者，白布（重二十四兩）昔七百，今七千。豬腸、豬肚、肺，昔三百或不及，今依豬肉價，豬腦昔十六，今四十。鴨昔一二百，今一千，雞蛋昔四，今四十。皮蛋昔十，今九十。以二件作一件計者，豬腰昔二十四，今二百四十。以根計者，小葱昔五六根一文，今三根二文。蒜苗昔二三根一文，今一根五六文。工資之以月計者，耕種昔八九百，今七八千。女傭昔七八百，今二千（若計日，今二百文）。以日計者，縫工昔八十，今九百。女縫工昔四五十，今六七百。泥瓦匠昔六十，今七百。木匠昔八十，今八百。其他小工，昔四十，今三百。以次計者，理髮昔二十四（小孩八文或十二文），今二百。至於銀價，昔之每兩易制錢一千五六百，今五十二千。今昔相同者，制錢一千文，扣底錢六十，銅圓百枚扣一枚。

清宣統三年辛亥，到民國十四年乙丑，不過十五年，有「天府之國」之稱的四川，今昔物價相差就這麼大。從上文看來，漲幅不大的，獨鴉片煙，在辛亥年，每兩不過一千四百文，約為一元一二角，民國十四年乙丑，則每兩為一千七八百文。可說是價廉「物美」，堪稱「天府之國」！何以有這樣的「好世界」呢？原來，在民國時代，四川的軍閥大大小小有三五十個，各據一方，就地籌餉，苛捐雜稅，名目不同（當軍閥時代，國中有謠云：「從古未聞糞有稅，於今只有屁無捐。」）不僅四川一地也。

廣東糞溺捐的承投商人，有發財者。以區區所知，日寇盤踞廣州時，有朋友重金投得廣州全市垃圾捐，也發過一些骯髒財。蓋垃圾與糞溺皆有價，農民用為肥田料也，他們鼓勵農民種鴉片，供應充足，其價亦廉。

一九二五年筠連縣的物價，有不少和澄海縣同期的物價不相上下的。

筍連的女傭工資二千文，約合澄海的銀圓一元。以我家為例，女傭工資一元，但按時給她穿着的外衣一件，木屐一雙（這時期的女傭，多數還是纏足的，這種木屐是圓形的，徑約二寸餘，走起路來一搖三擺），過年過節沒有賞賜，休說是「雙糧」了，但除夕有一封壓歲錢，元旦有一封紅包。

四川的鴉片本來很便宜的，運到湖北，已漲價數倍，到上海、華北、華南又再漲價數倍了。潮汕的鴉片，上等稱為公班煙，來自印度，從香港「走私」運入，價最貴，每兩十一二元左右，雲南、四川的七八元。

澄海的香煙比四川的便宜數倍，以本人而論，常吸的英國煙，加力克一罐（五十支）約一元，三個五八角，高夫力五角；國產煙如華成公司的美麗牌，每包十支的不過一角多些。

四川的香煙可貴了，當時的國產煙以美麗牌最流行，一九二五年筍連縣賣多少錢一罐我不知道（曾君文中沒有列香煙一項）。

當一九三二年我在中國銀行經濟研究室工作時，和一位由重慶分行調來總行辦事的某君談天，他說四川的鴉片非常便宜，勞苦大眾都吸得起。

了。

客人到訪，茶煙奉客，禮也；但四川人奉茶款待之外，益以鴉片，紙煙則貴似黃金，欠奉了。

據某君說，一罐美麗牌香煙，在重慶約六七元，在遠僻縣份，賣到十元不足為奇。至於外國上價煙，當時在上海最流行者如三炮台、加力克、大炮台、三個五，到了四川只有軍閥、豪門才吸得起，價錢之昂，令人不敢想像。

筠連東接雲南，南連貴州，離成都、重慶都很遠，又因它近雲南，雲南煙土以筠連為集散地，也大有可能，所以價錢便宜，紙煙無人過問，因此曾君文中不提到它的價錢。

潮汕的外國香煙為甚麼這樣便宜呢？一來是運輸便利，所經關卡較少，但最大原因還是離香港較近，每日都有從香港到汕頭的輪船，這些船隻，沒有不走私的。

以上只是舉國中一二處地方，略說一下一九二五年的物價而已，以下將入正題，以筆者個人的聞見，談一談五十年來香港的物價。

所謂「五十年」，是指一九三七年我來香港定居時開始，但有時不免要提到一九二七年到一九三六年的物價來作比較。那個時候，香港的香煙牌子，也和上海幾乎一樣。

我有時會雜亂無章，像寫隨筆一般，想到就落筆，軼出題外，如跑野馬，一跑就不知所蹤，並無文章組織，這是才力有限，要請讀者原諒的。

一九三七年八月，我到香港後，就覺得香港的物價有很多比上海便宜。

這使我馬上想起一九二七年我「初次」重臨香港的趣事。

我本是出生在香港，七歲回廣州，十二歲返澄海，一九二七年再到香港時，已成人，有些觀察力了。

是年五月下旬，我從上海來香港轉往廣州，此後一個月中，來來往往廣州香港之間三四次。有一晚吃過飯後，朋友約我同往利園遊樂場玩玩。

那時候的電車只通到銅鑼灣的避風塘（現在的百利保商業中心附近電車迴旋處），起點在上環的皇后酒店（是年二三月開張的），即德輔道上環街市（現改為西港城）對面，一九四五年後易主，改名「新光酒店」，十多年前改建為一幢商業大廈。據説，皇后酒店是當年有南天王之稱的那個陳濟棠的產業，用他老婆莫秀英名義買的，在德輔道算是第一流的酒店。

我們到香港後，就住在那裏，過了兩天，才回元發行居住。

我們在皇后酒店門前上電車，遊車河兜風，頭等一角錢可以坐到終點，比上海便宜多了（當時三等五仙，到一九三六年，減價，頭等六仙，三等三仙）。

下了電車後，又轉身向西走，緩步而行，到了渣甸山，走到利園遊樂場。它和上海的大世界性質相似，但絕無規模可言，和大世界一比，真有小巫見大巫之別。

由於沒有甚麼可看，不到五分鐘我就提議走了，仍坐電車返上環，經過灣仔莊士敦道，那時候，軒尼詩道剛剛填海築成，還沒有多少民房，莊士敦道兩旁的屋宇也疏疏落落。路燈像鬼火般幾點紅色，和民居的兩三燈火互相掩映着；八點鐘左右，路上行人已寥落可數，雖是炎夏，而荒涼景色，有似隆冬。

我們下車訪友，我見到這光景，有些駭怕起來，如果我獨自一人，就不敢行經此地了。

我所要訪的朋友，住在今日春園街附近的莊士敦道。我們坐談到九點多鐘，主人問我們要不要吃些綠豆沙消夜，我說要，他就叫個婢女去買。只見他拿出一個斗零交給她，她接過後，拿了一個有蓋的搪瓷鍋子，飛也似下樓去。

我心裏奇怪，主客四五人，斗零綠豆沙，每人怎能分到一碗？

轉眼間，她上來了，揭開蓋子，滿滿的一大鍋，每人一碗之後，還能「添食」。我在上海從未見過這等奇事！

朋友的母親說，灣仔的東西特別便宜，就是食米，也比中環、上環便宜一些。我們所吃的暹羅米，一塊錢可以買到三十斤左右。

我對於一擔米值多少錢從來沒留意到，也未聽過家裏的人提及，因為孩提時候住香港，吃的是上等的暹羅白米，從自己的店裏送來，休說是我這個「少爺仔」不知，就是那些女傭、婢女也好少理。到了住在廣州，吃的仍然是上級暹羅米。每兩三個月，由香港發交省港船運來十包八包，家人也不知米價，米價漲落，和我們毫無關係。後來回澄海，吃的是自己田畝長出來的穀，一年兩次，由佃戶擔進城繳納，叫做「交租」（是交田租，和香港的交租不同）。

到此時我聽到友人的老太太說一元可買三十斤左右，我簡直不當一回事聽了就算，想不到五十年後，香港的上級米要賣到一元六七角一斤呢！

離開朋友家裏，我們在灣仔走一段路才乘電車，這時候大王東街、太原街、春園街一帶，街邊小販很多，但絕不阻礙交通，因為汽車絕少，很久才見幾輛經過，公共交通工具，只有人力車和電車而已。

我們在馬路上蹓躂，商店大都關門了，但日本人開的還在營業（一九四一年日本軍閥發動太平洋戰爭前，灣仔是日本人的「居留地」，要買日本書就要到崛內書店了）。我見街邊的食檔特別多，賣東風螺的、涼粉的、及第粥的應有盡有，我站下來看雲吞和及第粥的價錢，原來便宜到驚人，一碗及第粥才賣五個仙（斗零），兩人落街消夜，一毫子搞掂。

雲吞也是斗零一碗，碗中的雲吞不知多少個，只見堆得滿滿地，差不多要掉下一兩個了，你說六十多年前的物價多廉。現在要說「好世界」，不能不遠溯一九二七年的時代了。

我對一九二七年香港的物價，只有上述那幾種知得較清楚，原因是給我的印象太深了，歷六十年仍不能忘記。

但這時代的物價的另一種，我是知得很清楚的，那是上茶樓、酒樓、入電影院、工資等等。兩三友好上茶樓品茗，一塊多錢找數夠了。晚上往石塘咀「飲」（北方叫吃花酒），一席很豐盛的菜只不過二十元，至於一二知己在中環的小館子小酌，兩三塊錢就可「飲飽食醉」。

安樂園的西餐，每客不過四五毫，有三四道菜，只有香港大酒店、淺水灣酒店、半島酒店的稍為貴些，但也不驚人，三塊多錢已吃得很飽。大酒店的下午茶舞，四時開始，每客一元，還有咖啡西餅，不過要自帶舞伴，香港大酒店的房間，每天不過六七元，連浴室的約八元。

九龍漢口道有家九龍酒店，管理得還好，很多中級的洋人（白領、公務員）都包月居住的，他們住不起香港大酒店，只好屈居二等酒店了（中環德輔道雪廠街口有一家英皇酒店，也是中上的旅店，比九龍酒店高一些，廣東政海要人多居此），房租每天六元，包括三頓西餐，早茶和下午茶。

當時的嶺南大學校長鍾榮光，每逢來港，必下榻九龍酒店，他作聯自嘲云——

頭等唐人一等鬼；
三餐大菜兩餐茶。

傳誦一時。

其實所謂兩餐茶者，住客未必個個都趕回酒店喝那餐下午茶的，所謂下午茶也不過咖啡或茶一杯，一件西餅而已。

早上那一餐，例來是麥片、麵包、咖啡之類。

電影院高級的只有皇后戲院一家，票價樓座一元，後座五毫，以言建築之美，萬萬比不上上海的奧迪安（一九二五年開幕，一九三二年毀於一二．八淞滬戰役）、夏令配克、卡爾登了。

到一九三一年，娛樂戲院開幕，才算是香港最華麗堂皇的電影院，這是三年後的事，但也比不上一九三三年七月在上海開幕的大光明戲院。自大光明面世，遂為遠東最新型的戲院。

工資在物價中也是一個重要的項目，我有個怪習慣，喜歡問較相熟的人每月薪水多少，這當然是很不禮貌的，但我絕不施之於朋友（認真「死黨」則除外），只問一九四六年以前在我家機構工作的人和一些親戚。

我想從他們所賺的薪水多少來觀察他們的經濟情況。

例如一九一九年我相識汕頭電燈公司一個會計員林圖南（澄海鷗汀鄉人），那時他已四十多歲，我才十三歲，成為忘年之交。

林君會寫幾筆花卉，又能刻印，得暇時又看看書，這樣的人在商場中已很少見了。

他的臥室和會計室相連在一起的，辦公室堆滿賬簿、賬單，臥室就堆滿書籍文件。他是抽大煙的，我到他的房間談天就一定躺在他的牀上看他抽煙。好得電燈公司沒有規定「朝九晚五」的辦公時間，天亮開舖門就有人辦公，晚飯後關起半邊門，算是停止辦公了，職員們各自去訪友，或在辦公廳攻打四方城，會抽大煙的就躲在自己的房間（多數三四人共一室，較高級的職員一二人或一人佔一室），一榻橫陳，電燈公司的職員有不少是道友，從經理、副經理以至低級職員，抽大煙的有十多人。

林圖南工作很忙，又很負責，從上午八時開始，往往手不停的打算盤，開賬單（一九一九年他的職位是「財副」，是管賬目的，但不管銀錢出入，一九二五以後才改稱為會計主任），往往工作到淩晨一二點鐘才去睡覺。

有一次我問他公司裏為甚麼有這麼多人抽大煙的，他說，有些人好玩，玩上了癮，他自己則因工作多，要靠它提神。

我問他每月薪水多少。他說二十元，我又問他要拿多少回去養家，他說十二三元左右。我問：「你每月要抽多少煙呢？」他說：「十五元左右，加上消夜的夜粥和雜費，就要二十多塊錢了。」

我很奇怪，月薪二十元，而個人開銷要二十多元，這個赤字怎能維持下去。他說：「只有向公司借薪水，等年尾分紅時扣還，如果沒有分紅就一直借下去，扣完又借，借完又扣。」他又說，一班同事的情況都是這樣的。到他升為會計主任後，薪水已加到四十元了，他才逐漸把鴉片煙的分量減少，一兩年後戒絕，一來是煙價貴了，物價也漲了一些，二來他的親生子祖蔭已在中學畢業，要往上海升學，這筆學費是相當的。

一九二七年我從汕頭回上海，就帶了林祖蔭同行，取道香港搭法國郵船往上海。一九三二年，林祖蔭在鄉間被國民黨縣黨部囚禁，指他是共產黨員，林圖南百般營救無效，到一九三四年鬱鬱去世。

和我接近的朋友、同事，我都不客氣地問他們的薪水多少，家中經濟情形怎樣，這是我關心他們，同時以便他們向我借錢時我可以據所得的資料作出決定。

有一年和我同在中國銀行辦事的一位某君，因年關已近，向我借五十塊錢，他的月薪是七十五元，另有津貼、伙食津貼等二十五元，合共有一百元了，在一九三二年的上海，以小家庭而論，一百元過活，雖不很豐裕，但也不會捉襟見肘。

某君喜歡入舞場，月中至少去散心五六次，這樣一百元就不敷開銷了。他向我通融，我明知他不會還錢，同時也不想增長他的罪惡，便斷然拒絕了。

如果我平時不是好管閑事，打探朋友、同事的入息，貿然借錢給與某君，豈不冤哉枉也。

一九三七年八月十三日，日本帝國主義者攻打上海，八月二十七日，我到了香港。這天的下午我在九龍登陸，立即就以法幣（即中國的鈔票）兌換港幣來使用了。這天的法幣兌港幣為一元兌港幣八毫七仙，本來是可以兑到九毫的，因為中國在打仗，法幣跌了價。第一天登岸我所花的錢是這樣的——從尖沙咀搭天星公司渡海輪頭等二人，二毛，搭的士往灣仔洋船街厚豐里，車資六毛，回中環德輔道電車二人，頭等一毛二仙，《天文台》小報（已故陳孝威辦的）一仙，火柴二盒一仙，中國旅行社送行李三件交皇后酒店，二元二毛五仙，旅館一日四元，新紀元酒家晚餐三元，高夫力煙一罐八毛五仙。合共十一元零四仙。在四十年後的今日，照我上邊所說的來花錢，恐怕非一百二十二三元不辦。

一九七八年七月，香港中、上環已沒有中、下級的旅館了，如要住進希爾頓、文華酒店，最廉的雙人房每天也約二百元左右，我所列的一百二十元中，旅館費姑擬為八十元，假定灣仔的星加坡酒店、六國飯店、華國酒店這些中價旅館，（根據《大公報》一九七八年三月出版的《生活手冊》所載，星加坡酒店雙人房每天一百零五至一百三十元，華國酒店九十元至一百三十元，六國飯店不詳）才得這個數字。

到香港半個月後，我搬到新界元朗的逢吉鄉居住，地方是一所齋堂，我的母親兩年前從廣州來香港蓋造的，落成後，她來往兩地居住。恰好我到香港時，她也從內地到了。我在元朗一住就住到一九三九年二月，才搬到九龍。現在把五十多年前（一九三八年）的物價略述一下。

一九三八年的一元港幣，可以買丙等白米十四五斤，豬肉二斤半，牛肉三斤，柴一百二十二斤，蔬菜則因廣州方面來貨少，突然漲價了百分之八十左右。

屋租方面，灣仔、銅鑼灣的石屎樓，每層約三十元左右，其他不大旺盛的地區，木樓租金約四五元一層，我有一位親戚，住西環桃李台，該處地方高，交通不便，一層樓有兩廳三房，月租才十六元。大型「高尚」洋樓，每層月租由七十五元至三百元左右。

工資方面，超過一百元薪水的，只有少數公務員、大機構的高級職員和專業人士。一般文員月薪約為四十至五十元之間。女傭的工資由三元至六七元不等，八元的已是罕見了。這時候，我有一位朋友在教育司署當高級視學官，月薪約八百多元，生活簡直如王侯，他所用的女傭一共七個，一個煮飯、一個打雜、一個近身，四個小孩，每個有一女傭照顧。他說，這時候，香港大學出身的公務員，月薪不過一百二十元左右，教書則約為一百元。

其他物價是，二十支包裝駱駝煙二毛，南華早報（英文）一毛，《華僑日報》五仙，一磅裝阿華田一元八毛半，咸蛋五隻二毛，雞一隻（一斤二兩）九毛，蟹二斤三毛，白菜心二斤八仙，理髮三毛（在思豪酒店裏面的京士理髮公司，可以買票，每本十張，每張三毛，打個八折）。

陸羽茶室飲茶二人八毛，有一次我請內地來的朋友往陸羽，吃了六七碟點心和一碟炒麵，不過二元左右罷了。

一九三九年五月，我搬到九龍城獅子石道，租一個小房間居住，月租廿三元。這時候的一元可以買米十四斤，炭廿五斤，麵包半磅四仙，市用平均每日五毫，佐敦道過海三等每人四仙。

我常看的一份美國週刊*Saturday Evening Post*（禮拜六晚郵報，出版已近百年。前七八年停刊，去年重新出版）三毛，一九七八年市面所賣每冊十元了。

這年的十月，我因為在香港一家報館工作，要到凌晨一兩點鐘才能回家，為方便上班，便搬到堅道居住，以月租二十八元租了一個很大的房間，同時又請了一個「一腳踢」的女傭，月薪四元。

我在報館的薪水每月五十元，加上給該報寫稿，又給《中國晚報》、《星報》、《大風旬刊》、《東方雜誌》長期寫稿，平均每月稿費七八十元。這樣，我每月有一百多塊錢入息，生活得很舒服了。

一九四〇年五月，我去越南海防一家官商（國民政府交通部與商人合營的轉運公司，搜購物資由滇越路運入昆明）合營的公司工作，我先到了，租好了居住地方，才叫太太帶了出生四個多月的嬰兒到來。

海防的生活費比起香港還要低一些，當時的越幣一元約值港幣九角，我是和兩個朋友共同分租一個越南富戶的房子的。

這所房子很大，另外一個花園比屋子更大，業主把房子租給我們三家人，他所住的一所房子就在我們屋子的對面，花園公用。我所佔的地方是兩個大房，一個小廳，月租廿一元。

越南人很節儉，業主雖然很有錢，在飲食方面都不肯多花一個錢的。

米價很便宜，一塊錢可以買到二十多斤，雞二隻一元二角，雞蛋十枚二角，僱一個廣東籍的女傭每月六元，如果僱越南女傭只要三元左右就夠了。我們每天的市用平均八角，已經很夠營養了。

我很喜歡所住的環境，下班之後，趕快回到家裏，以寫畫、刻印來消遣，因為在香港過了兩年賣稿的生活，把藝事丟疏了，正好趁此時練習練習。

豈知這種生活只維持了半個月，也即是太太到了半個月後，總公司要把海防的分公司結束，歸併入昆明總公司裏，我沒有留用到昆明，即使要我去，我也不想去，只得重返香港。

把香港一個小小的家庭結束了到海防重建，不到一個月又結束了回香港再找地方居住，這個損失很大，把我積存的幾百塊港幣花光了。到香港後，仍然往堅道找房子，未找到合適的房子之前，在六國飯店住了六天，終於回到中國晚報編副刊兼譯電報。

更可喜的是同在一天，我在堅道的烈拿士地台找到一個大房間了，包租人是一個未結婚的太古洋行職員，和他父親同住在樓下一個大房、一間大廳。

包租公把一房一廳重新間作兩個房間，我們住的一個較大，收我月租廿五元，還有地方給我兩個女傭居住。

大業主是葡國人，講流利廣州話，起居飲食和中國人一樣，喜歡到為食街幫襯大牌檔，他一家大小五六人住在二樓。

這一時期香港的物價沒有多大變動，一直維持到一九四一年十二月八日清晨——日本飛機轟炸九龍，太平洋戰爭「開幕」了，於是物價飛漲，漲到一百年來香港人眼所未見、耳所未聞的地步！

炮聲一響，各日用必需品無不漲價，柴米油鹽，只有後一項不漲，其中以食米漲得最厲害。平時一包白米（一百六十八斤）不過二十元左右，十二月八日那一天，堅道一帶的白米漲到一百元一包還不容易買到，罐頭食物、洋燭等都是每一個家庭要購備以防萬一的。

十二月十日，我拿了一張一百元的鈔票在堅道一家相熟的士多叫璧臣氏者買罐頭食物十一罐，就要我二十四元四毛，在平時只不過是六七塊錢的貨物，更使我又驚又惱的是，百元大鈔買東西，只當作八十元用，這無形中把港幣貶了值。

我不得不忍痛就範，照價付了，索性買一罐三個五牌香煙，一元六毛，駱駝一罐一元五毛，火柴四盒一毛（平時不過四仙，甚至買煙時附送），找回五十二元四毛回家。

下一天的物價就更貴了，牛油一磅漲到二元四五毛，駱駝煙一罐二元四毛，麪包四磅一元（比一九七八年七月的市價還便宜三元），牛肉四兩三毛，白菜一斤一毛六仙，大豆芽菜半斤七仙，南乳一塊八仙，白蠟燭十二支一元五毛，芥蘭一斤六毛。以後物價日漲，到十二月廿五日英軍投降，這天的米價稍降，下級米二塊錢可以買到十九斤，花生油一斤六毛，雞蛋一枚一毛。以後又漲價了，以一九四二年一月一日以後來說，日用必需品漲得更驚人了。這時候，一個家中以食物為最主要，房租暫時「奉旨」免交，三房客不必交二房東，二房東不必交大業主，所以要應付的是一日的三餐和燃料。罐頭食物也是大眾所蒐購的。

香港人平時不吃羊肉，所以澳洲的罐頭羊肉還漲得不厲害，每罐只賣一元，牛肉每罐一元二毛，薯仔一斤四毛，白菜一斤五毛，白糖一斤四毛五仙，片糖六毛八仙。生菜一斤四毛，蝦米四兩四毛，豬肉每兩二毛，生油每斤一元二毛，蕃茄一斤五毛八仙，米粉一斤二元，豆腐七小塊一毛，蘿蔔一斤八毛，麵包每磅一元四毛，菜心一斤五毛，柴三十四斤（舊家具破開的）一元四毛，燈油（牛脂）一斤六毛，駱駝煙一包（二十支）二元五角，梅菜半斤三元五角，羊肉十兩三元五毛。

至於每個家庭都需要的白米，價錢更是令人吃驚。一月六日，中等白米每包二百元，十四日漲至三百元，十七日，我往南北行街訪一家潮州人開的商店，店東以三百三十元買白米一包，如果不是他們有「手路」，還不容易買到，又如果付米價時，以「大牛」一隻支付，則只能以六折計，換句話說，五百元一張的港幣，只值三百元。

日本侵略軍佔領九龍後，即成立軍政府，到十二月二十五日佔領香港，軍政府仍設在半島酒店，沒有搬過來，但立即宣布，每一元日本軍用手票，值港幣二元，到一九四二年十月，「香港佔領地總督部」又宣布，四元港幣值軍票一元，這麼一來，有現款存在銀行的人，便等於五成又五成的貶低了自己的財產了（軍用手票簡稱軍票。日本特印一種紙幣發給軍隊應用，凡日軍所到之處，軍票即隨之流通，但絕不能在日本本土通用，日本投降後，香港當局從未向日本索償損失，居民雖曾呼籲向日閥索償軍票所造成的災害，當局置之不理）。

米價是那麼貴，一般居民難道不吃飯？那又不然，打從日本侵略軍攻打香港之日起，已經有不少人搶購糧食了，存在貨倉的白米，英軍投降後，立即就有人縱火燒倉庫，搶白米、罐頭、洋貨。罐頭、洋貨多在皇后大道的行人道上利源東西街擺賣（利源東西街今日成為國際著名的小販區，始於一九四一年十二月），至於白米就不敢公然在街邊出現，但米舖和小商店，還可以買到，每一兩為港幣四毛。三月十五日，「總督部」宣布，計口授糧，每人每日配給食米六兩四錢，三日配購一次，在指定的米店購買。當時我家大小六人（我倆夫婦，兩個女傭，兩小孩，一個兩歲半，一個五個月），每三日就要設法找二元六毫八仙去米店買所配給的米二斤六兩四錢。從這時起，物價又再漲了，牛肉每斤四元六毫、豬肉六元八毫、花生油四元五毫、豆油三元、鹽一元六毫、火柴一盒四毫。我向來所抽的好彩、駱駝、三個五，已貴到驚人，沒法每日在紙煙上花十多塊錢，只好改吸海軍牌（Players）、紅錫包（Ruby Queen），前者每包十支一元二毫五仙，後者七毫五仙。紅錫包在上海、華北一帶稱為「苦力煙」，多為勞苦大眾所吸，我為了節省金錢，不得不買下級、中級煙相間吸食。話雖如此，我的劣根性仍不改，不肯戒絕。一直到一九四六年五月在上海才戒掉，至今四十多年了。

日寇投降後，我在一九四五年十二月從澳門回到香港，這時候的香港還在軍政府時期，最高的統治者是英國太平洋艦隊司令夏慤中將，他是來接收香港的，下一年四月三十日，楊慕琦重任香港總督，香港軍政府即日將政權移交。在軍政府期間，當局首先作出一連串穩定物價的措施，最要緊的是食米了，當局打開米倉，照樣配給食米，每斤二毫。（我在澳門居住時，七月六日的米價最貴，我託了很多人事，才買到二百斤，付白銀四百九十二元二角，一月後，日寇投降，米價仍徘徊在百斤百三四元左右，後來中山縣大米絡繹運到，才漸漸回降。二百四十多元一擔的米，是我一生所食最貴的了，幸而當時我們一家只有四個成年人，三個一歲到五歲的小孩，消耗米量不多，這二百斤米吃到下年一月帶來香港還支持了一個短時期。那時候的澳門白銀一圓，值港幣三四元之譜）。

香港的食米這樣便宜，於是大量移民湧入，一來是內地的人聽說香港「有配給米吃」，二來是國民黨接收後，黨人四出敲詐，動不動就給人扣個「漢奸」的帽子。人們為了避苛政，相率到香港謀生。初時的配給量是每人每日一斤，每斤二毫，到一九四五年年底，本來六十多萬的人口，增至一百多萬，當局一打算盤，一人一斤米一日，條數幾難計，過了一個時期，便改為半斤，價錢不變。

當局還透露給人知道，配給米是由政府以每斤八毫買來，二毫賣出的，「食者須知其味也」。這當然是「仁政」之一。

至於規定若干日用品的公價，則有麵包一磅五毫，牛油每磅二元二毫，麵粉一斤四毫四仙。上等美國香煙不能常買到，所謂上等美國煙十支裝四毫，五十支罐二元。但公價香煙不能常買到，所謂上等美國煙一包九毫者，所指為吉士、駱駝、好彩、摩里士之類，我在一九四六年一月的賬冊中發現，駱駝一包二元七毫，吉士二元五毫，好彩三元，這個價錢，到我四月動身往上海時才稍見降低。

現在略談一九四六年一月以後的物價。我在上年十二月到香港，租定了銅鑼灣清風街二十一號的二樓，月租九十元，沒有甚麼頂手費或建築費的名目，因為這一幢房子共四層，樓下和二樓空着，三樓是一伙做「國際貿易」的人家，四樓是業主的親戚居住，樓下和二樓只派人看守，業主叫我拿一百元給那個人搬出，我便可遷入。於是以一百元為「開門利是」、一個月上期，一個月按金，一九四六年一月，家人從澳門來後，暫住旅館一宵，然後「入伙」。

米雖然有二毫一斤的配給品，但很難下咽的，入伙的第二天，即以五元七毫買米十斤，麵包一磅八毛，炭十斤三元五毫，雞蛋五隻一元一毫，豬油一斤四元，柴三十一斤三元一毫。

牛油一磅七元五毛（公價牛油不易買到，這是在牛奶公司所買的澳洲上等牛油，俗稱「大公司牛油」），草紙一斤一元八毫，白蠟燭一枝一元，鹽一斤五毫，砂糖一斤二元四毫，臘腸一斤十三元，豬肉一斤七元至八元不等，火柴三盒四仙，女傭二人，月薪共二十元，三個月後，加至每人十五元。每日兩餐的食用平均為八元。家庭每月約用六百五十元，我個人的用度約二百五十元至三百元，兩項平均每月在一千元以內。假如三個小孩中每月輪流生病，就不止此數了。不過那時候的醫藥費還不如今日那麼昂貴，小孩有病，多就診於法國醫院的駐院醫生胡百富，藥費連打針為十六七元，不打針則在七八元左右。有時醫生說要打針，女傭故意說「冇帶咁多錢」，也就罷了。

一九七三年八月，《星島日報》刊載該報記者蘇景頤一篇文章叫《卅五年來天堂物價漫寫》，大概是根據報刊資料寫成的，可以摘錄一些給讀者參考（照抄，不過文字有些改動）——

日本投降後，湧到這兒的人口更多，單是在戰後一年內，人口就由七十多萬驟增至一百六十多萬。屋宇租金空前高昂，與戰前比較，漲了四五倍。在各項家庭開支中，以糧食價格漲幅最為驚人。白米由戰前七仙一斤，漲至七八毫一斤，上升十倍。食油亦上升差不多十倍，由每斤二毛四仙漲至二元毫二仙，魚類價錢上漲超過八倍，由每斤二斤八毫漲至二元半左右，牛肉由每斤三毫五仙增至二元半，豬肉由每斤五毫四仙漲至二元七毫二仙，雞蛋亦由每隻三仙漲至一毫。

電車、行走市區內的巴士、渡海小輪，收費皆增至每程二毫，登山纜車亦加至六毫，香港的士收費首哩一元五毫，以後每五分一哩收二毫，九龍的士收費較廉，首哩收一元。

以上是蘇先生所說的，但到了一九四八年，一般物價已顯出下跌的趨勢，港府的配給米、糖，雖然也照常實施，但市面的米價，和配給米相差無幾，何況配給米的品質比市面白米差許多，因此市民多不往配買，寧願多花十塊八塊買「黑市」米，不過配給證仍然保存，以備黑市米突然高漲，就要買配給米了。我家一直買黑市米和配給米，到一九五〇年以後，就不買配給米了。

一九四八年香港的物價尚見安定，雖然比一九三七年的高漲了許多，但波動不大，如果拿來和上海、汕頭比較，相差很遠了。是年八月十九日，國民政府發行金圓券，規定金圓券一元，折合法幣三百萬元，收回法幣。金圓券限額為二十億元，但到一九四九年七月底，金圓券的發行量已達一百廿五萬億元，不到一年間，膨脹了五十萬倍。

一九四八年八月八日的上海，白粳米每石賣法幣四千一百五十萬元，十三日漲至五千六百萬元，八月十九日（即法幣時期的最後一天）漲至六千二百五十萬元。

汕頭方面，八月十五日黑市食米每斤為一百零五萬元，十六日，糙米每石七千三百八十萬元。

到了一九四九年四月，上海的物價，與一九四八年八月金圓券出籠時相比，八個月間，上漲了八萬三千八百倍。

八月十九日金圓券出籠後，全國物價大變動，香港的物價只受到輕微影響，很快就平定下去了，只有做金融投機的人才有輸贏。就在這個時候，我辭去一家報社的編輯，在家裏寫稿出賣，生活很清苦，不過幸喜物價還算低廉。

我家已有五個小孩，由三個月大的到九歲不等，工人仍然兩個，但工資比以前貴五六成。金圓券出籠後，米二十五斤十一元六毫，炭一擔十五元，燃料和白米是一個家庭中最主要之物，而它的價格不受金圓券影響而高漲，反見平穩，可見當時的港幣是「升值」，而中國的「法幣」在「貶值」。

不久後，中國全國都改革了，以一九四九年十二月來說，食米三十斤，十八元六毫，配給米六十三斤，三十七元八毫，炭一擔十七元，過了十多天，忽漲至三十元，花生油一斤二元，豬油一斤三元五毫。

一九五〇年上半年，米二十斤十四元六毫，炭一擔二十一元五毫，豬油一斤二元四毫，豬肉一斤四元二毫。這個時期，我個人的用度，只是買書報期刊和朋友或自己喝下午茶、聚餐等雜費，平均每月一百元左右，現在想起來倒也覺得很有趣，試述如下——

稿紙一百張一元五毛，《生活》畫報每本三元，《禮拜六晚郵報》每本一元九毫五仙，《時代》週刊每本二元一毫五仙，《讀者文摘》二元二毫五仙，剪髮二元五毫，個人喝下午茶，大都是一元二毫至一元八毫之譜，已經吃得很飽了，現在一元二毛還不夠一杯咖啡，阿華田一磅裝三元二毫，聚餐、茶會醵資，每人不過二元至四五元不等，獨有一九五〇年十月七日，在金陵酒家公宴高劍父七十生日，每份八元，算是厚禮了。

一九三八年香港的雞價比蔬菜要貴四五倍，十年後為一九四八年，也貴六倍，但廿六年後，是一九六四年了，蔬菜的價格大漲，雞價大跌，一斤多的雞只賣五元左右，而西洋菜每斤要賣到三元。蘇景頤先生根據報紙記載，作出一個比較，以下是概括他的話——

一九六四年，香港人口已增至三百六十多萬，與和平後比較，人口雖然倍增，但由於製造工業及貿易亦同時迅速發展，所以工資增長率較生活費用增長率尤快，一般生活情況已有相當改善。

在過去五年內，工資增長約為六成，而同期內一般物價則僅上升百分之十四。房屋租金普遍十分昂貴，高價樓宇比較容易租賃，較低價樓宇則甚為缺乏，高價樓宇現付月租每層為一千一百元至二千四百元左右，普通樓宇租金亦要三數百元。一般來說，居住消費仍有繼續上升之勢。

糧食方面，食米供應充足，與一九四七年的價格比較，已經略為偏低，目前每斤為四五毫左右，但牛肉、魚、豬肉價格，與十多年前比較，則上升頗多，分別由兩塊多錢漲至三四塊錢一斤。

雞蛋價格漲幅更大，差不多上升了九成以上。蔬菜價格猛漲，普遍每斤約售二三元，與十多年前三幾毫一斤的價格比較，當然又是天淵之別。不過蔬菜價格受供應來源影響，上升甚大，將來可能仍會回降。

一般白領階級，目前每月的入息，約為二百五十元至四百元左右，各種製造工業工人日薪則平均為八元八毫，其中以棉紡織、塑膠、膠鞋工人最為吃香。電車司機與售票員薪金，由四百五十元至五百多元。

女傭顯著荒缺，現時薪金已升至約每月一百七十元至二百五十元，而且僱用頗為困難。以我個人來說，我的一家，已在六三年十月從清風街搬到希雲街居住了。月租五百五十元，有兩廳三房，比舊居大，但貴了許多倍。

清風街的屋子是戰前樓宇，由每月九十元起，住了十八年，加至一百十六元。

自一九五八年開始，我們僱不起女傭了，搬到希雲街時，還有五個兒女在學校念書，每月的學費約三百多元，這時候，米二十斤，價格在十元至十一元之間，麵包每磅四毫，生油每斤一元五毫，沙糖一斤五毫，無比石油氣二十四磅裝，一罐十六元（一九七八年為二十四元五毫），只有報紙稿費沒有起價。報紙仍是一毫，報紙副刊的稿費不超過千字十元，有家老報的稿費，名為千字八元，尚須扣空白、標點，打個八折。

蘇景頤先生那篇大文是一九七三年八月寫的，距今已十多年，現在的物價當然也比當年貴了許多，較之五十多年前的一九三八年，更不可同日而語。蘇先生文末有一段說——

同是一塊錢，卅五年前已足夠支付數口之家大快朵頤四五天的消費，如今就只能購得一磅麵包。戰前與戰後一九四八年比較，糧食、紡織品以及一般日用品，價格上升了六倍至七倍半以上，而同期間的工資則只普遍提高了四五倍，所以，當年的香港人就有「搵食艱難」之感了。

除了在發生暴亂及天災的短暫時期，物價上漲較大外，香港在二十世紀五十年代至六十年代中，物價和工資增長，可以算得上是穩定。

到一九六七年，才首先受到暴動和港幣貶值的影響，通貨膨脹隱現（按：一九五六年十月十日至十二日，九龍大暴動，暴徒四出焚掠，那是因為李鄭屋村徙置大廈的雙十旗幟為徙置區督察撕去引起的，瑞士領事館參贊夫婦所乘坐的出租汽車，在大埔道被暴徒放火焚燒，他的夫人活活燒死。暴動三四天，荃灣也有暴徒滋事。這次大暴動和一九六七年的放炸彈暴亂，影響物價也很大。一九六七年以後，地產跌價，屋租也隨而下降，我的寓所，月租五百五十元，分兩次減到四百元，到一九七〇年後，分兩次增加到一九七六年的五百八十元）。

根據官方發表的統計顯示，食米價格在過去三年內上升了百分之四十三至百分之五十，牛肉、豬肉、雞、鴨、鮮魚、耐用品及日常用品價格，亦各上升百分之三十至百分之三十五，相較之下，在一九五八年至一九六五年間的五年內，米價和豬肉下跌百分之五，耐用品及日常用品下跌百分之十至百分之四十不等，一般蔬菜平均上升未超過百分之二十的日子，倒頗堪回味。

住屋方面，官方數字顯示，租金在三年半內增加百分之二十二點五，但據其他方面如商會和外國經濟雜誌的調查報告所得，卻表示私人住宅租金在此期間，每兩年上漲百分之十五至百分之二十；其中大部分中價樓宇租金亦已超過總平均租值三倍以上。

至於交通消費，電車樓上樓下同收兩毛，登山纜車收費增至一元，市區巴士上斜路各線亦加至三毛，在過去三年半內，交通費用共上漲了約百分三十。

以上是一九七三年的物價情況。一九七八年七月二十五日，港府統計處公布六月份的甲類消費物價指數為一二二點，乙類消費物價指數則為一二三點。兩類指數均與五月份相同。由於鹹水魚供應減少，導致其平均零售價格上揚，及若干酒樓食肆加價關係，故出外進膳的費用略見提高。這是官方的話，意思是說六月份消費物價指數，和五月「相同」。七月二十六日《華僑日報》有兩則小評，頗堪一讀。它說——

我們看了這一個以統計數字得來的指數，顯示出生活指數並未上升……因為物價指數未有劇烈變動，也即是反映物價安定。……只可惜這種「學院式」的統計數字，是否與實際生活相符合？不禁令人有所懷疑。最低限度，任何一個市民身受消費物價計日遞升之苦，偏偏是從統計數字之下，消費物價指數並無變動，也許是難以令人同意及接受的。作為一個普遍市民，手上缺乏統計性的數字，難與具有學術性的統計數字展開爭論。不過，我們就一些最顯淺的事實所示，在過去一年來，日圓對港幣升值達百分之二十五至百分三十：中國的人民幣升值百分十以上。而日本與中國是本港最大的供應來源。

日本與中國去年輸入本港貨品，總值達二百億元之巨，日本和中國輸入本港的貨品，盡是原料、日用消費品及糧食與副食品。日圓與人民幣大幅升值，本港的生活指數為甚麼仍會持續不變，確是使人難明！消費物價指數的統計項目是否不夠全面？方式是否不夠全面？也許市民都想明瞭一下。

這兩段小評倒很可以給留心香港物價的人參考的。我沒有香港四十年來的物價統計數字，我只是根據個人家庭的日用賬簿來略談香港的物價，當然是不夠全面的。不過我倒有個感想，香港當局是不大願意對物價作出有效的控制的，所以以後的物價還是有漲沒跌，我們休想如四十年前拿着一塊錢可以上茶樓一盅兩件仍「有得找」的日子過。其實現在上茶樓，一盅兩件也不過五六元，人們也一樣過日子。我不妨講個故事給讀者解悶，一九一八年我在澄海縣居住，陰曆十一月，例往玉窖鄉的祠堂祭祖，祭後和一群本家飲宴，每一席酒席不過銀圓一元，與港幣一元同值。這一塊錢的酒席，當然沒有魚翅，但有炒桂花翅和海參、江瑤柱、雞鵝鴨更不在話下，甚至甜品也有燕窩，居然是六七個菜一個炒伊麪，一桌八人，吃得很飽了。那時候的酒席，一般是兩塊錢一桌，三塊錢已是上席了，如果叫酒館做一席五塊錢的，他們簡直無從下手，也許會求主顧別開玩笑。

我問祠堂輪值的本家老輩，一塊錢怎可以做一桌酒席呢？他笑道：「現在世情不好（意謂『世界唔好』），在二十多年前，五六色銀也可以做一桌了」（舊時潮州人叫一角錢為「一色」）。我簡直聞所未聞，不過想一下倒也是事實。一九一八、一九年間，我家的膳食大約可分兩種，一種是「閫內」的伙食，由女傭或侍妾等人主廚政：一種是書齋伙食，由男廚子主政。

前者每餐約一百至一百五十文，後者每餐二百文，較為豐富，有四盤一碗（即四碟菜、一碗湯），八個人共食，已很足夠。這四盤菜中，有豬肉、魚肉，雞蛋、肝類、蔬菜等等，當時的錢價，一塊銀圓可兑制錢一千二百文，銀價貴時，也換到一千一百文，如只換一千文，一般人就叫救命了。試想二百文可以做出四盤一碗，一個二百文為甚麼不可以做出六七樣菜呢？

那位本家老輩是生在同治、光緒、宣統而入民國的人，堪稱「四朝元老」，他一定見到光緒年間物價是怎樣的便宜。

到民國初年的一元一桌酒席，便產生「世情不好」之歎。老實説，這樣的感歎是不必的，倒可以套句老話來説明：「後之視今亦猶今之視昔」。海禁大開之後，社會複雜又進步，人口增加，物價就會逐漸高漲，在二十世紀九十年代，一定不會出現十八九世紀那樣的物價的。且引一些文獻來看看便明此中道理。

光緒《吳川編誌》引陳舜系《亂離見聞錄》曰：「予生萬曆四十六年（按為公元一六一八年），時丁昇平，四方樂利，又家海內魚米之鄉，斗米錢二十文，魚一二錢、檳榔十顆錢二文，柴十束錢一文，斤肉、隻鴨六七文，斗鹽錢三百文。」

這是三百六十年前廣東吳川縣（隋朝所置，明清時代屬高州府）的物價，那時一斗米才值二十文，豬肉一斤六七文，魚一斤一二文。拿來與三百年後的一九一八年比較，則民國七年的一九一八年貴了不知多少。

龔煒《巢林筆談》云——

清河與太原聯姻，兩家皆貴而贍，其記順治三年（一六四六年）嫁費，會親席十六色，付庖銀五錢七分，蓋其時兌錢一千，只須銀四錢一分耳，而豬羊雞鴨甚賤，準以今之錢價，斤不過一二分有奇，他物稱是，席之所以易辦也（以上文獻二則，轉錄自金銖庵《杌廬所聞錄》。曾刊於一九三四年之《申報月刊》，一九三五年刊單行本。引文中的「十六色」是十六道菜）。

我們讀了上面的明末清初的物價，可見當時的生活是怎樣廉宜，但不要忘記，那時候的人入息也很少，所謂富有人家，家財不過數千金至萬金而已，如果有五六萬兩家貲，便是大富之家了。

七十年代香港時裝模特在巴黎(《Hong Kong 1976》)

大盂鼎與大克鼎

上海市的上海博物館陳列室，擺着兩個西周時代的大鼎，一個叫「大盂鼎」，一個叫「大克鼎」。它們分貯在兩個大玻璃櫥內，驟然看起來，真是兩件龐然大物。這兩件重器是中國最著名的文物，為研究古代史和美術考古學的珍貴資料。它們在學術上的價值，堪與毛公鼎、散氏盤（此二物今在台灣）和虢季子白盤（在北京故宮博物院）媲美，若以小盂鼎、小克鼎與之相比，真有大小巫之別了。

鼎是甚麼東西呢？我得約略介紹一下。鼎是古時一種食器，用於宗廟時，則又為祭器。鼎通常是三隻腳的，（也有四足的，如「博古圖」所載文王鼎是。）因此，凡三種力量平衡的時候，就叫做「鼎立」。鼎是用來燒肉的，古時就有一個故事，說伊尹負鼎說湯王，因為伊尹是一個烹調能手，以滋味來說商湯以行其道。伊尹所負的鼎大約不過十來斤重的食器，與項羽力能扛鼎的鼎不同，楚霸王能舉的鼎是重器，起碼也幾百斤到一千斤的（國策說周伐殷，得九鼎，凡一鼎以九萬人挽之，這恐怕不可信，九萬人挽一個鼎是絕對沒有的事，九十人或九百人還可信。古書中的「萬」字，大有可疑）。鼎既然有三足，當然是用來做烹飪的居多（凡有三足的銅器，多為食器），因為火在鼎下燃燒，那三隻腳就是架子。

我們知道了鼎的用途，再來談一下它是甚麼東西造成的了。鼎是銅造的，是青銅器中的一

大克鼎

類。古代的鼎，多數是純銅和錫的合金，純銅約佔五分之四，所以叫做青銅。我們的青銅器已經有三千三百年的長久歷史了。遠在殷朝最後的幾個王朝，我們的祖先就已經造出很精美的青銅器了。到底青銅器之作是幾時發明的，直到現在，我們還得不到地下的資料予以證明，不過根據歷代出土的青銅器看來，我們知道銅鼎之製，盛於殷、周，到漢朝就漸漸不興了。

從青銅器的鑄造技術之高，使我們知道三千年前，我們的祖先對於冶金工藝和冶金技術到達了怎樣的一個程度。如果我們的祖先沒有提煉純銅，製作複雜的模胎技術，和具有高度的雕刻藝術，是製造不出這樣精美絕倫的青銅器的。

大盂鼎和大克鼎從前是清朝光緒年間工部尚書潘祖蔭家藏之物。一九五一年十月九日，由潘氏的孫子潘達于獻給上海市文物管理委員會（由潘的堂叔潘景鄭代表行禮，當由華東文化部授予獎狀），上海博物館成立後，才移去陳列的。

潘氏收藏這倆大鼎，至一九五一年止，已七十多年，（大盂鼎是一百年前在陝西郿縣禮村的溝岸中出土，通高三市尺零二分，重三百零七市斤。潘祖蔭死於光緒十六年（公元一八九〇年），從那時起，就移藏在蘇州老家）抗日戰爭期間，潘家把這倆鼎埋在地下，以避敵人搜索。當時蘇州已被日敵攻取，日本人久聞這兩件寶物的大名，一定要拿到手為快，幸得潘達于事先埋藏在地下，才能保存到今日。這兩個大鼎，在清光緒末年端方做兩江總督時，曾一度威迫利誘，要潘家賣給他，但潘達于始終予以婉拒。現在潘氏獻給政府，使廣大的人民都有機會見到這樣精美的文物，這對於文化的發揚是有重大的貢獻的。

凡是銅鼎，類皆有銘文，有長達幾百字，也有短短幾十個字。大盂鼎的銘文就有二百九十多

大盂鼎

字，它記載「王二十三年」（這個「王」指的是周康王）天子在宗周，誥誡他的大臣盂的一篇文字，教他千萬不可酗酒，還說到周朝之有天下，完全是由於飲酒有節，殷之所以失天下，由於諸侯百官之酗酒所致，以下還有許多訓話和賞賜都鑄在鼎上。這個名叫盂的大臣，就以此鼎為祭祀他的祖父南公的祭器。

這倆大鼎的體積是巨大驚人的，因為大，才叫做大盂鼎大克鼎，它們的花紋與製作的精美，在西周彝器中也是罕見的。

毛公鼎

「毛公鼎」是中國三千年前所鑄的一件銅器，在我們的文化史上佔有極重要的位置。它的發見和被人爭奪的一段歷史，是相當有趣的。

遠在一百年前，大概是清道光末年罷，毛公鼎在陝西省的岐山縣發現，最先為山東濰縣人陳介祺所得（介祺字壽卿，號簠齋，道光廿五年乙巳恩科進士，授編修，大學士陳官俊之子，為近百年著名金石家。介祺向有富名。咸豐帝即位後，就勒索穆彰阿、崇實等人巨款，以發放京官薪俸，陳介祺也被派數萬兩）。介祺得到此鼎，歡喜非常，把它秘藏起來，輕易不肯給人一見。後來他把鼎內的銘文精拓出來，供給一班專門研究古史、金石文字的學者參考。後來，知道有毛公鼎的人就日漸多了。過了不久，不少人就向陳介祺索取拓本，介祺窮於應付，索性拓了來公開出賣，但價錢定得很高，以杜絕人們的要求，並省麻煩。

陳介祺秘藏毛公鼎不肯隨便給人知道，那是大有原因的。在那個時代，有些達官貴人頗好風雅，不肖者就利用權勢，知道某人藏有著名的金石書畫，就想弄到手上為快的。縱觀歷史，有些人因為藏有好東西，往往被累而傾家蕩產，甚至失去生命，所以陳介祺有鑒於此，就把毛公鼎深藏起來。到他死後三十年，一個豪於收藏古物的滿洲大臣端方（字午橋，號陶齋，官至直隸總督，以事罷。辛亥復起，帶兵入四川，在資州被殺），就垂涎陳家的毛公鼎，果然不出陳介祺生

毛公鼎

前所料。相傳端方用勢力和金錢把毛公鼎強買過來了。相傳陳氏後人在萬不得已中才答應賣給端方的。其中內幕如何，我們不得而知，也許陳氏後人有求於端方也說不定。說端方用威迫利誘弄到手，恐怕也未必盡然。端方在光緒廿六年以後，已經不在京裏做官（他在京中做的官也微乎其微），後來出任湖北巡撫、湖南巡撫、兩江總督，其勢力皆不及山東，官雖大，而管不着濰縣。所以我不敢隨便說他用勢力把毛公鼎弄到手。陳氏一個親戚曾對人說，當毛公鼎成交之後，將出大門，陳氏一家人都列隊送它，如喪考妣的揮淚再拜而別。此說還有點合理。（我說端方不敢用盡勢力去奪此鼎，也有原因的，端方在滿洲大員中，還不失為一個自愛之人，有名士風，頗愛聲名，他在光緒末年前程似錦，斷不敢因一鼎而欲犧牲前程的，那時候清政府雖然不綱，但一班御史遇事敢言，一經給人揭發，他就受到攻擊，前途大有影響了。所以我說毛公鼎之歸端方，內幕非如此簡單的。）

端方得到毛公鼎不久，就把直隸總督丟了，原因不是為此鼎。他被殺後，毛公鼎屢易主人。有個時期，美國人辛浦森曾出價到六七萬美元，想據為己有，因為國人反對得厲害，美元也無能為力。一九二五年，此鼎為葉恭綽先生所得，據傳代價極高。但葉先生個人無此能力，因與朋友數人合資買了。是否葉先生知道有外國要買，他就先下手為強，糾集朋友先把它買到手，以便保存文物。詳細情形我現在還未知，尚待查考。

日本發動太平洋戰爭，葉先生在香港被日人綁架到上海，因生活關係，葉先生就和毛公鼎的「股東」商量，把它賣了，以濟一時之急。於是毛公鼎就給上海一個著名富商陳詠仁買了。（陳詠仁是學工科出身的，本在奧商百祿鋼廠工作，後來創設新華貿易公司，生意很發達。）

一九四五年，日寇投降，國民黨政府從重慶飛出來接收，陳詠仁多財，又藏有此鼎，就為戴笠所垂涎，勒令他獻出。戴某對於文物是不感興趣的，他忽然風雅起來問鼎，無非是想以此重器由他直接獻給上司為邀功邀寵罷了。匹夫無罪，懷璧其罪，陳詠仁竟因毛公鼎被幽禁了好幾個月，後來花了很多錢，又託了很大的人事，才把他的「漢奸」罪名洗清，於一九四六年八月釋出監獄，而毛公鼎則被目為「逆產」而充公，轉由「中央博物院」收藏，準備等候建有院址才公開陳列。從此毛公鼎就深藏在倉庫中，不見天日了！幾年前，毛公鼎被劫運往台灣，幾時才能陳列，給人欣賞研究，天曉得！

關於毛公鼎的年代和形制，我想只大略說一下。根據一班金石家的意見，認為它是西周成王以至宣王之間的產品，因為銘文中不載年月，不能確定它是哪一個周王時代的東西。全器通耳高五十三點八公分，口徑四十七點九公分，縱三百四十七點〇五公分，兩耳三足，腹內銘文三十二行，左右各十六行，共五百字。至於毛公是甚麼人，現在還未能研究出來，只知他名叫「*」而已。

寫完後，我還想多說兩句。現在台灣的毛公鼎，是否真鼎，我不敢說。據陳介祺的親戚某君前幾年對我說，陳介祺在生時，他早就想到終有一日會有權貴來劫買他的毛公鼎的，所以他在家中就秘密仿造了幾個毛公鼎，以防萬一。又據我所知，陳介祺僱有很多熟練工人，親自督導他們複製古物。他所以如此，並非牟利，而是用以應付權貴。假如陳介祺複製有毛公鼎幾個的話可靠，那末，今日在台灣的那一個，也許就是假做的，真的說不定還深藏在山東地下，將來也許會有真的毛公鼎出現在中國大陸，那就真有趣了！

虢季子白盤

一九五〇年二月，中國著名的歷史文物虢季子白盤，由合肥官亭區，劉老圩劉肅曾先生獻給政府，運抵皖北行政公署。二月廿八日運抵北京，文化部文物局於三月三日上午九時至十二時舉行特別展覽，並對捐獻人劉肅曾先生頒發獎狀。

這個盤現在陳列在北京故宮博物院，一九五六年五月我在北京見過了。盤重四百五十斤，高一尺二寸（「商周彝器通考」作一尺二寸五分），長三尺九寸，寬二尺四寸（「通考」作二尺四寸八分），圍十二尺，中空，腹深一尺一寸，頗類近代浴盆形狀，盤底有曲尺腳四隻。銘鑄盤內左行，直行八，每行十三字。其中合文三，縱文四，共一百十一字。字體頗類秦篆，不似西周字勢。銘文有：

（上略）虢季子白作寶盤……薄伐玁狁，於洛之陽……（即桓桓）子白，獻馘于王。王孔加（即嘉）子白義……

這個盤主虢季，大概是周平王時（公元前七百五十九年）人，到現在已是二千七百年了。虢是姬姓，季是他的字，名子白。古人凡是連稱人的名字者，類皆先字後名，故從銘文中「虢季子

虢季子白盤

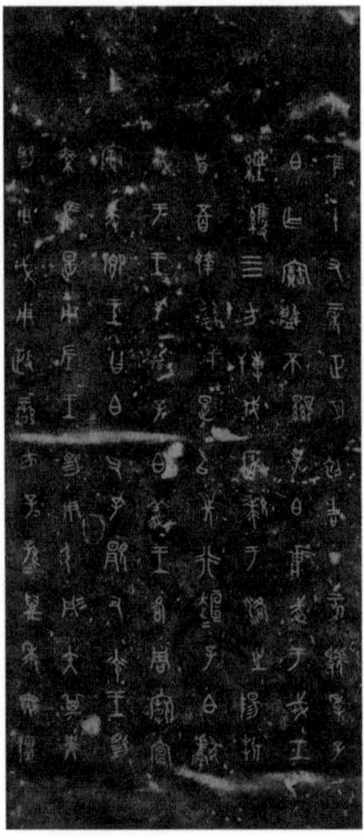

白」來看，我們便可以知道他的名字了。這種例子，在古文字中多到不可勝數，例如孔父嘉、叔梁紇之類是。

盤銘說：「薄伐玁狁，於洛之陽，」那是指子白奉王命拒玁狁入寇成周。那時候，玁狁是成周西方的強族，時時入寇中國的。虢季既把玁狁討平，周平王就賜給他馬、弓、矢、鉞以征蠻方，於是子白就鑄這個盤來記其事，銘文末句照例是「子子孫孫，萬年無疆」（或「子子孫孫永寶用」）的。

虢季子白盤是清同治三年（公元一八六四年，是年清軍克復南京）劉銘傳攻入常州，在太平天國護王陳坤書府中獲得的，後來他把此盤搬回故鄉合肥，在私邸中築一盤亭來珍藏它。銘傳是「武人中名士」（翁同龢日記中如此稱他的。後來官至台灣巡撫，工詩、在台灣頗有建設），他得到此盤很高興，時時把銘文墨拓了送給人。他在光緒六年入京見翁同龢，就送給他一份拓本。

這個盤的出土是在清道光年間，地點是陝西郿縣禮村田溝間。當時有個農民在掘土的時候，忽然觸到一件硬質的東西，便挖了出來，是一個大銅盤，也不知道是做甚麼用的，他就搬回家來盛水飲牲口。有一天，郿縣的縣官徐燮鈞到寶雞的虢川司，見到此盤，就用很低的代價把它買下來，後來搬回常州老家。過了幾十年，太平軍攻入常州，此盤也就換了主了。

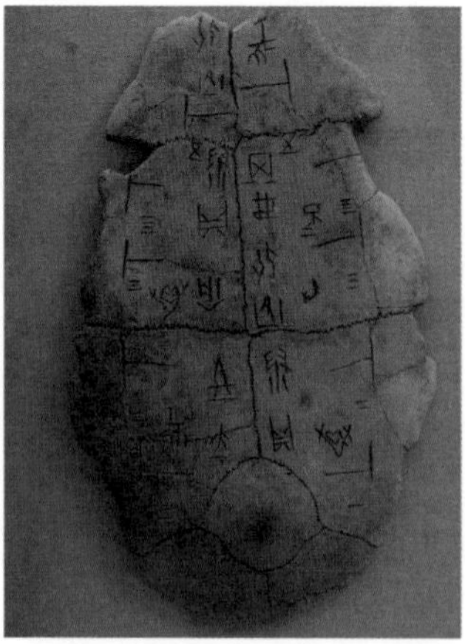

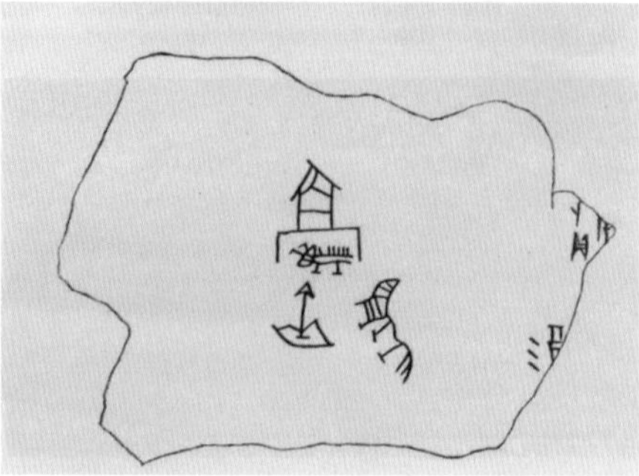

甲骨文

甲骨趣談

在過去四十多年，中國研究甲骨文字，有很大的成就。自從有了甲骨文字之後，我們不止擁有很多可以研究商代社會、文化、歷史的寶貴材料，甚至商代之前或以後的古史，我們都可以從甲骨文裏解決許多問題，這對於我們的文化貢獻是何等巨大！

甲骨文是一種專門的學問，現在我只從若干有趣味的問題談一談，使讀者知道甲骨是甚麼東西。「甲」是龜殼，即是龜的甲；「骨」是牛骨（也有鹿骨、豬骨，也許還有羊骨）。「文字」呢，就是古人在甲骨上刻下的文字。我們把甲骨上的文字用墨搨下來研究，這種學問就叫做甲骨學。

古人為甚麼要刻些文字在甲骨上面呢？有趣的問題就來了。原來殷人是很迷信的，當時的皇帝，凡遇到水、旱、田獵等等，都預先教卜臣（專主卜卦的臣僕）去「貞問」一下（「貞問」即是占卜）。卜得的是凶是吉，太卜就在甲骨上仔細研究，用口宣佈出來，太史就照他所說的話用文字錄下，刻在甲骨之上，然後用墨或硃塗上去。這就是現在我們所見的甲骨文字了。

太卜是一種專門人材，他們幾乎是代代世襲的官。史臣（即太史）也是要有專門學問的人才可以充當的，他不止要會刻字，而且還要寫字寫得好。在武丁時代，幾個太史，如「韋」、「亘」、「岳」等，都是當時的書法大家，我們現在見到他們所刻的字的搨本，真有銀鉤鐵畫之致。說到這裏，我還沒有提到「貞問」是怎樣進行的。現在可以說了。

殷人用龜甲牛骨來卜，這兩種物質所需的數量當然是很大的。因此各地在宰牛來祭祀之後，把牛的兩個肩胛骨馬上拿下來，將肉剔淨，又把背面的支骨鋸下。這樣，一塊肩胛骨就可以放平了。再把兩個肩胛背面合起來，成為一對，然後鋸臼旁凸出的小圓形的骨，加工打磨，使這對牛肩胛骨光滑異常，縛在一起，稱為一包。這種手續完成之後，就進貢給皇帝，以備占卜之用。專為皇帝掌管占卜的臣僕，就是史臣，他們收到各地進貢來的骨，又再加一番工夫，把骨施以鑿鑽，使骨板薄一些，將來使用時，易於爆裂，太卜在裂紋觀出卜兆。

史臣收到各地貢來的骨（或甲），就好好地保存着，等到皇帝下令占卜，太卜就預備了火來灼骨。史臣說明了要占卜的是甚麼事之後，太卜就進行他的工作了。他拿出肩胛骨，以火灼鑽過之處。過了一會後，胛骨爆裂，正面就顯出卜兆。鑽過的地方，橫裂的紋才可以定凶吉，直裂的是不算的。占卜的工作到此告一段落（以龜甲占卜也同此手續）。

我們明白了甲骨占卜的次序之後，我們會問，到底占甚麼事用甲，甚麼事用骨呢？據專家的研究，殷人對此沒有分別的，大概甲、骨是一齊並用的。據胡厚宣先生說：

> 其次則殷代卜用之骨與甲者究有若干，亦一至有興味之問題。殷代北方多牛，牛以祭祖，其胛骨即為占卜之用。……至於龜則係南方所產而貢於殷者。……至於卜用之甲骨則已出土之十萬片甲骨文，其甲與骨之百分比為七三與二七，即甲約七三〇〇〇片，骨約二七〇〇〇片。……故殷代卜用之龜，約在數萬，卜用之牛，約有五六千頭，或至少當在此數以上也。

（見胡氏的《甲骨學商史論叢》第二集下冊）

一九五四年七月十二日某新聞社的報道，卜骨在河南安陽一帶出土，這一帶正是卜骨分佈的區域，在發掘城子崖的報告中已有詳細的說明，現在續有發見，對於中國文化的貢獻更大。至於卜用的龜甲的分佈區域，多在淮河流域，卜骨則多在山東、河南甚至遼東一帶。《後漢書》的東夷傳有：「灼骨以卜，用決吉凶」，可見遼東的人也學了用骨卜的方法。李濟在他的《城子崖》（一九三四年出版）序文裏有說：

單就骨卜言，除了孕育殷商時期中國最早期的朝代文化外，後來又東傳至日本，北至通古斯及西伯利亞之海濱民族，歷史期間的韃靼民族，也浸染了這個習慣，以後西播，直到愛爾蘭、摩洛哥一帶……

自光緒廿五年（公元一八九九年）甲骨出土到一九五七年，整整五十八年，到底甲骨共有多少片呢？我現在還沒有得到準確的統計數字。因為這幾年來，骨甲續有發見，有好多資料正在整理期中，我們無從得知其詳，不過照胡厚宣先生一九五一年出版的「五十年甲骨文發見的總結」一書說，大約有十六多萬片（包括外國搜掠走的在內），但這個數字似乎太多，未近於事實。

漢三老忌日碑拓片

三老忌日碑

從前的人，對於紀念祖先是看作一件大事的，所謂慎終追遠，民德斯厚的風俗，維持了幾千年。那時候的人，每逢祖先的忌辰都要設湯餅禮拜一番的。現代的人不興這個了，父母的忌辰多已記不清楚，高曾祖與卑輩的更不在話下了，這也是一時的風俗，儘管老一輩的人在搖頭，但亦無如之何。

古人看重祖先忌日，往往把忌日刻石以垂永久，為的是怕年代湮遠，後世子孫忘記了。葉昌熾《語石》卷三說到道光廿六年（公元一八四六年）河南許州某塚出土甎文五通，皆魏青龍二年（公元二三四年）所造，記死者忌辰的。葉昌熾說：「與三老忌日記同意。按正定花塔寺，有唐開元十五年佛座，刻唐諸帝后忌辰。蓋古人忌日刻石，本有此例。」葉氏所說的「三老忌日記」，是漢光武帝建武二十八年（公元五十二年）五月所建，到今幾二千年，這是忌日碑中最古的一塊，幸喜此碑現在還保存在杭州孤山上的西泠印社，我想談的就是此碑。這塊石刻，有人叫「三老忌日碑」，也有人叫「三老諱字忌日記」，為了行文方便，我在這裏稱它為「三老忌日碑」，現在我把「三老」這個名稱先說一下，然後談到碑文。

三老是秦漢時代的官名。當時的制度，十里一亭，亭有長，十亭為鄉，設三老。漢高祖得天下後，於鄉三老外，又設縣三老。章懷注《後漢書》明帝紀云：「三老、孝悌、力田三者，皆鄉官之名。三老高祖置，孝悌、力田高后置，所以勸導鄉里，助成風化也。」可見兩漢對於三老的重視，凡官三老的人，都是鄉里中有名德之輩，他們可以直接上書皇帝言事的。（漢朝的三老碑很多，出土者不少，但記忌日的三老碑，恐怕只有今日西泠印社這一塊存在。）

「三老忌日碑」是清咸豐二年（公元一八五二年）五月，在浙江餘姚的客星山下嚴陵塢出土，為周姓所得。俞曲園《春在堂隨筆》，載有周清泉跋云：「先君子解組後，卜居邑之客星山下嚴陵塢，咸豐壬子夏五月，村人入山取土得此石，共二百十七字，因卜日設祭，移置山館，建竹亭覆之。」咸豐九年，此碑為陳謂泉所得。咸豐十一年，太平天國軍隊圍攻杭州，由日本人出資數千元，向陳氏買得。後來浙江人士以本省的一件最古石刻流在海外，深為可惜，乃集資八千元向日人買回，遂於西泠印社築三老亭，珍藏此碑。亭外圍以鐵欄，亭門又有一重鐵柵，遊人只能在外邊遠觀，這是保存古物的好方法。

碑高三尺七寸，廣一尺七寸五分。近人方藥雨《校碑隨筆》說：

石咸豐壬子出土，歸餘姚客星山下周氏，後經辛酉之亂，亂黨用以作灶石，雖受薰灼，字幸依然完好。初出土拓本第四列第一行『次子』之『次』字，末筆未損，直線外尚有石少許，近拓泐及線內，遂連末筆。

現在我把碑文照原來行格鈔出來給讀者參考。碑前半分四段，每段都有間隔；後半一段則直書三行。

最上一段，四行，二十二字，文曰：

三老諱通，字小父。
庚午忌日，
祖母失諱，字宗君。
癸未忌日，

第二段六行，四十六字，文曰：

掾諱忽，字子儀。
建武十七年歲在辛
丑，四月五日辛卯忌日。
母諱捐，字謁君，
建武廿八年歲在壬
子，五月十日甲戌忌日。

第三段六行，三十八字，文曰：

伯子玄，曰犬孫。

次子但，曰仲城。

次子紆，曰子淵。

次子提餘，曰伯老。

次子持侯，曰仲雍。

次子盆，曰少河。

第四段五行，二十九字，文曰：

次子邯，曰子南。

次子士，曰元士。

次子富，曰少元。

子女，曰旡名。

次女反，曰君期。

左側後半直書三行，八十二字，文曰：

三老德業赫烈，克命先己，汁稻履難名兮，而又九孫。日月虧伐，猶元風力射，邯及所識祖諱，欽顯後嗣，蓋春秋義，言不及尊，翼上也。念高祖至九子未遠，所諱不列。言事觸忌，貴所出。嚴及□，敬曉末孫，□副祖德焉。

從文字看來，這塊碑是三老之孫九人為其祖父小父，父親子儀所立的。目的在記先人忌日及名字，以便後人祭祀及避諱。碑文沒有說三老姓甚麼，據俞曲園《春在堂隨筆》說：《後漢書》任誕傳，說到有個人名叫忽，字子儀者，就是董子儀。碑文第二段三老之子忽，字子儀，那麼三老也許是姓董的了。但這只是推測。不能說是確定，還須再找證據的。

陸增祥的《八瓊室金石補正》及羅振玉的《雪堂金石跋尾》，都有提到這個碑，羅振玉的書不可見，不知他的考證如何，陸增祥所說的，現在把全文鈔出如左：

右三老諱字忌日記，在餘姚客星山。三老有諱無姓，不可考矣。《補訪碑錄》以記中忌日皆在建武年，附建武末，今從之。「*」當即南字。文云：「汁稻履仁」，以「汁」為「葉」，即「協」字，與史晨奏銘，樊敏碑同，說見樊敏碑跋。以「稻」為「蹈」，蹈與道可通。《荀子》禮論道及士大夫注，道行神也。《史記》道作蹈。《列子》，黃帝向吾見子道之注，道當作蹈。「釋名」，道，蹈也。道蹈也二字互訓，此道蹈相通之證也。在氏襄五年，經會吳於善道，公羊、穀梁皆作「善稻」，此以稻為蹈，並借為道之證也。又《春秋說題辭》，稻太陽精，稻亦蹈之道，借原注訓為包裹，恐非古微，書引《春秋說題辭》，曰，稻之為言藉也。《史記》武安侯傳，人皆藉吾弟，注云：藉蹈也。《漢書》灌夫傳集注，《後漢》明帝紀集注並同。匈奴傳集注云：藉猶蹈也。廉范傳注云：藉猶蹈藉。文帝紀集注云：藉謂蹈藉。左氏十八年，傳注，藉蹈蓋履行之，疏云：藉猶蹈。又云：藉踐履行之義。以稻為蹈，故可以藉釋之。「*」作「仁」，與戚伯著碑同。「副祖德」上，當是「冀」字。（案：陸增祥字魁仲，號若侯，又號星農，江蘇太倉人，道光三十年庚戌狀元，官至湖南辰沅永靖道。精於金石之學，除上引八瓊室外，又著有《楚訶疑義釋證》、《篆墨通詁》。）

這是陸氏所釋碑中的幾個字，近人黃公渚的《兩漢金石文選評注》，對此文也有注釋，因為文太長，不便錄出。又碑文「嚴及□」，黃氏認為□是焦字，細看拓本，也似焦字。前人以碑中二母只有名而沒有姓，以為嚴、焦就是二母之姓了。

這個碑不止很有趣，而且有關中國文化甚大，從其中我們可以見出東漢的風俗和譜系，不僅是欣賞它的書法優美也。

此文寫後三月，我覺得很奇怪，七十年前浙江那位學者李慈銘先生，為甚麼沒有在他的日記中提及此碑呢？此碑出土於咸豐初年，李先生正在故鄉，他對於家鄉文物很是留心，而且又有考古之癖，這樣一個石刻出土，他一些兒都不留意及之，未免使我失望。我翻他的《越縵堂日記補》咸豐八年以前那一部分，一無所得，後來偶讀他的《越縵堂日記》裏《受禮廬日記》（他的日記總名越縵堂）上集，同治五年（公元一八六六年）十二月十八日，有記這個石刻，考釋甚精，現在摘錄於此以備讀者參考。

三老碑于咸豐壬子新出餘姚客星山中，今藏縣人周氏家。……第一隔云：三老諱通，字小（疑），庚午忌日。祖母失諱，字宗君，癸未忌日。第二隔云：掾諱忽，字子儀，建武十七年歲在辛丑四月五日辛卯（案：後漢書光武記，建武十七年二月乙亥晦，據此推之，則四月五日非辛卯。如三月是大盡，則此日當是庚戌，十六日始值辛卯）……自來以建武紀元者，晉元帝僅二年，齊明帝僅五年，後趙石虎至十四年，然於越無涉（西燕慕容忠，後魏元郎，皆僅數月，皆於越無涉，更不必論）。惟漢光武至三十二年，其十七、廿八兩年正值辛丑、壬子。其曰三老者，漢時鄉各有三老，見於前後書者不一。曰掾者，漢晉自公府至令長，其曹佐皆曰掾，此單言掾，則非公卿州郡可知，蓋縣掾也。禮云：內諱不出門，西漢及六朝史家間書婦人之名，然不悉出，惟范氏後漢書，則皇后紀皆書后諱，其餘婦人，亦多書名。獻帝伏皇后紀，載廢后詔云：皇后壽云云，可知當時詔策皆書婦人之名，故此碑於婦人皆記諱字，其兩女亦有名，是為東漢之制無疑。其字法由篆入隸，古拙可愛，所記諸子有名提餘，字伯志，名持侯，字仲雁者，亦可證當時民間固已多用二名。據稱其母之忌日在建武廿八年（公元五十二年），則此石當是中元（光武帝年號，公元五十六至五十七年，——引注），永平（明帝年號，公元五十八年至七十五年——引注）間所立。浙中石刻，向以嘉慶間會稽跳山新出建初元年大吉買山題記為最古，建初為漢章帝年號（成李特，後秦姚萇，西涼武昭王，皆號建初，皆於越無涉），此石蓋更在其前，其出土乃更後。碑額已斷，無由考其姓氏，其文字體制，非表非誌，疑是碑陰所題，故稱之曰三老碑（漢無貴賤碑碣之分），為兩浙第一石爾。

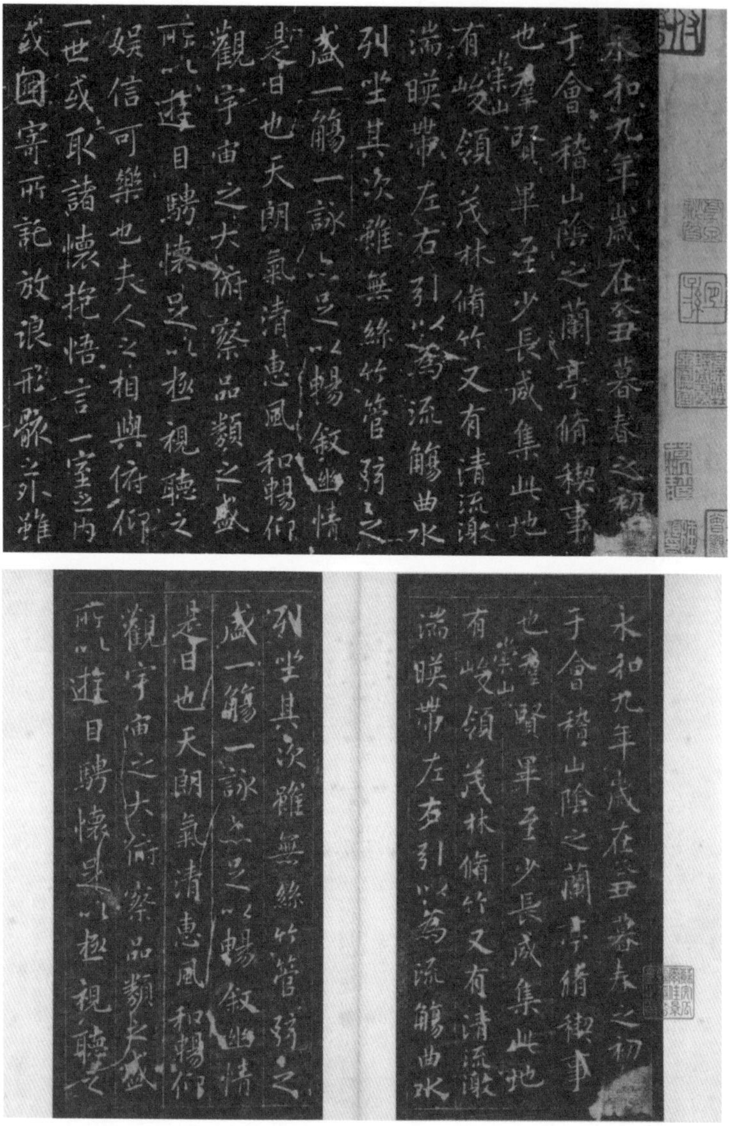

上：宋拓本武定本蘭亭，下：明拓本武定本蘭亭

王羲之的蘭亭帖

古今的書法大家，沒有一人的名頭大過王羲之的了。他生活在一千年以前，直到現在人們提到他的大名，都知道他寫的字最好。

羲之是晉朝人，字逸少，生於元帝太興四年（公元三二一年），死於太元四年（三七九年），年五十九歲。他在晉朝的官做到右將軍會稽內史。他寫的字，可以說是前無古人，後無來者，（後無來者這句話也許今日說不會太過火，因為近三四十年，研究書法的人少得可憐了！）他寫的篆、隸、真、行、草等各種書法，無一不可以為後世樹立了楷模。可惜他遺傳下來的是只有真、行、草三種而已。美術史還說他會寫畫，但我們可沒見過。他學寫字的經過，向來都傳說是跟衛夫人（夫人名鑠，字茂猗，汝陰太守李矩之妻。工隸書，得筆法於鍾繇。據說王逸少早年就曾跟過她學寫字的）。但衛夫人傳世的字多不可靠，她的筆法如何，我們從無知曉。寫好字要有幾個條件，第一要有點天才，第二要有名師指導，第三要勤於學習。有了這三個起碼條件，還得神而明之才能出神入化，為一代的大師。王羲之就是具有這種種條件的，相傳他寫字寫到着魔，夜裏睡在床上也用手指頭在他的太太腿上亂學寫字。他的門外有一小池，他每天寫字後在池中洗硯，池水為之盡黑。他這樣的肯用苦工，當然大有成就的了。

王羲之傳世的作品中，最著名的是《蘭亭序》（行書），《樂毅論》（楷書），《十七帖》

（草書），這都是刻在石上，後人用墨拓了來對着臨寫的。至於他留下來的真蹟，也有好幾種，但沒有一種説得上是可靠的，最多是達到唐人臨摹的程度而已。他的真蹟中最著名的一種是《快雪時晴帖》，此帖後來流入清宮，乾隆帝特地築三希堂來珍藏它，後來又把它摹了刻在石上，把石放在北海（即今日的北海公園，石尚存）。這個帖是王羲之寫給朋友的一封信，開頭有「快雪時晴」四字，所以就叫作《快雪時晴帖》。二十年前我在故宮博物院見過此帖的，紙黃色，略帶黑，墨透紙背，非千年以上物不能如是。冊前繪有乾隆御像，他題的文字多到了不得，古人題的也很多。（此帖故宮博物院曾影印發賣）

蘭亭序的名頭比《快雪時晴帖》更大，提起它是無人不知的。逸少在晉穆帝永和九年（公元三五三年）癸丑，三月三日，集一班過江名士在山陰（今日之紹興縣）為修禊之舉。右軍製序文後，大概是喝了好些酒，高興起來，就拿起鼠鬚筆，把序文寫在蠶繭紙上。寫成後，字體遒媚勁健，絕代所無，他寫時好像有神人相助，下筆如飛，得心應手。到後來他再寫十幾張，總沒有一張比得上先前寫的，所以右軍非常寶貴這一張，留給子孫，永為傳家之寶。他寫的蘭亭序凡二十八行，三百二十四字，字有重者，則搆別體，就中之字共有二十多個，沒有一個的寫法相同的。千餘年來，歷代的大書法家都一致推為古今行書之祖，那班著名的書法家，沒有一個不學王羲之的字的，就是不直接學他，也間接受他的影響，一直到今日人們學寫字都不能走出他的範圍的。

蘭亭序真蹟後來為唐太宗李世民所有，這個雄才大略，文采風流的君主，一生最愛王右軍的字，他得到了後，就命近臣摹了好多本，賜給太子和王公大臣。於是摹本的蘭亭序就輾轉流傳人間了。那本真蹟一直在太宗手上，到他臨死時，吩咐太子，要把它放在昭陵殉葬。從此蘭亭序真蹟就不在人間了。後來昭陵被掘，據説蘭亭序又再出現人世，是否屬實，因為到現在還未能有材料可以説明，但我對於昭陵殉葬這件事，不敢太相信。

今日傳世的蘭亭序石刻有好多種，名目多至不可勝計，有肥本、瘦本、落水本、玉枕本、定武本等名稱。雖然有這許多名目，但最能逼真的一個，一向就認定是定武本最好，即傳世的《定武蘭亭》。相傳此本是唐朝的書法大家歐陽詢所摹的（案：蘭亭帖自唐後分為二派，一出褚遂良之手，曰「唐摹本」；出歐陽詢手者為定武本）。為甚麼叫做定武本呢？原來五代時，耶律德光輦蘭亭石刻，走到定州的殺狐林，忽然身死，石遂棄道中。到宋仁宗慶曆年間，為李學究所得，那時候宋祁守定武，就把石購歸官庫，故名定武帖。

現在北京故宮博物院藏有一個宋拓的定武本蘭亭，卷中有宋徽宗政和元年（公元一一一一年）王黼的題字。到元朝，為蒙古人大書法家康里巙巙所得。此外還有鮮于樞、趙孟頫、虞集等名人題記。到清朝為畢沅所得，後來畢氏被抄家，它就流入內府，一直保存到如今。現在把康里巙巙的跋語錄下，以為讀者參攷。

> 定武蘭亭此本尤為精絕，而加御寶，如五雲晴日輝映於蓬瀛。臣以董元畫於九思處易得之，何啻獲和璧隨珠，當永寶藏之。禮部尚書監群玉內司事臣巙巙謹記。

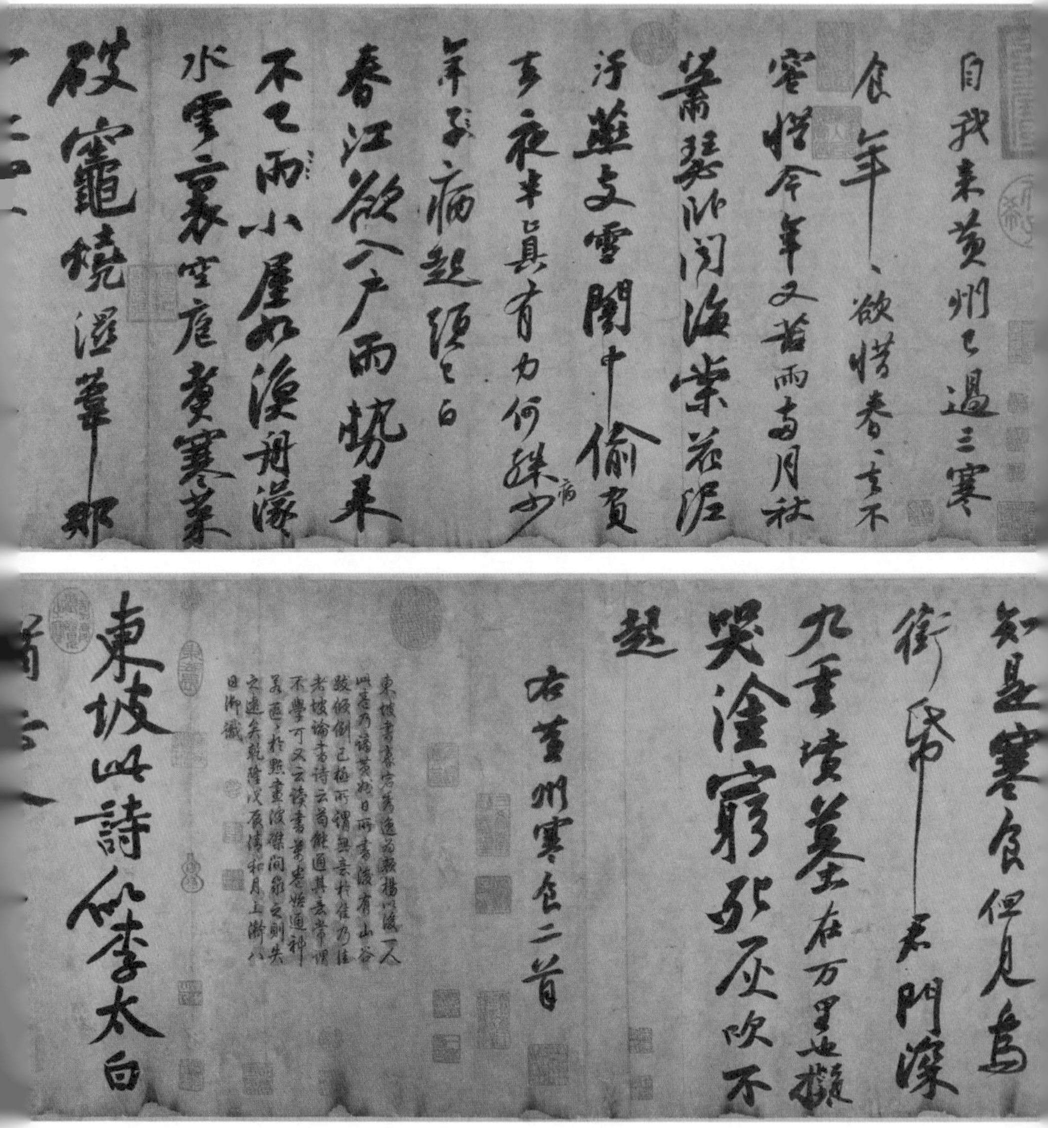

蘇東坡《寒食帖》真跡

蘇東坡《寒食詩帖》真蹟

蘇東坡「寒食詩帖」從前上海藝苑真賞社有影印本，在我所喜歡的蘇書中，以此卷及故宮所藏前赤壁賦為最。此卷原來也是清宮收藏的，圓明園一役，才流到外邊。蘇東坡寫此帖，約距今九百年前，一向藏在國人手中，近三十年，曾被日本人以重金收購，近年又回到國人懷抱，可謂滄桑歷盡矣。

此卷是紙本，蘇東坡寫自己的寒食詩二首，字作行草，筆勢如天馬行空，矯健活潑，跌宕非常，平生所見蘇書，當以此為第一，赤壁賦猶其次也。所寫的詩句是這樣的：

自我來黃州，已過三寒食。年年欲惜春，春去不容惜。今年又苦雨，兩月秋蕭瑟。臥聞海棠花，泥污燕支雪。闇中偷負去，夜半真有力。何殊病少年，病起頭已白。春江欲入户，雨勢來不已。小屋如漁舟，濛濛水雲裏。空庖煮寒菜，破灶燒濕葦。那知是寒食，但見烏銜紙。君門深九重，墳墓在萬里。也擬哭塗窮，死灰吹不起。

右黃州寒食詩二首。

前幾年，張大千託人在日本以美金三千元要買此卷，價錢講妥後，張大千親自去日本交易。

但未到日本前兩天，被王世杰知道此事，向日人多出美金二百元買去了。自此之後，此卷復為國人所得，這是一快事。但我恐怕王世杰買到手後，如果拿去賣給美國獵取更高利潤，那就可惜了。

現在我且把此帖的流傳歷史說一下，我先把友人顏韵伯（廣東連平人，久居北京，以鑑藏名於時，能作宋畫）的跋語鈔出來：

> 東坡寒食帖，山谷跋尾，歷元明清，疊經著錄，咸推為蘇書第一。乾隆間歸內府，曾刻入三希堂帖。咸豐庚申之變，圓明園焚，此卷劫餘流落人間，帖有燒痕，即其時也。嗣為吾鄉馮展雲（案：展雲為馮譽驥之字，高要人，光緒間官至巡撫）所得，馮歿，復歸鬱華閣。展雲伯義，密藏不以示人，亦無鈐印跋尾。意園云逝十年，始由樸孫完顏都護購得。越六年，是為戊午，乃由樸孫轉入寒木堂，此數十年來未經著錄輾轉遞藏之大概也。余恐後來無由知其源委，用特識於卷尾。若夫書之精妙，前人評定第一，余復何言。戊午東坡生日，瓠叟顏乙記。（案：伯義為清宗室盛昱之字，齋名鬱華閣。意園是盛伯義之園名，戊午為一九一八年。寒木堂乃韵伯的齋名。）

盛伯羲所藏的書畫金石，久已有名。他所自定的「三友」為宋本禮記，刁光胤牡丹圖，及寒食帖。伯羲死後，他的養子善寶以「三友」賣給景樸孫。出賣時的契約是這樣寫的：「善寶今將先人所藏宋版禮記四十本，黃蘇合璧寒食帖一卷，元人字冊一十頁，刁光胤牡丹圖一軸及禮堂圖一軸，情願賣與景樸孫先生，價洋一萬二千元正。絕無反悔，日後倘有親友欲收回各件，必須倍價方能認可。恐口無憑，立此為據。善寶押。舊曆壬子年（公元一九一二年，即民國元年）五月二十日。」

景樸孫於一九一八年把它賣給顏韵伯，韵伯又於一九二二年把它賣給日本人菊池惺堂。內藤虎於甲子年（一九二四年）有跋云：（內藤虎精通中文，跋語頗可一讀。）

> 蘇東坡黄州寒食詩卷，引首乾隆帝行書「雪堂餘韻」四字，用仿澄心堂紙，致佳者。……阮芸臺「石渠隨筆」云：蘇軾黄州寒食詩墨蹟，卷後有黄魯直跋為世鴻寶……又有天曆之寶及孫退谷、納蘭容若諸人印記，可以見乾隆以前，歷世迭更珍襲之概。乾隆以後，授受則詳於顏韵伯跋中矣。韵伯為顏筱夏方伯子，家世貴盛，大正壬戌（公元一九二二年，民國十一年）來遊江户時，攜此卷，遂以重價歸菊池君惺堂。癸亥（公元一九二三）九月，關東地震，都下燬於火者十六七……先世以來收儲，蕩然一空。惺堂躬犯萬死，取此卷及李龍眠「瀟湘卷」，而免於災，一時傳為佳話。此卷昔脱圓明之災，今復免曠古未有之震火，雖云有靈物訶護，抑亦惺堂寶愛之力矣。及惺堂命以跋語，為書其事於紙尾……甲子（一九二四年）四月，內藤虎書。

又題云：

余於丁巳（公元一九一七）冬，嘗觀此卷於燕京書畫展覽會，時為完顏樸孫所藏。震災以後，惺堂寄收余齋中半歲餘，昕夕把玩，益歎觀止。乃磨乾隆御墨，用心太平室純狼毫作此跋，愧不能若東坡此卷用雞毫弱翰而揮灑自如耳。虎又書。

張之洞很愛此卷，但沒有錢，買不起，甚至連題字都沒有。為甚麼會這樣呢，羅振玉一跋說得很詳細，節錄如左：

先師張文襄公，嗜東坡書，光緒壬寅（一九〇二年），公建節武昌，客有持此卷請謁，公賞玩不置，謂平生所見蘇書，以此卷及內府藏榿木詩為第一。客喜甚，言將奉獻，并微露請求意。公曰：「時已仲春，貂裘適以付質庫，若以價相讓，當留之；否則不敢受也」。客大失望，因求公題識。時方向夕，公乃張宴，邀端忠愍（案：端方也）、梁文忠（鼎芬也）、馬季立（案：貞榆之字，順德人）與余同賞之。且語眾曰：「如此劇蹟，不可不一見，明日物主人將北歸矣。」時物主方在座，喻公意，乃亟請曰：若許加題，當遲行程一二日。公曰：「山谷老人謂此書兼魯公、少師、李西臺之長，某意則得法於北海與魯公。然前人所言，烏可與立異？矧文節為東坡老友，某安敢竊議其後？」卒不允。主人因請座中諸人，亦無敢下筆者。客乃惘惘挾此卷北歸，故今卷中無公一字。文襄事功，昭昭在人耳目，而持躬嚴正，不可於以私，即此一事，已見一斑。……甲子仲夏，上虞羅振玉書於津沽寓居聲硯齋。

這個對張之洞有所干求的客人不知是誰，我們讀此題記，可見之洞居官清正，包苴不進，就是文玩之物，也不輕易投其所好。他察出物主有企圖，甚至就是題幾個字都不肯，還弄狡獪說了一篇似是而非的話以杜絕之，亦可見此君之風趣。當時幕府中人，無一敢下筆題字，但十一年後，那次在座同觀此卷的梁「文忠」，則為此卷題簽。因為梁鼎芬事之洞唯謹，之洞所喜者喜之，所惡者惡之，所以不敢題一字。到一九三一年，之洞死已三年多了，他的題字是這樣的：「宋蘇文忠寒食詩帖真蹟，張文襄稱為海內第一，意園物，獻盦藏（獻盦，景樸孫字），宣統癸丑（案：係民國二年公元一九三一年）二月，梁鼎芬題記。」此簽題得很有趣，具見遺老面目。

卷中收藏印章，可記者有宋朝的「懿文堂圖書」印一；埋輪之後」印一；元朝有「天歷之寶」；明朝有「典理紀查司印」。清朝內府各印，「容若書畫」、「北平孫氏」等印。入民國則有「寒木堂」、「完顏景賢印，字亭父，號樸孫，一字任齋，別號小如盦印」等十餘方，其他不具錄。

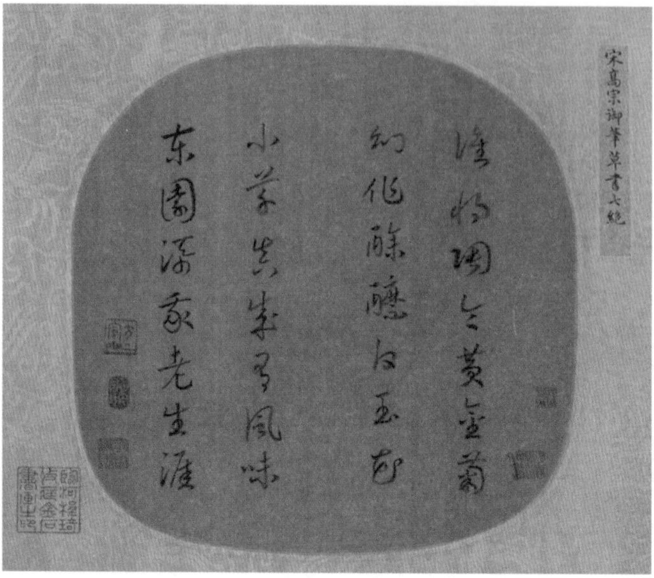

宋高宗草書七絕

宋高宗的字

宋高宗的書法，在帝王中可入上駟之選。劉克莊評他的書法為「天下之神筆」（見《後村全集》跋高宗臨樂毅論），王應麟説高宗學鍾（繇）王（羲之）能出入其間，自成一家。他們雖然都是宋臣，但並不過諛。高宗的字圓潤秀逸，出入鍾王，方駕米（元章）蔡（京），他仿黃山谷的字極得其神，可知他致力於此之深。

高宗所作的《翰墨志》一卷，批評古今書法家都有獨見之處，他自言服膺王右軍云：

余每得右軍，或數行，或數字，手之不置，初若食蜜，喉間稍甘，少甘則已，末則如食橄欖，真味久愈在也，故尤不忘於心。余頃自束髮，即喜攬筆作字，雖屢易典刑（型），而心所嗜者固有在矣。凡五十年間，非大利害相妨，未始一日捨筆墨。

可見他用功之勤和愛好王右軍之深了。世人只知宋徽宗會寫瘦金書，如果講到他們父子（高宗為徽宗第九子）書法的成就，徽宗是不及高宗的。故宮博物院藏有高宗賜岳飛手札數通（似已全部被運往台灣），其中有一通刻入三希堂帖內，計二百四十字。三希堂帖共收高宗法書三通，除賜岳飛手札外，還有「嵇康養生論」（真草）和「地黃飼老馬詩」（行書）。另一著名的賜岳飛手札（無年月），這一札，二十年前在故宮博物院見過的，因為喜歡它寫得好，曾把全文錄下，以作參考。文云：

卿盛秋之際，提兵按邊，風霜已寒，征馭良苦，如是別有事宜可密奏來。朝廷以淮西軍叛之後，每加過慮，長江上游一帶，緩急之際，全藉卿軍照管，可更戒飭所留軍馬，訓練整齊，常若寇至。蘄陽江州兩處水軍，亦宜遣散，以防意外。如卿體國，豈待多言。（左另起一行云：「付岳飛」，再左下偏為高宗御押。）

宋高宗寫得一手好字，所以後人很寶貴他的書法，他親手寫賜大臣的敕書，從前廣東伍氏聽颿樓就藏有三通，都是賜梁汝嘉的（汝嘉字仲謨，處州麗水人）。其中二通高宗於文末加花押，紹興十三年（公元一一四三年）四月十二日一敕，則蓋「御書之寶」一璽。這一敕的字寫得很好，可說是高宗的一傑作。關於梁汝嘉官歷，宋史三百九十四本傳說他以臨安府知府權戶部尚書，後來以寶文閣直學士提舉太平觀，未幾升學士，知明州，知浙西沿海制置使，更溫宣鼎三郡，並未說他做到同平章事，但紹興十三年四月敕書，他已做同平章事，是否宋史有誤，這一問題尚待研究。

高宗書法的鉅製，臨安府所刻的石經也是其中之一。他在杭州時，曾寫六經，論語孟子，秦檜為之刻石，立於大學，現在杭州還有殘存之石。朱竹垞跋此石經，說它雖非足本，但書法工正，今觀拓本，果然名不虛傳，字體作鍾王，甚有晉人法度。石刻於紹興十三年（公元一一四三年）秦檜有跋文，謂「臣因得請刊石於國子監，頒其本篇賜泮宮」。（臨安的國子監乃毀岳飛宅而建者，時飛被殺已二年矣。）

友人沈君，精研書法，他見我在報上論宋高宗書，來信云：「足下論宋思陵（高宗葬思陵）書，正合管見。思陵書法，直欲籠罩南宋，鷗波（趙子昂）其出藍者」。此評語下得甚確。高宗既歡喜寫字，不免時時以御筆分賜臣下，劉克莊說他喜以寫就的扇面賜群臣，於是「光堯扇面滿天下」了，可見他賜給之多。有一件事值得一提的，高宗喜歡寫字，他的妻妾也受他影響，愛好臨池。皇后吳氏，宋史說她「博習書史，又善翰墨」，有賢后之稱。是時大將韓蘄王世忠，在戎馬中見硬黃本蘭亭序真蹟，就花了很大價錢買了，立派專人送到臨安獻給高宗，以為得到王右軍真蹟了，怎知這是吳皇后的臨本。吳皇后書法造詣之深，也可驚人。（事見劉克莊跋蘭亭文。案：吳后印章曰「賢志堂」，又曰「賢志主人」，見明人豐道生「真賞齋賦」，可見她的風致。）

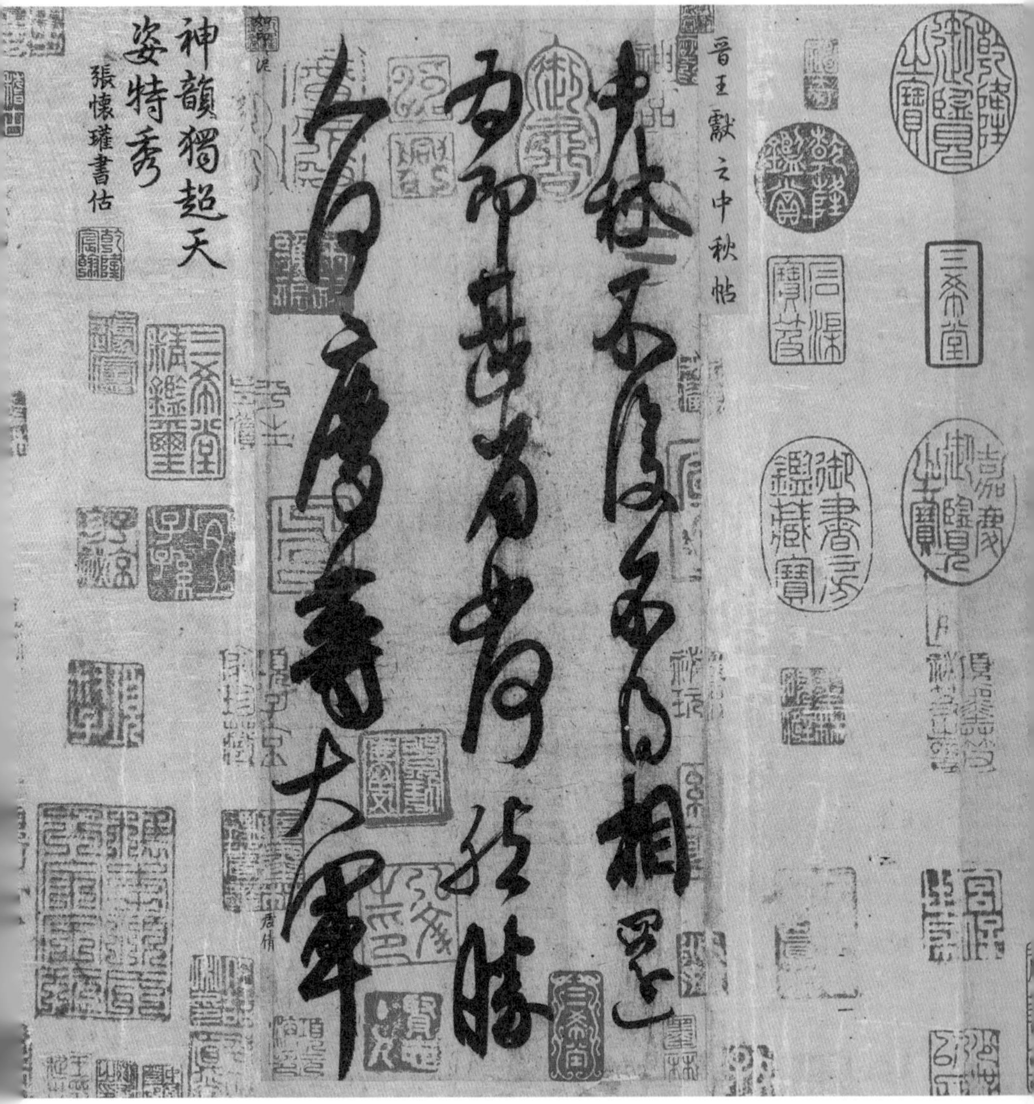

王獻之《中秋貼》

三希堂法帖

三希堂法帖，在藝術界中是很著名的，舊時的讀書人，凡稍有能力的都購置一部，或拓本，或石印，或影印，看情形而定。這部法帖的全名叫做《御刻三希堂石渠寶笈法帖》，現在為了行文簡便，我只叫它做《三希堂帖》。

這部法帖的歷史，講來是頗為有趣的。我們看它的「御刻」兩字，就知道它是皇帝所刻的一種帖了。原來清朝的乾隆皇帝最喜歡書畫，宮裏藏有晉朝王羲之的《快雪時晴帖》墨蹟，後來又得到王右軍之子王獻之的《中秋帖》和王珣的《伯遠帖》（珣字元琳，王導之孫，王洽之子，王右軍是他的伯父，與獻之為從兄弟），就在養心殿西間闢一小室，收藏晉人這三件墨蹟。他說這三件法書都是希世之寶，因此就把這間小室命名為三希堂。三希堂的歷史是這樣的。

過後，乾隆帝效法古代帝王刻法帖的故事，把內府所藏的古人真蹟，由曹魏的鍾繇起，到明朝的董其昌止，鉤勒上石，刻為法帖。這就是三希堂帖的來歷。乾隆帝刻帖的動機，見於他的諭旨中，今鈔錄如左：

書為遊藝之一，前代名蹟流傳，令人興懷珍慕，是以好古者恒鉤橅鐫刻，以垂諸奕禩，宋淳化閣帖其最著矣。厥後大觀、淳熙皆有續刻，其他名家摹本至不可覼數。我朝秘府，初不以廣購博收為尚，而法書真蹟，積久頗富，朕曾命儒臣詳慎審定，編為石渠寶笈一書。因思文人學士，得佳蹟數種，即鉤摹入石，矜為珍玩，今取群玉之秘，壽之貞珉，足為墨寶大觀，以公天下。著梁詩正、汪由敦、蔣溥覆加校勘，擇其尤者編次橅勒，以昭書學之淵源，以示臨池之模範。特諭！乾隆十二年（公元一七四七年）臘月，御筆。

這一諭旨刻在三希堂帖之首。石刻成後，存放在西苑北海，到今日還保存得很好。乾隆帝說刻三希堂帖是「以公天下」，事實上不盡然，試想原石放在宮禁，並非如石經置於通都大邑，任人摩挲，一般人是無法走到西苑去墨拓的。碰到皇帝高興時，就拓了賜給臣工，所以流傳的拓本不多，倒是翻版的不少。經過百多年後，石刻未免有些破損，所以乾隆年間的拓本，與民國初年的拓本，又大不相同了。自從清末有石印之法，三希堂帖就有蜚英書館等等的石印本，過後珂羅版盛行，三希堂帖也有根據初拓本影印的，與原拓不差分毫，到此時才真的「以公天下」，愛好書法的人，都可以用廉價購置一部了。

清宮所拓的三希堂帖，拓工極精，裝璜尤見美麗，每冊的冊面是用紫檀做夾，共分三種：最好的一種，紫檀中間所刻三希堂數字，刻後嵌以綠玉，外面一框則鑲真金；次等的帖名嵌雲母殼框鑲銅；再次的只是刻字，塗以石綠、石青之屬。這些御府裝裱的三希堂帖，現在已經很少了，如果有，每冊的時價可以賣到一千元左右的。

三希堂帖一共三十二冊，後又加三希堂續帖四冊，共三十六冊。所以歷代名書法家的作品和後人的題跋，共數百件，為帖學上一大觀。現在我先把「三希」說一說，再把其他著名的劇蹟分別介紹一下。

三希堂帖第一冊第一個書法家的字，是曹魏鍾繇的「薦季直表」。次於鍾繇的就是王右軍的《快雪時晴帖》。這是「一希」，帖共行書四行，寫在白麻紙上的。宋朝之時，曾歸大書畫家米南宮所有。米南宮的跋說，此帖是唐太宗賜給魏徵的，後來又歸大書法家褚遂良（米氏此跋今已不存，所以帖中無此一段跋語）。到明朝，此帖一度為王穉登所得，築快雪亭藏之，後又歸馮開之，開之在西湖孤山下築快雪堂來寶藏它，他的文集六十四卷也叫做《快雪堂集》。後來帖歸涿州馮銓，堂名也跟着北上直隸了。再後此帖為汪由敦所得，進獻給乾隆帝。馮銓生時，曾摹刻入石，死後子孫析產，石分而為二，後來入了長生庫。易州知州黃可潤買了這個石刻，帶回福建故鄉。乾隆四十四年楊樸園督閩，向黃氏後人收買此石刻，進入內府。乾隆間，日侍內廷的沈初，著有《西清筆記》，他說：

> 右軍快雪時晴帖真蹟，紙黃微黝，堅緻潤澤，墨色深透，自是千百年以上物。上（指乾隆帝）每遇冬時，必取展玩，題識數語，蠅頭密行，已滿一冊。前繪御容，為寶笈中弁冕。

> 二十年前，故宮博物院已經將此帖影印發賣，冊首就有乾隆帝的畫像。此帖名「快雪時晴」，因為王羲之寫給人的信，開頭有「快雪時晴」四字，所以後人就名之為《快雪時晴帖》，「中秋」、「伯遠」二帖之取名也如此。

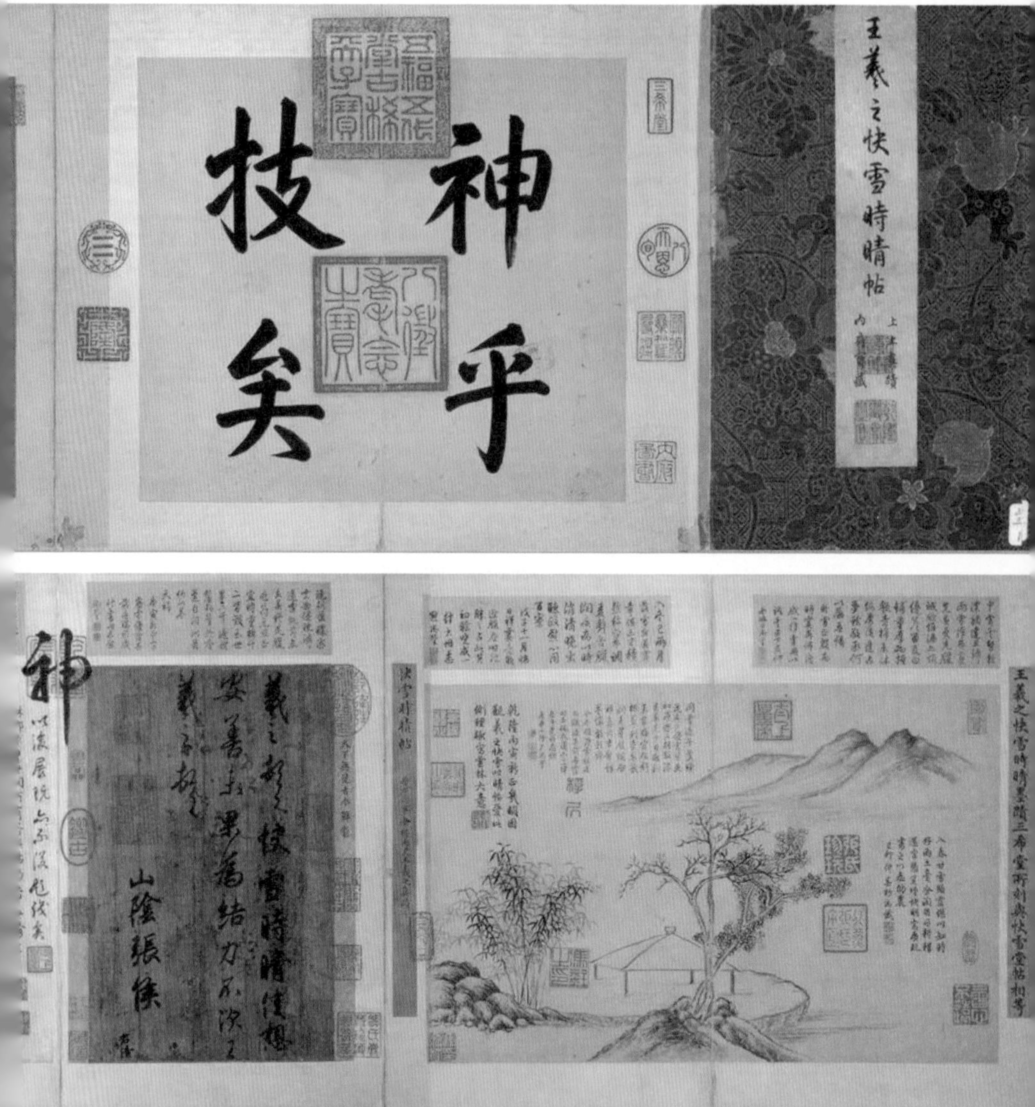

王羲之《快雪時晴帖》

破從今撫欲廢操觚 阿大中郎
未足多東山絲竹久消磨何如
內史風流筆古畫千秋聽講
鵞 錦囊樂毅久成煙老子西
昇只廓填獨有山陰僊逸士
尚攜海水歷桑田 臨得蘭亭
蕭翼能無過玉匣伴昭陵牘留
快雪公天下一脈而今見古朋
乾隆丙寅正月摹是帖一過得句
五章用題冊首
御題

王逸少書不可多得於好
事家蓋見之一二焉此
秘閣所藏快雪時晴帖墨
本乃真蹟也尤為奇特翰
林學士承 旨臣劉賡奉
聖旨謹跋
龍跳天門

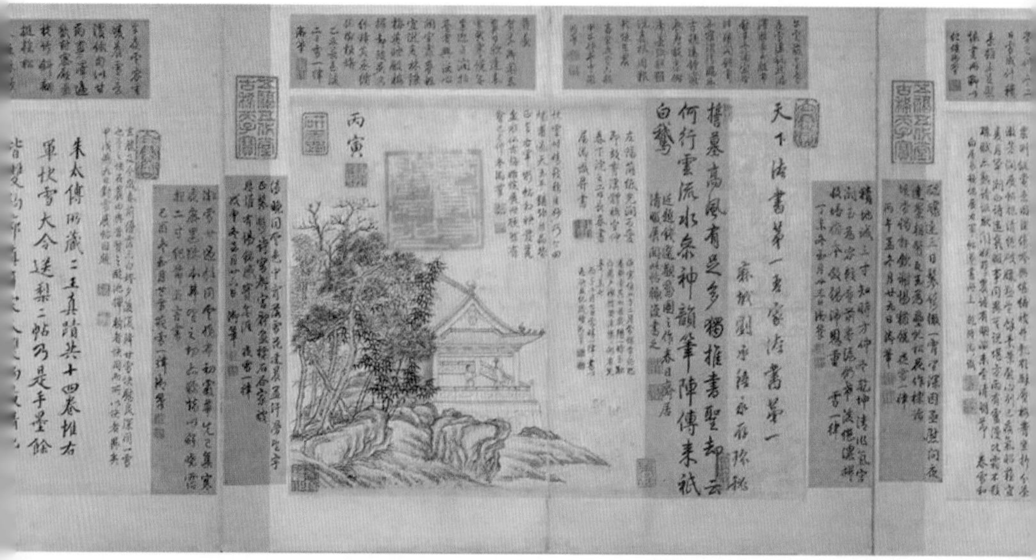

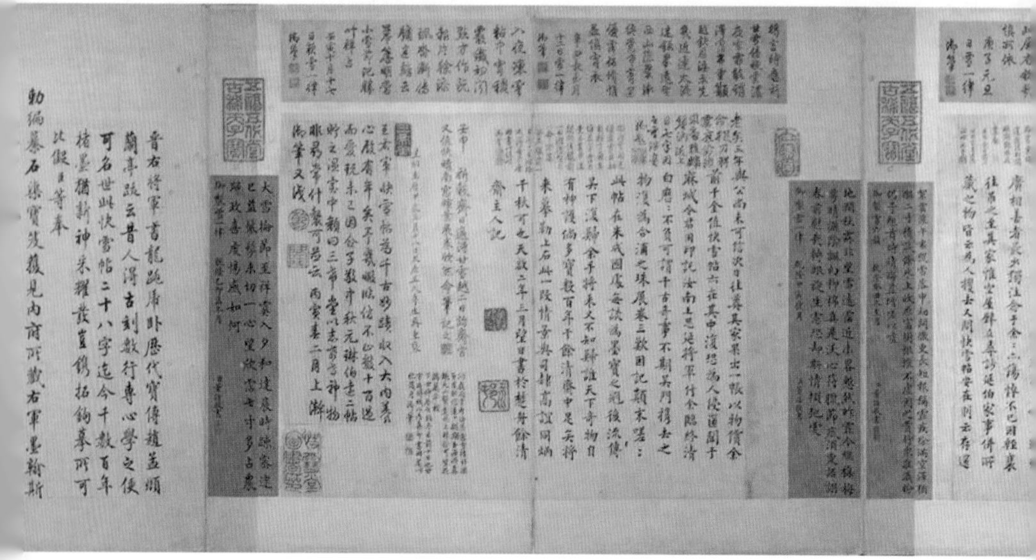

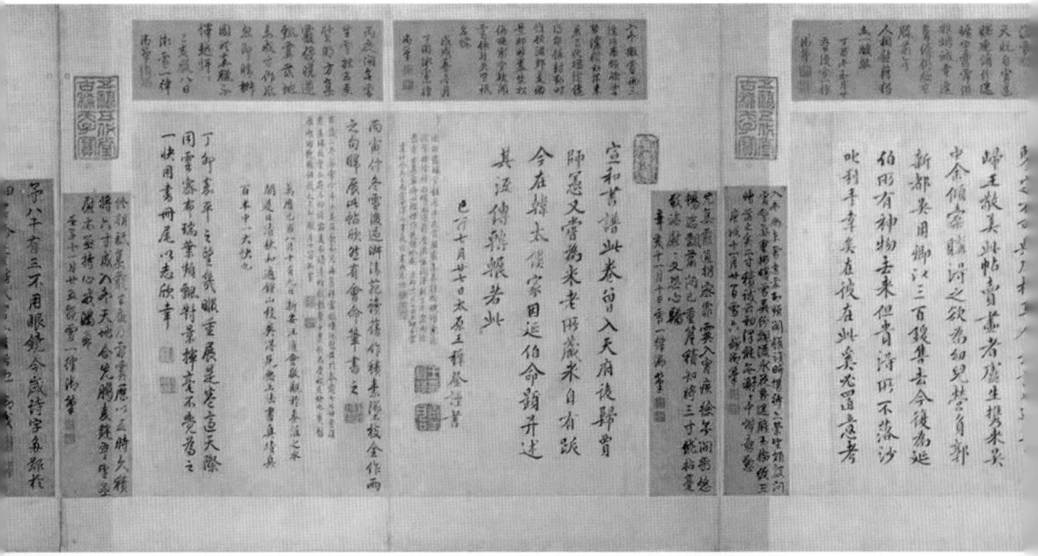
宣和書譜此卷曾入天府後歸賈
師憲又嘗為米老所藏米自有跋
今在韓太僕家因延伯命題并述
其流傳轅轅若此
己丑七月廿七日太原王穉登書
丁卯嘉平之望幾暇重展是卷適天際
同雲密布瑞葉悄飄對景揮毫不覺為之
一快因書冊尾以志欣幸

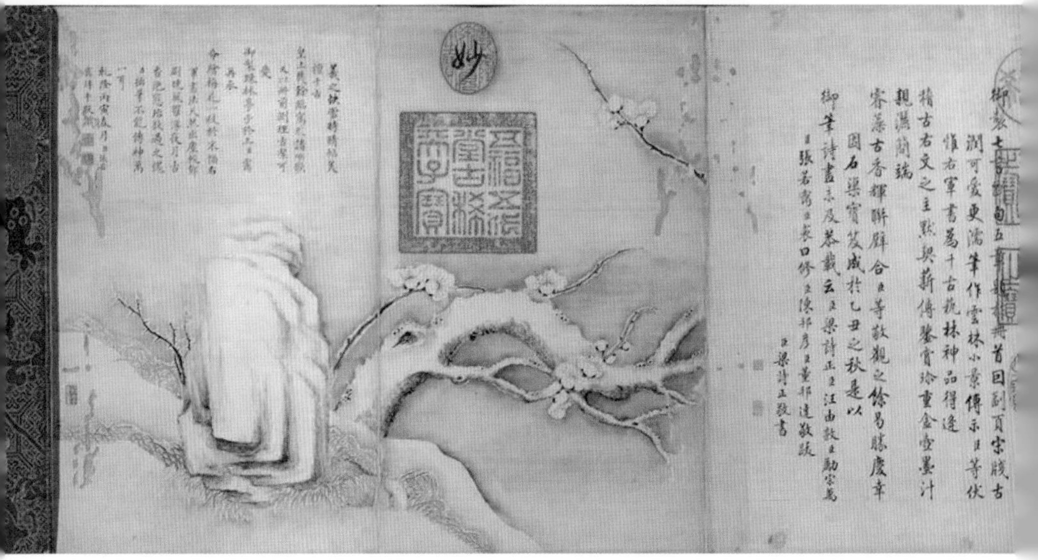

此帖的題跋，除乾隆帝外，有趙孟頫、劉承禧、王穉登、汪道會、文震亨等人。乾隆帝跋云：

王右軍快雪時晴帖，為千古妙蹟，收入大內養心殿有年矣，余幾暇臨仿，不止數十百過，而愛玩未已，因合子敬「中秋」，元琳「伯遠」二帖，貯之溫室中，顏曰三希堂，以志希世神物，非尋常什襲可竝云。丙寅（即乾隆十一年，公元一七四六年）春二月上澣，御筆又識。

王獻之的《中秋帖》行書四行，共廿二字，字不全。董其昌跋語有：「前有『十二月割』等語，今失之。又『慶等大軍』以下皆闕，余以閣帖補之，為千古快事。」（此帖在第二冊）為甚麼《中秋帖》缺少這許多字呢？據董其昌跋語所說，米南宮曾說過，人們見到王獻之的字，往往割取一二字，賣給收藏家，因此古帖被人割得七零八落，文字簡直不能讀了。

王珣《伯遠帖》行書六行，但真蹟則五行。真蹟於乾隆十一年已入內府。明末清初的收藏人是誰，到現在還沒有法子弄清楚。跋題者有董其昌、王肯堂。乾隆帝有二跋，後一跋云：

乾隆丙寅（十一年，公元一七四六年）春月獲王珣此帖，遂與「快雪」、「中秋」二蹟，並藏養心殿溫室中，顏曰三希堂。

三希堂的歷史我們說清楚了。溥儀被逐出宮時，「中秋」「伯遠」二帖真蹟，已流出市面，輾轉為郭葆昌所得（郭氏似係四川人，從前跟着顧鼇，精研骨董，所藏書畫瓷器極富）。郭氏久任故宮博物院古物館專門委員。他手上藏有「二希」，總是想送還故宮博物院。據故宮博物院的老職員那志良近著《故宮博物院三十年之經過》一書（一九五七年一月台北出版，那君自一九二五年一月，即在該院工作）所說的一段，可供參考。他說：

郭先生早已決定把他的收藏，盡數捐贈給故宮博物院，立了遺囑，叫他的公子照辦。民國二十六年（一九三七年），並把這個決定，親自告訴故宮博物院院長馬衡（案：已於前年逝世），古物館館長徐鴻寶（今為上海文物管理委員會主任），及古物館科長莊尚嚴三先生。郭先生故去，他的公子遵照遺囑，把所藏瓷器的大部分捐獻出來……至於二希的下落，據傳說，他曾送給某巨公，後來某巨公又還給他，是否如此，固不可知，而三希堂帖，不能得延津之合，是很可惜的事。

那先生所說郭葆昌以二希（「中秋」「伯遠」二帖）送給「某巨公」云云，這個「巨公」是當日紅極一時，手握財政、金融、實業的一個大政客。郭氏送給他，大概是對他有所求。那君說某巨公又以二希還他，此說不十分可靠。照我所知，「某巨公」臨去國之前，運用他的手腕，把二希抵押給一家外商銀行，得二十萬金。看看快要到期了，北京才派人來接洽，以三十萬金贖出來。現在二希已回到故宮博物院的老家了。至「快雪時晴」一希，則遠在一九三三年古物南運時到了上海，後來入四川，勝利後到了南京，不久又流到台灣，它離開老家整整廿四年了。

以上是三希堂帖中「三希」的一個小小的滄桑史，敍述完了後，就可以談談三希堂其他幾個著名的劇蹟了。

第一冊第一家的字是鍾繇的《薦季直表》。這個真蹟，歷代的鑒藏大家都認為是唐宋人的鉤摹本。卞永譽《式古堂書畫彙考》，載文嘉嚴氏書畫記，鍾繇薦季直表小注云：「初藏吳中張氏，後歸石田先生（沈周，明代大畫家）家，復在王元美處。吳匏庵定為真蹟，然非元常（鍾繇之字）筆也。」吳升《大觀錄》說此表白麻紙，帶牙色，質堅厚，他認為是唐時高手所摹。戲魚堂、真賞齋、玉煙堂、鬱岡齋、西麓堂、秀餐軒、有美堂各帖。都刻有此表。此表真蹟已失，明代的鑒賞家詹景鳳論定此表是後人贋寫的。此論極精確。

《快雪時晴帖》後，是王右軍寫的千字文行書。接着就是右軍的《行穰帖》，帖只兩行，草書十五字。董其昌審定謂是右軍真蹟。此二帖皆為唐人所模之最精者，尤其是《行穰帖》，「書法精彩異常」（汪珂玉「珊瑚網」語）。此帖為黃麻紙本，現藏香港合肥李氏。（三希堂的墨蹟，有很不少流出市面，如王右軍的《此事帖》，就為北京書法家張伯英所藏。「三希」中，「快雪」「中秋」二帖，都是出於唐宋人所摹，「伯遠」一帖的是真本。）

第二冊王右軍的《袁生帖》，也是唐人所摹的精品，摹勒上石的技術也極精，有文徵明一跋，乾隆帝二跋。後者一跋云：

右軍袁生帖，三行，二十五字，見於宣和書譜，今展之，古韻穆然，神采奕奕，宣和諸璽，朱色猶新，信其為宋內府舊藏。乾隆丙寅（十一年，公元一七四六年）與韓幹《照夜白》等圖，同時購得，而以此帖為冠。向集石渠寶笈，以右軍快雪時晴為墨池領袖，復藏此卷，遂成二難。長至後一日，三希堂御題。（案《照夜白》已於二十年前由溥心畬賣給英國波斯富爵士了。）

清高宗對於此帖的重視，可見一斑。此帖的摹手，遠比《快雪時晴帖》」為高。

三希堂帖所收晉人的字，只有右軍父子和王珣三人，共十六種。梁、隋人各一種，唐朝人有歐陽詢、褚遂良、顏真卿等人。

第三冊有顏真卿自書告身（所謂「告身」，是當日朝廷授官職給人的一種憑證，頗像今日的委任狀）。這是顏魯公任吏部尚書時的告身，另有任刑部尚書告身，三希堂帖不載。此卷真蹟共楷書六十二行，黃麻紙，向為宋高宗內府所藏。入清內府後，不知幾時歸恭王府所有。辛亥革命後，小恭王溥偉逃青島搞復辟，這個卷子和陸機《平復帖》，韓幹《照夜白》，就留在北京給他的弟弟溥儒（字心畬），這三件書畫連同懷素草書《苦筍帖》，都是他經手賣出的。

蘇東坡書《黃州寒食詩》二首，載在第十一冊。墨蹟不知何時流出外間，為盛昱（清宗室，字伯羲）所得，民國元年，伯羲之子賣給景樸孫，後來又輾轉賣到日本，近年為王世杰在日本買得，今存台灣。這是蘇東坡書法中一劇蹟，詳見本書另一專文。

三希堂所載帝王法書，只有梁武帝《異趣帖》一卷，宋太宗《敕蔡行》、《千字文》、《洛神賦》三卷，宋高宗《付岳飛手敕》、《嵇康養生論》、《地黃飼老馬詩》三卷，宋孝宗《賜曾覿》一卷。

《三希堂續帖》四冊，起自唐褚遂良，止於明文徵明。第二冊中，載有唐杜牧書《張好好詩》，行書五十二行，筆法極有晉人規範，為天地間一瓌寶。墨蹟久已流在外間，為張伯駒先生所得，一九五六年一月，張先生將此卷及《平復帖》等法書名畫捐獻給政府，現存故宮博物院。

三希堂帖及續帖的編輯、刻石經過，蔣溥等人有跋，現在錄出，以供參考：

乾隆歲次庚午（十五年，即公元一七五〇年），上以內府所藏晉唐以來諸墨蹟，親加甄錄，命臣等排比次第，鉤摹勒石，為三希堂帖，建閱古樓儲之。越五載，復構墨妙軒於萬壽山之惠山園，再出前人書，自唐褚遂良以下若干人，彙行草各體，刻石於兩壁間，凡犁為四冊，合之三希堂，於是燦然大備矣。乾隆廿年三月，臣蔣溥等跋。（案：三希堂帖鐫刻者：宋璋、扣佳、二格、焦林，凡四人，續帖鐫刻者只焦國泰一人。）

今人林宰平（志鈞，福建人，以詩名，精究帖學）先生，跋《三希堂續帖》有云：

右帖四冊，原題《墨妙軒法帖》，石在萬壽山，與三希堂前帖之在北海者，原非一處，故後來傳拓，多屬前帖。至於《續帖》，則不獨拓本少見（石已不存），而知其名者，蓋寥寥矣。坊間石印本，有所謂《三希堂續帖》者二種，其一四冊，又一五冊。四冊本即《墨妙軒帖》，五冊本之末一冊，乃起自王羲之，中間褚、趙又入選，而南北宋卻無一人。卷末無上石年月及題識，不知所據何本，俟考。

關於三希堂帖拓本的時期鑒別，據書法家譚澤闓說，可分三個時期：（一）乾隆朝，碑刻完成，尚未裝牆，每片四周沒有龍跡；（二）嘉慶朝，上牆加飾龍跡，後人欲詡最初拓本，多將龍跡裁去，（三）洪憲後的斷碎拓本。

洪憲斷碎拓本，是第三十二冊董其昌書大字後等處被碎斷。為甚麼三希堂石刻會斷碎呢？說起來頗為有趣的。袁世凱死後，黎元洪繼為總統，接收新華宮，灑掃宮事，派副官唐中寅任之。袁世凱殯儀前行，袁家即捆載物件，絡繹運出。小工一隊扛三希堂石刻多塊，向新華門首途。中寅阻止之，遂與袁克良（世凱第三子）發生衝突，克良大怒，親擲一碑，斷為二，再踣一碑，碎為四，揚長而去。中寅才鳩集碑工，重裝於原有的碑龕。事見劉成禺《洪憲記事詩本事注》。

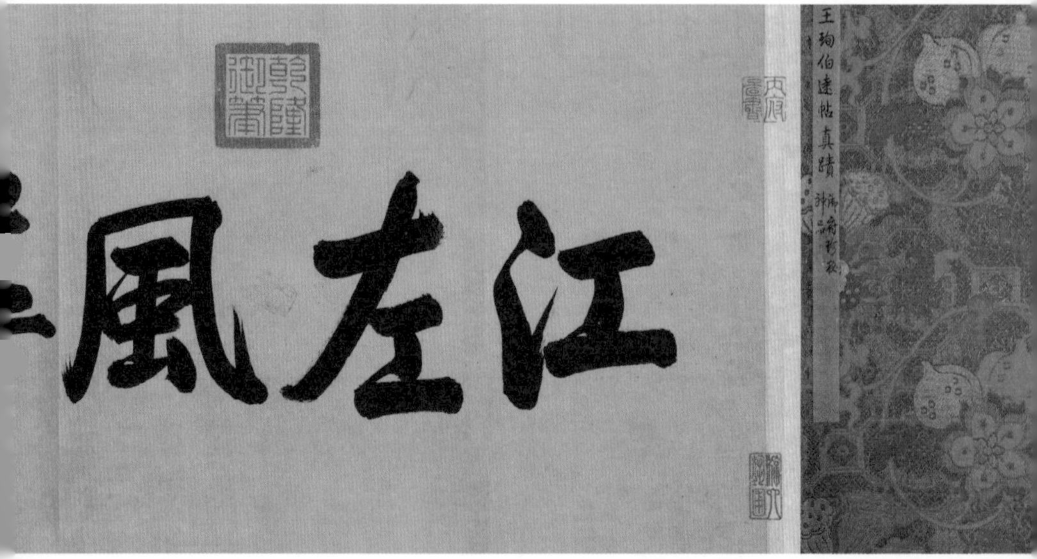

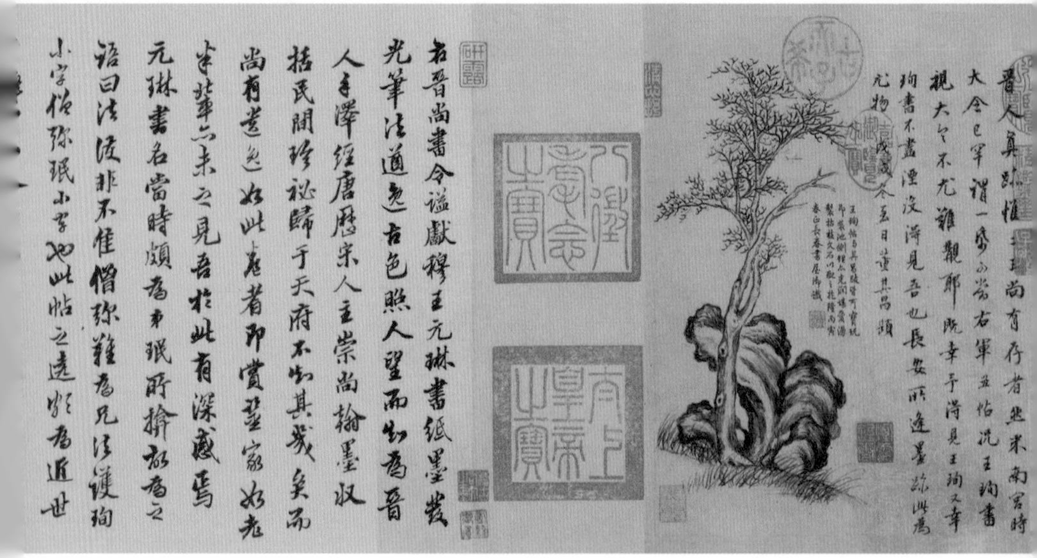

王珣《伯遠帖》

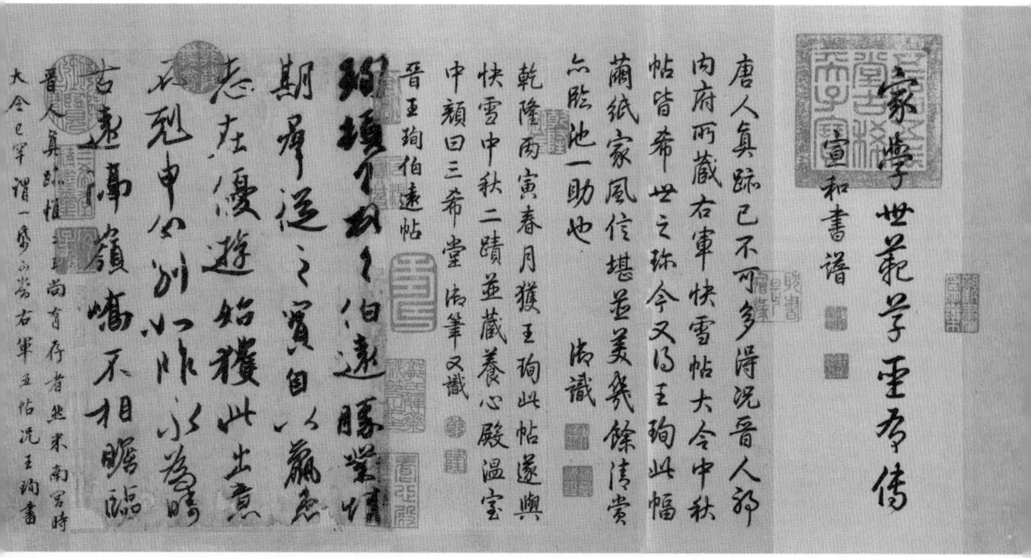
宣和書譜
唐人真跡已不可多得況晉人耶內府所藏右軍快雪帖大令中秋帖皆希世之珍今又得王珣此幅蕭紙家風信堪並美幾餘清賞亦臨池一助也 御識
乾隆丙寅春月獲王珣此帖遂與快雪中秋二蹟並藏養心殿溫室中顏曰三希堂 御筆又識
晉王珣伯遠帖
珣頓首頓首伯遠勝業情期群從之寶自以羸患志在優遊始獲此出意不克申分別如昨永為疇古遠隔嶺嶠不相瞻臨
晉人真跡惟二王尚有存者然米南宮時大令已罕謂一紙可當右軍五帖況王珣書

上圖：閻立本(傳)蕭翼賺蘭亭北宋摹本，下圖 ：閻立本(傳)蕭翼賺蘭亭南宋摹本

唐宋人畫的《蕭翼賺蘭亭圖》

王羲之的蘭亭序是人所共知的，蘭亭拓本，在我國法書、金石中一向著名。王右軍寫此序後，它的真蹟到唐初，為唐太宗李世民所得。據傳蘭亭墨跡之歸唐太宗，是太宗派人向辯才和尚騙到手的。這件事的經過很像小說，非常有趣，後來的畫家便根據這件藝苑佳話，寫成《蕭翼賺蘭亭圖》，唐宋兩代的大畫家用這個題材寫過不少傑作。我現在先把賺蘭亭的故事說一下，然後再談唐宋畫家的作品。

唐太宗派人賺取蘭亭的故事，傳世之說有二，一是宋人錢易（字希白，真宗時人）的《南部新書》，說是唐太宗派書法大家歐陽詢去辯才和尚處賺取的（劉餗也這樣說），時間是唐高祖武德四年（公元六二一年）。另一說是唐明皇時人何延之的《蘭亭始末記》，說是太宗派監察御史蕭翼去賺辯才的。照我看來，以何延之的一說比較可信，他的敍述與史實相近，而且又是唐朝人，後他百年的張彥遠（唐僖宗乾符年間官至大理寺卿）在他的《法書要錄》卷三，就載有何延之這篇文字。這兩人都是唐人，而張彥遠對於書畫都很有研究，見聞極廣，他所引的必不至十分遠離事實。

我現在把何延之的原文，譯作語體，使讀者易於欣賞。

辯才和尚俗姓袁，是梁朝司空袁昂的玄孫，博學工文，琴棋書畫，皆臻其妙。辯才的師傅智永禪師是王右軍的七代孫子，臨終時，以蘭亭真蹟傳給辯才。辯才寶貴此蹟比他的師傅更甚，他恐怕失落了，特在自己房間的梁上，鑿一個洞來收藏蘭亭。唐太宗生平最喜歡王右軍的字，他收藏右軍的真蹟很多，單單沒有蘭亭，這是一件憾事。後來他知道蘭亭藏在辯才處，就下聖旨宣他入宮做佛事，款待得很好，過了幾天後，太宗就跟他談及蘭亭，大概露出要向他收買之意。但和尚一口說從前確在他的師傅處見過，自師死後，迭逢喪亂，蘭亭不知落在何方了。太宗無奈，只得放他還山。再後太宗又訪出蘭亭確在辯才手上，又再召他入宮，如是者三次，和尚仍矢口否認。太宗對左右發牢騷，自怨貴為天子，最愛的東西都不能到手，只有在夢中夢見蘭亭，真可惱人！但這個和尚年紀老了，得蘭亭何用，如果能找個足智多謀之士，把他賺來就好了。房玄齡就介紹監察御史蕭翼，說此人「負才藝，多權謀，」派他去一定成功。太宗召見蕭翼，蕭翼說：「如果大模大樣的去，必不能成功的。我想微服私行，還請陛下給我帶去內府二王法帖數通，以便行事。」太宗准奏。於是蕭翼就扮作書生到了會稽，日暮時入寺，假作欣賞壁畫。辯才遠遠望見有個書生，人頗不俗，便上前施禮，問檀越何方人氏。蕭翼連忙還禮，說是從北方來的，到會稽賣蠶種，順便到各寺宇參觀。他們談得很投機，和尚就請他入房內圍棋論文，意甚相得。辯才說：「我們雖然是新相識，但情如故人，以後不必拘形跡了。」和尚便留他在寺中住宿，喝杯新釀成的水酒。酣樂之後，賓主限韻賦詩，以誌一時韻事。辯才拈得「來」字韻，賦詩云：「初醞一甕開，新知萬里來。披雲同落寞，步月共徘徊。夜久孤琴思；風長旅雁哀。非君有秘術，誰照不燃灰。」蕭翼拈得「招」字，詩云：「邂逅款良宵，殷勤荷勝招。彌天俄若舊，初地豈成遙？酒蟻傾還泛，心猿躁自調。誰憐失群翼，長若葉空飄。」這一晚，他們頓成知己，通宵盡歡。第二天早晨，客人辭去，和尚堅囑他再來。以後，蕭翼就時時帶了酒去和他暢飲，雙方感情日好，如是者又過了十餘日。一日，蕭翼拿出梁武帝所畫的一卷《職貢圖》給辯才看，和尚稱讚不已，因此談到書法。蕭翼乘機說：「弟子自小就喜歡二王的楷書，時時對着臨寫，現在也帶在身邊。」和尚很高興，請他明日帶來一看。第二天，蕭翼帶來了，和尚看後就說：「這雖然是真蹟，但還不算是精品，貧僧藏有一帖，那才是二王中的絕品呢。」蕭問是甚麼帖，他說：「蘭亭。」蕭翼佯笑道：「幾經喪亂之後，還有蘭亭嗎？恐怕是摹本吧！」辯才道：「那是千真萬確的，吾師臨死時珍珍重重親手交給我保存，哪有假的，你明天來，我可以給你一看。到時你就知分曉了。」第二天蕭翼到了，和尚親自在屋梁內拿出蘭亭。蕭翼見了，故意指摘這是摹本，於是兩人略有爭辯。從此之後，和尚就不再拿上去，和尚向蕭翼借來的二王帖放在一起，得暇時就在窗下臨寫，那時候辯才已經八十多歲了，還好學如此。蕭翼和辯才成了好朋友，寺中大小和尚也和他廝混熟了。一天，辯才到施主家中赴齋，蕭翼就趁這機會到了禪房，對童子說他遺下了東西在房內。童子見他是師傅的好友，就開禪房的門讓他進去。他隨手在書案上取了蘭亭和二王法帖，一直到永安驛，對驛長凌愬說：「我是御史蕭翼，奉敕來這裏公幹。現在有墨敕在此，你去對都督說知！」驛長那敢怠慢，連忙報知越州都督齊善行。都督馬上就去拜見蕭翼。蕭翼出御筆給他看了，並詳說此行任務。都督趕快派人去召辯才和尚，但和尚仍在施主嚴遷家中未回。後來辯才聽說御史和都督叫喚，立刻去見，原來御史就是老朋友蕭先生。蕭先生把奉命來賺取蘭亭的因由對和尚說了，辯才聽後，一急就暈厥過去，許久才甦醒過來。蕭翼得到寶貝，立即馳驛還京，太宗大悅，擢升他為員外郎，加入五品，還賞賜他金銀瓶各一件，瑪瑙鏤珠碗一，內廄良馬二匹，配以寶裝鞍轡，還有莊宅各一區。甚至舉薦人房玄齡也賞錦綵千段。可見太宗是怎樣的高興了。初時太宗對這個辯才屢次騙他，頗為生氣，因為他年老，不忍加刑，過了幾月，仍賜辯才錦三千段，穀三千石。和尚收到越州都督送來上方頒賜之物後，不敢據為私有，移來建造一座三層寶塔。老和尚痛失蘭亭，又經此一嚇之後，生了病，飲食日少，一年後就死去了。太宗得到蘭亭，命供奉拓書人趙模、韓道政、馮承素、諸葛貞等各摹數本，分賜呈太子諸王近臣。貞觀二十三年（公元六四九年）太宗病危，吩咐太子李治將來把蘭亭真蹟殉葬昭陵。

這就是傳世的蕭翼賺蘭亭的故事。因有何延之此記，後世的文人詞客和美術家，就把這件事傳播開來，許多畫家都以此題材來寫畫。到底哪一個畫家最先用此題材來寫成圖畫，現在無法知道，但宋人桑世昌所編的《蘭亭考》一書，其中載有吳傳朋跋閻立本畫《蕭翼賺蘭亭圖》，文云：

右圖寫人物一軸，凡五輩。唐右丞相閻立本筆。一書生狀者。唐太宗朝西臺御史蕭翼也。一老僧狀者，智永嫡孫，會稽比丘辯才也。太宗雅好法書，聞辯才寶藏其祖智永所蓄右將軍王羲之蘭亭修禊敍真蹟，遣蕭翼出使求之。……閻立本所圖，蓋狀此一段事蹟。……（見該書卷三，是《知不足齋叢書》本。）

現在傳世的閻立本畫的蕭翼賺蘭亭圖，共有兩卷，一卷藏在東北博物館，另一本原藏故宮博物院，蔣介石逃離大陸時，他的手下人把它帶到台灣了。現在我把東北博物館的一卷複印於此以供讀者欣賞。此畫是着色絹本，不一定是閻立本的親筆，但是宋人的摹本無疑。桑世昌所見的也許就是這一本了。

此畫共有五人，從畫上來看，似是蕭翼初次見到辯才，主人請他在內房談天的情形。右邊第一人有長鬚拱手而坐的是蕭翼，第二人（在中間）是知客僧，第三人是辯才。這個老和尚手執羽扇，指點着高談闊論，而客人則很恭敬的拱手聆聽。這時候，因為辯才不知道客人是唐太宗派來的奸細，假如知道了，他就沒有那麼蕭閑的態度來接待他了。作者能把這些表情很細緻的刻畫出來，使我們一見了就能領會，這是他描寫生活的成功之處。

閻立本一家人都是藝術家，他的父親閻毗是隋煬帝時的著名建築工程家、畫家，哥哥閻立德以畫人物擅名。他本人做過將作大臣（掌管國家營造事業的官員），後來做到右相。據畫史說，他擅長寫人物、釋道故事、車馬。他的傑作，而且是真筆，只有《歷代皇帝像》一（本是福州人梁章鉅所藏，後來他的孫子鴻志賣給日本人，再賣就到了美國，現在藏於波斯頓博物館）一卷，此外還有《北齊校書圖》（也在美國，恐是摹本），「職貢圖」（今在台灣，也是摹本）。至於在畫史上最有名的「秦府十八學士圖」（唐太宗為秦王時，在他手下那十八個智囊人物房玄齡、杜如晦等人）、《淩煙閣功臣圖》、《射虎圖》（寫太宗的弟弟、李元鳳故事）等，早已不存在世間了。

閻立本是太宗朝的大畫家，是他第一個畫蕭翼賺蘭亭的故事，當然是大有可能的（也許還是奉敕畫的呢），立本之後，唐代也許還有畫家寫這故事的，如《宣和畫譜》卷六所載，就有吳侁一卷，今摘錄如左：

吳侁不知何許人也。作泉石平遠，溪友釣徒，皆有幽致。傳其蕭翼賺蘭亭圖，人品輩流，各有風儀，披圖便能相見，一時行記，一一在目，信乎書畫之並傳，有所自來也。今御府所藏一。

吳侁事略不詳，但他是唐朝人。南唐時代，又有一個顧德謙（建康人）也寫過蕭翼賺蘭亭圖的故事。德謙專精人物，喜寫道像，風格特異。夏文彥的《圖繪寶鑑》說李後主評他的畫「古有（顧）愷之，今有德謙」，可見他是怎樣為人看重。但他的這一作品也未見流傳下來，只見於畫史而已。

據元人湯垕的《畫鑒》說：「顧德謙寫蕭翼賺蘭亭圖在宜興岳氏，作老僧自負所藏之意，口目可見。後有米元暉、畢少董諸公跋，畢良史也，跋云：『此畫能用硃砂石粉，而筆力雄健，入本朝諸人所不能。比丘麈柄指掌，非盛稱蘭亭之美，則是力辭以無，蕭君袖手營度瑟縮，其意必欲得之，皆是妙處。』畫必貴古，其說如此。又，山西童藻跋云：『對榻僧靳色可掬，侍僧亦復不悅，僧物果難取哉。』」

巨然是五代、宋初一個大畫家，他本身是建康僧人，畫史記載他也曾寫過賺蘭亭圖的，如《清河書畫舫》、《大觀錄》、《式古堂畫考》等皆有。又，張庚的「圖畫精意識」記云：

（此畫）水墨不設色。重山迴抱，深松鬱蒼，山坳古剎，殿宇層層，前有水閣，為松石包抱。檻下谿山深靜，幽沉宜人。中寫兩人對坐，蓋御史與辯才也。

清高宗的《石渠寶笈初編》卷十八載云：

宋人蕭翼賺蘭亭圖，素絹本，墨畫，右方上有宣文閣寶，下半印二，漫漶不可識，右方下有紹興一璽。

此畫今尚存故宮博物院，曾影印於《故宮週刊》，但不敢確定是巨然之筆，只可以說是巨然畫的。張丑《清河書畫舫》卷七記巨然一畫，與石渠寶笈所說的相同，今錄左：

丙子陽月望前二日，余同朝廷世兄訪吳能遠氏話閒，承示宋裱巨然絹本蕭翼賺蘭亭圖立軸，上有宣文閣印，紹興小璽，紀察司印。其畫山水林木，滿幅皆用水墨，兼行草法，止人物屋宇稍為設色，章法奇古，漸開元人門户，故是甲觀。

從這一記載看來，故宮所藏那一幅宋人蕭翼賺蘭亭圖，恐怕就是巨然畫的了。

蕭翼賺蘭亭是一雅事，經畫家一再繪寫，更是流傳民間，知道的人越多。但古人也有懷疑這件事出於虛構的，我認為不管此事之有無，總是藝壇一件趣事。清末一個學者李慈銘正是辯才和尚的同鄉人，他的議論和藝術眼光甚高，也長於考證史事，我現在把他論這件事的一段文字抄錄於此，使讀者對這個故事作進一步的了解。

李慈銘《越縵堂日記》庚集下（第四十五冊），光緒十一年（公元一八八五年）六月十八日云：

> 張彥遠《法書要錄》引何延之《蘭亭記》，言太宗使蕭翼取蘭亭事，委曲甚詳。延之言開元初至會稽，親得其事於辯才弟子玄素。玄素時居靈門寺，年已九十餘，似所傳當不謬。而嘉太（案：嘉泰乃宋寧宗年號，李氏避家諱，以泰作太）會稽志載汝陰王性之（銍）考古，引劉餗記云：蘭亭敍梁亂出在外，陳天嘉中，為僧智永所得，至太建中，獻之宣帝。隋平陳，或以獻晉王，即煬帝也，帝不之寶。後僧果從帝借拓，及登極，竟不從索。果師死，弟子辯才得焉。文皇為秦王日，見拓本驚喜，及知在辯才處，使歐陽詢求得之，以武德二年入秦王府。性之謂劉餗父子世為史官，以討論為己任，於是正文字尤審。則辯才之師智果，非智永，求蘭亭敍者歐陽詢，非蕭翼也。此事鄙妄，僅同兒戲。太宗始定天下，威振萬國，尪殘老僧，敢靳一紙書耶？倘欲圖之，必不狹陋若此！況在秦邸，豈能遣臺臣？放翁謂餗所云殊有理。然辯才所住永欣寺，即古之雲門，今號淳化寺，有蕭翼宿雲門東客院留題二詩。吳傳朋記閻立本畫，其跋猶存，立本太宗時人，蓋亦親見當時事者，恐不可盡棄。慈銘案：寺觀題詩，或出後人附會，吳說跋閻立本畫，謂蕭翼詣辯才，既見蘭亭真蹟，即出太宗詔札，以字軸置懷袖，則事情又與延之所記不同，太宗即有此事，何至當時便形圖畫？然餗謂事在武

德二年，則是時太宗方與劉武周、宋金剛等苦戰河東，會稽為李子通、沈法興等所隔，雖嘉太志（即嘉泰會稽志）引唐太守題名，謂龐玉以武德元二年授越州都督，然考玉時方討梁州山獠，未必能遽至。太宗倥偬戎馬，何暇辦此？延之記謂取蘭亭時越州都督為齊善行，善行為都督在貞觀十七年，則理當然也。至延之記稱蕭翼為監察御史，所攜內府二王雜帖數通，不云有心經。翼得蘭亭後，擢員外郎，加五級服，並無西臺御史、觀察使等稱，趙彥衛《雲麓漫鈔》辯此事云：「開元二十二年初置采訪使，至德三年改為觀察使，太宗時焉得有觀察使？龍朔二年改門下省為東臺，中書省為西臺，太宗時焉得有西臺御史？三藏記貞觀十九年翻譯經文，心經預焉，右軍時焉得有心經？」四庫提要稱其考核有根據，不知此等皆宋人所增飾，唐人絕無此言。有唐一代，無所謂西臺御史者，惟宋以洛陽為西京，宋初有御史分司者稱西臺御史，故不知官制者以加之唐（唐稱洛陽為東都，有留臺，亦有分司御史），如吳說之跋稱閻立本為右丞相，不知唐高宗及玄宗時，止有左相，右相之稱，說亦以南宋之官稱唐人耳。要之，陳隋以前，蘭亭序不甚重，唐初虞褚諸人始盛推之。太宗雅好二王筆法，自後代加夸飾，遂以此為書家極軌，流俗影撰，丹青日滋，如玉匣殉昭陵等事，皆不足深信。晁補之等至以此為太宗累，何異痴人說夢，蕭翼計賺辯才事，或由太宗篤好，不欲以萬乘之威強劫緇流，故於幾暇怡神，作此遊戲，存之以為佳話，點綴名山，歆艷藝苑，未始不可，不必深辨有無也。

慈銘此段議論，具見卓識。我一向都認為蘭亭真蹟，未必就是藏在昭陵，但宋初諸人有此傳說，故東坡詩就有「蘭亭繭紙入昭陵，世間遺蹟猶龍騰」之句了。慈銘日記末段所說蘭亭殉葬昭陵之不可信，及不必深辨蕭翼計賺之有無，深獲我心，因此錄之如右。

談《八十七神仙卷》

《八十七神仙卷》為已故畫家徐悲鴻所藏，卷首有齊白石題字，卷末有徐悲鴻題記。徐氏在文中說到當抗日戰爭期間，他在昆明舉行畫展，此卷在寓所忽被竊去，經過兩年時間，有中大女生盧蔭寰在成都發見，通知他，才再買了回來。徐悲鴻生前，曾交中華書局影印，本為長卷，但印時改為活頁，看起來頗有「斷氣」之感，到一九五三年又再版一次。現在新印的是印成一長卷的。

此卷的正名應作《朝元仙仗圖》，現叫《八十七神仙卷》，實因圖中有八十七個神仙，故名。徐悲鴻得此卷後，歡喜到了不得，就給他的書齋改名為八十七神仙館。《朝元仙仗圖》的作者是武宗元（宗元初名道元，宋太宗時人，籍河南，以畫人物釋道著名，死於仁宗皇祐二年，公元一〇五〇年），但此圖並無作者署款，有人疑是出吳道子之筆。

徐悲鴻得此卷，據說是在香港所買的。在抗日戰爭期間，他要到南洋開畫展，路經香港，在馮平山圖書館順便開個畫展，主持其事的是許地山、馬鑑、陳君葆等人。據說有一個德國人看見他的畫，很是拜服，他對徐悲鴻說明自己沒有錢買畫，但有一幅古畫願意送給他留為紀念。便邀請徐悲鴻到家裏吃飯看畫，聽說徐悲鴻花了錢向那德國人買了他所說的古畫，即現在人民美術出版社影印的這冊《八十七神仙卷》（一說是德國人送給徐悲鴻的，悲鴻送了他自己所寫的畫二

八十七神仙卷

幅為謝）。徐悲鴻得到此卷後，曾請廣州著名畫家趙浩公（台山人，精摹古畫，以假製古畫馳名北京、上海、廣州之間，市面很多宋元明精品多出他手，今已逝世）為他鑑定一下。趙浩公曾親手假過一卷《朝元仙仗圖》的，用來做藍本的不是徐氏此本，而是友人羅君所藏的一本（詳下文）。趙浩公知道這一本不是武宗元所寫的，但也不能說它不是一件精品。

武宗元所寫的《朝元仙仗圖》，前為友人羅君所藏，一九五三年已被美國人轉從日本買去了。羅君所藏的一卷，在最近四十年間歷經滄桑，最後已為美國人出重資競購而去。

羅藏的《朝元仙仗圖》是民國二三年之間為廣州一個書畫經紀人陳桐君所得。當時的鑑藏家不大愛宋元的畫，只珍重四王吳惲，所以陳桐君花了並不很多錢就買到手。畫中的絹地完全雪白，像新的一般，陳桐君生怕給人家說靠不住（因宋元的絹色多暗淡，作黃黑色），曾把它染成淡黃色。他對於此畫很珍重，不肯賣給人家。民國四年（一九一五年）廣州西關大水，低窪之地，水深六七尺，同時又發生大火，燒了很多民房。陳桐君逃難時，甚麼都不帶，只抱了此卷逃命。後來因為等錢用，只得忍痛割愛，願意賣給羅先生，代價是銀幣五百元，羅君買得後，交給趙浩公裝裱，裝裱費也花到八百元左右。此卷藏在趙處幾達一年之久，趙曾根據它摹一贗品，賣給美國人。真本上面的名人收藏印及題跋，有些被趙浩公割下，也有些是他加上去的。

後來羅君出賣此畫，為李尚銘所得。有一個時期，李尚銘手頭拮据，曾把它抵押給某人。十幾年前流往日本。

一九五三年冬間，有個美國人綽號高江村者來港買畫，某人告訴他日本有《朝元仙仗圖》，勸他去買，他果然去到，花三萬美元買了，據說將轉售於紐約大都會博物館。恰在高江村往日本之前幾個月，有個姓陳的收藏家已和日本東京某些書畫經紀洽商好，以日金四百萬元買此卷回來，陳君在十二月興沖沖的到了東京，但日本人已經把它賣給高江村了。

這兩個《朝元仙仗圖》的原本我都未見過，但羅君所藏的一卷（即高江村買去的），三十年前羅君帶去天津時，羅振玉出不到七、八千元沒有買下，只給它影印出來（訂成一本，而不是一卷），我曾見過這影本，前幾年在陳君處又見日本影印的一卷（照原本大小影印一卷）；後來將徐悲鴻在中華影印的活頁本與這影印本比較，我覺得高江村買去的那一本好。所畫的人物比徐本好得多，線條非常活潑，衣紋開展，流暢，徐本的人物擠在一起，非常跼蹐，佈置失宜，好像所寫的神仙還欠一兩個頭的。羅本的每一個神仙上都有一牌。寫明是某某神仙，而徐本則沒有。我們現在不問這兩本是否真的出於武宗元之手（羅本雖無作者署名，但趙子昂等人題跋，說是武氏之筆），只說它們都是宋畫，但比較一下，羅本實在比徐本高出許多，只可惜已流到國外去了！

山東沂南漢墓畫像石刻

一九五四年三月至五月之間，華東文物工作隊山東組在山東沂南縣清理了漢朝的墓葬一座。此墓全部都是用石建造的，雖然是那麼堅固，但從墓室的頂端看來，它過去曾被人盜掘了不止一次。工作隊清理此墓後，得到很多出土文物，最有趣和有關我國繪畫雕刻的，就是墓中那些石刻了。在墓門、室壁、柱、礎、枓栱、門額、枋子上都有雕刻，刻畫得非常精緻，內容又很豐富，給研究那時古代的社會生活和藝術提供了不少新的材料。

墓中的石刻共有五十五塊，我見到的拓片只有三十五張，現在影印在此的一張是墓的中室裏面的横額，刻的是漢人遊戲的情形。一九五四年十一月份的英文《中國建設》曾登過此畫，可惜對它沒有充分説明，只寥寥數語以為介紹。我現在試從此圖來談談漢人的百戲和這個墓的其他雕刻。

此畫可分作四組來説。第一組從右到左，刻的是馬戲與技擊。玩馬戲的有一女子，雙手據在正在奔騰着的馬背上，兩足騰空，右手還拿着一戟。其後面一人在玩弄一種帶流蘇的、長而軟的有柄的東西，這種東西，現在北方人叫它做繩鞭。其前面有一女子，站在奔騰的馬背上，一手玩弄一個長的繩鞭。這種遊戲，現代叫做馬戲，但在漢朝卻叫做猿騎。其下一段是有三匹馬拉着的車子一輛。馬正在發足奔馳。御車的人坐在車箱的右前，左手握着六條轡，右手拿着一條長鞭。

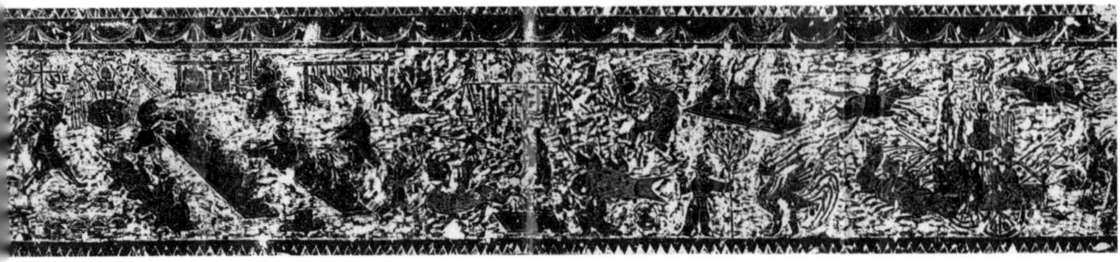

山東沂南漢墓畫像石刻

車箱的中部豎一長桿，桿的中段貫一橫置的大建鼓。車箱內坐有四人，前二人吹排簫，後面右一人舉着雙槌，在打橫在他面前的小鼓，左一人在吹笛。建鼓的上面有帶着許多結的流蘇披拂下來，可能為羽葆。再上有一平板方架，架左右各垂流蘇。板上有一小女孩子，兩手據板上，雙足朝天，在翻騰着。車箱內前部復豎一帶流蘇的幢，上有方板，比中間的方板更高，大約那個女孩子可以從那塊板上跳到這塊板上。這鼓車的後面，有三個人立着，前面放三個鼓，三人左手各執長梃，大概是打鼓用的。

第一組的畫面最有趣味，我來詳細多説一下。案：漢朝民間早就有馬戲。當時的人，對於馬戲極為愛好，所以漢代的石刻中，常見刻有馬戲的圖像，有些是人騎馬上，作種種表演，也有以馬駕車而戲的。登封縣的少室石闕，有一段畫像，兩馬疾馳；前一馬有人穿長衣，倒植馬背上；後馬一人也是穿長衣，坐馬背舉長袖而舞，趙之謙曾摹之以入印。現在沂南的漢墓石刻那兩個女子在馬上遊戲，即屬於此類。駕車而戲的，在漢石刻中也很多，這幅車上豎桿就屬於此類。也有駕戰車互相追逐為戲的，山東臨淄縣文廟畫像刻石，及四川成都新近出土的漢畫像磚常見到的。

車上豎桿，桿上有人在作種種遊戲，此種把戲，叫做都盧尋橦，省稱都盧。這遊戲不止一種，漢晉人的辭賦有這樣的描寫：

張平子《西京賦》云：

爾乃建戲車，樹修旃，侲童呈材，上下翩翻；突倒投而跟挂，譬隕絕而復聯；百馬同轡，騁足並馳。橦末之伎，態不可彌；彎弓射乎西羌，又顧發乎鮮卑。

李尤《平樂觀賦》云：（李尤漢朝人）

戲車高橦，馳騁百馬；連翩九仞，離合上下。或以馳騁，覆車顛倒。

傅玄的《正都賦》描寫那童子緣桿上下的神情，極為逼真，如左云：

乃有材童妙妓，都盧迅足；緣修竿而上下，形既變而影屬；忽跟挂而倒絕，若將墮而復續；虯縈龍蜒，委隨紆曲；杪竿首而腹旋，承嚴節之煩促。

從上面的辭賦看來，緣上木桿遊戲的，多是「侲童呈材」、「材童妙妓」、「都盧迅足」。因為童子身輕，做這種遊戲總比成人敏捷。《正都賦》有「承嚴節之煩促」，可見桿上奏演的人，要和下面的鼓樂合其節拍的。此圖的車箱內有四個音樂師，車後也有三個人擊鼓呢。這正是車橦之戲，在漢石刻中還是僅見，非常可貴（孝堂山石刻雖也有一段是都盧尋橦，但只是普通的，並不是車橦也）。

第二組是魚龍曼衍之戲，這也是很有趣的。所謂魚龍曼衍，據漢書西域傳贊云：「作巴俞都盧，海中碭極，漫衍魚龍角抵之戲，以觀視之。」注云：

漫衍者，即張衡西京賦所云：巨獸百尋，是為漫延者也；魚龍者，為猞猁之獸，先戲於庭極畢，乃入殿前激水，化成比目魚，跳躍漱水，作霧障日畢，化成黃龍八丈，出水敖戲於庭，炫燿日光，西京賦云：海鱗變而成龍，即為此色也。

現在這一組有龍，有鳳，有巨獸，有魚，可為漢書這一段贊作一插圖。此圖右上有三人席地而坐，右一人在吹笛，中一人打板，左一人端坐，下面一人裝成一個鳳鳥，其前立一人，手中拿着一株枝葉扶疏的樹，向鳳鳥玩弄着。左上一人戴獸面，裝成獸的形狀，左手拿着蛇狀的東西，右手帶着便面，前面有人對着他，雙手據地，雙足朝天在翻觔斗。其下有一大魚，其右旁立二人，其左一人半跪於地，以肩承魚。三人皆手舉搖鼓搖之。魚之前面有一龍，背上馱有一瓶子，一女人站在瓶口上，手持帶流蘇的長竿在玩弄。龍前後各有一人，左手拿着短梃，右手舉着搖鼓在搖。龍之上一段為繩戲，俗稱走索。三個女孩子在繩上走着，中間一個兩手據繩上，雙足朝天，繩的下面還插有四把尖刀子。

第三組是樂隊。上面一人席地而坐在擊磬（磬的形狀和武梁祠畫像的一般無二），一人在撞鐘，一人舞動雙槌在擊帶羽葆的大建鼓。下面有三排音樂師坐在長席上，共十四人。右排四人，最右一人在鼓琴，次一人在吹塤，再次一人坐着，最左一人在吹葫蘆笙。中排五人，最右一人在打一個小鼓，中間三人吹排簫，最左一人也在吹塤。左排坐着的五人是女樂，最右一人手持短棍在指揮，其餘四人前面放着四個鼓，中間三人以右手指按着鼓，作敲擊狀。

第四組是雜技。站在五個女樂前的一人，他的額上頂着一枝十字形的長竿。竿的頂端有一圓盤，一個小女孩用腹部靠在盤上旋轉，橫木的兩端有兩個小女孩在翻轉着，表演各種姿勢。頂竿的人赤着上身，兩足做走着的姿勢，他腳下有七個圓形的覆盤，正在作七盤舞。頂竿人的後面，有一個長鬚赤身的人，手裏拋玩着四把刀，其下有一人，手裏舞着兩個長條的東西，其上有五個圓球。這兩種節目叫做跳劍、跳丸，頗值得一説的。這兩種遊戲，在漢代極為通行，漢晉人的辭賦，時時有提到它的。例如漢李尤的《平樂賦》有云：「飛丸跳劍，沸渭回擾。」晉張衡的《西京賦》有「跳丸劍之揮霍。」晉傅玄的《正都賦》有「跳丸擲堀，飛劍舞輪。」凡跳丸劍，一定要有鼓樂相配，屢見於漢代的石刻畫像，因此第三組樂隊與第四組是有關聯的。案：跳丸跳劍之戲，似在春秋戰國之間已經就有了。

以上所說的都是中室一個橫額的石刻，現在略說一下其他石刻的情形。中室四壁門的兩旁，都刻着一些漢代以前的歷史故事和傳說，並且有盛裝舞蹈，富有戲劇趣味的人物。畫上有榜題，題「晉靈公」、「蒼頡」、「齊桓公」、「衛姬」、「藺相如」、「孟奔」等字樣。墓門的額、柱各刻西王母、東王公、伏羲女媧等像。前室橫枋、枓栱、柱和礎上都刻着奇禽怪獸，飛龍舞鳳和幾何形裝飾圖案。

沂南縣的漢畫作風，和武梁祠、孝堂山的略有不同。最大的分別是武梁祠是陽刻的，孝堂山是陰刻的。沂南縣的石刻是淺浮雕，而在淺浮雕上，又有細線條的陰刻文。這種刻法，在漢代的石刻中是比較進步的。畫面的人物都異常生動活潑，在畫法上來說，也比武梁祠、孝堂山的進步許多。從這些石刻來看，此墓也許是漢朝末年的人所有，因為我所見的都是拓本影印出來的，並非見到原石，所以不能說它是前漢抑是後漢，但從作風上看來，多半是後漢或接近西晉時代，現在祇能假定它是漢朝的，以待將來進一步再作研究。

有趣的買地券

買地券是我國營葬風俗之一，這種風俗由來甚古，大概可以遠溯至東漢末年。至今已將近二千年了。近年國中大力建設，各地有很多買地券（也稱墓券）出土，提供了很多研究墓葬風俗的資料，買地券是甚麼東西呢？我且引清人褚石農的《堅瓠集》所載的來大概說一下。他說：

今人造墓，必用買地券，以梓木為之，朱書云：用錢九萬九千九百九十九文，買到某縣某都某山某圩地云云。此村巫風俗如此，可以為笑，及觀元遺山《續夷堅志》，載曲陽燕川青揚壩，有人起墓，得鐵券刻金字云：「敕葬忠臣王處存，賜錢九萬九千九百九十九貫九百九十九文。」此唐哀宗時事也，然則此事由來久矣。

其實這種風俗，遠在晉朝已有，不過到了唐朝才普遍盛行罷了。錢大昕《十駕齋養新錄》引周密《癸辛雜識》所云：「今人造墓」至「由來久矣」（堅瓠集所引亦如此）。緊接之處，續云：

頃歲山陰童二如遊洛陽，得石刻一方，其文云：「大男楊紹，從土公買地一丘，東極闞澤，

有趣的買地券

西極黃滕，南極山背，北極于湖。直錢四百萬，即日交畢。日月為證，四時為任。泰康五年（公元二八四年，泰康晉武帝年號）九月廿九日，對共破　，民有私約，如律令！」蓋晉時所刻。乃知人家營葬，向土地公買地，其說相承已久，不始於唐世，惜乎遺山，草窗兩公未得此異聞也。

據金石家葉昌熾說：「買地莂，釋名，莂，別也，大書中央，破別之也。古人造冢，設為買地之詞，刻石為券，納之壙中。漢時或刻於甎。太倉陸蔚庭前輩，藏古甎甚富，有建寧元年（公元一六八年，建寧是漢靈帝年號——引注）馬氏兄弟買山莂，即冢中甎也。」這些莂就是墓葬中買地券的濫觴。晉朝初年，買地券已有「日月為證，四時為任」之語，後來則演為「知見神仙李定度」、「證見領錢神仙東方朔」（案：「知見」、「證見」，皆保人或中人之另一名稱）等名。其四至初時還有實界，和現在的地契相同，到唐朝以後，則變為「上至青天，下至黃泉，東至甲乙麒麟，南至丙丁鳳凰」等虛無縹緲之境了。

買地券的文字，雖然多是鄙俚不很雅馴，但還簡質近古，大抵是出於古時的村巫之手的。文字的格式，各地不同，奇怪的是那些四至，買賣主、見證人、中人等的名字，多半是「張堅固」、「李定度」、「東王公」、「西王母」、「東方朔」等人。而最常見的人名則為張堅固和李定度。因為俗語假設為姓名，常曰張三、李四，張堅固、李定度是假設的姓名，正合於俗語之義。

關於買地券的文字，我現在抄一些百年前廣州出土的南漢「馬氏二十四娘墓券」的文字，給讀者參考。文云：

> 維大寶五年，歲次壬戌十月一日，乙酉朔，大漢國內侍省扶風郡歿故亡人馬氏二十四娘，年登六十四命終，魂歸后土。用錢玖萬玖阡玖佰玖拾玖貫玖佰玖拾玖文玖分玖毫玖厘，於地主武夷王邊，買得……坤向地一面。上至青天，下極黃泉，東至甲乙麒麟，南至丙丁鳳凰，西至庚辛章光，北至壬癸玉堂。……今日處券，應合四維，分付受領。百靈知見，一任生人興工造墓，温葬亡人馬氏二十四娘……義賣地主神仙武夷王，賣地主神仙張堅固，知見神仙李定度，證見神仙東方朔，領錢神仙赤松子……（文字顛倒寫成）

這是買地券的典型文字，各地的雖稍有不同，但類多如此。至於荒誕不經的墓券文字，葉昌熾

《語石》卷五，記有一段，非常有趣，今摘錄如左：

> 元和九年（公元八一四年，元和是唐憲宗年號）九月廿七日，喬進臣買德（得之俗字）地一段，東至海，西至山，南至釰各，北至長城。用錢九萬九千九百文，其錢交付訖，其地更不得，如有，打你九千，使你作奴婢。上至天，下至黃泉，保人張堅故，保人管公明，保人東方朔，見人李定度。

據葉氏說：「『釰各』當為劍閣之駁文，山海、劍閣、長城，極言其寥廓無界，純為虛構之詞。字當係十千二字之合體，下一字未詳。」這正是葉昌熾所說「荒誕不經」的一例了。

我總是覺得為甚麼唐宋的買地券多用「用錢九千九百九十九」，而不用整數，為甚麼不用一萬呢？何以太康五年的地券作「直（即值之原字）錢四百萬」呢？這個問題近日才給我發見，原來唐宋的俗諺，以九百為癡，罵人做「九百」，就是說此人的精神不足之故。這個俗諺現在已不通行，我們可以從此類推，唐宋人凡說假設之辭，必定用九數的。墓券中九萬九千九百九十九文，不過是假設罷了。（案：後山詩話：昔之黠者滑稽以玩世，曰：彭祖死，其婦哭之慟。鄰里曰：「人生八十不可得，而翁八百矣，尚何尤？」婦謝曰：「汝輩自不喻耳，八百已死，九百猶在也。」世以癡為九百，謂其精神不足也。又曰：縣令新視事，不習吏道，召胥魁，具道笞十至五十，及折杖數。令遽止之曰：「我解矣，笞六十為二十四耶？」[案：杖之數，律皆四折，故為二十四——引注]魁笑曰：「五十尚可，六十猶癡耶？」東坡取為偶對曰：「九百不死，六十猶癡。」蓋「篬」「癡」同音，東坡以俗諺入對，也可謂妙手偶得之了。）

墓券是村巫假託買地於鬼神的，所以四至、保人、證人、賣主都是假託之名，各地的文辭雖有稍異，但千餘年相沿下來不改，直到今日，廣州有些舊式人家營葬，還有墓券。

墓券的另一種是記載死者隨葬的衣服、器物名稱和一段買地券式的文章，這又是墓券的另一格式。這種墓券發見還不多，一九五四年五月，長沙北門桂花園發見一個晉朝古墓，出土器物很少，但有一塊長二十三、寬一十二厘米的青白色石板，兩面都刻有字。一面記載死者的隨葬品，另一面刻有買地式的文字，第一段文字，記載衣服、用具極多，第二段是買地式券的文字，現在把它全部鈔出來。

升平五年（公元三六一年，升平係東晉穆帝年號，是年五月帝崩，哀帝即位，翌年改元隆和）六月丙寅朔，廿九日甲午，不祿。公國典衛令荊州長沙郡、臨湘縣、都鄉、吉陽里周芳命妻潘氏，年五十八，節日醉酒不祿。其隨身衣物，皆潘生存所服（即飾字），他人不得忘（妄字之誤寫）認詆債（此句是說冒認抵債之意）。東海童子書，書迄還海去，如律令。（以上釋文，根據《考古通訊》一九五六年第二號史樹青先生《晉周芳命妻潘氏衣物券考釋》一文。）

據史樹青先生說，這種墓券，既不是真實的地券，也不是迷信的買山地券。而是一種物券。這種物券的內容，除了端方《陶齋藏石記》卷十三著錄了一件北齊武平四年高僑為妻王江妃造木版外，在石刻中，還是第一次發見。

北齊武平四年是公元五七三年，比升平五年後二百十二年，這一墓券之出土，使我們對於古人殮葬的風俗，增加了不少研究資料。同時，墓券上的文字，又可以使我們對漢語語法，和俗體字的寫法，提供了很可貴的資料。（這個墓券的文字，有很多俗字，已開六朝俗字的先例了。）

高僑為妻王江妃造木版後面，附了湘陰龔錫齡一段按語，他說：「今湘俗焚寄冥物，必具物目及護照，令沿途勿得留難，觀此，則北齊時已然矣。」（史樹青先生文中所引）但這個周芳命妻潘氏的墓券（也可說是衣物券）文字，只說到不許人去冒領他亡妻生前的衣物，尚未有護照，則湘俗焚寄冥物，必具物名及護照之俗，當在東晉升平五年以後，北齊武平四年以前這二百年之間了。這真是一個有趣的問題。

寒山寺鐘與詩碑

蘇州那個著名中外的一個寒山寺，只因唐詩人張繼楓《橋夜泊》一詩，在千餘年前就使它著名起來。這首詩，不只我國的小學生多懂得，就是在日本，只要稍為受過教育的人都會朗誦的。一九三七年十二月底；日本軍隊佔了蘇州，日兵的司令附庸風雅，向他的祖國首都東京廣播，宣布「皇軍」把蘇州佔領了，然後高誦「月落烏啼霜滿天，江村漁火對愁眠；姑蘇城外寒山寺，夜半鐘聲到客船。」又敲了幾下鐘，說道這就是寒山寺的鐘聲了。其實那個鐘已不是詩人張繼所聞的鐘了。唐代那個，早已給日本人花錢騙了去，陳列在東京，視為瓌寶，到日本投降後，日本人才交回。

寒山寺之得名，完全是靠一口鐘和一首詩，寺中有文徵明所寫的《楓橋夜泊》詩碑，後來俞曲園也補寫了一塊。但文氏所寫的詩碑早已殘破不能再讀，俞氏所寫的在淪陷期中不知怎的被運去南京，今在市府花園中。日寇投降後，吳中人士以寒山寺而無一詩碑，為美中不足，名畫家吳湖帆便託人找當時的國史館館長張繼（字溥泉，河北滄州人，與唐詩人襄州人張繼同名）寫《楓橋夜泊》詩，並請黃懷覺刻石。現在此碑已樹立寺中，為蘇州生色不少（一九五七年十一月，友人某君遊寒山寺已不見此碑，不知何故）。

關於吳湖帆請張繼寫唐賢張繼詩一事。經過甚為曲折，現在把詳情寫出來。一九四七年，

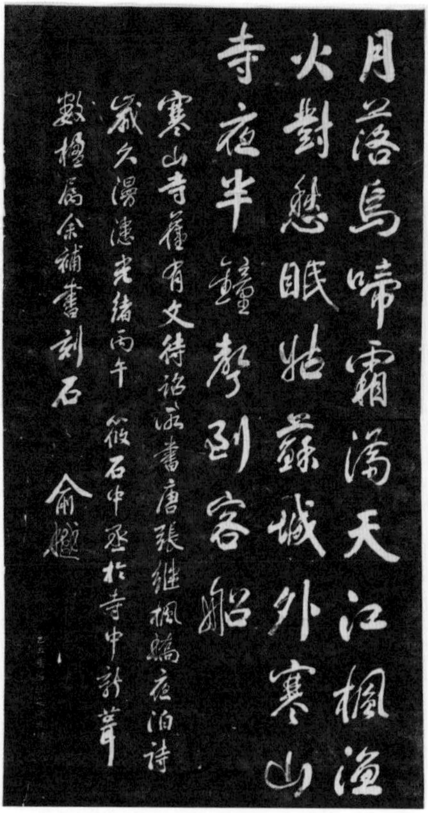
月落烏啼霜滿天江楓漁
火對愁眠姑蘇城外寒山
寺夜半鐘聲到客船
寒山寺舊有文待詔所書唐張繼楓橋夜泊詩
歲久漫漶光緒丙午 筱石中丞於寺中新葺
數椽屬余補書刻石 俞樾

俞樾寒山寺碑

劉成禺往廣州赴兩廣監察使之任，道出上海。吳湖帆和張繼並不認識，就託劉成禺轉求張繼寫此詩。恰好濮伯欣（字一乘，曾助狄平子編佛學叢書，熟於晚清故事，民國初年著有北京打油詩，傳誦海內）在座，劉成禺便說：「濮君正在國史館任事，何不託他更為便當。」於是寫碑的事，便託了濮一乘去辦。但不久後，張繼忽然死了，吳湖帆很是惋惜，以為這次得不到他的字，寒山寺的佳話便不能流傳了。怎知張繼死後第三天，吳湖帆收到國史館掛號寄給他張繼所寫的字，使他驚喜萬狀，馬上請人刻石。

張繼所寫的是草書，完全是學明人的草法，雖然寫得也頗可觀，但韻味不夠，和文徵明、俞曲園的一比，就較差了。詩末張繼附有識語云：

> 余夙慕寒山寺勝蹟，頻年往來吳門，迄未一遊。湖帆先生以余名與唐代題楓橋夜泊詩者相同，囑書此詩鐫石。惟余名實取恒久之義，非妄襲詩人也。中華民國三十六年十一月，滄州張繼。

碑的左側下方，刻有吳湖帆一跋及濮伯欣一函，一併錄出，以為讀者參考，吳氏一跋云：

> 余以張溥泉先生與唐張繼同名，乃請濮伯欣先生轉求書楓橋夜泊詩，不意書成，翌日溥公即作古人，遂成絕筆，是亦前生文緣也。爰付刻石樹寒山寺中，留此佳話，亦將濮君函刻於下，真蹟贈史館保存云。

濮一乘給吳湖帆函云：

湖帆先生左右：申江奉教，諸承款接，別後俗冗，兼以囑件尚未報命，致疏箋候，歉仄無既。楓橋夜泊詩，屢事敦促，因張溥老近日勞瘁過甚，致遲至前三日始行書就，越一夕即作古人矣。此紙實其絕筆，史館同人，欲予保留，繼又因執事對於此紙，自具勝緣，自應將真蹟寄呈，惟懇尊處於上石之後，仍將原紙寄還史館，俾其保存，作為紀念品，幸賜俯允，感戴不盡矣。天寒手凍，草草不恭，敬頌台綏，並候儷福。弟濮一乘拜啟。

本來蘇州人想找張繼來寫《楓橋夜泊》詩的，不始於吳湖帆。遠在吳氏此舉之前十九年，時為民國十七年，小說家包天笑先生（今隱居香港）有一次和吳縣縣長王引才遊寒山寺。包先生見到文、俞所寫的詩碑都大半傾圮了，便對王引才說，近日張繼做了古物保存會委員長，時時來蘇州遊覽，你何不請他遊寒山寺，順便請他寫《楓橋夜泊》詩，刻之上石，留為千古佳話呢？但王引才是一個風塵俗吏，並不亟亟於風雅之事，遲遲未有舉行，不久後，他的縣大老爺也去任了，一直到十九年後，才由吳湖帆完成此事，好像天意故留待吳氏去完成的。

關於俞曲園寫寒山寺詩碑，世人多誤為江蘇巡撫程德全，其實乃上一任的巡撫陳夔龍所立的。陳氏的《夢蕉亭雜記》卷二，記此事云：

德清俞曲園先生，東南碩學，以翰林罷官歸，僑居吳下……寒山寺古剎，為姑蘇名勝，兵燹後失修，公暇往遊，蓬蒿滿地，即所謂夜半鐘聲者，亦歸諸無何有之鄉，琳宮寶剎，悉付劫灰，爰捐俸釀貲，重建殿宇，並范鐘泐石，以存古蹟。寺中舊有文待詔書唐張繼七絕一首，碑已半圮，字亦經風雨剝蝕幾盡，爰請先生重書。先生謂張句固佳，但「江楓」二字，不甚可解。考之《吳中紀聞》所載，係「江村漁火」，因賦一絕辨正，與原詩共書諸石，今尚兀立寺中。余辛亥解組，僑居滬瀆，曾至姑蘇，偶過楓橋小泊，重尋雪爪，摩挲片石，為之低徊而不能去。……

俞曲園所寫的《楓橋夜泊》詩是有這樣一段歷史的，到今已五十一年。除文、俞、張三碑之外，還有康有為、萬繩栻所寫的詩碑。康有為的詩碑云：「鐘聲已渡海雲東，冷盡寒山古寺楓；勿使豐干又饒舌，化人再到不空空。」萬繩栻的詩碑是七絕二首云：「古剎豐碑劫運消，摩挲誰與認前朝；山僧不解興亡恨，只閉禪關拾墮樵。」「掉首寒巖跡已陳，樺冠木屐去來頻；問他橋畔停船客，省得鐘聲能幾人。」康有為的詩是悼惜寒山寺鐘已被俗人賣給日本（康氏晚年自號天游化人），萬詩第二首則頗斥日本人不解風雅。（萬氏是南昌人，民國初年，參張勳戎幕，復辟黨健將。溥儀做「滿洲國」執政時，他做執政府秘書，死後謚「果敏」。）

寒山寺我始終沒有進去過，也沒有見過它的鐘。據一九五四年十二月香港某報所載施叔範先生《蘇州寒山寺》一文，說到那口鐘，有云：

過（楓）橋便見寺內的鐘樓，聳出牆端，殷勤的接客僧，就會打鐘相迎，並念起唐詩，告訴聽鐘人以可愛的掌故。按唐代冶製，沿用北魏滲鎏金的鎔鑄法，對寺宇的鐘磬之類，尤為考究。寒山寺又是蘇州的較早的禪林，所以內部製作，比一般的更要精美些。這口鐘大過七石的覆甕，紫銹青斑，膠種滿體，幾乎難辨它是銅，惟掛索叫「追蠡」的地方，還露些光澤，它靜靜地懸着，聲息全無，等一杵敲來，嘹亮悠遠的音節，隨時隨地會引起任何人的心靈上的反應，原不必夜半客船，聽了才波動思潮的。依推想，當時象教鑄鐘的積極含義，晚鳴一百八十下，像提示人們一面安息，同時還得反省一天內生活的經過，到五更又猛吼起來，說明了「一日之計在於晨」。它的推動勞作，無微不至。……

這是施先生前三年遊蘇州後寫寄來香港的文字，讀者可從此約略認識一下寒山寺的鐘了。

最古的版本書——石經

中國未發明雕版印刷之前，人們所讀的書都是手鈔本，你借給我鈔，我借給你鈔，日子久了，就難免沒有錯誤和脱漏。到東漢靈帝熹平四年（公元一七五年），議郎蔡邕（字伯喈，陳留人）正在東觀校書，他認為這樣的混亂，一定會貽誤後學的，他就和唐谿典、楊賜、馬日磾、張訓、韓説等人，奏請漢靈帝刻個標準的六經本子，立在首都洛陽太學（即當日的大學）門外，即現在洛陽故城南碑樓莊、朱家圪壋、大橋三村之間。刻在石碑上的經，共七種：（一）魯詩（不是現在的毛詩）、（二）尚書、（三）儀禮、（四）易經、（五）春秋（公羊經）、（六）公羊傳、（七）論語。（因為公羊是屬於春秋的傳，所以漢書僅稱蔡邕奏請校定六經。）寫六經的文字上石給工人刻的是蔡邕。（據後漢書邕傳云「奏請正定六經文字，靈帝許之，邕乃自書丹於碑，使工鐫刻。」）不過六經的字共數十萬，蔡邕當時是一個官員，而且有二十年一個長時期不在洛陽，斷不是他一人所寫的。前人已有論及，如黃伯思的《東觀餘論》、洪适的《隸釋》，就這樣説過。

石經的寫、刻，一共費時九年，到光和六年（公元一八三年）才全部竣事，於是各地的人都趕去洛陽鈔錄觀瞻，每天都有千多輛車子擠在洛陽城內城外，搞到交通為之阻塞。

在東漢末年與魏國初年，古文經學已經盛行，而熹平石經是用漢代通行的隸書（今文）寫

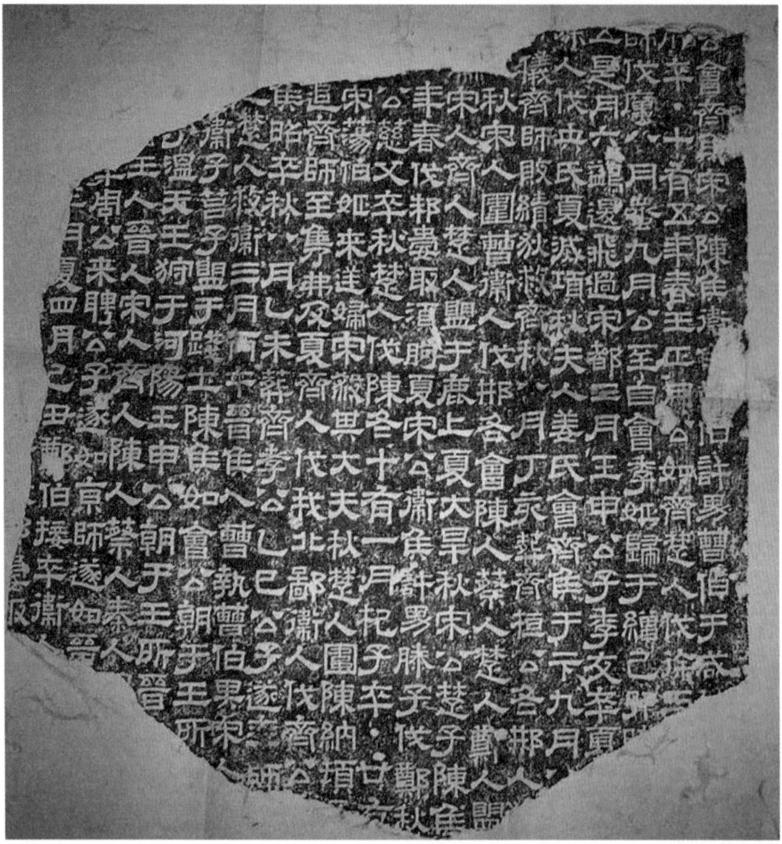

熹平石經

成的，沒有古文。於是在曹魏正始年間（公元二四〇——二四六年）又刻了兩部古文經，一部是尚書，一部是春秋，與熹平石經同立在太學。這就是魏石經，人們為了易於分別，叫熹平石經為漢石經。魏石經既然是用古文刻的，一般人未必就懂得，因此在每一個古文之下，又寫上一個小篆，一個隸書。後人除了叫它做魏石經外，又稱它做正始石經或三體石經。

這兩種石刻，刻於一千七百年前，可說是我國最古的版本書了。可惜當時的人還未發明拓印之法，所以石經沒有漢魏的拓本流傳下來，今日漢石經的拓本，還是近數十年出土的殘石所拓的。漢魏石經早在千年前經過天災人禍，大部分毀了。（說見下）

到唐朝文宗開成二年（公元八三七年）也刻過一次石經，叫做開成石經。它一共刻的是易、書、詩、周禮、儀禮、禮記、春秋左傳、公羊傳、穀梁傳、孝經、論語、爾雅計十二經，清朝賈漢復又補刻孟子，合成為十三經。這部石經大部分還完整，現在保存在西安碑林裏面。

此後孟蜀廣正七年（公元九四四年），蜀主在成都開始刻十經（易、書、詩、周禮、儀禮、禮記、春秋左傳、論語、孝經、爾雅）。宋朝又再為之補刻公羊、穀梁兩傳，到仁宗皇祐元年（公元一〇四九年）刻成。徽宗宣和年間，席貢補刻孟子，共為十三經。歷代所刻的石經，只刻正文，獨有孟蜀所刻的，連注文都刻了，因此石碑的數量比以前的多好幾倍，到底確數多少，現在無從而知，照估計應在一千以上。這部石經一共刻了一百年才完成，奇怪的是它的全部毀滅的歷史，竟不見前人一字述及，這真是一件有趣的事！據近人猜測，這些石碑大概後人拿去做建築物了，因為在抗日戰爭期間，成都開闢城牆缺口時，就發見過一些殘石。

宋仁宗嘉祐六年（公元一〇六一年）刻成二體石經，那是一行篆書，一行真書的。刻的只是九經，石碑久已失去，現在開封還有一些殘石。

宋高宗在杭州時，喜歡寫字，曾寫過一些經書，秦檜把它刻石，現在杭州還有殘存。

清高宗也刻過十三經，是乾隆五十六年（公元一七九一年）刻成的，一共一百九十塊碑，現存北京國子監（今已改為圖書館），大致完整。（以上一部分文字利用馬衡先生的《石刻》一文，文刊一九五六年第一期《考古通訊》。）

以上是我國千年間刻經的一段小史，現在我把最古的漢魏兩石經的滅亡略說一下，順便一說現存的殘石。

漢石經共有碑石四十六塊，兩面都刻字，每碑三十六行，行七十字，兩面計之，一碑共有五千零四十字。每碑高八尺，寬四尺。晉永嘉年間（公元三〇七—三一二年），有人見到完整的碑只剩下十八塊而已。到東魏孝靜帝武定四年（公元五四六年）漢、魏兩石經開始遷徙，由洛陽移往鄴都、在途中恰遇黃河兩岸崩決，大半沉入水底。這是殘存石經的另一空前浩劫（在此之前，經過晉末之亂已毀去不少了）。北周靜帝大象元年（公元五七九年），又把鄴都的存石運回洛陽。這一遷徙，又損失了不少（宋人的《廣川書跋》云：「周大象中，詔徙鄴城石經於洛陽時，為軍人破壞，至有竊載返鄴者，船壞沉溺不勝其眾也。其後得者，盡破為橋基」）。隋開皇六年（公元五八六年），又把石經西遷往長安。在此四十年中，歷魏、齊、周、隋四代，石經往復遷徙數千里。隋平天下，本可安定一時，但石經的劫運還未去，一部分被營造司改作柱礎了。

經過一千年後，到了明清兩代，漢魏石經不但片石不存，就是殘石拓本也不易得。清朝金石家所考訂的漢石經殘字拓本，還是宋人所摹的拓本，至於魏石經則連摹刻本也沒有見過。

現在大略說一下今日所存的漢魏石經殘石。民國十一年至十三年（公元一九二二—一九二四年），洛陽碑樓莊朱某，先後掘得碑石數百塊，其中以魯詩、尚書、儀禮、論語為最多。這一批石經殘碑，為馬衡、羅振玉、柯昌泗、徐鴻寶（今任上海市文物管理委員會主任）等人所得。一九二二年，碑樓莊朱圪塇又出周易一石，凡四百九十一字，為萍鄉文氏所得。一九二九年又出周易一石，可惜中斷為二，上半石歸湖南人李某，下半石歸于右任，各得數百字。一九三四年在朱家圪塇出土一石，歸霑化李氏，今在台灣。

霑化李氏所得的一石是春秋公羊經，碑陽起僖公十三年，訖三十三年（公元前六四七—六二七年）；碑陰起昭公三年、訖二十一年（公元前五三九—五二一年），合計共六百二十四字（殘四十二）。唐宋以來出土石經字數如此之多者，此尚為第一次所見。

一九四五年西安市青年路附近發現魏三體石經「唐誥篇」殘石。一九五七年農業廳在此路挖下水道時，掘得魏三體石經一塊，先後兩石出土相距不到二百米。此石正面刻尚書「梓材篇」，背面刻春秋文十行，五十字。這是最近所出的一石，現藏陝西省博物館。

自石經先後出土，這部最古的版本書，對於我國文化有極大的貢獻，我們可以利用它來校正今日許多古書的錯誤，並且它又具有藝術價值，我們可以拿它來作臨字的範本，研究古代文字的變遷。

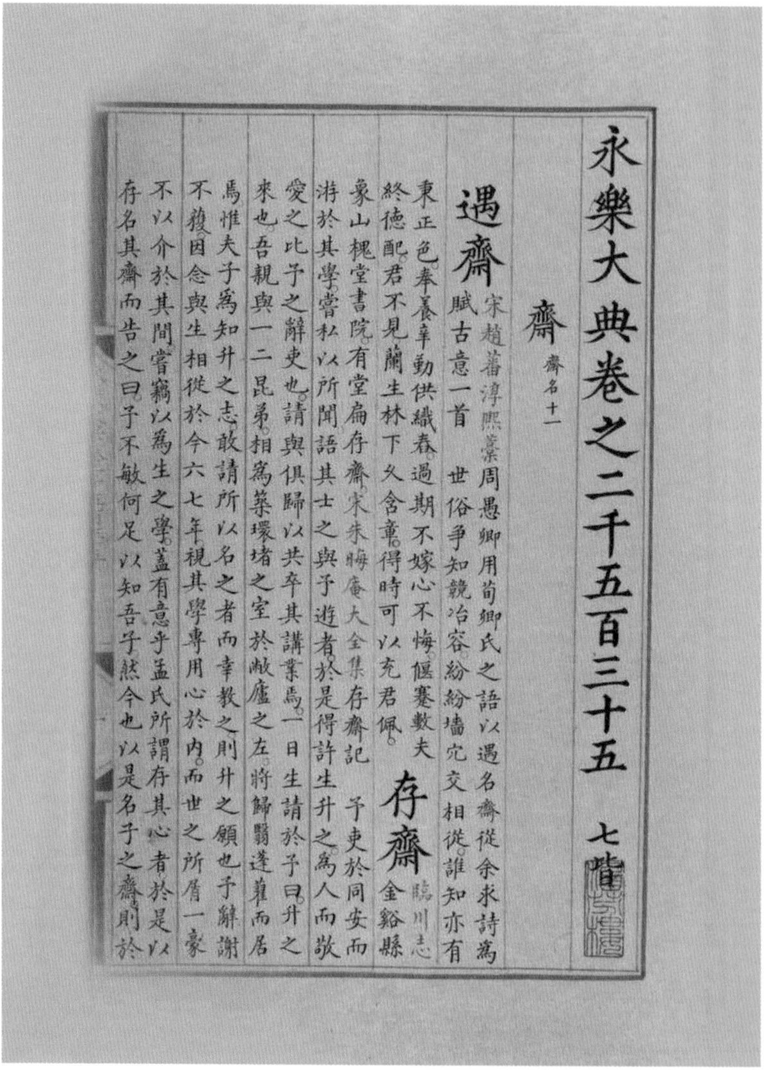
永樂大典卷之二千五百三十五　七皆

齋　齋名十一

遇齋　宋趙蕃淳熙藁周愚卿用荀卿氏之語以遇名齋從余求詩爲賦古意一首　世俗爭知競冶容紛紛墻宄交相從誰知亦有東正色奉養辛勤供織舂過期不嫁心不悔偃蹇數夫終德配君不見蘭生林下久含章得時可以充君佩

存齋　臨川志　金谿縣象山槐堂書院有堂扁存齋宋朱晦庵大全集存齋記　予吏於同安而游於其學嘗私以所聞語其士之與予遊者於是得許生升之爲人而敬愛之比予之辭吏也請與俱歸以共卒其講業焉一日生請於予曰升之來也吾親與一二昆弟相爲築環堵之室於敝廬之左將歸翳蓬藋而居焉惟夫子爲知升之志敢請所以名之者而幸教之則升之願也予辭謝不獲因念與生相從於今六七年視其學專用心於內而世之所屑一豪不以介於其間嘗竊以爲生之學蓋有意乎孟氏所謂存其心者於是以存名其齋而告之曰予不敏何足以知吾子然今也以是名子之齋則於

永樂大典

永樂大典的過去與現在

《永樂大典》是我國一部規模最宏大、卷帙最繁重的大類書。這部書是明成祖永樂元年（公元一四〇三年），待命解縉等人，仿照《韻府群玉》和《回溪史韻》體例進行編輯的。錢大昕《十駕齋養新錄》說它的編纂經過，頗為扼要，現在摘錄於此。

《明實錄》：永樂元年七月，諭翰林院侍讀學士解縉等曰：「天下古今事物，散載諸書，篇帙浩穰，不易檢閱，朕欲悉採各書所載事物類聚之，而統之以韻，庶幾考索之便，如探囊取物爾。嘗觀韻府、回溪二書，事雖有統，而採摘不廣，記載太略。爾等其如朕意，凡書契以來，經、史、子、集百家之書，至於天文、地誌、陰陽、醫卜、僧、道、技藝之言，備輯為一書，毋厭浩繁。」

明成祖編纂此書的動機是這樣的。永樂二年十一月編成，賜名《文獻大成》，後來明成祖覺得這部大類書所收的書還未備，諸多簡略，於是再下令重修。錢大昕說：

敕太子少師姚廣孝、刑部侍郎劉季箎及縉總之，命翰林學士王景……山東按察僉事宴壁為副總裁，命禮部簡中外官及四方宿學老儒有文學者充纂修，簡國子監及在外郡縣學能書生員繕寫，開館於文淵閣，命光祿寺給朝暮膳。五年（一四〇七年）十一月，太子少師姚廣孝等進重修《文獻大成》書凡二萬二千二百一十一卷，一萬一千九十五本，更賜名《永樂大典》，上親製序以冠之。賜廣孝等二千一百六十九人鈔有差。

《大典》之編成及改名經過如此。如果連目錄共計，就一共二萬二千九百三十七卷，總計字數約在三億餘左右，動員知識分子約三千人。編纂時，首先採用明太祖時文淵閣藏的宋元兩朝御府藏書，作為基本資料。同時又派了一批訪員分赴各地採購圖書。在極短的時間內，集中了各種書籍七八千種，依照洪武正韻之目，將這些書籍一字不易，整部整篇或整段按韻編入。

這部大類書的優點是它比以前歷代君主所編的類書（如《太平御覽》等）要完備得多，它從經典以至民間的戲曲、歌謠、筆記、小說都兼收並蓄，有很多海內孤本的書它都蒐羅了，這些書現在有很多我們不止未見過，而且也未聞過的，都賴《永樂大典》得以知道。

《永樂大典》是在南京編寫完成的，永樂十九年（公元一四二一年）北京新宮築成，大典就和南京文淵閣的藏書陸續北運。運到北京後，因為這部書的卷帙太多，始終未能雕版刊印（明人周弘祖的《古今書刻》說到內府所刻書中，有永樂大典，但向未見過）。到明世宗嘉靖四十一年，宮中三殿火災，幸搶救得法，大典不致全部毀去。據明人朱國楨的《湧幢小品》說，大典貯在文樓，「世宗甚愛之，凡有疑，按韻索覽。三殿災，命左右趣登文樓出之，夜中傳諭三四次，遂不毀。又明年，命重錄一部，貯他所。」當時摹錄副本的人，一共一百〇八人，每人日抄三葉，前後歷時六年，到穆宗隆慶元年（一五六七年）才將副本寫成。朱國楨說這副本「貯他所」，但沒有說明是甚麼地方。現在流傳的《永樂大典》，是嘉靖年間的副本，正本仍藏文樓。正本何時毀去，現在無從知道，大概是明末亡國時候，和文淵閣的書一起毀了。副本是藏在皇史宬的，清雍正年間移至東交民巷的翰林院收藏。乾隆年間重點時，已失去二千四百餘卷，只存九千餘冊。這九千餘冊，曾在纂修四庫全書和《全唐文》時，起過很大的作用。從此之後，大典就無人過問，一任它躺在翰林院被蟲傷鼠咬，蛛網塵封了。自光緒十六年起，大典就時有損失，翰林院風雅人物，不時偷些回家（其實在明末已大有散失，張宗子的《陶庵夢憶》說：「胡儀部攜其尊人所出中秘書名永樂大典者，大帙三十餘本，一韻中之一字猶不盡焉。」其時約在崇禎末年也），到光緒二十年，只存八百餘冊而已。

庚子義和團事變，八國聯軍入京師，大典被燒了一部分，未被毀的就給這批「文明」的軍隊搶了，偷運回國，於是英、美、法、德、俄、日各國的大圖書館中都藏有大典零帙，少者一二冊至三五冊不等，多者竟至數十冊。這是我國文化遺產被掠奪的慘劇中最驚心動魄的一幕，凡是黃帝子孫，都不會忘記這一件事的！

大典散佚在外二十餘年（指清末一段時間而言），有很多落在收藏家和書賈手上，美國的國會圖書館、大連前滿鐵圖書館和日本東洋文庫，都紛紛派人來上海、北京和古董鬼勾結，願出重價收買大典。到民國成立，這班外國人更利用新舊軍閥的無知，居然明目張膽，在國內大事蒐集，政府也一任他們威嚇利誘，捆載而去。（到一九四九年，美國還通過它的代理人把前燕京大學圖書館收藏的一冊永樂大典運走。）

現在中國所藏的永樂大典，據不完全的統計，約為二百二十六冊，這個數字包括一九五一年六月，蘇聯列寧格勒大學、東方學系圖書館，把帝俄時代遺留下來的十一冊送還中國；一九五四年，蘇聯科學院，又把大典蓼字韻的一冊送還；一九五四年六月，列寧圖書館把原藏滿鐵圖書館的五十二冊送還；一九五五年十二月，東德送還了三冊；商務印書館董事會捐獻了二十一冊；北京大學圖書館五冊。前南京中央圖書館六冊。前中央研究院歷史語言研究所二冊（此八冊今存台灣）；私人收藏十五冊（分散在京、津、滬、粵等地。又一九五三年十月，廣州文物保管委員會工作人員鄭廣權先生，將他私人所藏《大典》卷之八千九百七十八（二十尤韻的）一冊，獻給國家。這一本或在此十五冊之內）；單在北京圖書館就有二百一十七冊。

讀者也許久聞《永樂大典》之名，但不容易有機會看見，我現在找到一冊有圖畫的影印本翻印於此，給讀者欣賞一下。這本《永樂大典》是第四百八十五、八十六卷，書名〈忠傳卷〉。畫的是古代的忠臣，旁邊有文字說明，文字很淺顯。例如諸葛孔明，最後一句是「諡（音示）忠武侯」，在「諡」字之下還加上「音示」二字，可見當日的儒臣是照着民間流行的平話照抄的。

這本《永樂大典》是商務印書館的涵芬樓所藏的二十一本中之一，在民國初年所買的（當時一共買入十冊），民國六年（一九一七年）收入涵芬樓秘笈第一集第一冊。有孫毓修跋云：

> 永樂大典卷四百八十五下半至四百八十六為《忠傳》，不著撰人，文淵閣書目亦不載……四庫附存其目，注云：「永樂大典本，明初人著，四卷，今所存大典一冊，文臣自子產至歸暘止，而無武臣，當非完書。」四庫存目中書流傳絕少，永樂大典更稀如星鳳，雖屬殘

卷，亦足珍也。其書以流俗本馬融《忠經》為主，仿宋人平話體，引史事以闡演之，每事皆有畫像，前輩謂大典錄宋元平話小說甚多，館臣鈔輯遺書，非朝旨所及，皆未錄進，僅見此耳。……

現在我談一下北京圖書館那二百一十七冊永樂大典的來源。民國元年，教育部從各處蒐集到的大典殘帙共六十四冊，移交北京圖書館的前身京師圖書館。這就是北京圖書館最初所有的六十四冊大典的由來。這個時期的前後，流散在民間的大典還不少，在民國十七八年間，北京圖書館在各處蒐買了三十一冊，連原有的一共有九十五冊了。

民國二十一年（公元一九三二年）當時的政府和日本簽訂了塘沽協定，出賣平津華北，將整個華北放置在日軍監視控制之下，政府立心放棄華北，只是把故宮博物院的文物遷往上海託庇於租界，北京圖書館也在上海成立辦事處，所存大典，大部分運去上海貯藏。

民國三十年（一九四一年）太平洋戰爭爆發前，北京圖書館上海辦事處將永樂大典六十冊（還有其他珍本書）運往美國國會圖書館寄存，這六十冊一直到今日還在美國。所餘三十五冊，分藏北京、上海兩處，到日寇投降後，才又回到北京圖書館。

北京圖書館在民國三十四年至三十八年（一九四五—四九年）先後從北京、天津買進十一冊。於是北京圖書館這時就有一百〇六冊了。

在最近的兩年內，北京圖書館又添買了大典四冊。一九五〇年四五月間，該館的顧子剛先生捐獻了三冊。這三冊據說是徐世昌送給他的從弟徐世章之物，顧君在天津買得的。還有一冊是一九五一年七月北京文物局在琉璃廠富晉書社購得，送給北京圖書館保存的。

商務印書館那二十一冊是一九五一年七月捐獻給政府的。到一九五七年四月止，連同蘇聯、東德所送還的大典，北京圖書館共藏有二百一十七冊。流在外國公私圖書館的大典約一百五十八冊，合共存在天壤間的大典約三百七十五冊（這是不完全的統計），比起全部繕寫告成之時的一萬一千〇九十五冊，才得百分之三的殘存，真是文化界一浩劫！

四庫全書與七閣

《四庫全書》是中國一部繼《永樂大典》之後的鉅著，《永樂大典》到今所存，已不足百分之三了，但《四庫全書》還幸喜有三部齊全的。

關於《四庫全書》的評議，是好是壞，我不想在這裏討論，（因為清高宗編這部書時，確實有「焚書」之意存乎其間的，又所收的書也有問題，有很多好書都不收，時時「以人廢言」，不收其著作，前人論者已多。這是它的不良之處，至於好處也不少。不過兩相比較一下，則壞影響仍然多過好影響。好在現在我們這一輩的人，不易受到壞影響了。）我只想把這部大書的過去與現在，及貯藏它的七閣（在北方的叫北四閣）的一般情形介紹給讀者。

乾隆三十八年（公元一七七三年）二月，四庫館正式成立，就展開編輯《四庫全書》的工作。它的組織設正總裁官十六人，副總裁官十人，總閱官十五人，總纂官三人，總校官一人，還有其他繕書處分校官一百七十九人等，合共三百六十八人。清高宗下令各省進書，連同內府所藏的一併交四庫館編輯，然後抄成一部書。那時候的印刷條件不十分完備，所以《四庫全書》完全是抄本，到一九三五年才有商務印書館影印的《四庫全書珍本初集》問世。我們現在所能見到的，多數就是影印本。

《四庫全書》的分類，是以經、史、子、集為別的，所以叫做四庫。它所著錄的書，凡

上圖：文淵閣外景，下圖：文瀾閣

三千四百七十部，共七萬九千一十八卷；存目之書（即四庫不收的）凡六千八百一十九部，共九萬四千零三十四卷，比著錄的書更多。《四庫全書》共繕七份，部數、卷數、冊數、頁數，各不相同，以北京文津閣（今藏北京圖書館）那一部來說，則為三萬六千三百冊。

這部書浩如煙海，編輯需時，清高宗生怕自己短命，看不到它完成，所以在四庫館組成之日，又下令編一部《四庫全書薈要》，以期速成。他御製詩中小注有說到《四庫全書》和《四庫薈要》二書，共六萬多冊，只花十年功夫就寫完，現在把原文引出來，以見一斑。（人們多知四庫全書，但四庫薈要就少人知了。）

按明《永樂大典》一萬一千九十五冊，凡五年書成；今《四庫全書》每部三萬六千冊，又《薈要》每部萬二千冊，自癸巳（即乾隆三十八年）至今壬寅（乾隆四十七年）將及十年間，《薈要》兩部及《全書》第一部共六萬冊，均已蔵事、裝潢貯閣，較之《永樂大典》數多五倍。又按《湧幢小品》載，編輯供事者共二千一百六十餘人，今纂修謄錄等不過千人，而五年期滿，即予甄敍錄用，是以人皆踴躍，事半功倍。

現在《四庫全書》還存有三部，但《四庫薈要》只存一部而已（另一部在庚子一役，外國軍隊佔紫禁城時失去），這部可貴的孤本，也隨文淵閣的《四庫全書》到了台灣了。

《四庫全書》第一份在乾隆四十六年完成，這一部就藏在大內的文淵閣（內廷所貯《全書》的四閣，皆仿天一閣之制。），後來三份陸續寫成，放存圓明園的文源閣，瀋陽的文溯閣，熱河的文津閣。這四閣的書只許「皇家」閱讀，人民是無此眼福的。大概是清高宗過意不去罷，不知怎的心血來潮，念江浙為人文淵藪，居然下令再繕寫三份，分藏揚州大觀堂的文匯閣，鎮江金山寺的文宗閣，杭州聖因寺內的文瀾閣。

圓明園的文源閣，已被英法聯軍一把火燒個乾淨了，熱河文津閣的《全書》已移交北京圖書館，文淵閣的現在台灣，金山寺文宗閣與揚州文匯閣燬於外兵之手，瀋陽文溯閣《全書》，於九．一八事變後被日本寇兵劫去。文瀾閣在太平天國戰役中大有損壞，失書也不少，但後來丁申、丁丙兄弟補抄所失，幾乎恢復了原來面目。現在書存浙江省立圖書館。

乾隆六十年（公元一七九五年），揚州人李斗的《揚州畫舫錄》，有說到揚州文匯閣的情形，現在我摘錄一些出來，以見一斑。

> 御書樓在御花園中，園之正殿為大觀堂。樓在大觀堂之旁，恭貯欽賜圖書集成全部，賜名文匯閣，並「東壁流輝」扁。壬子（乾隆五十七年）間，奉旨：「江浙有願讀中秘書者，如揚州大觀堂之文匯閣……皆有藏書，著四庫館再繕三分，安貯兩淮……文匯閣凡三層……楹柱之間，俱繪以書卷。最下一層中，供《圖書集成》，書面用黃色絹。兩畔櫥皆經部，書面用綠色絹；中一層盡史部，書面用紅色絹；上一層左子右集，子書面用玉色絹，集用藕色絹。其書帙多者，用楠木作函貯之，其一二本者，用楠木板一片夾之，束之以帶，帶上有環，結之使牢。

乾隆末年文匯閣的情形如此，後四十五年，一個滿洲人麟慶，於道光二十年（公元一八四〇年）曾入閣觀書，他的《鴻雪因緣圖記》中，有「文匯讀書」一段，可與李斗所記的參證。

> 閣下碧水環之，為卍字河，前建御碑亭，沿池疊石為山，玲瓏窕窈，名花奇樹掩映修廊。庚子三月朔，偕沈蓮叔都轉，宗敬齋大使同詣閣下，亭榭半就傾落，閣尚完好，規制全仿京師文淵閣。回憶當年充檢閱時，不勝今昔之感，爰命董事謝奎啟閣而入，見……（與李斗兩記之書面絹色相同）共計函六千七百四十有三。謝奎以書目呈，隨坐樓下詳閱。得鈔本。滿洲祭天祭神典禮救荒書、熬波圖、伐蛟捕蝗考、字孳等書，囑覓書手代鈔。所惜余先百計購求五世祖存齋公所著琴譜十六卷，曾奉旨採入四庫全書者，滿擬此行如願，詎亦未經頒發，豈以滿漢合璧之故耶？姑誌以俟考。

到今日，七閣中，址存下北京故宮的文淵，熱河避暑山莊的文津、瀋陽故宮的文溯、北四閣只存三閣；南方的三閣，只存杭州的文瀾。文溯閣《全書》最早於民國三年（一九一四年）運京，存在保和殿。熱河文津閣的則於民國四年由內務府運歸北京，藏在古物保存所，於是北京一時就有三部《四庫全書》了。到民國十四年（一九二五年），奉天教育界人士擬辦圖書館，由楊宇霆電教育總長章士釗索還，經過閣議後，於八月五日點交奉天省教育會會長馮子安查收，運回瀋陽。六年後，竟落在日寇手裏。日本投降後，我國向它索取，日本置之不理，現在想起來真是可惜！

四庫七閣的建築中，圓明園的文源，金山的文宗。揚州的文匯已經燬了，只有其他四閣巋然尚存，而且近年已修繕一新，這是令人欣忭的事。

范氏天一閣

中國現存最古的一家私人的圖書館，是寧波的天一閣。它是明朝嘉靖年間范堯卿（欽）所創設的，到今日快將四百年了。范堯欽是嘉靖十一年（公元一五二三年）進士，當他在江西袁州任知州時，曾以事忤嚴嵩之子世蕃，世蕃想大罵他一頓，嚴嵩連忙阻止道：「這個人曾忤武定侯郭勳的，是一個不怕權貴的人，你和他計較，反使他得名，就算了吧。」因此范堯欽免於難（見《甬上耆舊傳》）。後來范堯欽做到兵部侍郎，辭職回鄉後，在寧波的月湖深處蓋了幾所房子為終老計。現在的天一閣，就在月湖的西邊范宅之東，還保存着三百九十年前的建築形式。

天一閣所藏的書，據清嘉慶八九年間（一八〇三—一〇四年），阮元做浙江學政時，曾命范氏子孫登閣分櫥編寫書目，共有書五萬三千餘卷，都是明朝天啟以前舊本，明末及清朝的書，一概不收，這是阮元所作天一閣書目序中所說的。一九五三年，政府銳意復興天一閣藏書，清查之下，所存圖書不及從前五分之二。為甚麼有這樣大的損失呢？主要原因就是經過鴉片戰爭一役，外兵進入寧波，大肆破壞，天一閣很有損失，後來太平天國戰爭，也有損壞。到民國初年，更有匪人勾結書商，把天一閣的書偷了一千多卷，運到上海，後來打官司雖然得勝，但范氏後人拿回的書也有限。

近幾年，政府撥鉅款修好天一閣，又買了附近民房一所，擴大了天一閣的範圍。圖書樓樓上

一九三六年，修葺天一閣工程即將完工現場。

樓下分為六間，樓上那六間又合而為一，中間用書櫥隔開。現藏的珍本書約有一萬七千餘卷，共一千五百多種，多是宋元明的刻本，分經史子集四部，而以史為最多。最名貴的是宋朝的《登科錄》（即殿試中式的進士人名錄），天一閣共藏有好幾種；另外明朝的《登科錄》，從開國起以至崇禎止，共有三百七十四種，這是很可寶貴的歷史資料！

現在的天一閣是一家公開的私人圖書館。研究學問的人，如果要參考哪一種珍本書，天一閣可以代他攝影寄去的。管理人是范其鹿先生，政府不止幫助他擴大了天一閣的範圍，並且出鉅資陸續收回散失了的書。

在海禁未開以前，外國勢力未深入內地，天一閣的書還保存得相當好，沒有甚麼大損失，外國勢力來了後，范氏所訂藏書的章程，也不能發生作用了。據說范堯欽得到同郡豐道生的藏書（豐氏藏書始於南宋，如果我們追溯天一閣藏書，也可說始自宋朝了），就建築天一閣，范堯欽活到八十三歲死了，他的各房子孫共同訂立章程；（一）閣門和書櫥的鎖匙，分房收掌；（二）書不能拿下樓；（三）非各房子孫到齊不開鎖；（四）私領親友入閣及擅開櫥者，罰不許參加祭祀一年；（五）子孫無故開門入閣者，罰不許與祭三次；（六）擅將書借出者，罰不與祭三年，因而典賣者，永遠不許參加祭祀；（七）不得焚燈火食物入閣。條例如此之嚴，所以閣中的書才能保存三百多年而不散失。不過，立法太嚴，外人固然沒有機會去看書，就是范氏子孫也不敢隨便登閣，他們生怕失了書，得罪先人，索陸把天一閣鎖起來，大好圖書，不予利用，那是很可惜的。據全祖望所作的《天一閣藏書記》說，范欽死後，他的兩個兒子分家，兄弟以為書不能分，就另外撥出萬金，看誰要書，誰要金，結果次子欣然受金而去。全氏慨嘆「今金已盡，而書尚存，其優劣何如也！」這是可教人深省的，但不足以語於今之世人矣！

天一閣的命名，也頗可記。據說，范堯欽在築閣時，鑿一池於其下，環植竹木，當時還沒有打算給閣命名。有一天，他偶閱碑版，忽見元人揭傒斯所寫的「吳道士龍虎山天一池」石刻，碑陰有記，范堯欽大喜，以為適與是閣鑿池之意相合，因此就命名天一閣。

清高宗修四庫全書，築七閣珍藏，在內廷的文淵、文津、文源、文溯四閣，稱為北四閣，完全是仿天一閣的樣式建造的。乾隆三十九年，清高宗令杭州織造寅著親往寧波與天一閣主人范懋柱相見，實地調查天一閣的建造形式和書架的構造，繪圖呈覽。後來寅著覆奏，把天一閣的情形說得頗詳細，現在摘錄如左：

天一閣在范氏宅東，左右磚甃為垣，上下俱設窗門。其梁柱俱用松杉等木。共六間，西偏一間安設樓梯，東偏一間，以近牆壁，恐受濕氣，並不貯書。惟中間三間，排列大櫥十口。內六櫥、前後有門，兩門貯書，取其透風；後列中櫥二口；小櫥二口。又西一間，排列中櫥十二口。櫥下各置英石一塊，以收潮濕。閣前鑿池，其東北隅又為曲池。傳聞鑿池之始，土中隱有字形，如「天一」二字，因悟「天一生水」之義，即以名閣。閣用六間，取「地六成之」之義。是以高下深廣，及書櫥數目，尺寸，俱含六數。特繪圖具奏。

內廷四閣仿天一閣建造形式，可見一斑。百多年前，閣前有一株芸草，據說書中夾有芸草一葉，永不生蠹。道光十四年（公元一八〇六年），滿洲人麟慶得閣主允許，入閣觀書，曾見宋朝進士題名錄，知朱子小名沈郎，五甲進士（宋時殿試分五甲，明始分三甲），又有芸草一株，香尚馥郁云。（芸草夾書不蛀，和英石收濕之說，未可深信。）從前入閣觀書要有很大的面子才辦得到，現在誰都可以進去了。

《會試錄》與《登科錄》

《會試錄》和《登科錄》，是科舉時代考取了貢士、進士後的人名錄，頗類今日大學生畢業時，印行一本同學紀念冊，把同時畢業的「同年」的姓名籍貫和相片印在書內，附有學校老師的姓名，或附印一些紀念文字。不過《會試錄》與《登科錄》除了沒有小照之外，內容似乎比同學錄的花樣多一些。

考《登科錄》之制，由來甚久，在唐朝時代，叫做《登科記》。據《唐會要》說，大中十年（宣宗年號，公元八五六年）四月，禮部侍郎鄭顥進呈進士諸家科目記十三卷，敕自今後放榜後，把及第士人的姓名，交官廳逐年編次成書。王定保《唐摭言》云：

> 永徽（唐高宗年號，公元六五〇年至六五五年）以前，俊、秀二科猶與進士並列；咸亨（亦高宗年號，公元六七〇年至六七三年）之後，凡由文學一舉於有司者，競集於進士矣。由是趙傪等刪去俊、秀，故曰《進士登科記》。……

因此，高承的《事物記原》就說，《登科記》之始，疑在唐朝初年就有了，後來獨以進士登科名記，當起於高宗時代的趙傪。這大概是不錯的。總之《登科記》這類的書，始自重進士科的唐

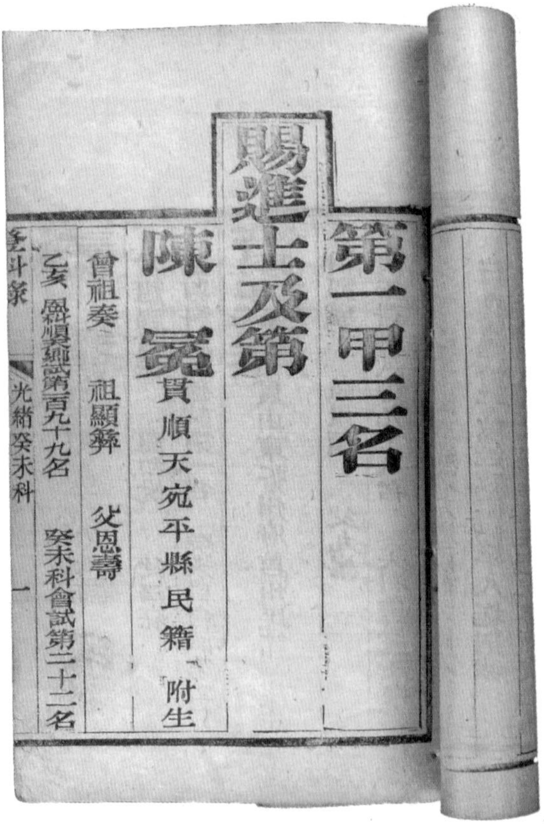

賜進士及第

第一甲三名

陳冕　貫順天宛平縣民籍　附生

曾祖奏　祖顯彝　父恩壽

乙亥恩科順天鄉試第百九十九名　癸未科會試第二十二名

登科錄　光緒癸未科　一

光緒九年進士登科錄

朝，當然不誤。（由漢至隋皆重孝廉、秀才二科，自唐始，進士科興，而前二科廢矣。）

至於《會試錄》恐怕是明朝初年才有的，因為會試之名，始見於明洪武四年（唐朝有考功試；禮部試，宋朝有省試然後加以殿試），洪武十七年，頒科舉定式，子、午、卯、酉年鄉試；辰、戌、丑、未年會試，一直行了五百年，到清光緒三十年才廢止。

這兩種人名錄可說是《進士錄》是仿唐初的雁塔題名，而《會試錄》又是仿《進士錄》的。

現在我要談的是清朝《光緒二十九年補行辛丑壬寅恩正併科會試錄》和《光緒二十九年進士登科錄》。這次的會試和殿試，是在光緒二十九年；（公元一九〇三年）癸卯舉行，補行光緒二十七年辛丑會試正科，二十八年壬寅恩科的。

《會試錄》第一頁是「會試錄前序」，序文是正考官大學士孫家鼐寫的。以下就是各考官的銜名，計：知貢舉兼鈐榜官二員，一是熱河都統松壽；一是調任廣東巡撫河南巡撫張人駿（張調任廣東，而陳夔龍補其缺）。考試官四員：正孫家鼐，副順天府府尹徐會澧，刑部尚書榮慶，吏部右侍郎張英麟。同考官十八人，其中有夏孫桐、王乃徵、惲毓鼎、華學瀾皆知名之士。以下列舉各官員職銜，共百餘名，不錄。

接着就是會試題目。會試共分三場，此時已廢八股文而用策論。先載第三場欽命題目（會試第三場題目，例由皇帝出），第一題是「敬事而信，節用而愛人義」，第二題「故為政在人，取仁以身義」，第三題「化而裁之謂之變，推而行之謂之通，舉而措之天下之民謂之事業義」。第一場題目是「管子內政寄軍令論」、「漢文帝賜南粵王趙佗書論」等五題。第二場策題亦五題。

再後就是「中式各直省貢士三百六名」的人名。第一名（會元）周蘊良，下開：「浙江會

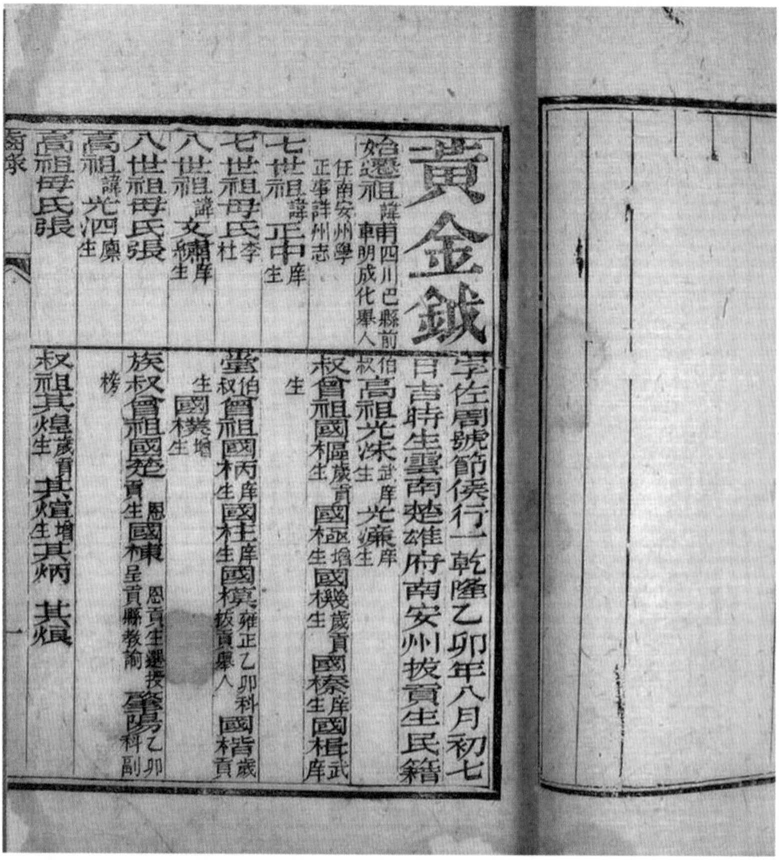
黃金鉞
始遷祖 諱輔 四川巴縣前明成化舉人 任南安州學正事詳州志
七世祖 諱正中 庠生
七世祖母氏李 杜
八世祖 諱文綱 庠生
八世祖母氏張
高祖 諱光泗 廩生
高祖母氏張
字佐周號節侯行一乾隆乙卯年八月初七
日吉時生雲南楚雄府南安州拔貢生民籍
伯叔高祖光洙 武庠生 光濂 庠生
叔曾祖國樞 歲貢生 國極 增生 國機 歲貢生 國榛 庠生 國楫 武庠生
堂伯叔曾祖國柄 庠生 國柱 庠生 國模 雍正乙卯科拔貢舉人 國楷 歲貢生 國樸 增生
族叔曾祖國楚 恩貢生 國棟 恩貢生選授呈貢縣教諭 肇陽 乙卯科副榜
叔祖其煌 歲貢生 其煊 增生 其炳 其焜

清咸豐六年刊本會試同年齒錄

稽縣廩生」。第三名楊兆麟、殿試時也點了第三名（探花），一九四九年逝世的一位學者，達官葉景葵（浙江仁和縣附生）中在第七名，詩人陳曾壽第十二名，書畫家曾熙第十五名，古文家錢振鍠第十六名，後來為吳永筆錄《庚子西狩叢談》的劉焜（浙江蘭谿縣優貢生，壬寅浙江解元）第二十二名，徐謙三十三名，殿試中狀元的王壽彭第三十七名，殿試點了榜眼的左霈七十九名，袁嘉穀一百三十六名（後來經濟特科袁取第一，雲南向無狀元，雲南人士呼之為同狀元，聊以慰情，可見當日科舉中人之深也），陳敬第（叔通）第一百九十名。他們後來都是國中知名之士，上舉諸人，現在只有陳叔通先生還健存，正在為國家效力。

最後登刊會元周蘊良第一、二、三場的文章十三篇，每篇之末，都注明考試官某某閱荐，考試官三人批取，正考官孫家鼐批中。最後殿以，《會試錄後序》三篇，是那三個副考官分別署名的。全書七十一頁，黃封面，題《會試錄》三字，下題「光緒辛丑壬寅恩正併科。」

《光緒二十九年進士登科錄》，第一頁第二行刊「玉音」二大字，突出格外，接着就是禮部尚書世續等「奏為殿試事，會試中式舉人三百十五名（本來只三百六名，因有九名是補行殿試的），五月二十四日殿試」云云。接着就是奉旨派出的讀卷官八人，計：張百熙、裕德、溥良、陸潤庠、陳邦瑞、戴鴻慈、劉永亨、張仁黼。以下是監試官四員，受卷官四員（梁士詒其中之一），彌封官六員（陳伯陶、夏孫桐在其中），收掌官四員，印卷官二員，填榜官十二員的職銜。

以下刊登御試題，緊接着就是狀元王壽彭的對策，榜眼左霈、探花楊兆麟的對策。以後就是登進士的人名。第一甲三名，賜進士及第王壽彭、左霈、楊兆麟三人的姓名、籍貫、三代及鄉會試名次。接着是「第二甲一百三十八名」，賜進士出身，第一名（傳臚）黎湛枝（廣東南海人）。「第三甲一百七十四名」，賜同進士出身，第一名牛蘭。

全書八十頁，封面與《會試錄》同。這部《會試錄》與歷科會試大有不同。（一）向來會試是在北京貢院舉行的，但這一科卻在河南開封貢院，因為辛丑和約中規定「諸國人民遇害被虐之城鎮，停止文武各等考試五年。」所以我們就借汴闈舉行，洋人也無如之何。（二）這一科的會試，是「爰變有明舊制，以策論經義取士」（孫家鼎序文語），是廢八股後第一次的會試，下一科甲辰（光緒三十年）恩科會試，是最後一次會試，從此就把千餘年的科舉制度廢了。

我所藏的這兩部書，是這一科的翰林邵章先生的。先生為清代大儒邵位西文孫，前幾年才在北京逝世。除此兩部外，尚有《會試同年齒錄》一部，三部書共一套。年齒錄四冊，古銅紙封面，黃簽條。每冊封面，邵先生都把進士的名字寫上，以便檢查。邵先生死後，陳叔通先生向其後人索取贈我。另有《壬寅鄉試同年錄》、《壬寅浙江鄉試同年錄》，都是邵先生遺物，陳先生舉以為贈，至可感。

趙飛燕玉印

漢朝趙飛燕玉印，是我國二千年著名的文物。它不止在金石、文字、考古上有很大的價值，就是和我們廣東也有過短短幾年的因緣。此印現藏山東濰縣陳氏十鐘山房。陳氏藏印為我國近代巨擘，他收藏的古印約七八千方，名其樓曰萬印。樓主陳介祺（號簠齋，精於金石文字，在滿清咸豐同治間，大力購買金石，保存文化之功不可沒）是道光帝寵眷的大學士陳官俊之子，他一面在京做官，一面蒐購古物，數十年間，收藏遂富。民國初年，他所藏的古印已為其子孫押於北京某銀行。一九三六年，宋哲元主持華北，有意以公款購買這一批古印，就吩咐把這批印朱鈐一部給他看看。其實宋哲元對於金石是不懂的，鈐成後，不過交給他的幕府中人去請一班金石家代他定下一個價錢罷了。

陳氏這批印百分之九十九是漢印（一九二三年商務印書館影印行世，名曰《十鐘山房印舉》，久已絕版，現在要買一部也要二三百元港幣的），數量又這麼多，非有一年工夫是鈐印不完的。初時他們把印拿到中山公園的董事會去鈐印，我和楊千里也託吳劍華（余紹宋的學生，能書畫）選擇一部分最精采的各朱拓了十本。我那十本，在香港淪陷期中失去了，楊千里的還存在。今年五月我到上海見了千里，他便把這十本印譜相贈，以補我的損失。我因為已有影印本，就婉謝他了。當日楊千里在宋哲元幕府中做參議，宋哲元請千里估價，千里認為平均計算，每一

趙飛燕玉印

印五元也差不多了。但陳氏後人以為價錢太過便宜，於是公家收買之說暫且不提，只是便宜了我們天天得以去偷蓋。後來華北風雲日惡，宋哲元無心於此，這件事便打銷了。這是二十年前華北地方政府欲收買萬印樓藏印的經過。後來日本軍人佔了華北，這批印的下落如何，我不十分清楚，聽說現在還存在北京。

這批印中，有一方趙飛燕印，最為人注意，當時我曾拓印了幾份，送朋友後，現在還剩有一份，晨夕把玩，也是人生一樂。關於此印的制作，吳蘭修集中有題此印詩序云：（吳字石華、嘉應人、嘉慶間舉人，道咸間著名之金石家，曾居阮元幕府。）

玉印徑寸，厚五分，潔白如脂，紐作飛燕形，文曰：「婕伃妾趙」四字。篆以秦璽，似獨以鳥蹟寓名。嘉靖間藏嚴分宜（即嚴嵩）家，後歸項墨林，又歸錫山華氏及朱竹垞家，最後為嘉興文後山所得，仁和龔定菴舍人以朱竹垞所藏宋拓本婁壽碑相易，益以朱提五百，遂歸龔氏。此冊乃何夢華所拓也。（何夢華杭州人，乾嘉間之金石家，收藏甚富。）

其詩云：「碧海雕搜出漢宮，迴環小篆字尤工；承恩可似綢繆印，親蘸香泥押臂紅。」「不將名字刻苕華，體制依然出內家；一自宮門哀燕燕，可憐孤負玉無瑕」。「黃門詔記未全誣，小印斜封記得無；回首故宮應懊悔，再休應問赫蹏書。」「錦裹檀薰又幾時，摩挲尤物不勝思；煙雲過眼都成錄，轉憶龔家婁壽碑。」（按：婁壽碑後歸翁同龢，海內孤本也。）

龔定菴藏古器物，有「三秘，十華，九十供奉」的名目。居首之「三秘」，趙飛燕玉印就是第一位（其餘為秦代天禽四首鏡及一百四十四唐石本大令洛神賦），可見他對此印是怎樣的躊躕滿志。他得此印是道光五年乙酉（公元一八二五年），他在崑山買得清初徐健菴尚書的園亭，打算築樓三層來收藏他的古物，最高一層，名叫寶燕閣，由姚元之題額，趙印即藏其中。後來定菴因為賭輸了錢，把印抵押去了，結果閣也沒有築成。後來印為潘仕成所得。

《定菴文集》破戒草有詩四首記其事，題云：「乙酉十二月十九日，得漢鳳紐白玉印一枚，文曰緁伃妾趙，既為之說載文集中矣，喜極賦詩，為寰中倡，時丙戌上春也。」詩曰：

寥落文人命，中年萬恨並。天教彌缺陷，喜欲冠平生。
掌上飛仙墮，懷中夜月明。自誇奇福至，端不換公卿。

入手銷魂極，源流且莫宣。姓疑鉤弋是，人在麗華先。
暗寓拚飛勢，休尋象德篇。定論通小學，或者史游鐫。（自注，孝武鉤弋夫人，亦姓趙氏，而此印末一字為鳥篆，鳥之喙三，鳥之趾二，故知隱寓其號矣。象德篇班婕伃所作，史游作急就章，中有緁字，碑本正作婕，史游與飛燕同時，故云爾。）
夏后苕華刻，周王重璧臺。姒書無拓本，姬室有荒苔。
小說冤誰雪，靈蹤閟忽開。（自注：嘗論西京雜記出六朝手，所稱漢人語多六朝語，未可信，客曰：得印所以報也。）
更經千萬壽，永不受塵埃。（自注：玉純白不受土性。）
引我飄飖思，他年能不能。狂臚詩萬首，（自注：擬遍徵寰中作者為詩）高閣供三層。
拓以甘泉瓦，燃之內史燈。（自注：內史第五行燈，亦予所藏）
東南誰望氣，照耀玉山稜。（自注：予得地十笏於玉山之側，擬構寶燕閣他日居之。）

考定菴得此印時，寓北京上斜街，時為道光五年。到道光十一年十月，定菴以二千二百兩將屋子賣給廣東番禺人潘仕成。後來仕成歸廣州，即以此宅捐贈為番禺會館，即今日北京的番禺會館也。定菴與仕成很有交情，賣屋所寫的契有「憑中說合，情願賣與潘德畬（仕成之字）二兒處」，可證，定菴此印怎樣流入潘仕成手中，我現在還未找到可靠的資料可以說明，但絕不會是仕成在京時，定菴賣給他的。

定菴死後，他的收藏品有很多流出市面，北京上海一帶，時時有他的藏品出現，那時候，潘仕成在廣州正在大花錢買古物，北方的文人，書畫經紀到了廣州，潘仕成就招呼他們在海山仙館裏居住。又有一班篆刻家來廣州賣藝，都住在潘家為上客，他們影響廣東的印學甚大，趙飛燕玉印，大概就是這班人帶來廣州賣給潘仕成的。咸豐年間，徐康所寫的《前塵夢影錄》就說過這顆印「今藏海山仙館」了。到光緒廿二年，江標刻靈鶼閣叢書時，他說光緒十四年（公元一八八八年）他在廣州時，還親見到潘氏藏趙飛燕玉印的檀匣，四面刻字幾滿，而印則不知何在，可見此印在光緒初年已不在廣州了。潘仕成鹽業失敗後，此印歸高要人何昆玉，後來也拓在他的《古玉印存》裏。同治十一年，昆玉帶了他所藏的吉金齋藏印二千七百餘顆到北京賣給陳介祺，趙飛燕玉印也在內。陳介祺在光緒九年第二次朱拓所藏的漢印，成《十鐘山房印舉》，趙飛燕玉印也在其中。此印的刻法及形制，確是漢朝之物，久已為考古、金石家承認的。

李廷珪墨

李廷珪程君房方于魯製墨

中國以製墨享大名的人有唐朝的李廷珪，到明朝又有人所共知的程君房，方于魯。（李廷珪後也有不少以製墨著名的人，不過沒有程、方二人那麼大名氣罷了。）現在談談這三個人製墨的故事。

李廷珪是唐僖宗時人（公元八七四至八八八年之間）據說他本姓奚，原是易水人，逃到南方，就在安徽歙縣落籍，所以變做安徽人了。唐朝的皇帝見他製墨有成績，就賜他姓李。廷珪父子都是製墨專家，他所製的墨，形狀很多，有圓餅龍蟠的，有像彈丸的。據前人記載，李廷珪製墨一笏的原料，要用珍珠三兩，玉屑一兩，和以生漆，搗十萬杵，所以製成之後，堅如鐵石，放在蓄水池中，經年不壞。李廷珪所製的墨，到今已一千多年，北京故宮博物院就藏有一笏，乾隆帝在生時，把它當作寶貝，特製一個精緻的漆匣裝着它，盒上還題了許多字呢。

明朝初年，距李廷珪時代不過六百多年，據吳郡人馬愈所作的《馬氏日抄》說，他在明英宗時，曾在英國公府中見李廷珪墨一笏，他認為世間還哪會有李廷珪的墨，所以不大相信。主人說，此墨出自內廷，就算不是李廷珪墨，也必定是好墨，不妨一試的。馬愈只好拿那笏墨向建安瓦硯上磨一下，墨堅如鐵，瓦硯給劃傷了。這時候馬愈才信是真品，因為李家墨雖然經過了幾百年，其剛硬一如新製，磨時要先作準備，假如要磨半分左右，先一晚把水浸墨身半分，第二天磨時才不會傷硯的。製墨的功夫達到此境，真是出神入化，不能不叫後人佩服我們祖先的絕技了。（日本的正倉院，到現在還藏有唐明皇開元四年的貞家墨和同此時期新羅所製的楊家墨。據見過的人說，這兩笏墨簡直就和魚脯一般。）

明人製墨，代有名手，到萬曆年間，程君房、方于魯一出，幾乎集製墨的大成，前人研究所得的，他們都發揚光大之，在我國美術史中寫出光輝的一頁。（較他們早一些時候的有羅小華，名龍文，也是徽州人，家富厚，善鑑賞。後入嚴世蕃幕，以嚴黨棄市。沈德符的《野獲篇》說，小華的墨在萬曆年間已很值錢，人們用馬蹄金一斤想買他所製的墨一兩也不容易到手，沈是萬曆間人，所說或不虛。）

程君房、方于魯同是徽州人，方于魯初名大激，改名建元，汪道昆與之聯姻。招入豐干社，極力替他宣傳。于魯能詩，著有《佳日樓集》（萬曆三十六年刊本，為明人集中最難得之書）。程君房字幼博，又字大約，他和方于魯的關係極深，後來鬧翻了。

方于魯著《方氏墨譜》六卷，首列同時諸人投贈的詩文，下分國寶、國華、博古、博物、法寶、鴻寶六類。上自符璽圭璧，下至雜佩，凡三百八十五式，摹繪甚精，各系以題贊。程君房也著《程氏墨苑》十二卷，分元工，輿地、人官、物華、儒箴、緇黃六類，與方于魯爭名。（這部書是萬曆年間彩印本，也有墨印的。鄭振鐸先生說這部書「彩色者近五十幅，多半為四色、五色印者。今所知之彩色木版畫，當以此書為嚆……」，見《劫中得書記》。）

後來程君房託太監把他的墨進貢給明神宗，方于魯知道了，恨之不已。恰好程君房因殺人入獄，方于魯乘機報復，極力陷之，程君房絕食死獄中。據姜紹書的《韻石齋筆談》說，程、方二人製墨，互相角勝，方于魯微時，曾在程君房處當學徒，學製墨之法，食宿在程家。程君房有一妾頗美麗，程夫人妒甚，把她逐出。方于魯久慕棄妾之色，託媒婆輾轉把她謀娶，程君房就在官府告他一狀，兩人因此有隙。不久，程君房以殺人嫌疑入獄，疑方于魯陷害，大罵方于魯為中山狼。

程君房製的墨在明朝已名重一時，方于魯後來得他的製法，也大有改進。據說方于魯製墨不取豨膏而取桐油，和墨不用漆而用廣膠，解膠不用梣皮而用靈草汁，所以他的墨出世，也為人所重。

我在北京時，以收藏古墨著名的袁勵準逝世，馬敍倫、陳漢第兩先生曾買得他所藏的明墨數笏。據馬先生對我說，他共買得程君房、方于魯所製的各二笏，以程製的為最好，研時不起泡，墨色如漆而入紙。方于魯製的雖然也好，但研起來有泡，不知何故。馬先生疑為漆重。

明代葉小鸞銘水雲明月硯

葉小鸞眉子硯

《龔定盦別集》，無著詞選，有天仙子一闋，自賦所藏葉小鸞眉紋詩硯，詞云：「天仙偶厭住瓊樓，乞得人間一度遊，被誰傳下小銀鉤。煙澹澹，月柔柔，伴我薰香伴我修。」鄧之誠先生評以「語意呆滯，殊乏纏綿之意，辱此硯多矣！」誠然。定盦得此硯於道光年間，列入「九十供奉」之內，視為珍秘。

小鸞江蘇吳江人，字瓊章，一字瑤期。她的父親紹袁是明朝遺老，字仲韶，號天寥道人。天啟間進士，官工部主事。他不大喜歡做官，後來辭職回鄉，其妻沈宛君，有詩名。他們共有五子三女，個個都有才學，小鸞年最小，又是詩才最高的一個。他們一家人時時唱和，天倫之樂無窮。滿洲兵下江南，紹袁棄家為僧，自號粟庵，著有《湖隱外史》、《甲行日注》等書。小鸞許字崑山張氏，將嫁而卒。據傳她死後七日才入殮，殮時渾身輕軟，家人都以為她仙去了。

眉子硯是葉小鸞的疏香閣詩硯，橢圓形，長二寸七分，廣一寸六分，高四分，形如半彎新月。側鐫疏香閣三字，背鐫：「舅氏從海上獲硯材三，琢成分貽余兄弟，瓊章得眉子硯」二十二字，真書。綴以二絕云：「天寶繁華事已陳，成都畫手樣能新。如今只學初三月，怕有詩人說小顰。」「素袖輕籠金鴨煙，明窗小几展吳箋。開奩一硯櫻桃雨，潤到青琴第幾絃。」下署曰：「己巳寒食日題」，印章「小鸞」二字。此詩《返生香集》中失載（葉恭綽先生令祖南雪先生，曾刻《返生香集》，我未見過）。小鸞死於崇禎五年十月，年十七歲，已已是崇禎二年（公元一六二九年）寫此詩時，年才十四耳。

眉子硯迭經名人收藏，所題的文字，多到不可勝數。這小小的一方端硯，因女詩人是江蘇人，又曾經為廣東人收藏而成為這兩省的著名文物了。

廣東人最先收藏眉子硯的是陶綏之。綏之原籍浙江會稽人，篁村先生之姪，他的祖父曾為廣西知州，所以綏之就寄籍番禺。他得到眉子硯後，遍請名人題詠，集成一冊。後來此硯歸梅縣人吳蘭修，題疏影一闋云：

> 三生片石，有黛痕隱隱，依舊凝碧。字瘦如人，詩靚於春，都是可憐香澤，曇花悴後瑤琴冷，共一縷玉煙蕭瑟。最傷心細雨櫻桃，又過幾回寒食。猶記疏香舊事，小犨初畫了，無限憐惜。煮夢年華，寫韻風神，轉盼已成今昔。彩鸞未許人間嫁，更莫問蓬萊消息。算只有眉月蟬娟，曾照那時顏色。

清道光廿九年（公元一八四九年），大興王佛雲（壽邁，舉人）在清江浦市上得眉子硯，因名所居曰硯緣龕。不久後，王佛雲竟然得到一個機會到吳江做知縣。吳江是葉小鸞故里，這真使王佛雲大喜過望。下車後，立刻去訪葉氏後人，畫小鸞遺影，重修小鸞之墓，立碑於上，並刻《疏香閣遺稿》，即《傳世之硯緣龕刊本》是也。集之末，附以同人題詞，曰《硯緣集》。他從前得此硯名其齋曰「硯緣」，至此乃驗。這也是文人一件樂事。集中有黃鈞宰題北曲一折，甚為可誦，而常熟吳逸香女士的北曲一套，更為擅場。黃鈞宰讀後，評以「音節悲涼，風神絕世，晨夕諷誦，自愧弗如」。因請錢吉生作「聽真圖」以識嚮往。今讀吳女士之作，確是「音節悲涼」，信為集中壓卷。其詞云：

塵海滄桑如過鳥，往事憑誰弔。仙雲跡未消，千古傷心美人香草，一硯認前朝，是名媛當日閨中寶（步步嬌）。有時對明窗，閒譜遊仙調；有時捲疏簾，戲將眉葉描。你看櫻桃開落幾昏朝，又是寒食御風斜照。誰解道、昇天成佛任逍遙，袛憐她、曇花幻影增悲悼（醉扶歸）。落日松陵古道，歎荒煙蔓草，遺冢蕭條。桃花三尺艷魂銷，垂楊幾度啼鶯老。春山翠黛、秋風野蒿，綠波明鏡，羅裙細腰，珮珊珊應有芳魂到（皂羅袍）。遇這謫仙，讀生香舊稿，一片石，珍似瓊瑤。仙魂招取，把亭亭倩影描，又獲得孤墳好，硯緣奩裏憐才懷抱，仗海內詩篇，化幽恨銷（好姐姐）。愁紅慘綠知多少，誰值得才人倒，也算得是薄命青娥有下梢（尾聲）。

近數十年，眉子硯已不知其蹤跡，但廣東有很多仿製的眉子硯，時在市面出見，可見廣東文人是怎樣珍愛這個才女的遺物。（二十年前，葉小鳳先生楚傖，曾重修葉小鸞之墓，近年不知如何。一九五六年五月遇吳江楊千重先生於滬上，忘記詢及。）

十七世紀緙絲《釋迦坐像》軸

緙絲

中國有一種聞名千年的手工藝品，在近百年來已經日趨沒落了，最近兩年，才有點復甦的氣象。那是甚麼東西呢？說起來，這個名字頗為生疏，它叫做緙絲，又稱刻絲，是用絲繡成的美術品。

讓我先把「緙」這個名字解釋一下。《名義考》云：「緙，乞格切，織緯也。則緙絲之刻，本作緙，誤作刻。」現在我為了方便排字起見，仍然用刻字，稱為刻絲，即引用舊籍，凡遇緙字，也一律暫改為刻，只在下方注明，以存其真。

刻絲是怎樣製造的呢？莊季裕的《雞肋篇》說：

宋人刻（原作緙字）絲法，起定州，以熟色經於木桴上，隨所欲作花鳥禽獸，收以小梭，織緯時先留其處，方以雜色線綴於經緯之上，合以成紋不相連，視之如雕鏤之象，故名刻絲。

把這段文字譯成語體，那就是說，在經絲絡成後，用小梭織上緯絲時，把圖案的輪廓留出一線距離來，然後以綵色絲線「刻」在預先留出的輪廓裏面。所謂「刻」即是編織之意。二十年前，我在蘇州見過工人織刻絲，所用的機，和織布綢的一樣，把經絲卷在兩端的軸上，一面用腳踏，一面手織。小梭子很多，工人留心看畫稿上需用的各種顏色來配上各種絲線，一梭一梭的織上去，而且要計算長短，從經絲裏穿出穿進，一絲兒都不能錯亂。織成後，兩面都是一樣，這和顧繡大不相同。

刻絲的發明，遠在唐末五代之時，定州的工人已能織成花草、人物、山水等圖案了。到北宋中葉，刻絲的技巧大見進步，這時候，定州的出品最為傑出，蘇州是比不上它的。南宋初年，刻絲製作已達到登峰造極的境地，家家戶戶都用織成的緙絲裝潢成軸，視為珍貴的美術陳列品，現在影印在這裏的一幅緙絲，就是南宋初年的出品。是出於定州，抑是出於雲間（今江蘇松江縣），現在尚不可知。宋高宗時，雲間出有名工朱克柔，他的出品最好，後人仿作都不及。

到了元末明初，緙絲工人繼承了宋朝的傳統，技巧更見圓熟，樓閣山水的圖樣都很緊密，用絲也比北宋初年的粗細雜用的進步很多，已能使用細勻的絲了。

清朝中葉，產生了很多摹仿名人繪畫來編織的刻絲，有時還用畫筆來渲染，不一定純用絲織。

影印在這裏一軸米南宮詩字緙絲，是清宮所藏的無價之寶，現藏北京故宮博物院。字跡精神飽滿，簡直像寫成的一般，如果不說明它是緙絲，人們也許會誤會作米南宮的真蹟。軸上引首的「海岳庵」朱文印，及兩名印都是絲刻的，其他散見各印，多是乾隆、嘉慶各帝的收藏印。米南宮是北宋的大書畫家，南宋人織他的字，能夠這樣傳神，真是令人拍案叫絕。我常常說，中國有很多手工藝品，在世界其他各國也可能會有，不過技術有高下罷了，但緙絲這一種工藝，卻是只有中國人才會，任何外國人都學不到這種艱深複雜的技術的。

現在所存的宋元明清緙絲還有很多，大都是裝成掛軸，有些名貴的書畫卷，往往也用宋明的刻絲一小段來做引首，以增加書畫本身的價值。

今日的蘇州還有一小部分工人做製緙絲，他們多是農人，以刻絲為副業，七八年前，蘇州的緙絲工業是沒有人留意到的，製成品也不容易賣出，原因是它的製作過程非常繁複，工夫很大，所以代價也很貴。又因為人們也窮了買不起，在都市的人認為這種老古董不夠摩登，刻絲業便一落千丈。

六年前，華東當局在無錫舉行的蘇南文學藝術界代表大會，會中曾提到蘇州的緙絲工業。後來在蘇州訪尋到一個老工人王茂松。據他說在蘇州能製緙絲的工人只不過六十人左右，而且只能織些王母壽星之類的老畫稿，只有他本人還可以依照新畫稿織些山水、樓閣、人物、花卉、鳥獸和各種字體。大會閉幕後，又找到一個老工人沈金水，他的緙絲技術和王茂松不相上下。現在這兩個老工人正在傳授給下一輩人這種驚人的絕技呢。

清王梅鄰竹刻筆筒

嘉定竹刻

我國江蘇省的嘉定，一向就以刻竹著名，從明朝中葉已名聞國內了。刻竹的藝術，雖然是一種文玩和婦女的裝飾品，但其中有很大的學問，如果那個人是鄙俗不堪的，一拿上手，人們就覺得那件作品不足觀的。近人柴小梵的《梵天廬叢錄》（一九二六年上海中華書局出版）卷二十八「嘉定竹刻」一條云：

嘉定以竹刻著，然今之陳肆列售者，率陋品。蓋擅竹刻者，必兼工書畫，有雅骨，不為利謀，而後所作乃臻妙境。若今之刻竹者，類皆不識字之傖夫，又迫於衣食，奏刀之祭，第冀其速成易售，是以日劣。又藏竹難於藏瓷、藏書畫。瓷易碎，然置之安全之地，無虞矣；書畫易裂易爛，然藏之潔燥之地，無虞矣。若竹刻，燥則裂，潤則蛀，是以奔藏不密固不可，奔藏過密亦不宜。須什襲於平時，而春秋佳日，則摩挲拂拭之。以人事之繁，孰能為此瑣屑？故古之佳刻，亦尠流傳矣。余嘗見一筆管，長不盈三寸，以半截刻秋林歸鴉圖，古枝參天，落葉滿地，樹端數鴉，迴翔欲集。氣象清肅，其半截刻詩二律，筆畫了不苟率。又見一水盂，大如拳，四緣迴文、趾三，各承一贔屭，盂腹刻蘭亭修禊圖，茂林修竹，曲水流觴，諸賢衣褶分明，容態不一，書法逸少，絕似。

柴先生所見的兩件竹刻文玩，不知是甚麼人刻的，他沒有説明，但嘉定那些著名刻竹藝人，多不署名，高明的賞鑑家，一看就可以辨別出來的。

嘉定刻竹的開山始祖，是明朝中葉的朱鶴（字松鄰），鶴的兒子纓，字清甫，人稱之為小松，孫名稚征，字三松。三代祖孫都是讀書人，操行完潔，他們並非以刻竹為生，只是以之為消遣罷了。

朱松鄰賦性高潔，在生時，他是不肯輕易為人奏刀的，所以他的遺作不很多。他所刻的簪，精美絕倫，簪上的人物、山水、樓閣、鳥獸，無不栩栩欲活。三十年前，我國婦女還沒有普遍剪髮，嘉定有一種裝飾品，人們叫它做「朱松鄰」，就是婦女用的竹簪，因為是朱松鄰製的最好，所以就以朱松鄰之名來代表簪了。松鄰不止工刻竹，還精於篆書，能刻印。

朱小松的技術，比他的父親更進一步。他能仿吳道子的羅漢，刻一串念珠，筆鋒極其細緻，羅漢的鬚眉畢現，好像會行動一般。人們都説朱小松一出，就遮蓋了他的父親，朱三松出，又遮過了他的父親。這是一代勝過一代的好現象。其實他們三代的作品，各有所長，後進的藝人，學先進藝人辛苦得來的技術與經驗，然後發揚光大之，又以之教後進，使後學的人有所遵循。最不好的是有人把先進的經驗、技術秘密起來，不肯傳授給人，只許自己知道，有時只傳給兒孫，碰到兒孫沒有本事的，便一傳而絕，那就不好了。我國有很多藝術就是因為這樣而失傳的，説起來很是痛心。（例如明朝末年的蘇州顧德麟，以琢硯名天下，傳其藝於子，但他的兒子短命死了，於是他的媳婦鄒氏盡傳其藝，名更過於乃翁，人稱顧二娘，她雕的硯，現在花千金也不容易得到一個真的，二娘死後，沒有人傳其技了。據説顧二娘只要用腳尖輕輕觸一下那塊石頭，便知道硯材的好壞，如非端溪老坑石，她是不肯刻的。）

三松得到祖父的傳授，可謂得天獨厚，但他也不輕易為人奏刀，往往刻一把扇骨，或一臂閣（古人用以擱在腕下寫字的），一年半載還刻不成。人們催他，他就生氣道：「我靠它吃飯的嗎？」因此人們想得到他的精品，就不敢催問他。

以刻竹著名的，還有明末遺民濮仲謙，他的風節是錢謙益之輩所不及的。當他不高興的時候，任你甚麼達官貴人，拿了黃金刀斧擺在他跟前，他也不肯動手給你刻一筆的。

明朝末年張岱《陶庵夢憶》說：

南京濮仲謙，巧奪天工，竹器一帚刷，竹寸耳，句勒數刀，價以兩計。竹之盤根錯節，經其刮磨，遂得重價，兼刻犀。

那麼仲謙不止刻竹，還會刻犀角了。錢謙益的《有學集》，有《贈濮老仲謙》詩云：

滄海茫茫換劫塵，靈光無恙見遺民。
少將楮葉供遊戲；晚向蓮花結淨因。
枝底青山為老友，窗前翠竹似閒身。
堯年甲子欣相並，何處桃源許卜鄰。（自注云：君與余同壬午。）

（案：壬午為明神宗萬曆十年，公元一五八二年，仲謙與謙益同在這一年出生。謙益死於清康熙三年公元一六六四年，仲謙何時逝世，俟考。）

謙益此詩作於清順治五、六年之間，那麼，仲謙在順治初年還生存，他的年齡已在六十八九之間了。

稍後於濮仲謙六十年的，有一個李寶函，他是嘉定人，刻竹仿濮仲謙，精妙為一時之冠。他在蘇州虎丘做刻竹生意，定價不二。他的太太印白蘭，一字幽谷，能詩，夫婦時相唱和。他的作品很名貴，二十年前，他所刻的一把摺扇，就要賣到一百元左右。到乾隆年間，江西新昌縣又有一個刻竹能手，名潘西鳳，字桐崗，人們叫他做老桐。鄭板橋詩中說他刻竹藝術，為濮仲謙以後第一人。

聽雨樓回想錄

前記

二十多年前，故友馬敘倫先生到了香港，住在馬寶道七十七號的四樓，有一天我去拜訪他，他說上一年他的自傳《我在六十歲以前》出版了，要送我一部，可惜在旅途中不能多帶書，待寫信去上海叫人寄來。我說不必了，遲些兒香港的書店一定有出賣的，我去買一冊，請他題個字送給我，豈不是很方便。馬先生同意了，就談到他寫這部書的動機，無非是想把他未踏進老年時代的生活歷史留下一些鴻爪。他又笑着對我說：「貞白，你也該寫寫自傳了。你雖然未到五十，似乎尚未有資格寫，但你在四十以前的確經歷過不少滄桑，正如張宗子所說：『飢餓之餘，好弄筆墨，昔生王謝，頗事豪華，雞鳴枕上，夜氣方回』，五十年來，總成一夢，把它一一記錄出來，也是個人的歷史啊。」我也笑着說：「到五十歲還有八、九年那麼長，以往的四十年白過了，一個人活了四十年，當然做過許多壞事，也做過許多好事，如果專寫自己的好事，又從而渲染增飾之，未免自欺欺人。至於做過的壞事，把它掩蓋得密不通風，絲毫不透給人家知道，似乎有失坦白。有此兩者，都是失真，亦不足觀矣！」

我和馬先生的交情在師友之間，若嚴格說來，我還要尊稱他做「太老師」呢。所以我們在閒談時，我總是表示出隨時受教之意。馬先生也領會我的意思，有時便以尊者的態度教我。他聽我說有此「二難」，便笑道：「這有何難，不自我吹牛就好了，即使有時免不了要誇張，只要誇得得體，不要使人難於接受，這便是寫作的技巧。至於自己的壞事，如已改過，或能知過而懺悔，如日月之食焉，人皆見之，有何不可？」

馬先生這一番話是一九四八年一月所說的，轉眼廿二年，馬先生在北京謝世了，他希望我寫自傳，我始終沒有執筆，辜負了他的好意。前幾年，我的最小的女兒在英國來信，叫我寫回憶錄，她說：「爸爸，您總是給人家出版回憶錄，又鼓勵人家寫回憶錄，您為甚麼不自己寫一部給我們看看多好呀！」另一個在加拿大的女兒也有此論調。我給這兩個頗喜弄筆墨的孩子（尤其是那個小的，她在真光中學唸書時，就不管功課怎樣緊，都要抽空兒寫她的長篇小說，總共寫了六七十萬字）回信，帶些「自卑感」的成份說：「像我這樣的一個寫稿匠，誰愛看我的回憶錄呢？寫了也沒有人肯替我出版啊。除非我不用賣文為活，有閒功夫時就寫一些，積聚起來，待有餘錢時才自己印行。」小的女兒居然來信鼓勵，叫我「一於如此」，待將來她出錢，為我印刷成書，不管有沒有人看，留為「家庭歷史」，也是值得的。

這樣，我寫回憶錄的「雄心」又增加一些了。但仍然不免覺得好笑，這也許是孩子們的孝心，逗老子歡喜吧，我還未到七十四歲，不必急。（其時正要印包天笑先生的《釧影樓回憶錄續編》，包先生寫他的回憶錄時是七十四歲，所以我認為到七十四歲時才欣然命筆不遲也。）

去年冬間我在波文書店和它的老板黃孟甫兄談天，不知怎的他會談到寫回憶錄的事情，他對我說：「高先生，您為甚麼不寫部回憶錄呢？以你生活經驗之豐富寫出來一定有人要讀的。」我聞言吃了一驚，心想：怎麼和我的女兒們所說的有點相似呀。於是我開玩笑地答道：「除非你肯給我出版，我可以考慮。」怎知此言一出，惹下大禍，黃先生一口答應了，我不便反口，只好作語言上的添注塗改（弄筆桿的人，時要添注塗改，講說話，似亦應如此也。）說：「茲事體大，過了年我們商量一下，要怎樣寫才好，我認為最好先寫一部分，出版後，如果還有人要看，不罵為荒唐，那時候再行續寫不遲。」這樣便「塗改」了一下，又「添注」了一下，擋住「大禍」。

年已過了，虛增一歲，更有資格寫回憶錄這一類的書了，而黃先生也和年一樣，歲月迫人而來，每逢見了面就提起這件事。我是最講究信用的人，答應了沒有不做的，恰好這時，黃先生正計劃出個雜誌，他約我見面談到他的抱負，並說希望我的回憶錄就登在他的雜誌上，然後再印單行本。我為了支持朋友，更不能推辭了。

一九七四年六月三十日，記於聽雨樓中

香港南北行街

我是在香港出生的，那所屋子到今天還屹立在文咸西街，但早已非我家之物了。我每逢經過那裏，總是想起我七歲以前在這房子曾過了很快活的生活，到今日雖然已是六十多年，房子已為陳姓所有，而且改建為前後截的屋宇了，但我對它還記得很清楚。當一九四五年十二月我從澳門來香港時，就是先到這裏的二樓歇腳，把行李放下，其時它的主人陳漢華兄要招呼我住在四十年前我誕生的那個房間，我答應了，但後來改變了主意，推卻了他的好意，仍住到般咸道陳子昭兄家中，那是因為子昭兄說在他家裏起居飲食較為方便。

文咸西街俗稱南北行街，當我出生時，可說是南北行街的黃金時代，我家開設在南北行街十號的元發行，以字號老、業務大為此中「老大哥」，南北行行檔推它「話事」。（即惟其馬首是瞻之意）元發行的對面就是元發棧，二樓住着我的父親、母親，三樓四樓是表伯陳春泉一家人所住。元發棧的正門在文咸西街，後門在永樂西街，後來出賣了才改裝為兩所房子的。樓下和二樓的後半部都是貨倉。

我的父親名學能，字舜琴，母親姓楊，是在香港出生的，出身寒微，十四歲就脫籍嫁為我父的第七姨太太。父親的第四姨太太住廣州，第五、六、八都在香港，第三的已在廣州死去了，第二的在暹羅，人稱平妻，因為她是祖母在暹羅娶她的，待以嫡禮，她的壽命最長，十多年前才逝世，也九十多歲了。

舜琴公一共有子女廿四人，我的母親所生的就五個，在眾妻中算是最多，大概是年青貌美，善於伺候人意，故為我的父親所寵愛，給她的私己特別多，這不止在姊妹中招人所忌，就是遠在家鄉澄海的那個嫡母林氏，一提到我的母親就牙癢癢的，其妒意頗也不淺呢。

在排行中我是第十七，因此我在小時候人們就叫我做「十七」，也有一些人叫我「十七少」。一直到我回澄海居住，嫡母說廣州人那種男女合排的方法不合「古制」，應該分開男還男，女還女才是，於是我改排為第六，家中人叫我為「六少」，那時我已經十二歲了。和我同一生母的是兩個姊姊，一個排十四，一個排十六，十六的早死，我對她毫無印象；兩個弟弟，一排廿一，一排廿四，廿四是遺腹，只有他一個是在廣州出生的。

我對於父親的印象不深，他死時我才四歲，只有一件事使我到現在還記得清清楚楚，那就是他買了一隻鳥給我玩。大概是他死前半年吧，我見窗外有麻雀飛，就鬧着要買一隻來玩，恰巧元發行的一個夥計過來回話，父親就拿了一些錢叫他帶我去買。我記得那夥計長得胖胖的，人們叫他做「肥乾」，我叫他永乾兄，後來稍大，我才知道他姓蔡，是澄海城內西門人。我們下樓時，永乾兄說：「麻雀有甚麼好玩，不如買一隻鸚鵡吧。」

結果鸚鵡買回來了，它是粉白色的，鎖在鐵架上，掛在窗前，對正元發行二樓我父親辦公廳的兩個窗，有時我看見父親憑窗閒眺，也望着鸚鵡，似有愛屋及烏之意。父親死後，我仍住在這所屋子裏，不過不是二樓，高升到四樓了。這時我已有五六歲，稍懂人事，問到我那一頭白鸚鵡，人們說「放生」了，我也不覺得可惜。我早年對於父親的印象只有這一點點。後來有人說我父之死是那頭白鸚鵡剋死他的，因為它每日下午三點鐘就朝着我父的辦公廳叩頭，白為不祥之色，怎經得起它這樣咒它的老主人呢，所以父親就不得不被它咒死了。迷信的人有他們的一套，豈不可笑？

父親謝世那一年，先帶了我的母親到暹羅視察生意，然後又往新加坡，回到香港不久，又要去日本遊玩，順便看看開在神戶的商店文發行。起程之前，他要帶我的母親同去，我的母親說，最好還是過了年才去，如果一定要去，還是帶六奶去吧。為甚麼母親要「讓賢」呢？後來我長大到二十歲，她才對我說，日本之行，她很不想的，一來已經懷了「羅白」（即廿四弟，他出生時肌肉白如雪，故小名羅白，即蘿菔也），旅行不方便；二來，父親已經答應買皇后大道的一座商業樓宇給她，父親和母親都很喜歡這幢房子，因為它就在元發行後門之右，樓下鋪面是租給燒臘店名叫「有記合」的（這商店開了也有五十多年，七八年前才不見它的影子，聽說搬到同一路的另一房子了），如果能買到手，將來樓上做住宅，來往更方便了。母親要等候那個業主從鄉間回來時成交，所以不想出門，但父親堅持要她一起去，他說六奶不慣出門，經不起風浪，還是她去的好。母親不得已只好暫時放棄她的希望，等回來後再接頭買那座房子了。

父親去世

怎知這一去，父親便死在神戶，那所房子沒有買到手，還招來很多辱罵。原來父親急於要往日本最大的原因是要戒煙，視察生意還在其次。到一九二三年，先父的一個隨身僕人蔡瓊（澄海人，從小就跟隨先父，後來升為元發行的職員，已於一九一六年退休）對我說：「二老爺決心要戒煙，是因為受到刺激，一怒才往日本的。有一次他從廣州回來，上岸時，有一班『雜差』搜查他的行李，發現其中有鴉片煙膏，其時二老爺已先坐轎子回到行裏了，差人便把押行李的僕人拉到差館。香港是不禁煙的，差館的人立刻把那個僕人釋放。二老爺知道了很惱氣，說自己不好，染上這種壞嗜好，有失斯文，便立心把嗜好戒除，但又怕在此種環境中很容易又再染上。後來聽說日本煙禁很嚴，便下了破釜沉舟的決心，馬上要往神戶。然而二老爺操之太急，一到神戶就開始不吸煙了，這樣就引起其他疾病，終於無法挽救，死在異域！」

父親戒煙戒得太驟，那是事實，他的病越來越重，初時延請日本的醫生來看，後來認為中國人還是適應中醫，以中醫治療為是，但日本沒有好的名醫，跟隨在父親左右的只有我母親一個是親人，其餘不過是一些清客和元發行的職員，而我的母親年紀也很輕，只有廿二歲（虛歲），甚麼都不懂，當然不能出甚麼主意。後來父親患病的消息到了香港和汕頭，家人着了慌，便打電報往上海請名醫往日本救急，聽說請了夏應堂醫生，以每日一千兩的診金請往神戶，來回旅費和在日本的食宿另計，從動身之日起就按日致送診金。夏醫生到神戶也無法可施，萬金不能買命，父親已入彌留狀態了。

我的大哥繩之（名秉貞）這時正在汕頭規劃創設電燈、自來水公司，電燈公司已完成八九，即可發電，自來水公司剛開始建水塔，敷設水管，一時未能趕往神戶，後來聽説父親病危，才帶了潮汕一位姓秦的名醫趕往，但七叔父暉石（名學修）另有野心，一聽到先父有病便搶先一步往神戶去，大哥要從汕頭來香港轉船往日本，就遲一步，到達時父親已去世，等他來見最後一面就收斂了。

神戶的華僑很多，還有一所中華會館，安設中國的各種「神」，所以中國華僑在神戶死後，衣衾棺槨，不必從日本之俗。中國的有錢人，很重視死後那一所「大屋」——棺材的，認為死者既然「生存華屋處」，死了也應有「華屋」附身，才不失身份，於是甚麼柳州木呢、楠木呢便造成了價值鉅萬的名貴棺材，為富豪服務。更有些富人，年未老就先買好了棺材、墓地，以待日後「榮遷」。先父死時不算很老，只有五十三歲，但在六十年前已列入老字輩之內了，他從來不預先買壽材和立生壙的，一旦客死日本，臨時怎能找到一口名貴的棺材給他舒舒服服的躺下去呢？從中國運一口去是來不及的了，暫時草草成斂，待回國後重新再斂，那是忌諱的。辦喪事的人為了壽材這問題傷透腦筋。

後來這問題獲得解決了。有一個寧波商人，上海、神戶都有生意，他半年住上海，半年在日本，年紀已老，他就定製了兩口壽材，一放在上海，另一口就放存神戶，以便死在那裏就可以「就地取材」。也是先父洪福齊天，那個寧波人兩月前在上海死了，剩下在神戶的「華屋」沒有用場，於是便讓了過來。

小時候我聽見人說，先父那口棺材很是「威水」，差不多有一個人那麼高，長方形，漆得很光亮，下面四角，各釘有鐵製的把手，以便移動時可以揪起來的。我為了好奇，很想開開眼界，但一直等了六七年後我回到澄海，才嚷着要看一看來滿足我的願望。當時我一句潮州話都不懂，家裏的人也不懂廣州話，只有一個年已五十的老僕人蔡剪平（他本是大哥請來管理鶺鴒的「師爺」，大哥死後，降而為僕役了）還能聽幾句廣州話，他對嫡母說：「六少要去看看二太爺的棺材呢。」嫡母聞言忽然傷感，弔下眼淚來，對剪平兄說：「想不到他年紀小小，還知道有個已死的父親，過了幾天就要去瞻仰了。」便叫剪平兄帶我到北城外厝柩的一所破屋，看看父親的棺材，所謂高如成人之說，只是過甚其詞，大抵四尺高是差不多的。潮州人迷信風水，找不到佳壞，往往停棺數十年不葬。先父死後十四年才入土，已是安葬得早的了。

七叔父趕往神戶問病，表面上看來是情深如手足，但骨子裏卻不是那一回事。後來母親告訴我，七叔父到了神戶，就叫她向父親說，他已患病，生意大權不可一日無人掌管，不如把大權暫時交給他，待父親好後才交回，即使父親有不測，那麼公家生意的大權由他接手，也是合情合理的。但母親沒有答應，只對他說：「七少，大權之事，不如等大少來了才提吧，老爺的病雖然未見起色，但也不致馬上有事，等大少來了，你們叔侄再商量不遲。」（大少指我的長兄繩之，他和二哥秉衡都是嫡出，眾妾皆稱之為大少，二少，尊之也。）

她這些話也是實情，但七叔父以為她得寵於先父，必定言聽計從，故此走「內線」，希望有些收穫，怎知被母親一席話像冷水般淋下來，他含恨在心，後來和大哥扶柩還鄉，七叔父就在嫡母跟前說了很多母親的壞話，在船上那十多天，簡直是受盡折磨和淩辱，聽說大哥對她的態度還好，其他的人就變了一個樣子，把母親當作罪大惡極，害死親夫的犯婦，非拿她償命不可了。

運棺材回汕頭的那一艘船，是從香港租來的一艘五六千噸的貨輪，汕頭、日本之間沒有直接航行的船隻，並且三四千噸以上的船，也不能駛進汕頭港內，只好停泊在港口的媽嶼附近，那是因為港內水淺，不能容大船出入之故。母親在船中舉目無親，又語言不通，只有跟隨她的一個貼身僕婦是廣府人，還可以得到一點安慰。母親自嗟命苦，雖然嫁得一個富商，養下四個兒女（一個早殤，尚有一個未出生），自以為下半世可以安安樂樂過了，豈知只過了八年多的幸福生活，又遭此大故，還被人說是謀害丈夫，圖吞家產，真是有冤無路可訴，幾次想跳海自殺，但又因為已懷了胎，不好害了一條小生命，只好含悲偷生，待小生命產下後如何再作打算。一九二六年我已成人，再到廣州省視母親，她對我說，當在船上萬分絕望要輕生時，有一晚夢見觀世音菩薩對她說：「你這樣年青死去，你的三個兒女豈不是沒有照料？即使高家還有其他姨太太，她們肯負起照顧教養之責，難保她們不虐待你的兒女啊，你死得眼閉嗎？何況你已經懷了五個月胎了，將來產下來的又是男孩子，你便有三男一女，高家的家產你就要佔十分之三了，你還愁沒有好日子過嗎？」

母親說，因為有「神」的指示，她才提起勇氣做人的。按照道理，她那麼年青就守寡，應該要再嫁才是，但在我們這個十足封建的家庭，即使做大婦的相當開通，准許這班少妾下堂而去，也必定給予微小的「遣散費」而留下她們所養的兒女的。她們都是性情良善，安份守己的人，出身雖然有點寒微，但個個都循規蹈矩的，叫她們留下自己的親骨肉而去，良心上自有不忍，所以她們都願意留下。當然她們自己亦有打算，她們都有兒有女（只有八姨太太沒有生育，她嫁過來還不到一年，父親就死了。據母親說，八姨太太劉氏因自己年事已長，「監硬」要父親娶她的，父親本來就不喜歡她，為了救她出火坑，大開方便之門，有錢佬多個姨太太吃飯是不計較的），如果要再嫁，未必就能夠找到一家像高家這麼富有的門戶，即使有，也不一定像在高家那樣與大婦分開居住，沒人管束，天高皇帝遠，自由自在。故此她們不想離開高家是可以理解的。（我的嫡母在某一些事情上還算頗為明理。當父親的喪事辦完後，她的悲憤稍平，便叫表伯陳春泉問奔喪到家的那五個少妾，願留還是願去。到父親死後第四個年頭，長兄繩之在汕頭死了，遺下四個少妾，個個都有兒女，嫡母又是這樣，徵求她們的意見。）

奔喪到故鄉

高家死了一個家主，澄海、廣州、香港、暹羅都要開喪，因為先父在這四個地方都有家眷，但開得最熱鬧的當然是澄海，除了暹羅那位平妻沒有來澄海，只在「番邦」主持喪禮外，其他都到齊了。我也和八叔父，和幾個庶母，兄弟姊妹們，陳春泉表伯、陳殿臣表兄一班人從香港趁船往汕頭，轉入澄海縣城。

當父母親將往日本前，母親徵求得父親的同意，把我寄養在春泉表伯家中，十四姊則寄在八叔父家中，廿一弟寄在六叔父家中，由他的三姨太太照料（八叔父只有一位姨太太，她活到一九七〇年才在香港逝世，八十多歲了）。所以父母親就放心出門旅行了。

我當時只有四歲，甚麼都不記得了，但給我最深印象的只是我在海輪上暈船暈得很厲害，不斷的嘔吐，帶我的傭婦罵我道：「你的褲都嘔濕咗咯，冇得換了。」

到開弔那一天，我也披麻帶孝，俯伏靈前，只覺得有趣而已。

老家忽然來了這麼多人，原有的兩所屋子是住不下的，臨時在文祠前的照壁旁邊一條小巷，租了一幢小房子，容納從廣州、香港而來的我們這一批「省城人」（當時澄海老家的人都叫我們為「省城人」，十分歧視，且亦輕視）。的確也容易招惹老家的人反感的。我們一群人浩浩蕩蕩到了，隨身行李，日用雜物，無一不遠勝老家的人，即以僕從之多，也非嫡母和她的媳婦們所及。每個姨太太都有自己的貼身（廣州稱為「近身」）女僕，還有一名打雜女僕，此外，每個孩子都有「乾媽」或「濕媽」（「濕媽」是乳母，「乾媽」只是帶孩子的保母而已），還有婢女等人。這種排場，在老家的克勤克儉家風中是沒有的。她們的確比老家的人享受些了。

辦妥喪事後，嫡母說，她們既然要留下來，那麼就不要回去省城香港了，和我們一起生活。此言一出，把幾位姨太太都嚇到魂飛天外。廣州的房子很大，建築精美，可說得是富麗堂皇，住慣這樣舒適的大屋，忽然要住起小地方的小房子，既沒電燈，又無自來水，你說多麼不方便，不舒服。但嫡母的話是有權威性的，誰都不敢反抗。眾姨太太徬徨無計，只好推舉四姨太太向大哥和春泉表伯請求，請他們向嫡母講人情。大哥現在是一家之主了，嫡母愛自己的長子，當然也聽他的話。

陳春泉表伯則是香港元發行的經理，替高家掌管香港的生意大權，嫡母對他當然要賣個面子。姨太太們託他們兩人正是理想不過。

結果反應很好，嫡母答應放行了。原來春泉表伯向她說，眾位姨太太都年輕，不慣住在鄉下裏，而且省城的屋子有那麼大，沒有人去居住，豈不荒廢了，雖然三哥帶着一個侍妾住在省城，但也不過他們兩人而已，住得人少也不是辦法呢。況且澄海現在沒有屋子，待將來蓋好了，再叫她們回來不遲。如她們到時不肯回來，一切由他負責，非迫她們回來不可。

表伯這番話倒也合乎情理，嫡母不能把他駁倒，於是我們這一批「省城人」就在先父喪事過了百日後，就仍回香港廣州居住了。父親是九月十七日（農曆是八月十四日）故世的，潮州喪禮，人死後足一百日，才算辦妥大事，所以我們離開澄海時，當在農曆十一月底了。母親是住慣香港的，要她去住廣州，她覺得很不慣，堅持仍要在香港，但四庶母對她說，還是回去廣州好，五奶、六奶、八奶都在廣州，如果她一人住香港，不免寂寞，何況下個月母親又要臨月了，沒有人照應，也是不好的。後來母觀還是聽從四庶母的話，一起到廣州了。

寄居表伯家裏

母親往廣州居住，但我和十四姊、廿一弟仍在香港和前一樣，因為春泉表伯和伯母都喜歡我，留我住在他們那裏，這固然是理由，而最大的理由還是他們認為我的母親年紀那麼輕，要照顧四個孩子，未免辛苦，不如由他們分勞一下，到我們長大一些再交還給她。

春泉表伯的家就在元發棧，佔了三樓和四樓兩層，住的人不多，只有表伯、伯母、殿臣表兄和他的第三姨太太，殿臣兄的長子景炘、長女月娥，連同我只得七個人，而親戚僕婦、婢女也有十來個之多。我從四歲起住在這裏，一直住到七歲，計足起來也有三年了，生活過得很愉快，無他，表伯母疼愛我，把我當作她的兒子一般看待。表伯也是很愛我，每逢下午從辦公廳回來，就問：「十七在哪裏？」於是伯母便命人把我帶到他跟前，讓他看看。他那時已經六十多歲了，身材很高大而壯碩，步行時好像獅子一樣有威嚴，迷信相命的人說他是獅形，所以會發財。的確，他是發了財的，他在元發行差不多五十年，由職員升到經理，自從我的祖父謝世後，他掌握了元發行的大權，三十年間，也積聚了家財數百萬，成為富商了。

春泉伯名叫德輝，也是澄海人，年青時在澄海縣城替人幫傭，生活當然不十分好，而且也沒有甚麼出路，想發財也不容易。後來我的祖父從暹羅到了香港，開設元發行後，業務蒸蒸日上，有一年回鄉，表伯往拜見表叔（即我的祖父），請求他照拂。祖父見他人很誠樸，相貌堂堂，便帶他到香港，這大約是在咸豐初年，公元一八五六年前後，割香港已有十五六年了。表伯的相貌雖然很好，但沒有唸過書，一個字都不識。那是不要緊的，百年前中國的商店，不必用到文墨好的人，只要那人懂得做生意，賺起錢來，比飽讀詩書的才子高明得多呢。後來表伯在南北行中，聲譽日起，凡做南北行生意的，沒有一個人不說他是個了不起的人。人們常說：「瞧，春泉太爺一個大字都不識，只會在支票上簽陳春泉三字而已，但銀行就付款了。值得他發財！」

春泉伯母不是潮州人，而是廣府人，聽說是南北行商人鄧姓的婢女，大概表伯在鄉間時因為家境貧窮，沒能力娶妻，到了中年，生活改變了，才娶了伯母，也許是已有妻室，後來死了，才把伯母扶正，殿臣表兄是她所養的，後來殿臣兄中了舉人，要回澄海謁祖，在屋子面前豎立旗桿，她得親自行禮的。據說伯母本來是天足的，只因殿臣兄中了舉，已是「貴人」了，做「貴人」的母親而是一個赤腳大仙，未免有失身份，面子要緊，不妨吃些苦頭，於是叫人來替她纏腳。正是臨老入花叢，怎能纏成蓮花般的小腳呢。無非捱了許多痛楚，纏成不大不小的「金蓮」，在人前充貴婦。（封建時代，婦女以纏足為貴，只有勞動的婦女和人家的侍妾才天足的，故潮州人亦以「赤腳」稱侍妾，卑視之也。）

我在表伯家中住了四年，到七歲那一年跟大哥大嫂回去澄海，住了八個月左右，又再出來，這次不住在表伯處，而是回廣州和母親等人同住了。這是很令我失望的，因為表伯一家人都很愛我，我對他們當然發生了感情，對於自己的母親反而不見得怎樣可愛，只有怕而已。

上學

一九一〇年我算是五歲了，其實還只是四歲，這一年的下半年我開學了。在未開學的前一年，表伯母很耐心的每日教我認方字，在短短的半年左右，我也認識了方塊字一百多個，故此伯母就叫人通知我的母親要為我「開學」了。

我約略還記得，開學那一天，天還沒亮就被人叫醒，帶我的傭婦替我穿起一領很漂亮的藍紗長袍，加罩一件馬褂，更在頭上戴了一頂紅纓的瓜皮小帽，成個「小秀才」的樣子。我之為表伯母寵愛，似乎招到她的孫女月娥的妬忌，她比我大八九歲左右，長得肥肥矮矮，粗眉厚唇，沒有一些兒清秀之氣，又懶於讀書，表伯母不大喜歡她，所以月娥對我當然也有反感。她應該叫我做十七叔的，但她恃着自己大我七歲，不肯下於人，乾脆叫我「十七」，我反而要叫她「二妹姊」。後來她嫁給我的大姪伯昂為妻，應尊稱我為「叔公」了，但她似乎心有不甘，永遠不肯這樣叫我。按照潮州的規矩，她是我的姪媳婦，理應叫我做「六老叔」，她只是取巧叫一大半，叫我做「六老」，其實我那時不過十三四歲，着一個老字未免使人不舒服，反不如叫我「十七」好了。

月娥見我開學，知道我已被困入書房，不在家中了，便取笑我道：「好了，今日鎖起馬騮，看你回來後還會不會像甩繩馬騮那樣的跳來跳去，討人厭！」的確，我是有些頑皮的，伯父母寵慣了，也許得罪了許多人，今日關在馬騮籠裏，受猢猻王管束，知道情形有點不妙，便哭着不肯去。月娥就乘機恐嚇我道：「十七，你因住，那個陳老師好惡的，動不動就拿戒尺，籐條打人。你這樣頑皮的馬騮，以後有得你慢慢捱砂籐之苦。」（廣州人叫鞭打人的籐條為砂籐，大概以其出產在砂磅越之故）。

表伯母因我哭着不肯去，一面罵月娥多事，叫她閉嘴，一面哄我，還說不要怕，陳老師很「好相與」（即很和善之意），而且撈哥也在那裏和你一起讀，老師不會打你的，撈哥可以照應你。所謂撈哥，即是月娥的長兄景炘，他比月娥大兩三歲。現在要為我「開學」的那個陳老師，租了八叔所住的房子的二樓開私塾，教十多個兒童唸書，景炘早已在那裏跟陳老師了。景炘也是被他的祖母驕縱慣了的，常常逃學，陳老師對他很客氣，從來不責罰他的。（撈哥的撈字，得解說一下，潮州人叫小孩為「奴仔」，常省為「奴」，廣府人學潮州話由於發音不正，把「奴」字唸成像廣州音的「撈」字，景炘小時，他的祖母疼愛他，叫他為「奴」，但又叫不正而成為「撈」，從此家人即稱景炘為「亞撈」，傭人們稱他作「撈官」。）

我開學是一個大日子，先一天已把我的書案和背椅搬往塾中了，書案是油作大紅色的，一陣陣的油漆味令人很難受，這是我的外婆所送的（此為廣州俗例），我一直用了它做讀書工具凡七八年之久。為甚麼兒童上學，必定由他們的外婆送椅桌，我沒有考究，潮州就無此俗。當我到了書塾時，帶我的傭婦把我從她的背後放下來，另一個男傭人把我的書包和拜「聖人」的香燭元寶「薄撐」，逐一從挑盒中拿出來，安排好了，就帶我走近「聖人」的神位前行禮。這時孔子的神位前已擺滿了祭品，燃着香燭了，老師指揮帶我來的傭人們教我向「聖人」行三叩首禮，然後向老師叩一個頭，遞上一封「利市」。於是陳老師便帶我到我的書案前，抱我坐在高背椅上，男傭人就在我的屁股後面放了一包紅紙包着的「薄撐」（是一種薄餅，皮極薄，包着甜的、鹹的餡子）。

陳老師翻開擺在案上的《三字經》最後那一頁「揚名聲，顯父母，光於前，垂於後」這幾句，用硃筆圈了，教我讀，又把着我的手掌，教我寫書格中這十二個字，口中念念有詞，不知說的是甚麼，這樣就算是「開學」了。老師吩咐我，每日來上學，先向「聖人」神前作個揖，然後到老師面前叫一聲，作個揖，放學時也是這樣。我唯唯如命，安坐在椅上，認「揚名聲，顯父母」那幾個字。那時天氣寒冷，小孩子的尿又特別多，我第一天到書塾，怕老師，怕同學，不敢問他們小便的廚房在哪裏，撈哥的書桌擺在騎樓前，離我的座位稍遠，我想去找他帶我往小便，又因為要經過老師面前，未免害怕，只好強忍着，待撈哥行經我面前才開聲，帶我去解決。

怎知左等右等都不見撈哥前來，真使我忍到不能再忍了，到最後關頭，我就不顧三七二十一，自我解放，頓時滿褲子都是熱辣辣的泡尿，把長袍的下半身都弄濕了。我還是屹坐不動，也不作聲，只是忍耐着，等候救兵。不知等了多久，撈哥行往廚房小解，打從我案前經過，我連忙告訴他要小便，他就抱我下來，拖着我一同去。我說，我已經「賴」了（廣州話叫不正常的拉在褲子中為「賴尿」，賴恐即拉之變音也）。撈哥向我背後一看，果然是濕了一大片，近屁股處的藍色長袍，也染了一大塊紅色，原來尿侵入包「薄撐」的紅紙色裏，紅紙包脫色，又侵入我的長袍。撈哥告知老師，要為我辦理善後工作，於是帶我上三樓八房的細嬸處，替我脱去長袍，換過濕了的褲子，又洗滌屁股大腿一番，我到此才覺得整個人舒服了。

細嬸問我為甚麼要拉屎不出聲，幸虧是拉屎，如果是賴屎，那還了得？這位細嬸是八叔父蘊琴公的姨太太，蘊琴公很寵愛她，自從討她回來後，就不再尋花問柳，而她也洗盡鉛華，一心主持家政，而且也絕少外出應酬，甚至麻將牌也不摩一下，我的十四姊當時就是住在她處，由她教養。

未到下午放學，細嬸就叫傭人下樓通知陳老師說我不上學了，橫豎今天不過是開學，並非正式讀書，明天才到書塾吧。細嬸又吩咐我，以後如果肚餓，要大小便，可以向陳老師告個假，上來這裏，她的傭人為我安排一切。我說我不敢對老師說，怕他罵我，請她叫人下去對老師說吧。這件事便解決了。此後我每逢有所急，就走去對老師說上三樓，老師不單沒有責怪我，還怕我年紀小，走上三樓不放心，指派一個年紀較大的同學陪我一起走。

《三字經》這種書，在舊日小孩子初上學時是必需讀熟的，它是一年級的教科書，一定要把它讀完的。在今日的幼稚園學生不必讀它了，如果強迫他們讀，還要背誦出來，自然就有一批教育家齊聲指謫虐待兒童了，那確實是虐待兒童的，我就曾經此苦。記得上學不久，老師教我讀《三字經》，每天約讀六七句左右，他一邊讀，一邊捉着我的手指頭指着書本上的字，叫我跟着讀，讀了兩三遍之後，他教我讀給他聽。我一字不錯的讀了。老師很歡喜。有一次他教我讀到「昔孟母，擇鄰處，子不學，斷機杼」，除了母、子、不這三個字外，各字皆筆劃繁多，四五歲的小孩子要認識它，還要背誦出來，並不是一件容易的事，老師教我讀了幾遍，還未能上口，他生氣了，但沒有責罵我，只是把書一推，叫我回到自己的書案去讀。我對那幾個難讀的字的音完全不知，老師教過後我就忘了，回到坐位，更沒有印象，叫我如何讀呢？急起來索性一哭。其時將近放我回家吃早飯了，老師見我哭，就先放我走，我連忙把書放入書包，辦好了那些作揖禮節，上三樓細嬸處吃飯。

細嬸問我為甚麼哭，是不是給先生打了，我說不是，便拿出書來，指着那幾句說：「我唔會讀。」細嬸笑了：便教我讀，一直教了十多次，然後解釋這幾句給我聽。這是孟母三遷的故事，她講解清楚，故事也深印在我的腦中，我自己讀多一兩遍便熟了。

我小時候第一次上學的事情，只能記得這一點點，至於同學的名字，老師叫甚麼名，我一概不知，不過同學中倒有一人給我的印象也很深的。這個同學的書桌就在我一旁，我們常常覷着老師瞧不見，或老師去小解，我們便「過位」談天了。有一次下午放學，我不等候傭婦來接我，便跟着這個比我大兩三歲的同學到他家玩去，原來他也是住在南北行街的，就在元發行這一邊，相隔不過三四個鋪位，字號叫甚麼，我不知道，跟着他一直到賬房玩耍。我們玩的無非是畫公仔，他畫一個，我也畫一個，比賽誰畫的好，不知不覺，玩了個多兩個鐘頭，簡直沒有想到回家去。

帶我的傭婦是新上工不久的，名叫巧姐，她接不到我吃了慌，上三樓問，沒結果，連忙回家告知主人，於是派了十多個人南北行街，永樂街一帶找尋我，巧姐還走到永樂街口近三角碼頭處來回走着，希望會碰到我，但枉她走到腳都酸了，也看不到我的影子。她失望回家，剛走到元發行附近，忽見我在一家商號的門前和我的同學在遊戲，她一把拉着我說：「亞姆在等你呢，還不回家去？到底你走到甚麼地方玩了。」我沒出聲，只是跟着她走。

當我到了元發棧三樓，一眼看見亞姆（即表伯母，潮州稱伯母為姆）怒氣沖沖的站在廳上，我還不知她是為了我「走失」而生氣呢，忙上前叫了她一聲，巧姐已把發現我的經過一五一十的告知她了，巧姐還說：「我響海皮唔知行了幾多勻了，如果重搵唔倒十七少，我就跳海都唔得掂。」（意謂我在海岸邊走了很多次了，如果還找不到十七少，即使我跳海自殺也不得了。）

伯母見了我後，忽然臉色一沉，大喝「拿砂籐來！」一個婢女馬上遞到。她接過了手，惡狠狠的在我的腿上猛抽了三五下，我一聲都不哭，正在此時，表伯回來了，他還未進門，便高聲問找到十七少未，後來見伯母正在鞭打我，一個箭步搶上前，奪去她手中的撣子（廣州人叫雞毛帚，責罰小孩子時則叫砂籐），怪責亞姆不該這樣對我粗暴，一面又把我拉到他身邊，問我痛不痛。其實亞姆打的並不怎樣痛，我也沒有哭出聲，被表伯這一問，我反而撒嬌哭起來了。原來表伯最疼愛我，他每天從元發行回過來住宅，必定問我在甚麼地方。他的生活頗有規律，天剛亮就起床，吃一大碗冰糖熬燕窩做點心，到元發行辦公才七點左右，到九點鐘是他吃早餐的時候了，和一班職員共進，吃的是潮州粥，以鹹雜菜、花生米為助，有時也回家吃，午餐十二點，晚餐六點都是在辦公地方吃的，下午三四點之間，他又回家吃半碗燕窩。每吃燕窩必定問人們：「十七有沒有？」亞姆就會對他說：「十七吃過了。」我沾表伯之光，從小時就日食燕窩二碗，吃到我討厭。在表伯家中陪他老人家吃燕窩的只有我一人，在家中算是榮寵之至了。

那時候的燕窩並不像現在那麼貴，聽說最好的那一種，每斤不過五六十元，元發行不單自己在暹羅辦來，而客人寄賣的也很多，拿些回來享用，大概不用花許多錢吧。到底燕窩這種名貴的高級滋補食品，是不是真的營養價值很高呢？根據專家的化驗，證明它是含有些維他命、蛋白質的，但含量並不很多，豆腐、雞蛋所含的比燕窩還高出好多倍，既然豆腐和燕窩所含的營養成份差不多，我們何不多吃豆腐，犯不上花大筆錢買燕窩呀。不過豆腐是賤價之物，甚麼地方都可以花兩三個銅錢便買到，而燕窩乃產自番邦，幾經辛苦才運到中華，是矜貴之物，其滋補之力，豈豆腐、雞蛋能望其項背哉？時至今日，還有很多人相信燕窩可以養顏補肺，具有無上滋補的威力，真令人大惑不解。

中國人食燕窠始於何時，我沒考究過，但在清朝初年已是席上之珍了，名貴的酒席皆稱為「燕席」，而魚翅不與焉。乾隆皇帝生平最喜歡燕窩，他每天早上三點鐘就起床，先吃一碗糖熬燕窩，以後兩頓飯，餚饌中大都有燕窩熬鴨和以燕窩為材料的菜。他的御廚有名張東官者，曾以製燕窩一道菜為他所讚賞，立即賞以「貼士」三兩銀子。三兩貼士，出手並不算闊綽，但那是皇帝之賜，滿朝大臣都不容易得到的，以廚子而輕易得之，是乃無上之榮幸也。

我從五歲起就在陳老師處讀了三年書，只是讀完了一部《三字經》，一部《千字文》，半部「天子重賢豪，文章教爾曹，萬般皆下品，唯有讀書高」（這是《幼學訓蒙詩》開頭的幾句）。這三部書是當時的「幼稚園」的初級高級必讀的，我在這個「幼稚園」計足時日，只讀了兩年，而高級必讀的一部書我竟然沒有讀完，可知我當年讀書並不是怎樣上緊的了。

《幼學訓蒙詩》和《三字經》、《千字文》這些書是小孩子初上學時的必修科，大概在一年內便要讀完，然後讀《千家詩》、《大學》、《中庸》、《論語》、《孟子》。讀到「大學、中庸」，已是小學一年級程度了。幸運得很，我在陳老師處並沒有機會升上小學一年級，《幼學訓蒙詩》讀了一半就輟學了。

隨大兄回鄉

老實說，我家並不是甚麼詩禮之家，也沒有甚麼像樣的讀書人，在陳家也是如此，當然沒有人重視我的學業，另一個原因則是我的年紀還小，關在書塾，無非是託老師看管一下之意，讀書不讀書是無關大計的。這就是三部幼稚園必讀的課本三年沒讀完的原因了。剛讀《幼學訓蒙詩》正讀得有趣的時候，我的大哥繩之忽然來香港了。大哥在香港住了幾個月，便帶我回澄海，那時我剛滿六歲，就此丟下了《訓蒙詩》不讀了。

隨大哥、大嫂回鄉，是我一生記得最清楚的一件事，在未動身前那一個月，和到汕頭後的一段時間，我歷久不忘，到今已六十年，每一閉目凝思，前塵往事，好像電影一一映在我眼簾，可說是我早年的一件快樂的事。大哥為甚麼要來香港，我在另一章會詳細說及，現在只說我跟他回去的事。

大哥這次來香港，隨行的人頗不少，除大嫂子之外，還有他的第五姨太太，他的長子鈺恩（後來以伯昂為名）。兩個婢女，兩個男僕人：一名俊宜（不知姓甚麼），一名黃海。他們到了，照例住在元發棧二樓前座，即是我出生的地方。前座只一房一廳，後座地方較大，前有一房，其後即作為貨倉裝貨。我的母親的房間在前座，自從父親逝世後，二樓便丟空，但在丟空期間，亦有人來住一個短時間，前乎大哥者，我記得有四哥，他在父親死後第二年從暹羅回澄海，路出香港，和一個暹羅侍妾同住在這裏。緊接着就是辛亥革命，住在籐州的四、五、六、八庶母，和我的母親都來香港「走亂」（即避亂之意。「走亂」一名詞，在廣州人口邊掛了差不多二十年，每逢內戰，有錢人家就紛紛避到香港），她們中有一小部分住在元發棧二樓，有些住在西營盤七間。

西營盤是香港西部一個地區，大概過了水坑口沿皇后大道東，一直到堅尼地城這一帶都可以指為西營盤。所謂「西營盤七間」，不過是我家專用的名詞，所指是在皇后大道東那七座房子。在我們家族中連西營盤三字都不要，只叫「七間」。當時住在七間的有六叔、七叔、八叔。七間的房子都是四層高的，樓下出租為商店，每一位叔父都佔用一層到兩層不等，其餘盡租給人家居住，多數是親友，亦有元發行的職員，例如前文提到的那個蔡永乾便是。「七間」的房子是元發行產業，到一九二二年全部出賣了，前幾年我經過該地，見到有幾座已改建為石屎樓了。（過了水坑口朝西走，不久即到了一個斜坡，斜坡下是公廁，七間的第一間即在斜坡之側，六叔居此。再向上走，就是西營盤國家醫院。我小時候偶然也到六叔家中遊玩，總是愛坐窗前看斜坡上的來往行人。）

當我奔喪回故鄉時，還不懂得大哥是甚麼，現大哥大嫂到了香港，還是住在我所住的地方，斷沒有不去見他們之理的。我去見他們當然是亞姆等安排好了，用不着出門，只下一層梯級便到了，大哥大嫂見了我都很歡喜，但彼此語言不通，不能講話，要講也得找人來翻譯。大哥還好，勉強可以講六七成，大嫂就一句都不懂。更有那個比我大七八歲的姪哥鈺恩也是和他的媽媽一樣。但兩叔姪都是小孩子，碰在一起，雖不懂話，也玩得不亦樂乎了。

大哥那裏不知為甚麼有許多玩具，花樣之多。我從未見過，真使我目迷五色。我也不客氣，抓了過來，逐一玩之，一到放學便溜到二樓大嫂處玩，連晚飯也在她處吃，還指定要五姐餵我。到了大嫂等出門遊玩，也放我一天假，不必上學，和他們一起出游了。這樣的不知過了多少快樂的日子，有一天大嫂問我，我既然這樣歡喜她，她就帶我回潮州，以後可以和她在一起好不好？我一口答應了。

這樣的胡里糊塗我就跟大哥大嫂到了家鄉了。到我年紀較大第三次回澄海時，大嫂才對我說，（那時大哥已謝世五年了），我跟她回去並非是說走就走的，首先徵求表伯、亞姆的意見。這兩位老人家雖然有點不捨，但到底不是自己的骨肉，不便說好還是不好，要派人去廣州問我母親。我的母親贊成此舉，她才敢帶我回去的。我想當然啦，大哥是一家之主，他開句聲，誰敢反對呢。

我要回潮州的消息傳播出來後，各房的細嬸紛紛買東西來送給我，作為送行之禮，她們所送的無非是玩具，堆積起來有一兩簍，至於鈺恩的就更多了，大哥更買了很多西洋用物、玩物帶回去，分贈家中各人，所以二樓的大廳堆滿一箱箱的東西，看來真開心。大哥又問我要甚麼衣服，我說要一套西裝，氈帽，還要一支手杖，扮成一個番鬼佬。大哥答應了，就派了一個夥伴帶我到德祥（開設在皇后大道中，近年已移至萬宜大廈了）定造了兩套西裝，順便在公司（大約是永安、先施罷）買硬領、領帶、襯衫、帽子、手杖，還要了一雙白色的手套。我那時候，只有水手裝可穿，現在有西裝了，滿心歡喜，拿了硬領等物回到大嫂處，就由她為我收起。至於那根手杖呢，卻是成人用的手杖，比我高出一個頭，不止是「齊眉杖」，而且是過頭杖了。好得俊宜有頭腦，他替我斬去了手杖的下半身的一大段，我拿在手裏，恰恰相稱，我搖搖擺擺的在大嫂面前作番鬼佬欺負唐人狀，用這支哭喪捧來追打婢女，惹到人們大笑。

回鄉的日期到了，我們登上「海壇」號輪船的頭等艙。這也是我第一次坐頭等艙位，先前奔喪回鄉，坐的是大艙，因為人多，行李多，擠在一起易於照應，而且那艘船又是元發行代理的貨船，並非客船，沒有頭等艙位的。本來表伯和亞姆都很疼愛我的，一旦要離他們而去，我總會有些依依不捨之意罷。

但我一些都不留戀，反而希望早日跟隨哥嫂回去。原來大哥將起程之前，買了很多西洋玩具，準備到家後分給弟姪們的，這批洋玩藝中，有火車、電車、汽車、洋囡囡、火船，五光十色，令人見了生愛，我尤其愛那座路燈，一支燈柱，上有橫支，作T字形，橫支盡頭之下，有燈膽兩個，按一下鈕，就大放光亮，和真的電燈一般。另外一件可愛的名叫「千人震」，一個長方形的木盒，頭部像個饅頭形，盒的右邊有一個機捩，可以上鍊。上滿後，那饅頭形的木頭就大震特震，一個人用手摩着它，手震不停，另一個按着我的手，他的手也震動，這樣傳遞下去，五六個人的手都受震。大概前一兩人的手震盪得較為劇烈，以後的三四人，只是微動而已，名曰「千人震」，當然是誇大其詞了。

這兩件東西我向大嫂要，但她又不懂我的話，我指手劃腳一番，她明白我之意了，她說了一大堆話，我又不懂，只得找俊宜來傳譯，他是大哥的隨身僕人，曾跟大哥到過北京上海和開封，到過香港、廣州多次，還懂些廣州話。他說：「大嫂說，待來到了汕頭後，大哥分配給各人時，她先留起這兩件給你。你現在已經有很多好玩的東西了，先玩着吧。」鈺恩姪聽說他的娘要留下這兩件給我，就向他的娘撒嬌，不肯給我，要和我爭寵。大嫂好言安慰他道：「你就讓給叔仔罷，他比你年紀小，阿爺說過，到汕頭後，玩具分給他特別多呢，他肯回去，你阿爺很高興了。」俊宜把這些話傳譯給我，但我早已知道內容多少了，因為這個多月來，我跟着大嫂，她叫我十七叔，對人提到我叫叔仔，這些話我是懂得的。回鄉有玩具分派，又和大嫂的感情好，小孩子的心理，貪新忘舊是很自然的，所以我對表伯等人也沒有甚麼留戀了。

「海壇」到了汕頭，接船的人擠滿在碼頭上，都是來迎接大哥的，我和大嫂同坐一頂轎子抬到同濟局巷去（這所房子是父親買下的，樓高三層，地方頗大，有一條露天甬道，通到另外一座房子，一個大廳，我們叫它做「四進」，四進樓上住着大哥的三姨太太和她所生之子名煜恩。四進再出去就是有發行，旁門通嘉發銀莊，皆面臨鎮邦街。從四進起以至嘉發、有發的屋子，都是祖父名下產業，我們稱為公司產業），我們叫同濟局巷的房子為「新厝」（潮人叫屋為厝），但舊厝在甚麼地方呢，我不知道，直到現在還不知呢，大哥的五姨太太現尚健存，她還住在汕頭，如果問問她也許知道。

大哥的房間在二樓東邊，西邊也有一房間，正中是一個大廳，樓下、三樓也和二樓的一樣。全座屋子就是三個大廳，六個房間，一個僕人房，二樓一個浴室，樓下的廚房，設在甬道一邊。自從大哥死後，新厝就沒有人居住，他的家屬全部回澄海，新厝出租，當我第三次回澄海時，才知道是租給代理美孚火油的一家商行。到一九二八年七月，鈺恩收回不租，從萬安街遷回來自住了。這時候是同濟局巷四號，數年後又改為同濟巷六號了。鈺恩一直在此住到一九五二年，土改後此屋沒收入官。

我和鈺恩住在樓下的東邊房間，兩人同睡一床，帶我的女傭巧姐則住在對面的房間。我在汕頭住了多久，現在忘記了，給我最深印象的是我每天必溜往四進玩耍，大哥的辦公地方在四進樓下，我記得最清楚的就是他的辦公桌安置在一個小天井之旁，坐椅之後，有一樓梯通至樓上，一九三五年我在汕頭住了半年，我特地搬了大哥所用過的書案，照舊時我所見的設在天井之旁。回味一下童年時所見。我那時既非辦公，也不是寫稿，而是寫畫。

每到華燈初上，四進就熱鬧起來了，晚晚都有酒席，賓客如雲，吃酒時必定「叫花」（即召妓侑觴），出局的妓女要唱歌，賓客有時也為之擫笛拉絃，以為笑樂。大哥本人擅拉二胡和彈箏，高興時也唱潮州曲或外江曲。往往鬧到很夜才散。在最高潮的時候就是入席吃菜了，客人各召所歡之妓坐在他背後，鬥酒猜拳，謔浪笑敖。一室皆是絲竹與人聲，女眷們就在此時在門後偷看，也是娛樂之一。

在汕頭住了一個時期，我們就往澄海去。我們是坐木船沿梅溪而行的，我只記得在船上坐了很久才到，上岸時，岸邊已經有六七乘轎子在等候了，最奇怪的，還有二十多個穿着軍裝，雙足踏草鞋，手托長鎗的軍士，也排好隊伍歡迎。我不知道為甚麼有這種軍隊，我在香港見慣了有洋人操兵，早已知道凡有兵的人就是大人物，現在有兵來接，大概我的大哥也是大人物了。

我和大嫂同坐一頂轎子，轎子前後各有一個兵士護衛着。大哥的轎前轎後就更威風了，前四個後四個，更有兩個僕人在轎子兩旁隨行。走了不知多少時候才到了縣城裏國公池邊我們的老屋。

到家之後，首先要做的事就是給嫡母叩一個頭，她指定我和她同住在新屋。吃過了點心，嫡母回新屋去，帶着我一同走。我以為我住在老屋，和大哥大嫂在一起的，沒有想到要和嫡母同住，真出我意外，但又不敢說個不字，只好沒精打采的跟着走了。其實老屋和新屋的距離不過隔着一條小巷而已，大人們走兩三分鐘便可到，不過在當時我還是小孩子，就覺得好像走了很多的路，要巧姐抱我了。

在家鄉半年

到底我在家鄉怎樣過生活，我都忘記了，只有幾件事情我記得最清楚。第一是到老屋分玩具。我分到的那一支街燈很高興，拿着它在外埕（潮州、閩南一帶的人，叫院子為外埕，聽說台灣亦如此）走來走去的玩，玩到高興，一下失手摔在地上，燈罩燈膽都砸碎了，滿地都是玻璃。剪平兄連忙拉開我，不要踐踏玻璃片，然後收拾地上的廢物。

第二件事是我住在新屋的南北廳，廳是和嫡母所住的上房相連的，既然是廳，為甚麼又住人，我當然不懂。住了兩三個月，巧姐不知何故要回香港，大概是廣府人不習慣潮州的生活吧。別的不說，單是飲食方面就不慣了，潮州人喜食魚腥，廣州人一聞到這種味就幾乎要作嘔。我聽見她說辭工不幹，就哭着不讓她走。她哄我說：「我只回香港見見你的亞姆，就快回來的，回來帶很多食物給你呀。」不知如何，她竟然走了。嫡母指派一個「煮飯姆」（單是燒飯，不燒菜的女俯）晚上帶着我睡。我見到她就討厭，尤其是討厭她纏了小腳，連帶着高跟木鞋上床睡覺，真令我作嘔。有一晚半夜我遺尿，那時天氣很冷，我記得她把豆油燈盞點着了，替我換掉尿濕的褲子。

幸喜巧姐不久又回來了，我很高興。她果然帶了很多食物來，但沒有玩具。巧姐把全部食物交給嫡母去分派，家中的小孩子到底有多少人，我不知道，不過分派下來後，我所剩的還是很多。這些食品都是廣州人製造的，風味與潮州的大不相同。有一次，巧姐拿了一碟油浸過煎好了的鹹魚給我下飯，我吃得津津有味。

我問巧姐不再回香港吧。她說：「算你夠造化，我本來打算不回來的了，不過亞姆和你的母親二姑（我們兄弟叫母親為二姑，不知何所取義，後來年紀大了，才知道母親在手帕交中行二，有大姑在，亦嫁香港一個姓羅的有錢生意人。我們叫她為大姨媽，不時來往，聽說近二十年還住在香港）死勸我回來照料你，我不能卻她們的好意，只得又回來了。」

第三件是我居然也讀了三兩個月潮州書，還騙了五兄一支烏龍水筆，又看他放電影。

潮州人很興有所書齋，只要家境過得去的都要有一所，富有的人，往往有兩三所。書齋的用途是作為男人們讀書會客之所，家庭中一個男成員到了十三四歲，多數住在書齋，等到長大了結婚，才住到家裏去的。我們二房的書齋名叫「與竹」（六七年後我再回故鄉，才看清楚齋門外的藍色瓦片砌成「與竹為鄰」四字，而廣州的房子有一個廳的炕上，懸着紅木框金箋寫着「與竹為鄰」的橫額，是夏同龢的大手筆），當時在齋中處館的已有一位老師，我就跟他唸了幾個月書，唸的是甚麼也忘記了。在齋中讀書的有男女童子五六人，伯昂也在內，年紀較長的則有五哥，他名叫秉遠，是過房給四嬸母的，那時他大概十四五歲吧，他住在四房的書齋名叫鄰竹別墅。

五哥和四哥秉達是暹羅的「平妻」（家中人提到她特別恭敬，稱為「暹羅媽」，因為她的地位比眾姨太太高，與嫡母姊妹稱呼，而最大的原因是她在曼谷擁有很多財產）所生的，四叔過身後兩個兒子一個結了婚，生下一女就死了，小的一個兒子沒結婚也死去，四嬸就要了下窖鄉同宗的本家兩個兒子做孫子，各立一房。父親可憐四嬸人丁稀少，特地從暹羅帶五哥來給四嬸做嗣子，故此四房派下便有三房人。這樣的過房法本來是很不妥當的，但當時潮州人很興這一套。

管理書齋行政有時也管些閫內雜務的有個管家，潮州人叫作「財副」，不知何所取義。商店中辦理賬目的人也叫財副，那麼管家而叫財副，就是管理銀錢賬目之事的了。

我們那個財副名叫陳維棉，是大汕頭鄉人，我們叫他做維棉兄，我年紀小，和他沒有甚麼關係，只是要紙筆和習字的白紙簿就向他拿，描字的方格，則由老師書寫。我每逢向維棉兄拿新毛筆時，他總是拿起我的舊筆來寫字看看是否不能再用，如果還可用，他就說：「你的筆還可以用多一個時期呀，你看，我寫出來的字不是很齊整嗎？」除非毛筆真的不能再用了，他才發下一支新的。這個傭員處處為主人的荷包着想，可省則省，倒是很難得的。

我因為見五哥寫字用的筆叫「烏龍水」，看來比我所用的好得多，有一次我向維棉兄要一支烏龍水（應叫烏龍水筆），他說我只是小孩子，不必用到那麼好的毛筆。我反駁他道：「那麼，為甚麼五兄也有呢？」他說：「這是五少爺自己買的，我這真沒有。而且，你們也用不着要用到那樣好的筆啊。」

原來是五哥自己的私房，我想向他拿一支又不敢。有一日，我見他差人去鄰竹向一個書僮要支烏龍水，不久，那書僮拿來了。我看在眼內。我想，向維棉兄要他不肯，又不敢向五哥開口，不如去騙一支吧。大約過了十天八天，我走到鄰竹別墅騙那個書僮說：「五兄叫我來拿一支烏龍水，你交給我帶去好了。」書僮信以為真，便從書廚中拿出一支交給我。我得手之後，飛跑回與竹，馬上蘸墨來描字了。用名貴的毛筆寫字，是否真的寫得好，我不知道，只是覺得有了烏龍水就非常過癮。可惜我的癮似乎只維持了幾個鐘頭，不久便給拆穿了，五兄向我拿回他的筆，但沒有罵我，只說我「人細鬼大」而已。

有一個晚上，五哥從鄰竹拿來一座電影放映機。機身很小，打開後面的機門，放一盞小洋油燈，裝上菲林。五哥叫維棉兄在窗前張一塊白手巾，就算是銀幕了。我站在一旁帶着好奇心觀看，看他們做出甚麼把戲。只見五哥左手按着放映機，右手慢慢地搖着機捩，銀幕上就出現了洋鬼子的活動人像。但不很清晰，大概是油燈之故，如果有電燈就會比較好些。

電影收場之後，五哥就說這是四哥從暹羅寄來給他玩的。我聽了真是十分羨慕，番邦有這許多西洋的玩意，難得五哥又有個親哥哥（我做小孩子時就把兄弟姊妹同母與不同母的關係分得很清楚，在感情上，同母的親切得多。何以會這樣，恐怕又是大家庭中的矛盾。這是必然的事，不足為異），不時寄東西給他，如果我有一個多好。

大約過了一兩天吧，有一晚我在南北廳裏居然也學五哥放電影，把幾個空的火柴盒綁起來做放映機，又不知在甚麼地方弄到了幾塊小玻璃片，一塊綁在「放映機」的前部，當作放大鏡，其餘幾塊就用墨筆畫些人、狗之類的畫，算是菲林了。豆油燈盞太大，放不進機箱裏，只好放在機後，以為燈光可以射入機身，從前面的放大鏡把菲林的人物映在粉牆上。這當然是失敗的，但我並不因此而失望，還是設法要引導燈光入機身。後來想到一個巧妙的辦法，巧姐有一條黑褲在床上，我懂得黑色能蔽光的道理，就拿她的褲子用手圍起來，作帳幕形引光入機身。正在聚精會神之際，一下不小心，褲子的一角給燈火燒着了小許，嚇到我魂不附體，忙將褲子丟在地上，不知怎樣才好。定一定神之後，才用腳來踐踏它，幸喜所燒之處不大，很快就熄了，不過還有一陣陣的白煙冒出來，可巧巧姐及時進來，她還不知我闖了禍，後來見地上有她的褲子，她檢起來一看，燒了一個窟窿，她好像知是我的傑作，帶哄帶嚇的審問，我才子午卯酉的細說原由，氣到她做不得聲，當然教訓了我一頓才讓我上床睡覺。

這是我有生以來第一次接觸電影機。從此我對影畫戲大感興趣，一九一五年七月，西關大水後，我到香港住了兩個多月，仍住在表伯家中，那時我已八歲了，有膽量走出元發棧大門，跨過窄的馬路到元發行玩。當時賬房中有個寫信先生名叫孝臣，人們稱他為「孝臣秀」（秀即秀才，潮州人稱某某秀才，多略去才字，古人已如此，可見潮州保留中原的習慣風俗甚多），人很斯文，與其他職員頗有不同，我喜歡和他談笑，他用不鹹不淡的廣州話應付我，我也用不三不四的潮州話應付他，倒也談得頭頭是道。我只記得他說以前在澄海曾教過五哥唸書。

孝臣秀提到五哥，我馬上省起四哥、電影機的事，便央他為我寫一信寄去暹羅，請四哥也寄一副電影機給我。孝臣秀果然伸紙命筆寫了，我親自見他貼上郵票，叫僕人拿去寄出。但等了一年兩年，簡直是石沉大海，一點回音都沒有。我在廣州只有暗中咒罵四哥，卻又不敢向人們提到此事。我想，信一定是收到的，孝臣秀寫的信，已經明明白白說到我是甚麼人了。大概他認為我是小孩子，不必理我吧。但過了四五年，我已回澄海定居，自己會寫信了，也曾寫信給四哥，請他買一副寄來。又是等了許久，不單沒有買給我，連信也不覆隻字。我知道四哥不會寫中文信，但他可以叫人寫呀。（據我所知，他在暹羅讀過幾年中文，後來父親帶他往新加坡，叫他讀英文。數年後，父親死了，他沒人管束，就不再讀書了，所以只能略看中文信，寫就寫不來了。）

至於我接觸「真正」的電影，則是我回廣州和母親、姊姊弟弟們同住的時候。記得有一晚母親說快些吃飯，吃過了要去坐「環遊火車」，從廣州到香港，我曾坐過火車的，但甚麼是「環遊火車」就前所未聞了。到時我們五母子還有三四個女傭一行到了一列火車，買票入車廂裏，只聽得一片西洋音樂，吵耳欲聾。坐定不久，燈光滅了，火車隆隆震動，好像向前開行了。眼前有風景人物，有花草樓台，一一映入眼簾，耳聽火車行走之聲，眼見車窗外四圍景物，就活像坐火車環遊世界。這就叫「環遊火車」。我第一次看到的電影就是這樣的。

我記得過了農曆年不久，我就離開澄海回廣州居住，而不再在香港跟着表伯了。為甚麼我記得那麼清楚是在新年後呢？那就是因為有四個雪花白的銀圓做壓歲錢。年三十晚嫡母叫巧姐帶我到她跟前，親手給我四個銀圓做壓歲錢，還吩咐巧姐和我放在肚兜裏（潮州人興繫肚兜，一來保暖，二來可以放東西，我的肚兜是三嫂手製的。我回廣州後，見廣州人沒有這種東西，死都不肯再用，而母親也不喜歡潮州人的生活習慣，也由得我，不加干涉）。巧姐也得到兩個銀圓為壓歲錢，此為異數，家中的男女僕人，只是一元而已。大概她是從遠路而來，特別優待吧。

第二天是正月初一，做兒孫的分次序向嫡母叩頭賀歲，也得一塊錢「利市」。終嫡母之世，壓歲的四塊錢和一塊錢的賞賜，一文不增，一文不減。家中有些守寡的少妾，一年中所得的零用錢無幾，過年時就指望這五個「龍銀」來挹注了。（當時尚無「袁頭」之稱，袁頭是民國三年袁世凱做了正式大總統後下令鑄造的。潮州人習慣叫銀圓為龍銀，則以清代所鑄的銀圓有雙龍的圖案。）

我在澄海住得好好的，為甚麼又會回到廣州呢。據我猜想，我是母親的長子，兩個弟弟都在她身邊，而獨有我遠離左右，她當然認為不大好。但以她的地位，又不敢公然寫信去嫡母，以此為理由。大概她曾叫人寫信給大哥，請大哥斡旋其事，也許當日大哥帶我回鄉只是一時高興，並非認真的，故此母親才敢寫信給他，而他或因一時未便向嫡母提出。然而我竟然能回到生母的身旁了，在我看來還是一件奇事，其實並不奇，只是常情而已。

原來父親的五姨太太盧氏，只養下三個女兒，在大排行中，她們是第九、第十三、第十八。九歲從小就由父親帶往暹羅給姑母做女兒。姑母和父親同是暹羅出生的金氏祖母（祖母是饒平縣後溪鄉人，父名利善）所養下的，祖父有九子二女，大姑母嫁饒平吳煥琳，吳家也是在暹羅發大財的華僑。大姑母婚後不久謝世，沒有一男半女，後來二姑母也嫁吳煥琳為繼室，也沒有生育，故父親在香港帶了九姊、十姊（六姨太太周氏所生，她生十五姊、十九妹及廿三弟）去暹羅給姑母做女兒。姑母的家境甚富，祖父死後，她在暹羅分到一部分家產（當時中國法律，女子無承繼遺產之權的，番邦始有之人），吳家又是很有錢的人家，加以姑母善於經商，二十年間，增加財富十倍，因此家中的人提到「暹羅姑」，無不十二分敬仰。（後來姑母螟蛉二子，把她的家庭揮霍殆盡，同時，姑母又把大量財富捐給寺院，故晚年生活大受影響。）

廣州陋俗，人死了一定要有兒子買水、擔幡，尤其是富貴人家，如果沒有，就認為太丟臉的事。五姨太太既沒有自己生下的兒子，將來死了，誰替她擔幡買水呢？在潮州還容易解決這個問題，因為潮俗對於侍妾簡直不當她是人，稱侍妾為「赤腳」（以別於纏腳之正室）。

當時妾侍不能與正室及正室的子女，甚至自己所生的子女同坐一桌共食，待他們食後才食。如果她們生有兒子，死後可以開喪，倘沒有，在病危將死之前，還要把她搬出另外一屋待死，死後草草成殮，一切「從簡」，掩埋就了事。廣州就不同了，不論她有沒有兒女，照樣開喪辦事，不過沒有嫡室那樣隆重罷了。

父親死後下一年，大兄曾到廣州詢問眾庶母，安排各事，當家的是四庶母葉氏（十年前才在澄海謝世，年近八十），大概她曾把廣州那些死人俗例向大兄講過，並問他將來五、八兩位姨太太死後，誰給她們「做事」（即做買水擔幡的孝子）。聽說大哥指定我和五姨太太做事，廿四弟和八姨太太（她姓劉，也是十年前在澄海死去的，七十多歲了）做事。

我之忽然又回到母親跟前，就是民國二年（一九一三）春間五姨太太病重，四姨太太忙通知大兄，命我趕快出來，以防她一斷氣就有人做事。這樣我就由巧姐帶着我，另外一個男僕人伴送到了汕頭，大兄又派一個到過香港廣州的老誠可靠的夥計，伴我往廣州。我記得當時坐的海輪叫「海澄」，我和巧姐在頭等艙，船開行後不久就風浪大作，船身不斷搖擺，跟着我就嘔吐了。還好，這次坐海輪只嘔了一下而已，半夜後，船已穩定，似乎風平浪靜了，我餓起來，要叫牛奶麵包吃，但船上頭等艙的洋人規矩，過了晚上十一點就沒有人侍應，反不如二三等艙有買辦的人招呼。既然沒有東西可食，巧姐只好從網籃中找出一盒餅乾（也是洋餅乾，汕頭只有洋餅乾出賣，當時還沒有中國資本的餅乾也），開了給我充飢。在船上一晚的事，我所能記得的只此而已。

船到香港，我在表伯家中住了幾天，等候母親從廣州來帶我回去。不知怎的，巧姐沒有跟着去，而是一個和母親同來的好姐。大約兩天後，我們就趁省港船「香山」號上廣州。我們和陳家的人上落省港，多數要趁「香山」號的大艙，因為人多，行李多，在大艙可以多佔地方，比甲板上的頭等房自由得多，並且大艙裏人多熱鬧，船開行後，就不斷有人登場講故事，唱龍舟，賣藥，四五個鐘頭的航程很快就過了。還有「香山」號有個辦房的職員叫做淼哥，經常為高陳二家帶物件書信上落，有了淼哥在船上照應，十分方便。淼哥的形貌至今我還能想像出來，他長得很高，身材瘦削，頸核特別高大，這是一個特徵。

西關大屋

我的父親和春泉表伯都在廣州西關蓋有房子，兩家的房子相連着，如果從隔牆開一道門，便可互通往來的。所謂西關，即是廣州未拆城垣以前的西門。我家在西關十八甫的富善西街三巷。這條富善街是清光緒中葉以後才有的，根據老一輩的人説，富善街的前身是當日西關大富豪伍家的花園大廈。這所大廈的花園很大，其中有亭台樓閣，假山水榭固然不在話下，甚且還有一個戲園，可容觀眾數百人。我家的房子就是舊日戲園和假山的一部分，陳家的是荷池、花園的一部分。我家的地勢較高，陳家的較低，乙卯年（民國四年，公元一九一五年）西關大水，我們要避水遷往樓上居住，樓下水高三尺，而陳家的水則高至四五尺左右，這就看得出了。舊時廣州的大富之家有所謂「潘盧伍葉」四姓，伍家失敗後，把房子變賣，當時就有人組織了一個財團把它買下。但房子太大，一時未易賣出，後來才想到一個「分割」的法子，把大廈拆為平地，闢為富善街，街裏面又分為富善西、富善東。而富善西街則分為頭巷、二巷、三巷。東西街口各有柵門，日夜有人看更，晚上十一點左右就關柵門，出入的人限從東邊的街門，保安措施頗為周密，除柵門外夜裏還有更夫在地面、屋頂巡邏打更呢。

劃分地段出賣後，果然不久就銷售一空了。頭二巷的房子蓋得不大好，小型的佔多數，三巷的房子以坐北向南的那一列最好，一律是大廈式、三便過的大房子，坐南向北的對之如小巫見大巫。我家在三巷尾，到此便路不通行了。巷尾粉牆上有人用白粉寫着「路不通行」四個人字，二十年來都沒有移去，最後一次所見是一九三七年二月，還是白雪雪的四個大字呢。

在我家右鄰的陳家，佔地比我家小一些，但一樣是大廈式房子，同時蓋造，同日入伙的，當建造的時候，表兄陳殿臣還在廣州讀書，大約二十來歲了，兩家的人就派他去監工督造。

我對於這所西關大屋有很深的感情，很喜歡它，我在裏面過了整整五個年頭的快樂日子。這些日子是我一生所不能忘懷的。在這五年中哪一年發生了甚麼大事，我都記得很清楚。現在讓我來描繪一下這所房子吧。

房子的建築風格，一如廣州當時所流行的。大門的牆基約高三尺，是白石的，牆則是青磚砌成。門前那一部分作凹字形，凹入的部分有三道門，最前的一道門是半截的，有時關着，有時敞開，它的後面是一道梯形的門，從橫面拉開拉攏的，廣州人稱為「躺籠」（躺是躺埋之意），終日關着，裏面的人可以和門外的人面對面談話。這種「躺籠」今日香港有些當鋪仍有之。我小時就喜歡爬上「躺籠」，坐在一條槓上。躺籠之後就是兩扇沉重的黑漆大門。

凹入的部分是大門，左右兩旁仍是磚牆，離地面六七尺之處，貼着一張紅紙墨筆寫的「澄海高寓」四字，澄海二字橫列，字較小，高寓兩字直列，很大，每年年終換揮春時，照例由三哥寫。西關人家不知是不是每戶都如此，但富善街的大都這樣，例如住在我們對門的一家姓龍，就標着「鳳城龍寓」。鳳城是甚麼地方，我完全不知，直到二十多年以前才知道鳳城是順德縣。

我們的大門外那個「躺籠」的一旁，又懸掛一個漆底金字的小長牌，刻着「高毓桂棠」四字，據說這個堂名是我們公家的，各房都可以用。「澄海高寓」的揮春，自一九二四年一月三兄死後就沒有找自己人寫，隨便在市上請揮春佬寫個就算，字體很是惡俗，大不如三哥寫得那麼好了。三哥為人不足道，倒是寫得一手好字，但又不肯下苦工，所以沒有甚麼成就。

這所房子是甚麼時候落成的，我無法知道，當一九三六年我到廣州時，常往隔壁殿臣表兄處坐談，其時他的門前冷落，真可說是「門可羅雀」的了。我曾問過他我們這兩座大廈是何時建成的，他說他記得清清楚楚是光緒癸巳年（光緒十九年，公元一八九三年）入伙的，下一年便發生

甲午中日戰爭，而梁燕孫就是這年點翰林。（殿臣兄和梁士詒、周壽臣都是老朋友）

我們這所房子是三開間，帶一條清雲巷，廣州人說這是「四便過」。其實即是「三便過」，硬把清雲巷說成是一間罷了。據所知，當時父親打算在西關蓋一所五開間有花園的大廈，以為養老之所，因為廣州香港只一水之隔，趁夜航船不過幾個鐘頭就到達，便於照顧生意，而且他還想在廣州開設一家規模龐大的藥材鋪，使南洋一帶辦來的珍貴藥品可以行銷廣州各屬，藉此照顧一些親友使有吃飯之地。後來知道有富善街「新村」之設，趕快派人上省洽購，但已經遲了一步。買到巷尾的一塊地皮，還與春泉表兄對分，所以只能蓋造三便過的房子。父親雖然很失望，但也不以此耿耿於懷，希望日後在蘇州買一所花園來彌補此失。

原來父親在光緒十五年（公元一八八九）入京會試，下第後就連忙南下到上海，與表弟陳子俊一起去蘇州遊玩，住了半個月才回香港，他的日記中曾提到將來要在蘇州購買田產，並擬在上海擴充原有的商業。小時候在故鄉，嫡母常在一班兒孫面前誇獎她的丈夫怎樣了不起，中了舉人（其實舉人有甚麼了不起，她還不知道進士是最高的科名呢）不算，還會做生意，賺大錢，算命先生給他算過，他「逢州發州，逢府發府，逢省發省」，所以在廣州蓋房子，做生意。如果不是早死，他已在蘇州買花園，又娶多幾個妾侍，在蘇州又是「一大群」了。（她用「一大群」三字來代表「大堆兒女」這五字）

廣州的房子沒花園，不止是父親的損失，也可說後來那五年我也有損失呢。在七八十年前，父親當然沒有想到一個安份守己，不敢胡作非為的商人厚置田產會招來本人及子孫有殺身之禍的。幸而這所大廈在廣州淪陷期間，給歹徒拆得一清二光，日寇投降後，已成一片荒地，改為一間小學校的操場了。一九四八年下半年，廣州的房產還值錢，將近年終地產大跌，伯昂姪才入廣州把這塊地皮賣給他的好友杜之紳（在香港經營毛織業發財的人，杜國庠先生的族姪），聽說賣得港幣八萬多元，這筆錢，我們七房兄弟去分，應有萬餘元，但只拿到汕頭電燈公司發出的借據每房五六千元（他是該公司的總經理）。不久潮汕解放，電燈公司的借款更不必追問了。我說「幸」者，它已成廢地，不是華廈，不會增加地主的罪名，使我們安心許多。

現在我要來追記一下這所「曇花一現」的華屋了。懷舊之情，誰人能免，從小嬉遊之地，回想一二，也是人之常情呢。

從大門進去，第一個就是門官廳，深約六七尺，其後為六扇黑漆板門，中間和右邊那四扇平時不打開，有貴客或喜慶大事才開的，平時只開着左邊的兩扇。門官廳之左安設門官之神（到底是甚麼神，我不大了了），下面安設土地神位；右為門房，門公（即門房）和男僕人就住在那裏，但有些男僕人卻是回家住宿的，廚子便是如此。過了門官廳就是一個天井（即院子），再進叫做轎廳，右面停放轎子的。廳後又是六扇大門，平時只開左邊兩扇。第一進的地方已經頗大，兩邊為書房、西書房，東書房的房間在下首，書廳左邊一門通清雲巷，右邊又有一小門，穿出小門是一個小小的空間（亦有一小門通清雲巷），過去一個大天井。這東書房是書塾，房間是老師住的。西書房的格式稍有不同，四姨太太住在這裏，下首是一個露天的小天井（轎廳的天井不露天，但上有天窗，下雨時一拉繩子就關閉了。這種天窗在廣府一帶頗流行，別的地方我未見過），中間為小廳，上首則為臥室。

從轎廳轉入去叫作神廳，也就是正廳了。天井之上是一個大廳，右有一小甬道，廳的上面有一神龕，上安神主，從小甬道有梯級上樓，這叫前樓，作弓字形，左右兩直劃皆為樓的面積，在樓上這一部分是看不見神廳的，但可以俯視大天井。上了前樓便可走往神龕，神龕的地方很淺，大約只有兩尺左右，堪容一人站着，前面一道圍欄，高尺餘，人在上面，如不小心很容易掉下神廳來的。我小時候就不敢走上神龕（廣州叫作神樓）。神廳背後一房，叫神後房，以雕花木板為牆，分隔着廳房的，而所雕的圖案，又多是通孔，可以望見裏外的，所以神後房的人講話，在神廳可以聽見。三哥房裏就在板牆上施帳幔，但仍可聞人聲。神後房的門設在小甬道上。神廳正中擺一張楠木的長八仙桌，桌左擺一個花瓶，中間宣爐，右為小大理石屏，桌旁各有楠木交椅一。廳之左右則各設楠木椅四張，每兩張之間則置一几。椅上的牆則各懸楠木鏡框四，長方形的。左邊是父親臨米南宮《蜀素帖》的字，我未購得故宮博物院出版的《蜀素帖》以前，就把那首詩看熟，且能背誦了，不過有些字是很潦草，小時候識字無多，唸錯了音，例如第一句的「青松勁挺姿」的「勁」字，我誤以為「動」字。直到一九三三年在上海利利文藝公司（當時代理故宮博物院的刊物）買到《蜀素帖》後，才看清是「勁」字。我知道父親愛米南宮的字的，但他當時所臨的米字，恐怕是對着帖臨的，哪有機會見到真蹟呢。我現在得見真蹟的影印本，與真蹟一樣，我確是比他幸福得多了。

右邊牆上所掛的是畫，記得是當時上海名家張熊畫的花卉，是金箋的，有父親的上款。三個大廳，只有神廳掛字畫，其餘小廳都空白的，為甚麼如此俗氣，我真想不通，父親在世之日，大概不是如此罷。不過，在新年時候，轎廳也掛些大條幅，都是寫的字，甚麼人寫的我記不清了，只記得有夏同龢寫的長對聯，因為是狀元，曾在這屋子後樓住過一年左右，寫下的字很多，故此我對他有深刻的印象。大哥二哥和三哥都拜他做老師，算是世交了。

神廳的左邊是一個上房，隔一個廳，下首又一房。上房住着五姨太太和兩個女兒，下房住着八姨太太，因為她沒子女，所以分配的房間不多。兩房之間的那個廳，有一道門通往清雲巷。

右邊的兩房一廳是母親和我們四姊弟所住。母親住上房，我們住下首的房，廳上掛有父親楷書寫的四幅條幅，寫的甚麼，從來就沒印象，只記得最後幾句是「寫於暹京池樓」。從母親口中，知道池樓是父親的書齋。池樓有花園假山，養有很多猴子。在澄海時，有個男傭人黃海曾跟大哥到過暹羅，他說某次跟父親的一位姨太太到暹羅的廣州女傭，偶然行近猴籠，猴性淫，對着她手淫起來，她羞憤，跑到廚房燒了一壺開水，向一籠猴子淋下去，死傷了五六頭。結果如何我不記得了。這件事對我也是有深刻印象的。

我們的廳上除了那四幅字之外，牆上還懸有鑲了鏡框橫披畫兩幅，一幅工筆龍舟，一幅花卉、白雞，誰畫的我不知道，到一九二六年八月，我回廣州省親，才知龍舟的一幅是仇英的，花卉的是蔣廷錫，都是父親的遺物，一九二九年我叫母親為我寄往英國。這時候我已稍能鑒賞書畫了，發現這兩幅皆非真品，故亦不十分愛惜。一九三〇年春間，在巴黎一位學美術的朋友，生活陷入窘境，一班朋友已沒法應付他的借貸了，他不斷飛書來倫敦向我求救，我看這不是個善後之法，便向他建議，如果他肯回國，我可以為他籌措旅費。他答應了。但我當時正從日內瓦旅行回來，花了很多錢，不敢再打電報去香港要，只得寫信去日內瓦給正在應付博士考試的張肖梅小姐，問她可否向那位美國西摩小姐兜售蔣廷錫的畫來救急。張小姐為了急友人之急，鼓着勇氣向西摩小姐婉轉陳詞。西摩小姐說她沒有此能力，不過可以打電報向紐約她的波士（她的老板是波頓太太，富婆也，派西摩小姐和史蒂娜小姐住在目內瓦，為她蒐集關於鴉片問題的材料，給予優薪）請問，如果我決意出賣，先把畫寄給她，待她為我寄去，就算波頓太太不要，放在紐約，不愁賣不出的，並問我要多少錢才出賣。我本來很珍視此畫的，不管它是真品還是贗作，到底是先人之物，手澤猶存，並不是到了窮途落魄，何致變賣家藏字畫呢？但迫於要幫忙朋友，救死要緊，只好橫了心腸寄去日內瓦了。我不多求，只要一百鎊（當時一鎊為港幣二十一元），足敷朋友還債和旅費就滿足了。不久後，張小姐將一百鎊用掛號信寄到英國，我又用掛號信轉寄巴黎，交給一位友好傅堅白（名馥桂，吉林扶餘縣人，北大經濟系畢業，在倫敦大學深造，一九二九年轉往巴黎大學。九一八事變後，舉家遷入北京居住，堅白則往南京主編《時事月報》，又回北京任北平大學女子文理學院教授，許壽裳所邀也。一九三六年，為上海中央銀行經濟研究處委員。抗日戰爭結束，出任吉林財政廳長，後來任職上海中國實業銀行。解放後未得他的消息。）請他為某君買船票到香港。但某君到了新加坡就登岸，後來與當地土生女結婚，今在馬來西亞經商，發了財，不談美術了。十年前他還來過香港，使我很高興。

至於那一幅龍舟呢，則一向放在張小姐家中，一九三三年才向她取回，當時有位習油畫的朋友周廷旭，在倫敦美術界中頗負時譽，有一次到我家中見了這幅畫便說孫科很喜歡仇英的畫，不妨賣給他，當時我正離開中國銀行，要去北平一帶旅行，一來等錢用，二來亦知所謂孫科喜歡，只是片面之詞，一時不暇深思，便說：「既是這樣，你就拿去試試吧。」（周君當時追張靜江之女，後來不成功，轉追宋子文一個親戚，成功了，故與國民黨「偉人」有往還。一九三八年十一月在巴黎以買軍火一案有欺騙嫌疑，英法皆通緝他，故此他不能在英法居留，更不敢回中國。當時香港大公報曾譯路透社這段消息，「旭」字譯作「樞」。從此周君移居紐約，為著名畫家，也發了財）從一九三三年八月起，我就沒有見過這幅畫了，到底在「孫科」處，還是仍在周君手上，我也莫名其妙，事隔四十年，以省事為妙！

本來是描繪這所大屋的，忽然又說了一大堆「廢話」，非掉回筆桿不可，於是泊回本題，亦八股中的筆法也。

從神廳後房的甬道可以通出一個小天井，天井的左面，亦通清雲巷。這是最後的一進了。後廳後樓面臨大天井，其右則為大廚房，廚房分三座，前為小天井，有一眼井，中座大廚房，再入為小廚房，有一個大灶。

後廳為三開間，左邊一間是舊日父親用來作書齋的，後來三哥把他改作會客室。中間的大廳有一大木炕，仍是兩邊擺設交椅。父親在省城時，常宴客於此，三哥亦然。右側的一個廳，三哥把它改為臥室，他的三姨太太就住在這裏。

中間大廳的左面有一門，通過這門出去是一條小巷，門的一旁有樓梯上後樓。後樓亦有三開間，外為一個露台，作一形，可俯瞰下面的大天井：露台之下有一個弓形的木架伸出，掩蔽了大天井三分之一的面積，種了常青藤蟠屈架上。但當我稍知人事初住廣州時（以前我到過廣州大約有好幾次，大抵隨父母或表伯母去的，家中是甚麼樣子，當然全無印象），卻未見有甚麼常青藤，空空如也，後來又有人說種的不是常青藤而是葡萄，有一年三哥行經葡萄下，忽然有一條蟲掉下來，跌在他的手上。三哥是最講究清潔的，見了又驚又怒，大發雄威，如西太后發雌威，命太監把西苑的榆樹盡斬伐，所以架上就不見有青翠的葉了。大廳外有臨階，深三四尺，階下有三級小石階，階上設木欄，中間一段空着，以便從大廳出來踏階石而下大天井。左右那兩段木欄，跟着階石作斜形，我最愛躺在斜欄上冥想，或遊戲。大廳門邊兩石柱掛着一對木刻對聯，句云：「菜根風味士夫知；稼穡艱難君子教」，下署「南皮張之洞」。這當然不是張之洞寫給父親的，如是，當有上款，大概是從甚麼地方翻刻來的。我從七歲起就會唸這一聯了，亦知張之洞的名，但不知他乃何方神聖。一九三四年在北京閒居時，故友許同莘先生作《張文襄公年譜》刊《河北月刊》，其初稿中謂張之洞兼署廣東巡撫時，於署後園種菜，築草亭其中，榜一聯云：「稼穡艱難君子教；菜根風味士夫知」云云。但我記得是菜根一聯為出聯也。家中的一聯，大概從撫署拓出重刻的。一九二九年後，我在汕頭忽見此聯放在地下，收入貨倉，我問人為甚麼有此聯，他們說是「少爺」（大姪伯昂）從香港拿來的。我才省起當一九二六年八月我從日本回廣州省親，不見兒時常見的這一聯，我以為四庶母把它毀了，深為不悅，向她詰問，她說去年孫少來省城，命人拿去的，我半信半疑，至此才證實不虛。當時我很生氣，伯昂太過混賬，簡直眼中無人，他居然要管到這裏來了，真豈有此理！但我也不因此小事而和他爭論。（按：許君字溯伊，無錫人，後來此書單行本於一九四四年在重慶商務印書館出版，一九四六年在上海印初版本。）

我家在廣州的屋子大致上是這樣的。一九三七年七月，母親來香港，住在她築在元朗的齋堂裏，不二月而發生抗日戰爭，就沒有回廣州。下一年六月，日寇大炸廣州，便命看屋的人撤退來香港，十月廣州淪陷，沒有人看屋，被匪徒搶掠一空，最後把樑瓦、磚石都拆去賣了，遂成空地一片。隔壁陳家的屋子也同一命運。

在廣州的讀書生活

民國二年（一九一三年）農曆元宵後我回到廣州了，大概當時我已不大習慣講廣州話，所以未有立刻上學。玩了一個時期，便和廿一弟隨同十四姊，妹姐一起在公益中學的附小讀書。妹姐姓吳，名耀文，是契姊的女兒。契姊大概是母親後來在廣州結交的姊妹，我記得母親叫她為「亞星」。當時她倆母女都住在我家裏，傭人稱她為「七姑」。她長得很瘦削，頗斯文，生性好潔，做事認真，因此傭人們都嫌她「奄占」。吳耀文則很漂亮，臉龐圓圓白白，很吸引入，年約十五六，身肥而不露肉，在我當時的眼光看來，是靚女一名也，可惜她大我七八歲，不然的話，我一定要追求她的。

十四姊和吳耀文在公益大概也是讀小學的，我則讀小學一年級。母親帶我往西關多寶大街（拆馬路後改名多寶路）公益報名，校長名叫杜清持（我當時只知她名杜清池，一九五六年在香港和故友劉筱雲閒談，因為他很留心廣州故事，就問他識杜清池其人否，她說只見過一兩面，是個維新人物，他和她的丈夫比較熟些。則此時我才知「池」乃持之誤），她問我幾歲，叫甚麼名，我一一答了，她在寫我的名時問印堂的印字，是否印度那個印字，我不知印度是甚麼東西，沒有答，母親代答了。

廿一弟和我在公益讀書，同一課室，似乎還同一書案。他的乳名叫炎堂。我們早上七點多鐘吃完早飯就和十四姊、吳耀文由一個女傭一個女婢伴送，走了很多路才到多寶大街的。中午不吃飯，只吃點心，廣州人叫「食晏」。因為廣州人習慣，多在上午九、十點左右吃早飯，十二點、一點上茶樓「飲茶」，貧苦人家就多吃早晚兩頓白米飯，食晏飲茶，只是偶然一試了。我們食晏是由女僕送來的，很簡單，無非是一個甜麵包、或餅乾、西樵餅、小鳳餅，如果有蓮蓉粽半隻吃，算是「盛饌」了。

有一次我不知怎的和炎堂打跤，似乎是抓傷了他的面部，小有血出，校長罰我留堂，下午人人都放學了，看看只剩我一人，這時候才着了慌，大哭起來，幸而不久家中又派人來接，校長下令放人，我才獲得自由。在公益讀書，這件事的印象最深，至於當時讀甚麼，就全不記得了。

第二件印象最深的事，就是母親和杜清持鬥氣，索性命我們退學。那年的「孔夫子誕」，學校當局要大事鋪張來慶祝一番，似乎假座一間戲院演白話劇。凡學生家長捐錢多的，就多送些入場券。我們大概已捐了二十塊錢了，只分到十張門票，我們邀請了兩三個親友還帶了四五個婢僕，已超過十人之數了，母親以為我們四個學生不必門票的，故此才多過十個人，怎知入場時，把門收票的人便和我們爭執，吵起來。杜校長在門外鎮壓着的，見有人吵，便過來問甚麼事，不知怎的一手把「羅白嫣」推開，當時她的背後背着廿四弟的，幾乎仆倒地上。母親很生氣，說杜校長野蠻，一怒之下就不看戲，打道回府了。於是我們就不往公益讀書，以示抗議。

不知過了多久日子，天冷了，一日，忽聽說大哥在潮州死了，死於何年何日，當時我不知道，直到第三次回澄海，拜他的忌辰才知是十一月十四日（陽曆十二月十一日）。大哥死前半月左右，我們一家人到香港，辦理大姊淑文出嫁。她的出嫁日期是十一月十六日，而大哥則死於十四日，本應改期，遲多一兩個月才辦喜事的，但男家不同意，認為不過死個哥哥罷了，雖說「長兄為父，長嫂為母」，但死的人並非在香港，似可變通辦法。結果如期舉行，只是省了請客和鼓樂吹打。

我們辦喜事是在堅道租了一座三層樓的房子的，廣州的家人全都來了，到出嫁那天，我和廿二弟亞牛（後命名介文，四庶母所生）一齊做「舅爺」，坐在轎子送嫁。男家姓莫，姊夫名叫莫慶，聽說在大學堂讀書。我記得送嫁時，新郎新娘的轎子並行，沿堅道又再上一斜坡，然後又下來回到堅道，直到莫家。為甚麼這樣，後來聽人說，因為男家也在堅道，兩家相隔不過十多座房子，所以要繞遠路一走，此較好看一些。

莫家是香山縣大族，他們一家在香港已有年所，並且子弟亦多在太古洋行辦事，有些還做了高級職員如買辦之類。大姊夫今尚健在，已八十四歲了，是足球界元老，現在每天還到他的保險公司辦公，一到下午，就忙於應酬，歌場舞榭，常見其蹤影，玩到午夜一兩點才興盡回家，數十年如一日。大姊死於一九二三年，不過二十六歲，結婚已十年了。下一年五月，莫姊夫有事到汕頭，順便入澄海叩拜岳母大人，還給她照了一幅相，又請介祥堂兄為他操機，攝他侍立嫡母一旁。後來聽說，姊夫到澄海擬向嫡母求婚，以十三姊淑容為繼室。但不知為甚麼沒有提出，大概一時難說出來。但他到廣州晤四庶母時，曾露此意。十三姊久聞「親家奶奶」向有難伺候之名，大姊受的磨折夠多了，堅決反對。大姊夫始終沒有再娶，卻有一妾，早在大姊死前討的。（大姊是三姨太太孫氏所生，三姨太太早父親死四五年，她生下三哥一個，大姊則是螟蛉的，父親沒有女兒，故特准也。十三姊之生母，已在一九一六年謝世，故大姊、十三姊均由四庶母撫育，為她們安排出嫁。）

曾國藩常嘆自己的「坦運」不佳（這是他創出來的，言其坦腹東床，無一合其心意也），父親在死後幾年才有女婿，似乎他的「坦運」並不怎樣理想。不過大姊夫做過一番事業，已極難能可貴；二姊夫婚後三年，因病迫得離開天津交通銀行，兩年後死去，英年凋謝，很可惜。二姊淑言含苦茹辛，三十年後兒女能自立，現仍在香港享晚福。大、二姊夫是最出色的了。十四姊夫於一九三一年和十四姊離婚，其人不足道，一九三六年十四姊在上海和劉永年醫生結婚。十五姊夫鄭子銘是個誠樸老實商人，無可訾議，今在廣州，十五姊則在十五年前死了。十三姊夫只是個「二世祖」；祖業花光後，香港淪陷，回到廣州，四十歲才出來真正找事情做，已經吃虧了。其實曾國藩的令坦們，並不怎樣不成器，從俗人的「升官發財」觀點來論，也有一個做到巡撫呢。（聶緝槼是曾的幼女夫婿，官至江蘇巡撫，上海的「聶中丞公學」是他捐貲建立的。）父親的「坦運」似乎也不讓於「曾武邪」了，可發一笑！（「武邪」之美謚，乃左宗棠所上。）

話說我在公益退學，又送了大姊出嫁，已是一年將盡，我怎樣過新年的，毫無印象，只記得沒有四個龍銀做壓歲錢，那是記得清清楚楚的。過了新年，我又有記憶了，我們一家人除了廿四弟外，一同在德才女子學校唸書。我們一群中，我的母親、十四姊、廿一弟和我，但沒有吳耀文「妹姐」（在廣州音這個「妹」字，不唸作姊妹的妹字音，而唸作「靚妹」「妹丁」的妹音），為甚麼沒有她，大概因為契姊和她已不再住在我家了，所以沒有去，到年尾我才明瞭過來，原來她結婚了。這一年的年尾我還在她家裏住過半個月左右呢，以下再談到。

母親年已廿七，還和小兒女逐隊入學堂唸書，為蘇老泉之發奮，倒是一件令人高興的事。如果她被關在澄海故鄉，就沒有這自由了。母親對於唱歌最有興趣，每日上學之外，星期日還入城在進取學校跟一個姓霍的音樂教師學唱歌和彈風琴。這位霍先生在日本習音樂回來的，他只是星期日在進取學校（他是否該校教員，我不知道）教一班學生，男女皆有，似乎是速成班，三個月就畢業的。我記得畢業時，還拍有一張師生同聚的相，霍先生立在中央，他有兩撇威廉髯子，看來很神氣，母親站在風琴一旁，這張相一向擺在母親房中。

一到星期日，我們就高興了，天剛亮就起床，先吃早飯就跟母親一起進城往進取學校，因為母親嫌我們頑皮，生怕闖禍，不得不帶了去。而這餐早飯，又比平時的一餐特別好吃，吃的是臘味飯，有臘腸金銀臘腸、臘鴨，和平常的早餐菜大不相同，我往往吃完一碗又爭着先添飯，恐怕一慢，就給人吃光了。因此，我為這頓早餐改名為「禮拜餅」。

德才是一間女子學校，但也收年紀小的學生，我讀的是國文，歷史教科書，有彩色圖畫，又容易懂，記得教科書中有孫中山就任臨時大總統這一句，「大總統」三字，我們一群頑皮的學生故意讀成「大屎桶」，然後呵呵大笑，有一次給校長黃君毅女士聽到了，惡狠狠的跑進課室，問是那一個帶頭這樣讀的，但沒有人應她。她不得要領，只好悻悻而出。（黃校長和杜校長也是當日廣州教育界女名流，她還在城裏主持復禮女中呢。）

在德才一年中，有一件事我到老還記得的，就是我最先和異性做朋友（以今日香港人的奇怪習慣而言，叫做「女朋友」，將外國人的東西硬搬過來而成奇俗，亦趣事也）。同學中有何瑞蘭、何瑞蕙兩人，大約十二、三歲，比我大四歲左右，長得很漂亮，令人可愛，我總是找機會親近她們，往往和她們一同攜手唱歌，唱《卿雲歌》（袁世凱公佈的「國歌」，一直唱到「三民主義」代替了它），又唱《文明結婚》、《雪中行軍》等歌曲。有一次我和何家姐妹扮文明結婚，我做新郎，瑞蘭做新娘，瑞蕙做「大襟姐」，暫假講台做結婚禮堂，而以台上那張月眉形的桌子（教員所用的，上面放叫人鈴、粉筆、書本，下面空的，沒有抽屜）做新房。禮成，雙雙入台下行洞房之禮。早在兩三年前我已明白，夫婦的關係是甚麼了，以為男女同床，必係夫婦，他們在蚊帳裏必有一些不告小孩子的事的。當我六歲時，還住在表伯家中，有一晚將睡而尚頑皮的時候，有個女傭名叫仙姐的，長得真有仙人之美，大概她是來替巧姐工的，她見我還不肯上床就叫，我快些睡，她也要上來睡了。當時香港很少蚊。偶有一二，亦不足為患，所以蚊帳常掛着而不大用。但我卻堅持着要放蚊帳，仙姐不肯，她說這樣熱的天氣又沒有蚊，放來做甚麼。我一定要，她問甚麼理由，我說不放我不睡。她就說：「為甚麼放了你才睡呢？」我衝口而說：「我地係兩公婆吖嗎！」

仙姐聞言又羞又惱，要去伯母處告我。我知道闖下大禍，不敢出聲，馬上躲上床，乖乖地睡覺了。

我們在德才只讀了一個學期，下一學期又不在德才，而在另一間叫覺覺小學了。我仍然是讀小學，學到甚麼呢？可說一無所得，認識的字不多，如果要說有所得，只是學會唱歌。一來這一功課比較合小孩子的胃口；二來，母親喜歡唱歌，她又買了一架風琴，晚上沒事，她練習歌唱，教我們跟着唱，她一面彈風琴伴着。因此，我在家中唱歌唱出了名，有時候四庶母、細嫂（三哥的侍妾），二姊都會叫我唱，給我一些餅食，我就樂於高歌一曲。我最喜歡唱的歌有四、五首，其中一首叫《雪中行軍》、的詞句激昂奮發，佐人雄思，使人人有從軍保衛國家之想。現在我只記得開頭那幾句「哥哥手巾好作旗，弟弟竹竿好作馬，鄰家兄弟拿槍來，去到山中演兵馬。山中大雪……」而已。這首歌大概在民國初年很流行的。

有一次不知怎的三哥忽然差人來叫我去唱歌，我一向不喜歡他，他也不喜歡我的。做哥哥的他，從來就沒有關心過我們的教育，當我們如路人，他所關心的只是他的侍妾桂喜。在廣州家中都是婦孺，只有他是一個成年的男子，這一年（一九一四年）他已廿六歲了，如果他是個會做人的人，應該調護於眾庶母之間，設法和她們及其所生的子女——即他的弟妹相處得融融洽洽，這才夠的上是一家之主。但他不然，他在家中除了出門經過神廳到轎廳坐轎子之外，他的腳步所至，只是神後房轉出來行往他的會客廳那一小塊地方而已。這就是他個人的天地。

三哥叫我去，我不肯去，平時行近他的客廳外面遇見了他，叫他一聲「三哥」，他只從鼻子裏哼一聲，還瞪着他的大近視眼的白眼球對我，好像嫌我在他跟前現形的。現在為甚麼「皇恩大赦」，召我到客人之前唱歌娛賓了。我當然想不出，但母親叫去，不得不從。唱完後，他還叫我們翻觔斗，打大翻，然後每人賞一盒雲片糕。

民國九年（一九二〇年）三、四月間，他往暹羅一轉，不得不回澄海一行向嫡母講講該地的生意如何。其實他懂得甚麼生意，無非去曼谷花錢。我記得他在年頭時有信給嫡母，懇求她給他二萬參加暹羅一項甚麼生意，當時嫡母拿着他的來信唸給我們聽，還說他整日躲在省城，不出來管管生意，但終於准他在元發盛行舜記名下支二萬元。（元發盛是祖父在暹羅所設的米行，父親字舜琴，所以凡他個人名下存款或生意股份都用「舜記」為號）他得此恩惠，不得不先回澄海一行，然後歸心似箭的飛往二娘身邊。

一日，吃過午飯後，書齋上沒有閒人，三哥正坐在圓桌前調藥，見我走過，就叫我上前，用廣州話問我：「十七，咁有規矩，點解見咗我都唔叫。」的確，我見了他簡直視若無睹，因為我年事稍長，不必怕他了。我故意用潮州話答他，使有人經過也懂，我說：「我叫你你從來都不應，大模斯樣，我當然不叫啦！」於是他又翻翻白眼，我則直樂。

我們在覺覺小學只讀了一學期書，仍然是母親帶着十四姐和我，二十一弟同往上海，早晨吃過了飯才往學校，午餐只是吃點心，由兩個十四、五歲的婢女湘雲、翠瓊輪流送來，吃的無非是麵包、粽子或向茶香室買兩三樣點心。天冷時候，改點心為白米飯，每人一碗，配以臘味。

在覺覺小學這一學期，是我最快樂的時光，校舍比公益、德才好得多，百花園樹木，那個花園相當大，還有些假山，飯堂是一個有玻璃窗的屋式亭子，我們吃午飯就在裏面，更可喜的還有三架千秋，一下了課我就和一群女同學爭着去打。其中有個女同學名叫盧幗俠，長得很漂亮活潑，她大約比我大三歲左右，當我小弟弟般看待，她每逢見我和人家爭千秋，她總是叫我不要爭，她可以和我一齊打，於是她叫我在千秋板上坐穩，她左右兩腳分開踏在板上，略把腰彎幾下，千秋已送上半天高了。她的辮子隨風飄蕩，粉臉泛出紅霞，滿額都是汗水。她還是打個不停，打到高興時就唱歌。這種情景到今天還能想像得出。當時我很愛慕她，認為她是女人中最美最可愛的一個。下一年我雖然不在覺覺唸書了，但還是想念她，我到今日還常常在想，她既是廣東人，如果有一日在香港的社會中，碰到一個親友他們的母親或祖母名叫盧幗俠者，我一定會追問她是否曾在廣州的覺覺女校唸過書。假如真是六十年前的位盧小姐，我一定要去拜候她的，即使她已是雞皮鶴髮的老婦，我還是把她看作是一九一四年的那位風姿綽約的小姐看待。

一九一五年夏間我往香港住了兩個月左右，曾央元發行的那位孝臣秀才為我寫一封信去問候盧小姐。孝臣秀才倒也懂得小童的心理，果然為我寫了。他問我信封怎樣寫，寄到哪裏去。這一問，我是沒有法子答他的，我簡直不知她的住址何在，怎樣寄去呢。但我也忒痴，對秀臣秀才說，不必問她的住址，只在信封上寫着「省城盧幗俠小姐收」，同我貼好「士擔」（郵票），拿去寄了，我的心意就表達了。孝臣秀才一笑，果然照辦。這封信到了羊城，當然是以「死信」對待的了。

學期未完結前一個月，大約是陰曆十一月初吧，我們又請了半倒月左右的假。這種假說起來也頗有趣的。原來七叔父暉石要嫁女，辦喜事，我們一家人都要到他家裏住下來幫忙，趁熱鬧。我在廣州前後只不過住了六年，而且年紀很小，對於風俗習慣，一向都沒有注意到，長大以後，偶然到廣州，也不過小住十天，辦完了事就走了。所以對於廣州的婚喪風俗，只知一二，還是小時候親身經歷的。現在特寫一章來談談我童年所見的嫁女風俗。

送嫁

懿莊堂姊是七叔的長女，她的母親是排第二的姨太太，自從養下她和她的弟弟介素後，七叔便把她丟在澄海，不許她在香港居住了。到了懿莊姊十六、七歲時，七叔為她擇婿，選中了一個許瑞鋆（字公遂），他的父親名梅坡，聽說是潮州揭陽人，一向在省港做生意，瑞鋆生長在省城，不懂潮州話的，這時候他大約是十八歲，在北京大學讀書，請假回來結婚的。七叔特來廣州，在西關逢源大街租了一所三開間的房子來辦喜事，我們一家在香港的六房、八房，在廣州的二房的人，大都「傾巢而出」，到七叔處襄辦喜事，只有我的二姊淑言沒有去，因為她比懿莊姊同年大一個月，做姊姊不宜親臨妹妹出嫁。

廣州人辦喜事真是勞民傷財，樣樣都依正「古禮」去做，所謂「三書六禮」要依樣做齊，固然不在話下，還要加上地方上的習慣如開嘆情、燒豬、禮餅等，不一而足（王湘綺於同治初年到廣州，寫信給他的太太說廣州人娶婦以得處女為榮，然後以燒豬明告六親，沾沾自喜，恬不知羞，風俗之惡，嘆觀止矣云云），所以往往要「熱鬧」一個多月才結束喜事。

全家人都忙於辦事，我是小孩子卻是最得閒的人，冷眼看人們忙的是甚麼。但我又是這所屋子裏最快樂的人，第一是不用上學，第二是母親沒有管得那麼嚴肅，由得我屋前屋後亂走，高興時也白跑上二樓，甚至走到大門外和隔壁的小朋友遊戲也可以。更難得的是每天晚上都有酒席，早餐的一頓飯則是廚子弄的，也大魚大肉，豐富異常。因為七叔是揮霍慣的，一天沒有酒席、妓女、請客在左右，就覺得很寂寞，所以即在嫁女時候，他還在東書房召妓侑觴，和一群酒肉朋友喧囂達旦。據說這一次他嫁女，除嫁粧奩不計外，單是辦喜事等等費用，就花去三萬多元。有人說其實用不了這許多，不過是他得寵的三姨太太「打斧頭」罷了。三姨太是廣州泮塘姓的小姐，家中頗有兩個錢的，但不知為甚麼肯嫁人作妾。她還纏着小腳的呢。侍妾中有小腳的很少見。她很講究口腹之慾，就是在病中，還要叫廚娘弄一兩味可口的餚饌，不理醫生的警告。嫁女後五六年以霍亂死在廣州。

（《聽雨樓回想錄》原刊於只出版了五期的《波文》月刊第一至五期，《波文》停刊後，《聽雨樓回想錄》亦告無疾而終）